해바라기, 피다

해바라기, 피다

초판 1쇄 찍은 날 ∣ 2014년 05월 20일
초판 4쇄 펴낸 날 ∣ 2018년 08월 28일

지은이 ∣ 우지혜
펴낸이 ∣ 서경석

편집책임 ∣ 조윤희

펴낸곳 ∣ 도서출판 청어람
등록번호 ∣ 제387-1999-000006호
등록일자 ∣ 1999. 5. 31
어람번호 ∣ 제5-0374호

주소 ∣ 경기도 부천시 부일로 483번길 40 서경B/D 3F (우) 14640
전화 ∣ 032-656-4452 팩스 ∣ 032-656-4453
http://www.chungeoram.com
E-mail ∣ chungeorambook@daum.net

ⓒ 우지혜, 2014

ISBN 979-11-316-9009-3 03810

/

우지혜
장편 소설

/

해바라기, 피다

Chungeoram romance novel

Contents

#1
저도 이제 어른이니까요

/

서연은 호, 하고 장갑을 낀 손을 모아 숨을 내뱉었다. 온기가 잠시 머물다 사라졌다. 하얗게 쌓인 눈에 발자국을 남기며 걷던 서연은 참다못해 도톰하게 쌓여 있는 눈 더미를 걷어찼다.

"어우, 더럽게 춥네."

하얀 눈이 가루처럼 푸스스 흩어졌다. 서연은 다시 제 차와 그녀가 가야 하는 목적지와의 거리를 가늠했다. 그러던 그녀의 눈에 누군가 종종걸음으로 마중을 나오는 것이 보였다.

"그럼 그렇지, 왜 이렇게 늦게 나와?"

중얼거리던 서연은 미간을 찌푸렸다. 점점 가까워지는 사람은 그녀가 예상했던 사람이 아니었다. 수녀복 위에 두터운 파카를 입고 뒤뚱거리며 다가오는 사람의 얼굴을 확인하고 서연이 서둘러

걸음을 옮겼다.

"안녕하셨어요."

"왔어? 춥지? 얼굴이 새하얗게 질렸네. 어서 들어가자. 응?"

수더분한 손놀림으로 얼굴을 한 번 쓰다듬고는 걸음을 재촉하는 수녀님의 기세에 떠밀려 서연은 눈밭을 헤치며 걸었다. 많이 낡은 건물의 입구에 들어서자마자, 기다렸다는 듯이 문 앞에서 다다닥 달려드는 어린아이들에게 둘러싸여 그녀는 작은 한숨을 집어삼켰다.

"누나! 오셨어요?"

"누님이다, 누님!"

"무, 무거워. 좀 떨어져, 이것들아. 이러다 넘어진다."

"왜 이렇게 오랜만에 오셨어요! 얼굴 까먹는 줄 알았는데!"

혀 짧은 목소리로 투정부리는 아이들이 소란스러웠다. 무엇보다 양팔을 붙잡고 늘어지며 앞뒤를 가로막는 아이들의 움직임에 정신이 산만해져 서연은 결국 큰 소리를 냈다.

"차강준 어딨어!"

이 자식, 차 소리만 들리면 늘 문 앞까지 제일 먼저 뛰쳐나오던 녀석이 없으니 교통정리가 엉망이잖아, 하고 투덜거리자 맑은 눈동자를 반짝이던 아이들이 너나 할 것 없이 일제히 외쳤다.

"강준이 형 없어요! 놀러 갔어요!"

"여행 갔어요, 여행! 학교에서!"

"여행?"

다소 뜬금없는 단어에 눈썹을 삐죽거리자 방긋 웃고 있던 수녀님이 나섰다.

"학교 동아리에서 MT를 간다고, 어제 출발했어. 너 오늘 올 줄 알았으면 안 갔을 텐데. 나중에 한 소리 하겠구나, 그 녀석."

아, 하고 서연은 고개를 끄덕였다. 잠시를 못 참고 폭풍 같은 아이들의 재잘거림이 들이닥쳤다.

"언니! 저 이번에 상 받았어요, 상!"

"너는 개근상이잖아! 누나, 난 개근상도 받고 우수상도 받았어요!"

"누님, 전 이제 5학년이 됩니다."

종알종알 거리는 소리에 다정한 미간이 꿈틀거리는 서연의 표정을 살피며, 수녀님은 웃음을 삼킨 채 아이들에게 손을 둘렀다.

"자자, 추우니까 안으로 들어가야지?"

"아, 잠시만요. 강준이가 나올 줄 알고. 차에서 물건 좀 내려야 해요."

서연은 그나마 머리가 좀 큰 두 명과 함께 차로 돌아가 사온 물건들을 꺼내었다. 양손 무겁게 짐을 드는 아이들의 표정이 해처럼 밝았다.

"우와, 누나 이거 갈비죠? 그죠?"

"여긴 게임기도 있다! 내가 먼저 할 거야, 내가 날랐으니까."

"넌 그럼 갈비 먹지 마."

"시끄럽다. 발밑 조심해서 들고 와."

투닥거리다가도 금세 맑은 표정으로 고개를 한없이 끄덕이는 소년 둘을 뒤에 거느리고 다시 건물로 들어가던 서연은 또다시 얼굴이 창백하게 질렸다. 거대한 해일 같은 기세로 몰려오는 아이들이 들뜬 표정으로 다가와, 끝내는 자신과 뒤따르던 소년 두 명을 집어삼키기까지 눈 깜빡할 새였다.

"우와아아아! 선물이다!"

"뭘 또 이렇게 많이 사왔니."

선물을 뜯어보며 옷이며 학용품이며 생전 처음 보는 간식거리들에 둘러싸인 아이들의 얼굴에 행복한 표정들이 둥둥 떠다녔다. 그사이에 겨우 원장실로 도망 온 서연은 겨우 한숨 돌릴 수 있었다. 아이들을 대하거나 다루는 것, 감사 인사를 받거나 과도한 감정 표현을 받는 것에는 영 익숙해지질 않았다. 어떻게 해야 할지 몰라서 어색하고 껄끄러워하는 자신을 알고 있는 수녀님이 그나마 자신을 빨리 원장실로 빼돌려주어서 망정이지, 그렇지 않았으면 곧장 잰걸음으로 차를 타고 다시 서울로 돌아갔을지 몰랐다.

"별것 아니에요."

"얼마 전에도 그렇게나 크게 후원해 주고는……."

뒤이어 나올 인사가 감사라는 것을 눈치챈 서연의 단정한 입에서, 늘 그렇듯 딱 자른 대답이 흘러나왔다.

"제가 하는 거 아니에요. 아시잖아요. 저한테 감사해하지 마세요."

겨울과 잘 어울리는 서늘한 태도였지만 수녀님의 얼굴에는 미소가 떠나지 않았다.

"그래도 난 늘 너에게 고맙단다. 알잖니."

두 사람이 만나면 늘 오가는 실랑이였고 그 끝은 늘 같았다. 어쩔 수 없다는 듯 짧게 한숨을 내뱉는 서연과, 그녀를 바라보며 미소 짓는 수녀님의 모습은 시간이 지나도 늘 똑같았다.

"그래, 요즘 일은 어때? 많이 고되지 않니?"

"늘 그렇죠, 뭐. 나쁜 놈 잡고, 재판 때리고, 감옥에 집어넣으면 또 다른 나쁜 놈이 나타나고. 끝이 없어요."

하얀 피부라 더욱 도드라지는 새카만 눈동자가 살짝 이지러졌다. 그녀의 서늘한 인상은 해가 갈수록 더 날카롭게 다듬어졌다. 야윈 몸을 빈틈없이 감싸고 있는 좋은 소재의 코트를 바라보던 원장 수녀의 눈이 처음 그녀가 이곳에 찾아왔을 때를 더듬었다. 어리고 단단한 소녀였다. 고슴도치처럼 온몸에 가시를 둘러쓴 소녀는 앞이 잘 보이지 않을 정도로 눈이 펑펑 내리던 날, 어둠 속을 뚫고 불쑥 나타났다.

자신의 눈에는 여전히 어린 아이일 뿐인데, 10년이 넘는 세월이 지나 어느새 검사가 되어 험한 일을 하는 걸 보면 참 장할 따름이었다. 초반에는 얼굴에 상처가 난 채로 들를 때도 있었는데, 그럴 때마다 고아원이 온통 뒤집히는 바람에 서연은 그 후로 늘 말끔한 얼굴이었다.

"강준이가 정말 많이 섭섭해할 텐데…… 며칠 전에도 혹시 너 언제쯤 온다는 얘기 있었냐며 묻지 뭐니. 해마다 이맘때 쯤에는 들르니까 궁금했던 모양인데."

"바빠서요. 맡았던 사건 범인이 얼마 전에서야 겨우 자백을 해서 뭐, 이래저래 정신이 없었어요. 근데 생전 그런 데 안 가는 것 같더니 웬일로 MT를 다 갔네요?"

눈앞에 놓인 찻잔을 받아 들어 조심스레 한 모금 마시자 향긋하면서 단맛이 입안을 감돌았다. 좋아하는 이슬차다. 서연의 차가운 눈매가 조금 유연해지는 것을 본 수녀님도 따라 웃었다.

"학교 친구 중에 특히 친한 동욱이라는 아이가 있거든. 그 아이가 추진력이 여간내기가 아니라서 이번에도 무슨 위원이다 뭐다 하면서 데려간 모양이야. 매번 아르바이트 운운하면서 학교 행사에도 자꾸 빠지는 게 마음에 걸렸는데, 이때다 싶어서 등 좀 떠밀었지."

넌 최근 바빠서 아마 여기 올 짬을 못 낼 거라고 하면서 말이야, 라며 수녀님이 눈을 찡긋해 보였다. 서연이 고개를 끄덕였다.

"잘 됐네요."

매번 목을 빼고 기다리다가 총알처럼 달려 나오던 녀석 하나가 안 보이니 허전한 마음이 안 든다면 거짓말이겠지만, 학교 다니면서 친구들과 함께 추억을 공유하는 것은 인간에게 아주 중요한 경험이고 큰 재산이었다. 이곳에 지내면서 장학금 받으며 대학을 다니고, 남는 시간에 아르바이트까지 하느라 자신 못지않게 바쁜 녀석이기 때문에, 서연은 오히려 반가운 생각이 들었다.

그 녀석은 스스로를 위해 쓰는 시간이 너무 없어, 서연은 내심 중얼거리며 씩 웃었다.

처음 강준을 본 것은 벌써 10년이 넘었다. 자신이 두 번째 이곳에 들렀던 날, 지금처럼 추운 겨울이었음에도 맨발로 쫓아 나와 허리를 꾸벅 숙이던 열두 살의 어린 남자아이. 입김이 하얗게 뿜어져 나오는 날이었는데도 목이 다 해진 반팔 티셔츠와 얇은 면바지를 입고 있던 아이는 말간 얼굴로 눈을 반짝이면서 고맙습니다, 하고 몇 번이나 외쳤더랬다.

그해는 서연에게 힘든 해였다. 오랜 지병으로 고생하던 어머니를 잃었고, 어머니의 병간호는 다른 사람에게 맡긴 채 몇 번 들여다보지도 않던 아버지는 어머니가 떠난 후 몇 달 만에 젊은 여자를 집에 들였다.

맹렬히 항의하는 서연에게 손찌검을 하고, 통장 하나를 던져 주며 이 집에 사는 게 불만이라면 당장 나가라던 아버지에 대한 증오로 뒤덮여, 그때의 서연의 마음은 어두컴컴한 동굴과 같았다. 학교에 나가지 않는 날도 부지기수였지만 돈다발이 깔린 과일 바구니를 받은 담임의 배려 덕분에 졸업에는 큰 문제가 없었다.

그렇게 시간이 흘러갈수록 메말라 가던 서연의 마음에 작은 파문을 일으킨 것은 아주 사소한 것이었다. 하마터면 못 보고 지나쳤을지도 모를. 기사가 운전하는 차를 타고 홀로 어머니의 묘에 들렀다 오는 차 안에서 유품을 정리하다가 발견한 편지가 그것이었다. 커다란 스케치북 종이에 갖가지 색깔의 크레파스로 삐뚤삐뚤 써 있던 글자들.

　—천사 아줌마, 빨리 나으세요.

　—정말 고맙습니다, 옷을 주셔서요.

　—아줌마 과자는 이만큼 맛있써요. 너무 조아요.

어린아이들의 글씨를 보며 의아했던 서연이 알아낸 것은, 병석에 누워 있던 어머니가 한 고아원을 후원하고 있었다는 것, 그리고 그 편지는 고아원 아이들이 어머니에게 보내온 편지라는 것이었다. 그런 편지들은 여러 장이었고, 그걸 읽으며 행복하게 웃고 있던 어머니를 몇 번쯤은 본 것도 같았다.

그리고 어느 날, 숨통을 조이는 집안 분위기를 참지 못하고 답답한 마음에 서연은 집을 뛰쳐나왔지만 딱히 갈 곳이 없었다. 어머니의 부재는 그렇게나 그녀를 외롭게 몰아넣었다. 그래서 서연은 충동적으로 그 고아원을 찾아갔다. 그녀에게는 엄마에 대한 기억을 공유할 수 있는 사람이 거의 없었다. 완전히 누워 계시기 전까지는 고아원에 정기적으로 들렀었다고 하니까, 누구든 엄마를 기억하는 사람이 있을 것이었다. 그냥 이제는 그녀의 곁을 떠나 다시는 돌아오지 않을 엄마를 누군가와 함께 떠올리고 싶었다.

몇 년 전부터 늘 고아원을 후원해 주던, 소위 '천사 아줌마'라고 불리던 분이 돌아가셨고, 그분의 딸이 하얀 눈으로 뒤덮여 불쑥 나타난 그녀라는 것을 알게 된 원장 수녀는 금세 눈시울을 붉혔다.

잘 들리지 않을 정도의 목소리로 누군가에게 기도를 올렸고, 목이 메어 한동안은 이렇다 할 대화 없이 그저 그녀를 물끄러미 바라보기만 했었다.

하지만 그 순간이, 서로 눈을 마주하는 그 시간이 온전히 자신의 엄마를 떠올리며 애도하고 있음을 느낀 서연은 끝내 울음을 터뜨리고 말았다.

다음에 또 오겠다고 인사를 한 뒤 서울로 돌아온 서연은 그곳을 계속 후원하기로 결심했다. 아버지가 던져 준 통장에 있는 돈은 마지 않는 셈이었고, 기업적 이미지 차원에서도 득이 된다 생각했는지 서연이 그곳을 후원하는 것에 대해 별다른 참견은 하지 않았다.

후원금과 적당한 선물들을 들고 두 번째로 고아원에 방문한 그날, 놀란 얼굴을 하는 원장 수녀에게 자신이 아니라 어머니가 계속 후원하는 것이라는 말을 간결하게 전달하고 돌아설 때 바람같이 쫓아 나온 아이가, 바로 강준이었다.

"고맙습니다, 천사 누나!"

뒤도 돌아보지 않는 서연의 등에 대고 그 아이는 또 한 번 크게 감사 인사를 외쳤고, 서연은 결국 신경질적으로 고개를 돌렸다.

"나한테 인사하지 마. 내가 주는 거 아니야."

매서운 말투에 위축되었는지 조금 머뭇거렸지만, 이내 그 아이는 말갛게 웃었다. 양 볼이 사과처럼 빨갰다.

"그래도, 그래도 고맙습니다, 누나!"
"……바보 같아."

헤헤, 웃고 있는 그 아이를 뒤로하고 돌아서서 서울에 올라온 뒤, 왜인지 세상과 아버지를 향한 반항심에 어두운 생각을 할 때마다 그 아이의 얼굴이 떠올랐다. 고맙습니다, 천사 누나, 하고 외치던 곧은 목소리. 어미를 졸졸 좇아오는 어린 강아지 같던 그 맑은 눈망울.

제집처럼 활보하며 자신에게 친한 척 손을 내미는 아버지의 여자를 향해 폭언을 쏟아붓고, 가증스런 그녀의 눈물에 광분한 아버지가 화를 내며 또다시 자신을 윽박지르고, 그러면 서연은 늘 진열장에 있는 양주 한 병과 고아원에서 온 편지를 들고 어머니의 방에 틀어박히곤 했다.

잔디밭에서 무당벌레를 봤는데 참 신기하더라, 누나는 본 적이 있는지 궁금하다는 둥, 수녀님이 저녁에 쪄주신 감자가 너무 맛있었는데 누나는 고구마를 좋아하는지 감자를 좋아하는지, 같은 소소한 이야기들과, 보고 싶은 사람을 그리는 미술 시간에 그린 그림이라며 알아볼 수 없는 형체를 그려놓고 옆에 천사 누나, 하고 써놓은 그림들. 그런 것들이 그때의 서연에게 얼마만큼의 힘이 되어주었던가.

아이의 그녀를 향한 순수한 애정과 그리움은 가끔 서연을 웃게 만들었고, 딱딱하게 굳어만 가던 그녀의 어깨를 종종 부드럽게 풀어주었다. 혼자가 되어버린 세상에서 유일한 누군가와 연결되어 있는 듯한 느낌. 그것을 그 어린아이가 서연에게 주고 있었다.

＊

"누님, 이건 제가 달게요!"

"야, 너 키 안 닿잖아. 내가 할 거야."

트리에 장식품을 서로 달겠다며 아옹다옹하는 아이들을 바라보던 서연은 흘끗 손목시계를 내려다보았다. 저녁을 먹고 트리까지 대충 장식하고 나니 시간이 꽤 늦었다. 천천히 의자에서 일어서는 그 기색을 귀신같이 눈치챈 아이들이 일제히 고개를 돌렸다.

"언니!"

"누나, 가시게요?"

어느새 올 때와 똑같이 자신의 주변을 둘러싼 아이들의 머리를 쓰다듬으며, 서연은 한숨을 내쉬었다.

"늦었다. 다들 가서 자라."

"벌써 가시는 거예요?"

머뭇거리며 물어오는 작은 아이의 등을 부드럽게 쓰다듬는 손은 다정했지만 그와 반대로 서연의 서늘한 눈매엔 어설픈 웃음이 걸렸다. 늘 곤혹스러운 시간이었다. 보통은 저녁을 먹고 아이들이 한눈팔고 있을 때 강준이 시선을 끌어주면 자신은 빠져나가거나 하는 식이었는데, 녀석이 없으니 여러 가지로 불편했다.

혀를 쯧, 하고 찬 서연은 금방이라도 울음을 터뜨릴 것 같은 몇몇 아이들의 표정에 입술이 바짝 말랐다.

"다음에 또 올게."

다음이 언젠데요, 하고 한 아이가 잦아드는 목소리로 물었다. 늘 느끼는 거지만, 여기 와서 특별히 아이들과 잘 어울리는 것도 아닌데도 아이들은 자신을 쉽게 떠나보내지 못했다. 그 넘쳐 나는 아쉬움의 파도는 늘 가슴 한구석을 쓸쓸하게 했다.

"쉿. 울면 누나 다음에 못 올지도 모른다."

벌써 눈에 눈물이 그렁그렁 맺힌 아이를 포착하고 재빨리 내뱉자 그 아이가 흡, 하고 숨을 들이켰다. 때맞춰 들어선 수녀님의 목소리가 쩌렁쩌렁 울려 퍼졌다.

"자자, 다들 가서 씻고 자야지! 벌써 시간이 늦었잖니. 인성이는 남자애들, 선경이는 여자애들 데리고 어서 올라가라. 서연이도 얼른 가야지, 이제."

네에, 하고 힘 빠진 목소리를 내면서도 자신에게서 시선을 떼지 않는 아이들을 향해 어색하게나마 손을 흔들어주고는, 수녀님에게도 고개를 숙여 보였다.

"다음에 또 올게요."

"그래, 늘 몸조심하고."

"네."

수녀님의 배웅을 받으며 고아원을 나서자 까만 어둠과 냉랭하게 결빙된 공기가 펼쳐졌다. 도로까지 이어져 있는 길과 그 길 주변의 가로등에 비춰진 나무들의 그림자가 검었다. 하아, 하고 숨을 내쉬자 새하얗게 밀도 짙은 입김이 흘러나왔다. 무방비하게 허공에 드러난 목덜미에는 스멀스멀 겨울바람이 휘감아왔다.

그래도 담배는 한 대 피우고 가자, 싶어 주머니를 뒤졌다. 새해부터는 금연할 거니까 올해가 가기 전에는 꼬박꼬박 피워야지. 이상한 심보를 앞세운 서연이 끝이 휘어진 담배를 꺼내 입에 물었다. 멀리서 누군가 달려오는 듯한 소리가 들리는 것도 같았지만

도로변의 소음과 뒤섞여 희미하게 흩어졌다.

"라이터…… 으익, 추워. 대체 어디 있는 거야."

바깥 주머니에도, 안주머니에도 없어 서연의 미간이 신경질적으로 구겨졌다. 젠장, 차 시트에 떨어뜨렸나 보다 싶어 고개를 드는 순간, 후욱, 하고 내뱉는 더운 숨과 함께 입 언저리에서 불꽃이 찰칵, 하고 켜졌다.

"담, 담배 좀 줄이시라니까……."

아까까지 서늘하기 짝이 없던 주변 공기가 순식간에 데워졌다. 그만큼 더운 열기를 내뿜고 서서 자신에게 라이터를 내밀고 있는 상대를 멍청히 바라보는 바람에, 서연은 물고 있던 담배를 떨어뜨렸다.

"너, 네가 여기 어떻게……?"

동해로 MT 가서 내일 오후에나 돌아온다던 녀석이 왜 제 눈앞에 나타났는지, 서연은 전에 봤을 때보다 조금 짧아진 머리를 하고 있는 강준을 놀란 눈으로 훑어보았다.

멀리서 켜져 있는 건물 앞 가로등 아래에 멋대로 널브러져 있는 자전거가 보였다. 정황상 저걸 타고 신나게 달려와 고아원에 들어갔다가 다시 뛰쳐나온 것 같았다. 무슨 급한 일이라도 있었나?

"아, 인성이가 문자를 줘서…… 누나 오셨다고."

한껏 웃느라 눈매가 휘어져 있었다. 말간 얼굴로 달려오던 옛날의 어린아이는 쑥쑥 자라 고등학생이 되기도 전에 이미 자신의 키를 따라잡았다. 운동계 특기생으로 대학을 가서 그런지 남달리 다부진 체격 때문에 가까이 다가오면 위압감이 느껴질 정도였다.

머리카락이 짧고, 단정하면서 선이 또렷한 얼굴과 각이 잡힌 곧은 자세는 그 자체로 무척이나 날카로워 보여 쉽사리 말을 걸기 힘들 분위기를 풍겼지만, 저렇게 웃을 땐 인상이 사뭇 달라진다.

아무리 덩치가 커져도 이 녀석은 여전히 강아지란 말이야. 엄마 뒤만 쫓아다니는 강아지.

들뜬 듯한 검은 눈동자를 바라보던 서연은 퍼뜩 떠오른 생각에 가지런한 눈썹을 치켜 올렸다.

"그래서, 동해에서 올라왔다고? 지금?"

"네. 다행히 바로 열차가 있어서요. 때맞춰 도착했네요."

"왜, 무슨 일 있어? 수녀님은 별말씀 없으시던데."

자신의 말에 순간 곤란한 듯 씨익 웃는다. 서서히 호흡을 정리하는 듯 색색거리던 숨소리가 잦아들었다. 완연한 남자의 모습을 갖추고 있는 강준의 시선은 무엇도 감추는 것 없이 투명했다. 따가울 정도로 느껴지는 그 시선에 서연은 미간을 찌푸리며 눈썹을 쫙 치켜 올렸다.

"뭘 그렇게 봐. 뚫어지겠다."

"아, 죄송해요. 좀 오랜만인 것 같아서."

녀석이 금방 목덜미를 긁적이며 어설프게 웃는다. 그러고 보니 한 3개월쯤 됐나? 마지막으로 봤던 게 분명 9월쯤이었던 것 같으니까. 서연은 고개를 짧게 끄덕였다.

"건강하셨어요? 바람도 찬데 감기는 안 걸리셨구요? 일은, 너무 무리하시는 거 아니에요? 얼굴 살도 좀 빠진 것 같은데…… 밥은요? 끼니는 잘 챙겨 드시는 거……."

"야, 네가 내 엄마야 뭐야? 그리고 한 가지씩 물어봐, 좀. 숨넘어가겠다!"

버럭 소리를 지르자 또 움찔하더니 웃는다. 그 마냥 웃는 얼굴이 퍽이나 행복해 보여서, 괜히 입술을 삐죽거린 서연은 몸을 돌렸다.

"보다시피 건강하고 감기는 안 걸렸어. 일은 늘 그렇고, 밥도 그럭저럭 먹고 있다. 됐지? 난 그만 간다."

"어, 자, 잠시만."

세워둔 차 쪽으로 걸음을 옮기자 어쩔 줄 모르는 얼굴로 잽싸게 옆에 따라붙는다. 차마 자신을 막지는 못하고, 그렇다고 그냥 가게 둘 수도 없는 녀석의 곤혹스러움이 고스란히 느껴져 서연은 헛웃음을 내뱉을 뻔했다. 손잡이를 잡으려 손을 뻗었지만 눈 깜짝할 새에 강준이 그녀의 앞을 가로막았다. 어느새 눈앞에 들어찬 그의 하얀 목덜미에 서연이 미간을 좁혔다.

"뭐야."

"아, 저……."

고개를 들자 강준의 뾰족한 턱 끝이 보이고, 머뭇거리고 있는 도톰한 입술과 오뚝하게 솟은 곧은 콧날, 당황함을 여실히 드러내며 흔들리고 있는 눈이 보였다. 정작 가까이서 고개를 치켜들고 시선을 주자 강준은 재빨리 시선을 피했다. 패기 좋게 길까지 가로막아 놓고 뭐 하자는 거야. 서연은 손을 뻗어 강준의 양 볼을 감쌌다. 순식간에 탄탄하게 근육이 붙은 목덜미까지 뻣뻣하게 굳어진 그의 얼굴이 서연이 이끄는 대로 정면을 향했다.

"당황한 게 눈에 그대로 드러나고, 사람 시선도 제대로 못 마주치면서 어떻게 경호학과에 들어갔는지, 나 참."

"그, 그런 거 아니에요."

어쩔 줄 몰라 하는 표정인데도 끝내 시선을 마주치지 않는다. 허공 어딘가를 맴도는 시선을 올려다보고 있자니 답답한 마음이 들었다.

애정과 사람의 손길에 굶주려 머리라도 한 번 쓰다듬어 주며 얼굴을 붉히던 어린아이였을 때야 그렇다 쳐도, 지금은 왜 그래? 그렇게 수줍어하는 성격도 아니면서.

"그럼 뭐야. 뭐 할 말 있어?"

그제야 조심스레 강준이 시선을 떨구었다. 눈빛이 잠시 맞닿자 큼큼, 목을 가다듬는다.

"오랜만에 오셨는데, 너무 금방 간다고 하셔서…… 아, 그렇다고 딱히 중요한 할 말이 있는 건 아닌데요. 그, 그보다 이 손 좀……."

자신의 얼굴을 붙들고 있는 서연의 손이 신경 쓰였던 모양인지 강준이 머뭇거리며 말을 꺼내었다. 차마 자기 손으로 떼어낼 생각을 못하는 게 미련하다고 해야 할지, 원. 서연은 어깨를 으쓱해 보이며 손을 내렸다. 긴장이 풀렸는지 어깨를 숙이는 강준의 말간 피부에 언뜻 불그스름한 얼룩이 비친 것 같아 서연이 대번에 미간을 찌푸렸다.

"너 이거 뭐야?"

"네?"

서연의 시선을 따라 제 어깨 부근을 바라보던 강준이 아, 하고 대답했다.

"얼마 전에 연례 시합이 있었거든요. 거기서 좀…… 그래도 이

겄어요. 상도 받았구요."

개근상 받았어요, 하고 자랑하는 열 살짜리 꼬맹이랑 똑같은 얼굴로 싱긋 웃는 강준을 칭찬해 주기 전에, 서연은 눈을 몇 차례 깜빡였다.

"연례 시합? 작년에 내가 보러 갔었던 그거?"

"네."

"그런데 왜 이번엔 나한테 연락 안 했어?"

"그전에 통화하실 때 사건 맡은 지 얼마 안 돼서 바쁘실 거라고 수녀님께 들었거든요. 그래서……."

작년에는 그 시합에서 강준이 우승하는 바람에, 전혀 생각지도 못했던 서연은 급히 달려 나가서 꽃다발을 사왔더랬다. 메달을 받을 때 사람들을 헤치고 수녀님과 함께 꽃다발을 내밀자 여름 햇살처럼 함박웃음을 짓던 강준의 얼굴에, 내년에도 꼭 보러 와야겠다 생각했었는데. 서연은 아쉬움이 안개처럼 묻어나는 얼굴로 웃었다.

"그래도 얘기하지."

물론 얘기했어도 보러 갈 수 있었다는 보장은 없었다. 두 달 전 마지막 피해자가 발생되었던 연쇄살인 사건의 용의자가 갑자기 사라지는 바람에 검경 모두 비상이었으니까. 그래도 마음은 그랬다. 보러 가고 싶었다.

"억지 부릴 만큼 중요한 일 아니에요. 내년도 있으니까."

말쑥하게 웃으며 어른스럽게 대답하는 강준의 시선은 깊고 따뜻했다. 아마 알고 있었을 것이다. 얘길 했으면 자신이 신경 썼으리라는 것도, 그런 부담을 안겨주기 싫어서 일부러 말을 하지 않았을 것이라, 서연은 생각했다. 그것이 강준의 특징이었다.

엄마처럼 마냥 졸졸 따르면서도, 혹시 자신을 귀찮아하거나 부담스러워할까 봐 필요 이상 기대지 않으려 한다. 가끔 어떤 말을 내뱉고 어떤 행동을 할 때도 눈치를 보거나 조심스러워하는 것이 느껴질 때가 있었다. 서연은 그럴 때마다 가슴 한 켠이 욱신거리는 것을 막을 수가 없었다.

"이제 정말 다 컸네. 내 생각도 다 해주고."

피식 웃으며 손을 뻗어 짧고 성긴 머리를 헤집자 강준의 표정이 미묘하게 굳었다. 천천히 팔을 들어 올려 조심스레 서연의 손을 잡아 내리며 강준이 입술을 움직였다.

"저도, 이제 어른이니까요."

조금의 웃음기도 찾아볼 수 없는 진지한 얼굴을 한 강준의 말에 서연은 이상한 기분에 휩싸였다. 그럼, 당연하지, 너도 벌써 스물다섯이니까, 하고 대답하고 싶었지만 말이 되어 나오지 않았다. 가만히 자신을 한참 내려다보는 그 깊은 눈빛과 손목을 잡은 단단한 손아귀 힘이 한없이 낯설게 느껴져, 서연은 할 말을 잃은 채 가만히 서 있었다.

한겨울이 시작되었음을 알리는 듯한 칼바람이 불어오고 있었다.

#2
소년, 남자가 되다

"……사님, 심 검사님!"

서연은 턱을 괴고 있던 자세 그대로 고개를 돌렸다. 은경의 동그랗고 넉넉한 얼굴이 눈에 들어왔다. 은경은 손바닥을 마구 흔들어 보이고 있었다.

"괜찮으세요? 어디 아프신 건 아니시죠?"

서연은 잠시 멍한 눈을 깜빡이다 입을 열었다.

"아들 둘 키우시죠?"

"아, 네. 대학생 하나, 고등학생 하나요."

"애들이 이제 다 컸구나, 싶을 때 있으세요?"

은경은 얼떨떨한 눈으로 눈앞의 여자를 바라보았다. 수사에 관련된 이야기 이외에는 입도 뻥긋하는 법이 없던 서연이었다. 결이 좋은 검은 머리카락을 하나로 질끈 묶은 서연은 성정이 꽤 터프했다. 여검사가 담당했다고 한껏 풀어져서 들어오던 피의자들이 서릿발처럼 몰아붙이는 서연의 심문에 기가 질려 나가는 걸 심심찮게 봐온 그녀였다.

하고 다니는 걸로 봐서 꽤 있는 집 자식이라는 소문이 돌았지만 개인적인 이야기를 꺼내놓는 일이 드물기 때문에 같이 일한 지 2년이 넘었지만 은경은 서연에 대해서 아는 것이 많지 않았다.

어쨌거나 분명한 것은 그녀는 미혼이라는 점이었다. 그런 그녀가 근심 섞인 얼굴로 아들 이야기를 하는 것이 의아하지 않을 리없었다. 미심쩍은 표정을 짓자 금세 날카롭게 날을 세운 눈으로 서연이 시선을 던졌다.

"글쎄요……."

은경은 그녀의 뜬금없는 질문에 곰곰이 생각을 더듬다 머뭇거리며 대답했다.

"자기 일 자기가 알아서 챙길 때? 학교 가라고 깨우고, 이거 해라 저거 해라 일일이 챙겼었는데 어느새 자기가 알아서 하고 있을 때. 대견하면서도 이제 다 컸나, 서운하기도 하고 그렇더라구요. 그런데 갑자기 그건 왜……?"

"그렇죠. 대견하면서도 서운한 게 정상이죠. 육아라는 게, 참."

혼잣말처럼 중얼거리며 서연은 또다시 멍한 눈으로 되돌아갔다. 의미 없이 손가락 끝으로 돌리고 있는 펜을 바라보며 은경이 오만상을 찌푸렸다. 뭐야, 대체?

"심 검, 밥 먹으러 안 가?"

문이 벌컥 열리고 커다란 남자가 들어섰다. 은경이 몸을 일으켜 눈인사를 했다. 옆방에 있는 배석호 검사였다. 덩치가 큰 편이라 그가 들어서는 것만으로도 방이 꽉 찬 것처럼 느껴졌다.

"왜 저래요? 일이 많아요?"

고개를 숙인 채 미동도 않는 서연을 바라보며 석호가 은경에게 물었다. 저도 모르겠다는 뜻으로 고개를 내저은 은경이 조용히 가방을 챙겼다. 석호가 성큼 다가서서 허리를 굽히고 서연의 얼굴을 들여다보았다.

"이봐, 심 검. 어디 아파?"

"담배 있어요?"

"이런 막나가는 후배를 봤나. 선배한테 대뜸 한다는 말이 담배 있어요, 라니."

석호는 장난스럽게 통탄스러운 한숨을 내쉬었지만 그의 후배는 꿈쩍도 하지 않았다. 슬슬 배가 고파와 성미가 급해진 석호는 책상을 탕탕 두드렸다.

"무슨 고민을 하건 밥부터 먹고 하자니까. 너 그거 배가 고파서 그런 거야. 뇌에 당이 부족해서 그런 거라고."

천천히 서연이 고개를 치켜들었다. 고아한 선을 그리는 눈썹이 날카롭게 치켜 올라갔다.

"선배는 좋겠어요. 밥이면 모든 게 해결돼서."

"뭐가 문젠데. 일이 잘 안 풀려? 내가 상담해 줄게. 가자."

호쾌하게 가슴팍을 두드리는 석호를 지나쳐 서연은 옷걸이에 걸어놓은 코트를 입었다. 솔직한 심정으로는 당보다는 니코틴이 필요했지만, 그녀는 점진적인 금연 계획을 세워둔 참이었다. 오늘의 배당량은 담배 일곱 개비였고, 오전 내내 이미 과반 이상을 피웠기 때문에 아껴둬야 했다. 한숨을 내쉬며 나서는 그녀의 곁에 석호가 따라붙었다.

"감자탕 먹자. 일단 뼈부터 뜯고 나면 기분이 좀 나아질걸?"

"누구 기준이에요?"

"범인류적인 나지, 누구긴 누구야."

"세상 사람들이 다 선배 같다면……."

서연이 말끝을 흐렸다. 늘 서늘함을 둘러쓰고 있는 것 같은 후배의 옆모습을 훔쳐보며 석호가 큼큼, 하고 목을 가다듬었다.

"나 같다면?"

"지금이라도 식량난이 발발하지 않을까요."

"기껏 그거냐?"

"꽤 좋은 세상일 것 같다는 생각도 들어요."

그제야 석호의 얼굴에 흐뭇한 미소가 흘렀다. 제법 듣기 좋은 말도 할 줄 아는 후배다, 마음을 놓는 순간 서연의 목소리가 이어졌다.

"지배하기가 쉬울 거 아니에요. 삶의 목적이 단순하니까."

"너 이……."

험상궂은 얼굴을 하는 석호를 돌아보며 서연이 입꼬리를 올려 웃었다. 이게 문제였다. 매사 귀찮은 듯 심드렁한 표정으로 사람 속을 뒤집어놓고 저렇게 예쁘게 웃는다. 늘 그 흐름에 말려 제대로 화도 내지 못하고 마는 석호는 콧김을 내뿜으며 입술을 삐죽거렸다.

서연은 입이 짧았다. 자기 입에는 세상에서 가장 맛있는 음식인 뻘건 국물의 감자탕을 반만 먹고 남기는 서연을 흘끔거리며 석호는 인상을 찡그렸다. 잘 먹고 살 좀 쪘으면 좋겠는데 영 시원찮았다.

"선배, 누나 있던가요?"

후루룩, 시래기를 입안에 밀어 넣던 석호가 눈을 깜빡였다. 식당 내 금연 표식을 본 서연은 주머니에서 꺼낸 담배를 가느다란 손가락 사이에 끼운 채 이리저리 돌리고 있었다.

"있지, 세 살 차이."

"사이 어때요?"

그 순간 석호는 무언가 계시를 받은 것 같았다. 아무렇지 않은 척 무관심한 얼굴로 지금 그의 후배는 언젠가 시누이가 될지도 모를 사람을 탐색하고 있는 것이었다! 내가 이런 눈치는 또 기차게 빠르지. 석호가 천천히 입을 떼었다.

"별로야. 우리는 서로한테 참견 안 하고 살거든. 1년에 얼굴도 두세 번이나 보나? 무엇보다 외국에 있어, 지금. 향후 10년은 안 들어 올 거야, 아마."

외국을 강조하며 석호는 뿌듯하게 미소 지었다. 이 정도면 합격이겠지. 그는 흐음, 하고 식탁을 내려다보는 서연을 흘끔거렸다.

서연은 그의 학교 후배였다. 지금만큼이나 그녀는 대학에서도 눈에 띄는 존재였다. 흔히 다른 여학생들이 그러듯이 몰려다니는 친구들 하나 없이, 그녀는 철저히 혼자였다. 곁에 누군가 있는 것이 오히려 불편한 것처럼 보일 정도였다. 단체 생활에 익숙한 사람들 눈에는 이질적인 그녀가 거슬렸고, 몇몇이 술자리에서 과도하게 강압적으로 술을 권했지만 그녀는 훌훌 털어 마시고 마지막에는 그곳에 남아 있는 그 누구보다 멀쩡한 걸음걸이로 사라졌다.

다른 사람은 아무래도 좋다는 듯한 그 특이한 분위기는 서연의 제법 곱상한 외모와 어울려 더욱 사람들의 시선을 끌었다. 대학 시절에도 서연을 알고 있었던 그였지만 정작 그녀와 제대로 말을 섞게 된 것은 검찰청에서 옆방을 쓰게 된 이후였다.

무엇보다 석호는 그녀의 비밀을 하나 알고 있었다. 그리고 그것이, 그녀를 단순한 후배가 아닌 여자로 보게 된 이유였다.

"누나가……."

어렴풋이 서연의 목소리가 들렸다. 석호는 상념에서 빠져나와 그녀를 바라보았다. 무언가 생각에 빠진 듯 아름다운 선의 눈매가 다른 곳을 향해 있었다.

"머리도 쓰다듬고 그러나요?"

그녀의 특이한 질문에 석호는 멍하니 눈을 깜빡였다. 머리? 머리를 쓰다듬냐고? 뭐지. 우애 테스트?

"지, 지금이야 그럴 일은 없지만…… 뭐, 어렸을 땐 곧잘 그랬지. 중학교 때까진가. 고등학교 때는 서로 말도 안 걸었으니까."

네, 하고 고개를 끄덕이는 서연은 입술을 굳게 다물었다. 이어질 질문이 또 있을까 싶어 뒷말을 기다렸지만 그녀는 여전히 무의식적으로 손가락 사이로 담배를 옮기고 있을 뿐이었다.

"오늘 신년회식인 거 알지? 부장님이 벼르고 계시던데."

"무슨 회식에 대한 핑계가 그리 많은지."

가볍게 혀를 차며 고개를 돌린 서연의 시선이 창밖으로 향했다. 꼭 강준처럼 자세가 곧은 청년 한 명이 스쳐 지나가고 있었다. 맞은편에서 다가온 여자아이에게 다정하게 어깨동무를 한 그의 행복해 보이는 뒷모습을 눈으로 좇으며, 서연은 낮게 한숨을 내쉬었다.

✳

동욱은 앞서 가고 있는 친구의 뒷모습을 발견하고 달려가 그의 어깨에 팔을 걸쳤다. 고개를 반쯤 돌린 갸름한 얼굴은 평소와 달리 어딘지 딱딱하게 경직된 느낌이 들었다. 동욱은 그의 가슴팍을 툭 치며 물었다.

"뭐야, 무슨 일 있어? 표정이 왜 그래?"

"내 표정이 왜."

가방을 다른 편 어깨로 옮기는 강준이 무심한 어조로 대답했다. 동욱은 어라, 하며 고개를 기울였다.

"바른 생활 사나이 차강준에게 이 무슨 안 어울리는 반항기란 말이냐. 누구야? 누가 이렇게 널 삐딱하게 만들었어? 엉?"

호들갑을 떨던 동욱에게 강준은 조금도 반응하지 않았지만, 이내 동욱은 손뼉을 짝 내려치며 고개를 마구 흔들었다.

"어이쿠, 내가 바보다, 내가 바보야. 천하의 돌부처 차강준을 좌지우지하시는 분이야 '그분' 뿐이겠지. 안 그러냐?"

강준의 날 파란 눈매가 잠시 동욱을 스쳤다. 하여튼 함부로 이

야기하는 꼴을 못 보지. 명백한 경고의 눈빛에 혀를 차며 동욱이
은근슬쩍 물었다.

"아니, 그런데 왜. 얼굴을 봤으면 좋았을 것인데. 또 어디 다쳐
서 오시기라도 하셨든?"

"그런 게 아니야."

낮게 대답하는 강준의 한숨에는 고뇌의 흔적이 있었다. 그럼 뭐
야, 동욱이 서글서글한 눈을 일그러뜨리며 재촉했지만 강준은 섭
사리 입을 열지 않았다. 조금 더 캐물어볼까, 싶어서 나서려던 찰
나 선배님, 하고 부르는 목소리에 동욱이 고개를 돌렸다.

"어, 2학년. 이름이…… 미정? 미자?"

"미진이요, 선배님."

짧게 자른 단발이 화사한 여학생이 한 걸음 다가섰다. 캬, 아직
봄날은 멀었지만 지금 이 순간만은 5월이 부럽지 않구나. 동욱이 호
쾌한 얼굴로 말을 걸려 했으나 미진의 시선이 강준에게 꽂혀 있음
을 깨달은 그는 이내 인상을 구기고 말았다. 5월은 무슨, 아직 4개
월이나 남았지, 뭐.

"사실은 내일이 제 생일이거든요. 그래서 애들이랑 선배님들 모
시고 작게 파티라도 할까 하는데, 혹시 오늘 저녁에 시간 되세요?"

강준은 자신에게 묻는 것인지조차 느끼지 못한 듯했다. 먼발치
어딘가를 또렷한 눈매로 응시하는 강준을 돌아본 동욱이 서둘러
그의 옆구리를 쿡쿡 찔렀다. 그제야 천천히 고개를 돌리는 강준의
얼굴을 마주한 미진의 뺨에 붉은 꽃이 피었다.

"이맘때쯤에는 학교에 아는 얼굴들도 별로 없고, 좀 쓸쓸할 것

같아서요. 다행히 선배님들은 얼굴을 봤으니까……."

"미안, 난 저녁에 아르바이트가 있어서."

예상한 대답에 동욱은 한숨을 푹 내쉬었다. 강준이 아르바이트를 하지 않는 날은 참 드물었다. 머지않아 잡일의 달인으로 TV에 출연해도 자신은 놀라지 않을 것이라 생각하며 동욱은 미진의 눈치를 살폈다. 실망을 감추려는 여자의 얼굴은 얼마나 아름다운가. 동욱은 혀를 차며 죄 많은 친구의 얼굴을 바라보았다.

아마 이 녀석은 자신이 방금 한 여자가 어렵게 낸 용기를 얼마나 아무렇지 않게 짓밟았는지 평생 모를 것이다. 고개를 설레설레 내저으며 동욱이 빙그레 웃어 보였다.

"나는 가도 되지? 난 오늘 저녁 한가하다."

"그, 그럼요! 동욱 선배님 오시면 애들 되게 좋아할 거예요."

사람들과 어울리는 것을 좋아하고 천성이 밝은 동욱을 싫어하는 사람은 드물었다. 시간과 장소를 말하고 미련이 남은 시선으로 강준을 훑던 미진이 돌아서고 나서야, 동욱은 제법 세게 팔꿈치로 강준의 옆구리를 가격했다.

"이 아르바이트 기계야. 세상 잡일은 너 혼자 다 하지. 오늘은 또 어디냐?"

"파라오 나이트."

"나이트?"

동욱이 눈을 크게 뜨고 되물었다. 고개를 짧게 끄덕인 강준을 미심쩍은 눈으로 바라보며 동욱이 말했다.

"나이트에서 무슨 일을 하는데?"

"서빙하고 테이블 세팅. 그래도 다른 일에 비해서는 일당이 센 편이야."

"막, 뭐 삐끼 같은 건 아니고? 여자들 부킹 시켜주고, 막 그런 거."

강준의 고결한 이미지와는 사뭇 어울리지 않는 일들을 주워섬기자 깊게 파인 눈을 가늘게 뜨며 강준이 혀를 찼다.

"말재주 없는 내가 그런 일에 어울리냐? 며칠만 임시로 일하는 거야. 호프집 아르바이트가 잠깐 끊겨서."

"얼마나 알부자가 되려고, 이 자식아. 대학 내내 장학금으로 학교 다니면서 무슨 돈이 그렇게 필요해서 매일같이 아르바이트야? 너 사설 경호 알바도 하지 않았어? 그것도 꽤 보수 좋잖아."

"이제 거의 다 모았어."

강준이 낮게 말했다. 차디찬 겨울바람을 가로지르는 목소리에 담겨 있는 단호한 뜻을 눈치챈 동욱이 슬쩍 되물었다.

"'그분' 때문인 거지? 너 돈 모으는 거."

"뭐 꼭, 그렇다기보다……."

단단하게 근육이 뻗은 목덜미를 긁적이는 강준의 단정한 얼굴에는 마치 수줍음을 타는 소년과 같은 것이 있었다. 그가 그런 표정을 짓는 것은 오직 한 사람의 이야기를 할 때뿐이었고, 오랜 세월 그의 곁에 있었던 동욱은 그 점을 익히 잘 알고 있었다.

"대체 뭔데? 뭐, 거창한 거라도 사드리게? 명품 가방? 시계? 설마, 자동차?"

"그런 건 받지도 않을걸."

동욱의 속물적인 말을 단칼에 자르며 강준은 굳게 입을 다물었다. 차라리 그런 것을 좋아하는 사람이었다면 조금 더 제 마음이 가벼웠을지도 모른다. 그녀를 위해서 강준이 할 수 있는 일이라는 것은 그저 '천사원'의 이름에 해가 되지 않도록 바르게 살아가는 것뿐이었다.

그녀가 자신에게 바라는 것이 그 이외에는 아무것도 없다는 것이, 오히려 그를 깊고 복잡한 고뇌에 빠뜨렸다.

이제 얼마 남지 않았다. 천사원의 원장 수녀님께 매달 일부를 드리는 것을 제외하고 차곡차곡 쌓여가는 통장의 잔고를 되새기며 강준의 마음은 점점 단단해져 갔다.

"김 계장님은 춤도 못 추면서 무슨 나이트를……."

"아니, 뭐 꼭 나이트에 춤추러 옵니까? 젊은 사람들 구경도 할 겸 오는 거죠."

40대 초반인 김 계장은 석호의 수사관이었다. 회식은 삼겹살집에서 시작했다. 1차로 끝내 버리겠다는 굳은 다짐을 한 서연이 발군의 주량으로 부장을 전담 마크한 덕에 가장 큰 장애물이었던 부장은 두 시간 반 동안의 저항 끝에 장렬히 전사했다.

그러나 서연이 간과했던 것은 다른 반동분자들이었다. 서연과 석호와 어울리는 날이 아니면 나이트에 들어올 일이 없는 김 계장과 서연의 수사관인 박 계장은 유흥 문화를 좋아하는 사람들이었고, 딱 두 시간만 함께 해달라는 간절한 소원을 차마 외면하지 못하고 서연은 어지럽게 움직이는 사람들을 헤치고 룸으로 들어섰다.

맞은편 검사실을 쓰는 유진이 잔뜩 들뜬 얼굴로 맥주를 단번에 들이켰다. 애인과 헤어진 지 한 달이 된 그녀는 지금 그 빈자리를 채우기 위해 혈안이 되어 있었다.

"심 검은 안 나갈 거야?"

"사람 많은 건 질색이라서요. 부장님 녹다운시키느라 술도 좀 과했고."

"괜찮아? 술 깨는 약이라도 사다 줄까?"

"지금은 조용히 계셔주는 게 약이에요."

급하게 들이부은 폭탄주가 몇 잔이었던가. 정신은 또렷했지만 쿵쾅거리는 비트에 맞춰 뇌가 탭댄스를 추는 것만 같아 서연은 소파에 등을 기대었다. 머뭇거리는 석호의 등을 떠밀며 유진이 방을 나섰고, 온몸으로 리듬을 타며 신이 난 김 계장과 박 계장까지 나가고 나서야 룸에는 어정쩡한 정적이 찾아들었다. 서연은 미지근하게 열이 오른 이마를 짚으며 생수를 마셨다. 차가운 물이 혈관을 타고 흘러 머리를 식혀주는 것 같았다.

탁한 공기를 들이마시며 서연은 넓은 소파에 다리를 올렸다. 종아리가 퉁퉁 부은 것 같았다. 어차피 아무도 없는데 잠깐 누워 있을까 싶어 그녀는 하나로 묶었던 머리를 풀고 소파에 그대로 몸을 뉘었다. 코끝을 스치는 술과 담배, 그리고 쾌락의 냄새에 서연은 가만히 눈을 감았다. 어깨가 뻐근했다.

얼마나 지났을까. 가물가물 선잠에 빠져들려던 찰나 문이 삐걱, 열리는 소리가 들렸다. 순간 열린 문 틈새로 앞다투어 밖을 쩌렁

쩌렁 울리던 커다란 음악 소리가 들어와 룸을 가득 채웠다. 서연은 마지못해 피곤한 몸을 일으켰다.

"어, 이 방이 아니네."

반쯤은 씹어 삼킨 듯한 발음으로 웅얼거리는 사람은 처음 보는 남자였다. 서연은 비틀거리는 남자가 만취했음을 알았다. 알아서 나가겠지, 싶어 가만히 앉아서 그를 바라보는데 남자가 슥 고개를 들이밀었다.

"이 방이 아니긴 한데, 이 언니가 더 마음에 드네. 아니, 왜 여기 혼자 있어?"

"거기서 더는 다가오지 않는 게 좋을 겁니다."

서연은 테이블에 놓아둔 생수병을 집으며 또렷하게 말했다. 남자는 잠시 머뭇거리는가 싶더니 이내 장난치듯 과장된 발걸음을 내디뎠다.

"한 발자국 다가갔는데?"

"알아들을지 모르겠지만."

서연은 잠시 말을 끊고 물을 마셨다. 알코올을 분해하느라 체내의 수분을 다 가져다 썼는지 목이 말랐다. 생수병을 반쯤 비운 서연이 짧은 한숨을 내쉬며 말을 이었다.

"이 방에서 당신이 할 것으로 예상되는 행위는 적어도 징역 5년을 구형할 수 있어요. 내가 당신을 너무 순진하게 봤다면 강제추행죄까지 징역 15년도 가능하겠죠. 삼천만 원에 합의할 생각은 전혀 없으니 이 방에서 나가는 게 당신 인생에는 도움이 될 겁니다. 알아들었어요?"

남자는 귀를 긁적이고 있었다. 생각보다 더 취한 상태였다. 서연은 혀를 차며 몸을 일으켰다. 남자가 앞을 가로막았다.

"어딜 가시게, 똑똑한 아가씨. 오빠랑 잠깐 어울려 줘."

"비켜. 걷어차기 전에."

에이, 그러지 말고, 하며 남자가 손을 뻗었다. 서연의 눈은 본능적으로 그를 걷어차서 넘어뜨렸을 때 혹시라도 테이블에 머리가 부딪치지 않을지 각도를 살폈다. 자칫하면 자신이 과잉방어로 엮이는 재수 없는 일이 일어날 수도 있었다.

제길, 이래서 뭘 아는 사람이 더 피곤한 법이라니까. 술 냄새가 훅 끼치는 남자가 가까이 왔음을 확인한 서연이 막 그의 정강이를 걷어차려 했을 때, 조용히 문이 열렸다.

"과일 안주 나왔습니다."

탁한 지하의 공기를 가로지르는 낮은 목소리는 청량했다. 남자는 반사적으로 고개를 돌렸지만, 막 웨이터 쪽으로 빠져나가려던 서연의 손목을 놓치지는 않았다.

"손님, 혹시 곤란하십니까?"

과일 접시를 들고 다가오던 웨이터가 몇 발자국 앞에 멈춰 섰다. 목소리가 문득 낯이 익다는 생각이 들어 서연은 눈을 가늘게 떴다.

"곤란하긴 뭐가 곤란해. 참견 말고 어서 나가. 휘이."

남자가 손을 휘저었다. 서연은 그때 어둠 속에서 웨이터와 눈이 마주쳤다고 느꼈다. 익숙한 이름을 부르려던 그 순간, 일은 눈 깜짝할 새에 일어났다.

"으아악! 내, 내 팔!"

남자가 비명을 내질렀다. 그의 팔을 뒤로 꺾고 무릎으로 등을 짓누르고 있는 사람은 강준이었다. 조금의 표정 변화도 없이 남자를 제압한 강준이 손에 힘을 주었다. 남자의 신음이 높아졌다.

"너, 그 옷차림……."

서연이 밖에서 흐릿하게 들어오는 조명에 의지해 강준을 내려다보았다. 짙게 뻗은 눈썹을 날카롭게 치켜 올린 강준이 눈을 들었다. 허, 하고 서연의 입꼬리가 유연한 곡선을 그렸다.

"잘 어울리는데."

풋, 하고 웃음을 터뜨리는 서연을 바라보는 강준의 미간이 바짝 좁혀졌다. 이런 곳에서 마주친 것만도 어쩐지 민망해 미칠 지경인데, 심지어 그녀는 배를 잡고 깔깔 웃고 있었다. 낮은 한숨을 삼킨 강준은 몸을 일으켰다. 남자가 비틀비틀 일어섰다.

"이 새끼, 너 내가 가만 안 둘 거야. 어디다 손을 대!"

"아저씨."

서연이 한 걸음 다가서서 남자의 등을 가볍게 두드렸다. 술에 취한 남자가 고개를 돌리자 서연이 부드럽게 웃으며 속삭였다.

"현직 검사 상대로 강제추행죄 적용하면 아저씨 나가서 사회생활 못해요. 아시겠어요? 나가서 이거나 마시고 술이나 깨시라구. 인생 망치지 말고."

서연이 숙취 해소제를 남자의 손에 쥐어주며 등을 떠밀었다. 무언가 느끼는 바가 있었는지 남자가 주춤거리며 문을 나섰다. 꼬깃하게 주름 잡힌 블라우스 소매를 탈탈 털며 서연이 새삼 눈앞에 우뚝 서 있는 강준을 바라보았다. 하얀 셔츠와 금색과 붉은색 실

이 교차되어 있는 조끼, 그리고 검은 나비타이를 훑어본 서연이
미간을 찌푸렸다.

"나이트에서도 아르바이트를 하는지 몰랐는데."

"……즐겁게 놀다 가세요."

웃음기와 의아함이 뒤섞인 서연의 말에 강준이 무뚝뚝하게 대
답한 뒤 성큼 걸어 나갔다. 금세 눈앞에서 사라져 버린 강준의 잔
영에 순간 멍한 눈을 한 서연은 먼저 제 눈을 의심했다. 반가움에
웃지 않을까가 첫 번째 그녀의 예상이었고, 의외의 곳에 의외의
상황이니 놀란 얼굴로 어찌 된 일이냐 묻지 않을까가 두 번째 그
녀의 예상이었다.

한 번도 본 적 없는 차가운 얼굴로 뒤돌아 나가 버리는 것은 그
녀의 예상과 너무 달랐다.

"심지어, 뭐? 즐겁게 놀다 가세요?"

"어, 왜 문이 열려 있어?"

석호와 유진이 나란히 들어왔다. 이마에 가볍게 맺힌 땀을 닦으
며 유진이 호들갑스러운 목소리로 속삭였다.

"나 여기서 진짜 괜찮은 웨이터 봤다. 나이가 좀 어린 것 같기는
한데, 진짜, 정말로 괜찮아. 오늘 여기서 본 남자들 중에 최고야.
가서 말이라도 걸어볼까? 여자친구 있겠지?"

"나이 서른넷에 그건 좀……."

"너한테 안 물어봤어!"

유진이 험악하게 주먹을 들이밀었다. 석호는 잠자코 입을 다물
었다. 서연은 소파 한구석에 놓아둔 자신의 가방을 집어 들었다.

"죄송해요. 전 먼저 좀 갈게요. 머리가 깨질 것 같아서. 내일 뵙겠습니다."

"어, 자, 잠깐, 심 검. 내가 바래다줄……."

서연의 뒤를 따르는 석호의 목덜미를 잡아채며 유진이 눈을 부라렸다.

"너까지 빠지면 이 자리 재미없지, 배석호. 안 그래?"

"아, 선배. 잠깐, 이건 좀 놓고 말해요."

"앉아. 일단 목부터 좀 축이자. 근데 아까 나한테 막 들이대던 남자 봤어? 카키색 셔츠 입은 남자 말이야. 괜찮지 않던? 양아치나 바람둥이 같아 보이진 않았지?"

석호는 굳게 닫힌 문을 바라보며 깊은 한숨을 내뱉었다. 어느새 유진이 가득 따른 맥주가 눈앞에 놓여 있었다.

자정을 향해 가는 지금은 나이트의 피크 타임이었다. 한껏 술기운에 취한 젊음들이 음악에 맞춰 온몸을 흔들고 있었다. 강준을 찾기 위해 두리번거리던 서연은 누군가에게 손목을 잡혔다. 고개를 돌리자 강준과 같은 옷을 입은 웨이터였다.

"언니, 자리 잃어버렸어요? 내가 괜찮은 오빠들한테 데려다 줄게. 진짜 괜찮아, 나만 믿어 봐."

큼지막한 명찰에 '정우성'이라고 적혀 있는 이름과 웨이터의 얼굴과의 간극에 한숨을 내쉬며 서연이 손목을 비틀었다.

"부킹 필요 없으니까 이것 좀 놔요. 찾는 사람이 있으…… 혹시 차강준이라는 사람 지금 어디 있는지 알아요? 여기서 웨이터로 일하던데. 키도 크고, 얼굴도 말끔하게 잘생겼고, 운동해서 체격도 좋은데."

'정우성'의 얼굴이 일그러졌다.

"여긴 본명으로 찾아도 잘 몰라요. 닉네임을 부르셔야지. 그리고 솔직히, 여기 웨이터들 다들 키 크고 얼굴 잘생겼고 체격 좋아요. 날 보면 모르시나."

모르겠다. 서연이 심각하게 미간을 찌푸렸다. '정우성'은 그녀의 손목을 꼭 붙잡은 채 살살 달래듯 말을 걸었다.

"웨이터 찾지 말고 손님은 손님이랑 노셔야지. 진짜 괜찮은 오빠들 있다니까. 가자마자 양주 세 병 쫙 세팅하는 돈 많은 오빠들인데, 눈들이 높으셔서 애가 타던 중에 언니를 딱 만났네? 진짜 나 한 번 믿고 가봐요. 나 '정우성'이야. 능력 없으면 이 명찰 못 달아요."

스피커 근처라 시끄럽게 울리는 음악 소리가 서연의 머릿속을 마구 휘저었다. 일단 여길 좀 벗어나야겠다는 생각에 웨이터가 이끄는 대로 몇 걸음 움직이던 서연은 불쑥 끼어든 누군가에 의해 앞이 가로막혔다.

"이거 놔."

"어? 야, 끼어들지 마. 이분 내 손님이야. 넌 딴 데 가서 알아……."

"놓으라고."

고막을 쥐고 흔드는 것 같던 음악 소리를 꿰뚫는 낮은 목소리는 위협적이었다. 서연은 잡혀 있던 손목이 풀리는 것을 느끼고 가볍게 손을 털었다. 다시는 나이트에 발걸음을 하지 않겠다, 결심하며 고개를 들었다. 화가 난 듯 매섭게 눈꼬리가 치켜 올라간 강준이 그녀를 바라보고 있었다.

"오늘 참 여러 얼굴 보네."

화라니. 강준이 그녀에게 화를 낼 일도 없었지만, 어렴풋이 서연은 그가 자신에게 화를 내는 일이 가능할 리 없다는 막연한 생각을 하고 있었음을 깨달았고, 그것이 틀렸다는 것을 눈으로 보고 있었다.

감회가 새롭다는 말을 이럴 때 써야 할까. 천사 누나 어쩌고 하면서 무슨 말을 해도 방긋방긋 웃던 어린 소년은 어딜 가고, 위압적인 느낌을 품고 있는 단단한 남자가 눈앞에서 자신을 노려보고 있음에 서연은 작게 혀를 찼다.

"부킹이라도 하실 거예요?"

강준이 도톰한 입술을 깨물며 차게 내뱉었다. 갸름한 서연의 얼굴이 조명 아래에서도 창백했다. 그녀는 이런 어지러운 곳과는 어울리지 않는 사람이었다. 서연이 모르는 남자에게 손목을 잡혀 사람들 사이로 끌려가는 광경은 그의 머리를 아찔하게 만들었다. 웨이터 옷을 입고 있는 자신이 창피했지만, 그 이전에 서연을 이곳에 둘 수가 없었다.

복잡한 생각들이 얽혀 퉁명스러운 말이 되어 나왔다. 제가 뭐라고 감히 그녀에게 이런 말을 내뱉는지, 말을 하자마자 후회가 밀려왔지만 강준은 그저 이를 악물었다. 가만히 자신을 바라보던 서연의 손이 느릿하게 올라와 그의 팔을 잡았다. 강준의 짙은 눈이 조금 크게 부풀었다. 강준아, 하고 그녀가 제 이름을 불렀다.

"나 머리 아파."

그림처럼 뻗은 눈썹을 찌푸리며 서연이 작게 속삭였다. 홀을 가득 메운 음악 소리에 묻히고도 남을 만큼 작은 목소리였지만 강준의 귀에는 모든 것을 휩쓰는 태풍과도 같았다. 제 팔을 잡고 있는 서연의 손으로 온몸의 신경이 쏠렸다. 혈관을 타고 흐르는 피가 뜨겁게 데워지는 것 같았다.

"여긴 너무 시끄러워."

서연이 다른 손을 올려 이마를 짚었다. 그녀가 시끄러운 음악을 좋아하지 않는다는 것을 강준은 알고 있었다.

"이쪽으로 오세요."

강준이 앞장서서 그녀를 이끌었다. 제 팔을 잡은 그녀의 손이 떨어지지 않게 천천히 걸어가는 강준의 널찍한 등을 바라보며 서연은 피식 웃었다. 눈으로 보면서도 어쩐지 신기한 느낌이었다. 소년이었던 강준의 작은 등이, 골절은 넓어진 지금의 등에 겹쳐졌다. 서운함과도 비슷한 감정이 번져 나와, 서연은 이내 긴 한숨을 내쉬었다.

그래, 어른. 너도 이제 어른이 되었나 보다.

#3
무리해서 갖고 싶은

/

강준이 그녀를 데려간 곳은 직원 휴게실과도 같은 곳이었다. 협소한 공간이었지만 구석진 곳에 있어서 적어도 시끄럽지는 않았다. 강준은 실내를 두리번거리는 서연에게 생수를 내밀었다.

"목마르지 않으세요?"

"응. 고맙다."

자연스럽게 생수 뚜껑을 따서 내미는 강준의 손은 자신보다 훨씬 컸다. 그 길고 두꺼운 손가락을 물끄러미 바라보던 서연은 입꼬리를 올려 작게 미소 짓고는, 생수를 한 모금 마셨다. 강준은 낮은 천장 때문에 고개를 똑바로 들지 못했다.

"의자는 이거 하나라서, 불편하더라도 여기 앉으세요."

강준이 구석에서 끌고 온 철제 의자는 가죽 방석 부분이 해져

있었다. 그런 것을 서연에게 내미는 것이 창피하게 느껴져 강준의
귀 끝이 붉어졌지만, 그래도 피곤해 보이는 서연이 서 있는 것보
다는 낫다고 생각했다. 고개를 짧게 끄덕인 서연이 천천히 의자에
앉았다.

"여기 아르바이트는 언제부터 시작했어?"

매캐한 공기에 눈이 흐려질 지경이었다. 무심코 힐난하듯 물어
본 서연이 아차 싶어 강준을 바라보았다. 허리를 구부정하게 숙이
고 있어 표정이 잘 보이지 않았다.

"아니, 대답 안 해도 돼. 내가 뭔가 캐물을 권리가 있는 사람도
아니니까."

손을 내저으며 서연은 물을 몇 모금 더 마셨다. 그녀는 어쩐지
조금 긴장되는 기분이 들었다. 강준은 그녀에게 열두 살 먹은 어
린 소년이었다. 만날 때마다 키도 크고 어깨도 떡 벌어져 몰라보
게 자랐지만, 여전히 그는 서연에게 '아이'였다. 그런데 이런 공
간에서 제 앞을 커다랗게 가로막고 서 있는 강준에게서 물씬 풍기
는 남자의 느낌에 그녀는 당황하는 중이었다. 당황은 긴장을 불어
넣었고, 그녀는 긴장을 해소시키려 물을 마셨다.

"사흘 됐어요. 일주일만 대신 일해달라고 아는 사람에게 부탁
받아서. 그리고 그 권리, 싫지 않으시다면 드리고 싶은데요."

강준의 낮은 목소리는 듣기 좋았다. 그의 반듯한 성정을 반영하
듯 곧고 따뜻했다. 서연은 두어 번 눈을 깜빡인 뒤 고개를 치켜 올
렸다. 어두운 빛을 띠고 있던 강준의 눈동자 끝이 조금 이지러졌
다.

"무언가를 캐묻는다는 건, 적어도 저에 대한 관심이 있다는 뜻이니까요. 이 세상에서 제 일상을 궁금해하는 사람은 많지 않아요."

강준의 말에는 짙은 외로움이 배어 있었다. 흠, 하고 작게 숨을 내쉬던 서연이 손가락을 까닥였다.

"몸 좀 낮춰줄래? 너 키가 너무 커서 올려다보느라 목이 다 아프다."

아, 하고 망설임 없이 곧장 바닥에 주저앉는 강준의 움직임에 서연은 가볍게 웃고 말았다. 낮은 곳에서 자신을 올려다보는 강준의 시원스러운 눈매는 어딘지 안심이 되는 구석이 있었다. 서연이 중얼거리듯 물었다.

"안 힘들어?"

"견딜 만해요."

"혹시…… 뭐 갖고 싶은 거 있어?"

서연의 질문에 강준의 눈이 동그란 모양을 그렸다.

"아니요, 딱히."

"그런데 왜 이렇게 아르바이트를 열심히 해?"

서연은 오랫동안 묵혀두었던 말을 꺼냈다. 시선을 떨군 채 묵묵히 있는 강준을 바라보며 서연은 목을 가다듬었다.

"미래에 대한 불안함이 있을 수도 있고, 너 나름대로 느끼는 압박감이 있을 수도 있다고 생각해. 그래서 돈을 모아야겠다는 생각이 간절할 수도 있을 거야. 그런데 나는, 네가 사치스러운 생각이라고 비난할지 모르지만, 너를 위한 시간을 조금 더 누렸으면 좋겠어. 경험이 되는 모든 일은 좋아. 그렇지만 나중에 네 이십대를 돌아봤을 때, 떠오르는 게 아르바이트와 관련된 기억만 있지는 않았으면 좋겠어. 친구들과 어울려 놀았던 추억도, 예쁜 여학생과의 두근거리는 연애담도 골고루 있기를 바라거든. 그게 나중에 너에게 큰 힘이 될 테니까."

그녀는 원래 누군가에게 충고를 하는 타입의 사람이 아니었다. 제 인생은 제가 알아서 사는 것이다. 참견을 하는 사람이 있더라도 결국에는 자신이 바라던 대로 미래를 살아가게 마련이니, 충고는 큰 의미가 없다고 생각하며 살아왔다.

그랬기에 강준에게 이런 말을 하는 것이 어색했지만, 한 번은 해주고 싶은 이야기였다. 서연은 멋쩍은 얼굴로 목덜미를 긁적이며 강준을 흘끗 내려다보았다. 낮게 내려뜬 강준의 길게 뻗은 속눈썹을 바라보자, 이내 파르르 떨며 눈꺼풀이 깜빡였다.

"저는 좋아요."

강준이 눈을 치켜떴다. 검게 빛나는 눈동자가 또렷하게 그녀를 향했다. 한 글자, 한 글자를 똑똑히 머릿속에 새겨 넣듯, 강준은 천천히, 그러나 힘주어 말했다.

"저는, 이걸로 충분해요."

그 목소리가 조용히 서연의 머릿속을 울렸다. 순수하고도 절실한 어떤 감정이, 강준의 시선을 따라 넘실거리는 것 같았다.

✱

"검사님, 저 그럼 법원에 좀 다녀오겠습니다."

"네. 계장님은 그 뺑소니 사건 목격자 진술 좀 다시 한 번 들어주세요. 아무래도 사건 시각과 이야기가 안 맞는 것 같아요. 최 형사님께 연락도 미리 해주시구요."

"바로 전화해 보겠습니다."

서연은 손을 더듬어 텀블러를 집었지만 이미 텅 비어 있었다. 서류를 뒤적이며 소장을 작성하던 서연은 뻑뻑한 눈을 꾹 눌렀다. 잠깐 쉴까, 그녀는 중얼거리며 의자에 앉은 채 길게 기지개를 켰다. 가슴 아래 내장 기관이 쭉 늘려지는 기분에 으아아, 하고 숨을 내뱉었다.

무심하게 앞을 바라보던 서연의 눈에 하얗게 물든 창문이 들어왔다.

"어, 눈 오는구나."

눈이 오는 것이 기쁘지만은 않게 된 것이 언제부터일까. 서연은 그 순간이 그녀가 스스로 돈을 벌기 시작한 순간과 정확히 일치한다는 것을 깨달았다. 쳇. 혀를 차며 서연이 천천히 몸을 일으켰다. 어깨가 뻐근했다.

"머리가 찡, 하고 울리는 아이스커피 마시고 싶다."

혼잣말을 중얼중얼 거리던 그녀는 한 컷에 미뤄두었던 얼굴이 갑자기 툭 머릿속에 튀어나와 짧게 숨을 들이켰다. 또렷한 이목구비의 조화가 단정한 얼굴. 저는 이걸로 충분해요, 하고 속삭이던 낮은 목소리. 아, 제길. 담배. 담배가 필요해. 아니야, 벌써 다섯 개비를 다 피워 버리고 말았어!

"뭐가 충분하다는 거야."

생각이 사방팔방으로 마구 튀었다. 그러나 종착지는 늘 강준의 말이었다. 조금 더 캐물었어야 하는데 그러질 못했다. 그 순간에는 더 캐묻고 싶은 생각이 들지 않았다.

"이걸로 충분해요. 이걸로? 이거가 뭔데? 서빙 아르바이트? 나이트의 그 정신 나간 혼잡함? 하긴, 아직 어리니까 나이트가 재미있을 수도……."

일부러 강조하듯 '아직 어리니까' 라는 말을 내뱉는 스스로가 의식돼 서연은 혀를 찼다. 바보 멍청이가 되어버린 것 같다. 차라리 전화를 해서 물어보던지! 하고 대차게 외치던 서연은 머리를 헤집었다. 전화번호. 강준이 전화번호를 모른다. 아니, 그보다 그 녀석 휴대폰이 있기는 하던가. 언젠가 인성이 연락받고 동해에서 달려왔다고 했으니까 있다는 뜻이겠지. 그러니까 그날, 기껏 동해씩이나 가놓고 왜 달려온 거야.

"으악, 짜증 나!"

금연을 하기 위해 점점 줄여가고 있는 니코틴 때문인지 서연은 신경이 예민했다. 뻣뻣한 목을 좌우로 늘리며 자신이 왜 이런 것에 연연해하는지에 대해 생각했지만 답은 나오지 않았다. 불만이 가득한 얼굴로 혀를 차던 그녀는 벌컥, 열리는 문을 돌아보았다. 석호였다.

"커피 마실래? 어, 아무도 없네. 다들 나갔어?"

"아이스가 마시고 싶었는데. 어쨌든 고마워요."

서연은 석호가 내밀고 있는 커피를 가져왔다. 텀블러에 얼음을 가득 담고서 커피를 옮기는 그녀를 바라보며 석호가 한숨을 내쉬었다.

"오늘 어지간하면 유진 선배한테 가지 마라."

"무슨 일 있어요?"

"김경욱 사건 있잖아, 상습 성폭행. 불기소 처분 때렸거든. 기분 아주 더러울 거야, 지금."

"아, 그 DNA 결과가 흐지부지됐다던."

"100% 범인이라고 확신하는 모양이던데 어떡하냐, 증거가 없는걸. 거의 두 달 매달렸는데 손 놓고 풀어줘야 하는데다가, 오늘 청장님 꽃순이까지 해야 해서 잘못 걸리면 누구든 가루로 만들 기세야."

"큰일이네."

응? 하고 되묻는 석호에게 서연이 어깨를 으쓱였다. 결 좋은 머리카락이 어깨를 따라 찰랑거렸다.

"나 지난번에 선배가 담당했던 뺑소니 건에 대해서 좀 물어보려고 했는데. 사거리 삼중 추돌사고 말이에요. 불구속기소했던."

"다른 날에 물어봐. 오늘은 접근 금지라니까."

"내일은 피해자 가족이랑 면담 있단 말이에요. 가뜩이나 조사를 하긴 하는 거냐며 매일 열두 통씩 사무실로 전화 오는 마당에."

서연은 커피를 꿀꺽 들이마셨다. 뇌가 얼음으로 얇게 코팅된 후 쩡, 하고 깨지는 듯한 상상을 하며 짙은 커피 향을 음미하던 서연이 체념의 한숨을 내쉬었다.

"청장님 강연이 어디라고 했죠?"

"H대. 한 시간짜리라고 하던데. 왜, 대신 가주게?"

"H대?"

강준의 학교였다. 서연이 반지르르한 눈동자를 굴리며 고개를
여러 번 끄덕였다.

"까짓 거 제가 대신하죠, 뭐. 바쁠 때 서로 돕는 게 또 선후배 간
의 정 아니겠어요? 물어볼 것도 있고 하니까."

"……진심이야, 심 검?"

서연의 입에서 흘러나왔기에 한없이 낯설게 들리는 '선후배 간
의 정'이라는 표현에 석호는 얼굴을 찌푸렸지만, 고아한 눈매를
접으며 살갑게 웃는 서연의 표정에 홀려 그는 무심코 따라 웃고
말았다.

〈진짜 고마워. 그동안 내가 심 검을 좀 오해했었나 봐. 나중에
내가 거하게 밥 한번 살게.〉

"아니에요. 돕고 사는 거죠, 뭐. 힘내세요, 선배님."

입에 발린 소리를 하며 서둘러 통화를 끝냈다. 그리고 오해하신
거 아니에요, 라고 뒤늦게 중얼거리며 서연은 낯선 캠퍼스 내부를
두리번거렸다. 착실하게 강연을 마친 청장님께 꽃다발을 전달하
고, 가식적인 미소를 띠운 채 사진까지 찍은 그녀는 강준을 찾기
위한 여정을 시작한 참이었다.

전화번호를 모르니 어떻게 찾아야 한담. 천사원에 전화해서 알

아내는 방법도 있지만 그러고 싶지는 않았다. 일단 걷자. 과사무실이라도 찾아가 봐야겠다. 혼잣말을 내뱉으며 서연은 천천히 걸음을 옮겼다. 하얗게 내리는 눈송이가 점점 커지고 있었다.

✳

"이게 바로 선후배 간의 정 아니겠냐? 너도 참여하라는 뜻에서 일부러 너 일하는 데서 모이는 이 아름다운 마음. 으하하하."

동욱은 맥주잔을 들어 올렸다. 튀김 안주 접시를 테이블에 내려놓던 강준의 눈매가 서늘하게 치켜 올라갔다. 재빨리 고개를 돌린 동욱이 주변에 앉아 있는 후배들을 선동했다.

"안 그렇습니까, 여러분!"

"맞습니다!"

"선배님, 힘내세요."

미진을 비롯한 여자 후배들의 꺄악 거리는 소리가 들렸다. 강준은 한숨을 삼키며 동욱의 머리를 쥐어박았다. 점원이 손님을 막 폭행하고 이래도 돼? 하고 금세 목소리를 높이는 동욱의 목을 붙잡고 흔들고 싶은 심정이었지만, 강준은 그저 조용히 부엌으로 들어갔다. 그는 잠시 동욱이 과연 자신의 인생에 도움이 되는 사람인지를 되새겨 보았다.

문득 서연의 목소리가 떠올랐다. '친구들과 어울려 놀았던 추억'. 그것은 아마 동욱과 어울려 지낸 시간이 될 것이다. 그는 강준의 가장 가까운 친구였다. 그의 신경을 가장 건드렸던 말은 '예

쁜 여학생과의 두근거리는 연애담', 그 부분이었다. 강준의 뇌리
에 깊이 박혀 떠나지 않고 있는 말은.

어쩌면 당연하다. 그녀의 눈에 자신은 한참 어린애일 것이고,
무엇보다 그녀의 도움에 힘입어 지금까지 살아왔다. 그들은 같은
선상에 놓인 사람들이 아니었다. 동등하지 않았다.

중학교 때까지는 마냥 서연이 오는 것이 좋았다. 서연은 그의
눈에는 그야말로 천사였다. 그녀가 오는 날에는 천사원에 웃음꽃
이 피었고, 무엇보다 그녀는 그때까지 강준이 봤던 어느 누구보다
도 아름다웠다. 그는 늘 그녀를 기다렸다. 자신을 천사원에 버리
고 간 엄마를 기다리듯이, 그녀가 오는 날만을 기다렸다.

그러나 조금 더 세상을 알게 된 고등학교 시절, 돈에 의한 차별
과 격차를 느끼면서 그녀를 바라보는 것이 마냥 편하지만은 않게
되었다. 세상에 대한 불만으로 그의 가치관이 흔들리는 것을 피할
수 없는 시기였다.

또한 그에게는 더욱 큰 문제가 있었다. 어느 날부터인가, 서연
이 가까이 오면 심장이 미칠 듯이 뛴다는 것이었다. 그저 아름답
고 고마운, 그리운 사람이었던 서연의 부드러운 머리칼에서 흐르
는 향기에 가슴이 두근거리고, 자기도 모르게 그녀의 매끄러운 살
결을 만지고 싶은 충동에 머리가 아찔해지기 시작했다. 강준의 사
춘기는 그렇게 찾아왔다.

자신이 그녀에게 품고 있는 마음을 정확히 설명하기는 어려웠
다. 그저 늘 무사하고 행복하다면 그것만으로 충분하다고 생각하
다가도, 밤새 그녀를 품는 열띤 꿈에 잠을 설치기도 했다. 그에게

불행이면서, 동시에 다행이었던 것은 서연을 볼 수 있는 기회가 아주 많지는 않았다는 것이었다. 그러나 분명한 것은, 그녀를 만나는 일이 잦아질수록 그의 복잡한 마음 또한 또렷한 실체를 갖추며 커져 가고 있다는 것이었다.

강준은 문득 제 팔을 내려다보았다. 나이트의 번잡한 사람들 속에서 서연이 잡았던 곳을 더듬었다. 강준아, 하고 부르던 음성을 떠올리자, 무엇보다도 깊은 그리움이 솟구쳤다.

참자, 참아야 한다. 강준은 스스로를 다독였다. 그가 가장 견딜 수 없는 것은, 서연이 자신을 귀찮게 느끼는 것이었다. 보고 싶어도, 목소리가 듣고 싶어도 그는 참아야 했다. 그것이 그의 자리에서 할 수 있는 최선이었고, 강준은 그것에 익숙해져 있었다.

불처럼 타오르던 마음을 다독이며 겨우 가라앉힌 강준의 서늘한 눈매가 한 뼘 더 깊어졌다. 밖에서 그를 부르는 목소리가 들려 강준은 짧게 숨을 내뱉으며 기다란 몸을 일으켰다.

"강준이 어디 갔어? 이 자식은 왜 하필 이럴 때 안 보여?"

"안주 더 시킬 거 아니면 나 찾지 마라. 너 아니어도 찾는 사람 넘쳐."

"야, 차강준. 너 혹시⋯⋯."

동욱이 머뭇거렸다. 앞치마에 젖은 손을 닦는 강준은 그의 말에 무심해 보였다. 그러나 그의 생각이 맞다면, 아마 저 덤덤해 보이는 얼굴을 일시에 흔들 수 있을 것이다. 동욱은 헛기침을 하며 목을 가다듬고는, 느릿하게 말을 꺼냈다.

"머리가 가슴 정도 오고, 하얀 피부에 인상이 아주 또렷한, 키는 좀 큰 편에 말하는 스타일이 어쩐지 공적인 느낌으로 딱 떨어지는, 20대 후반 정도로 보이는 아리따운 여자분. 아는 사람 중에 있나?"

강준의 눈 깊은 곳에 가라앉아 있던 빛이 천천히 떠올랐다. 동욱은 마치 잠들어 있던 짐승이 느릿하게 잠에서 깨어나는 장면을 눈으로 보는 것 같았다. 날카롭게 파인 눈매를 몇 번 깜빡이던 강준이 낮게 잠긴 목소리로 물었다.

"왜?"

"아니, 과사에 있는 지수 알지? 내가 걔 소개팅도 시켜주고 그랬잖아. 걔한테 방금 전화가 왔거든. 딱 그렇게 생긴 여성분이 방금 과사에 들러서 너에 대해 몇 가지 물어보고 갔다네? 더불어 내 이름도 언급하셨다는데."

"……뭐?"

강준의 입술이 벌어졌다. 자신의 예감이 정확히 맞았음을 눈치챈 동욱이 목소리를 낮춰 소곤거렸다.

"'그분' 맞지? 검사님. 네 오랜 고뇌와 숭배의 대상. 어쨌든 걱정 마라. 인상착의 듣고 내가 느낌이 딱 오길래 지수한테 그분 쫓아가서 우리 어디 있는지 자세히 설명 좀 해드리라고 그랬거든. 아마 이쪽으로 오고 계시지 않을까? 너 보러 오신 거 맞지? 전화 온 거 없어?"

"아마…… 내 전화번호 모를 거야. 전화할 일도 없었고, 한 번도 한 적 없으니까."

순간 넋이 나간 듯 중얼거리던 강준이 마른 얼굴을 쓸었다. 기껏 깊은 곳에 묻어두었던 심장이 단숨에 되살아나 쿵쿵 뛰기 시작했다. 왜? 무슨 일이지? 일부러 나를 보기 위해 여기까지 왔을 리는 없다. 얼마나 바쁜 사람인지는 아주 잘 아니까 그렇게까지 희망적인 기대는 하지 않는다. 그렇다고는 하더라도, 과사에 내 무엇을 물어본 거지? 강준의 숨소리가 점점 빨라졌다. 그러다 이내, 앞치마를 벗어두고 동욱에게 고개를 돌렸다.

"잠시만 가게 부탁하자. 곧 올게."

"야, 찾아오기 어려운 위치도 아니고, 어련히 알아서 오시지 않겠냐? 그냥 여기서 기다리면⋯⋯."

"안 올지도 몰라."

"야, 차강준. 뭐라도 걸치고 나가, 이 자식아!"

그러나 동욱의 외침이 끝나기 전에 이미 강준은 호프집을 뛰쳐나간 후였다. 계단을 뛰어 내려가는 소리가 들렸다. 동욱은 포크를 든 채 떡하니 입을 벌렸다.

"와우, 이건 상상 이상인데. '그분' 효과가 꽤 강력한걸."

"왜요? 강준 오빠 무슨 일 있어요?"

유심히 그들을 관찰하고 있던 미진이 조심스레 끼어들었다. 웃음으로 응대하며 동욱은 혀를 내둘렀다.

"나도 보고 싶은데. 여기로 오실지는 모르겠다."

"누가요. 누가 와요?"

"아니, 뭐, 그냥. 자자, 우리는 한잔하고 있을까?"

맥주잔을 내밀며 동욱이 만면에 미소를 띠었다. 얼떨떨한 얼굴로 잔을 부딪치며 미진은 아직 흔들리고 있는 문 쪽을 흘끔거렸다. 눈이 소복이 쌓이고 있었다.

서연이 건물 앞에 도착했을 때는 이미 완전히 해가 넘어간 후였다. 조용히 내리는 눈이 소리의 흐름을 가로막아 어둑해진 밤거리는 고요했다. 뽀드득, 하고 눈을 밟고 건물 앞에 서 있던 서연의 미간은 주름이 진하게 잡혀 있었다.

2층에 있는 낡은 술집 간판에는 '호프집'이라고 적혀 있었다. 참으로 정직한 이름에 헛웃음을 지으면서도, 서연은 흠, 하고 숨을 내뱉었다. 개인 신상 보호를 위해 전화번호를 알려줄 수 없다는 말에 아, 그렇구나, 싶어 과사무실을 돌아 나오던 그녀를 무슨 연유에서인지 급하게 쫓아 나온 여자가 알려준 곳이었다. 그나저나 정말 아르바이트 많이 하네. 서연은 빙글빙글 제자리를 돌며 중얼거렸다.

여기에 온 것까지는 좋다. 그런데 왜 왔는지 할 말이 없었다. 잘 있는지 궁금해서? 저는 이걸로 충분해요, 의 '이걸로'가 정확히 무엇을 의미하는지에 대한 설명을 요구하기 위해서? 무슨 대답을 하건 바보처럼 느껴져, 서연은 쯧, 하고 혀를 찼다. 게다가 아르바이트를 하는 애를 붙잡고 시간을 뺏을 만큼의 급한 용건은 절대 아니다.

"가자, 가. 에라이."

서연은 결국 돌아섰다. 별로 의미는 없지만 청장님께 얼굴 도장도 찍었고, 유진 선배에게 빚을 지게 만들었으니 아주 수확이 없는 것도 아니었다. 추위에 딱딱하게 굳어진 손을 입김을 불어 녹이며, 서연은 천천히 눈밭을 걸었다. 부츠에 밟힌 눈이 부서지며 귀여운 소리를 냈다.

"잠시만요!"

정적이 흐르는 거리를 또렷하게 가로지르는 낮은 목소리가 서연을 붙잡았다. 출출하니까 가는 길에 국수라도 먹을까, 중얼거리던 서연이 걸음을 멈췄다. 자신을 부르는 것이 분명한 낯익은 목소리의 주인이 누구인지 서연은 잘 알고 있었지만, 돌아보기 민망한 마음이 들었다. 무엇보다 이곳에 있는 제대로 된 변명거리가 없었기에 멋쩍은 상황에 빠지고 싶지 않아 서연은 억지를 쓰듯 인상을 쓴 채 다시 걷기 시작했다.

몇 걸음이나 걸었을까. 서둘러 달려온 아이가 앞을 가로막고 섰다. 급하게 달려오는 바람에 중심을 헛디뎌 미끄러질 뻔했지만, 이내 단단하게 발을 딛고 선 사람은 강준이었다. 하아, 하고 밭은 숨이 흘러나와 하얀 연기를 만들어내었다. 쳇. 입술을 깨물며 서연은 눈을 치켜떴다. 말간 뺨이 붉게 들뜬 강준의 검은 눈동자가 그녀를 내려다보고 있었다.

"어, 어떻게 여기에…… 무슨 일 있으세요?"

차라리 무슨 일이 있어서 여기 온 거라면 좋겠구나. 서연은 어색하게 웃으며 눈동자를 굴렸다.

"그러게. 내가 왜 여기에 왔을까? 하하."

바보 멍청이. 서연은 한숨을 삼키며 자조적으로 혀를 찼다. 그녀의 대답에 선이 강렬한 눈동자를 크게 뜬 강준이 두 손을 겹쳐 서연의 머리 위를 가렸다. 눈썹을 찡그린 서연이 뭐야, 싶어 턱을 치켜들자 강준이 말했다.

"눈이 많이 와서, 머리가 젖었어요. 우산이라도 쓰셔야 할 텐데."

"눈이 이렇게 많이 올 줄 몰라서. 아, 내가 여기 온 건 말이야······."

"볼일은 다 마치신 거예요?"

"응?"

볼일? 하고 눈을 깜빡거리던 서연이 아아, 하고 고개를 끄덕였다.

"다 끝났어. 너네 학교 온 김에 얼굴이나 볼까 하고. 너 안 추워?"

강준은 검은색 반팔 티셔츠 차림이었다. 여전히 큰 손을 펼쳐 서연의 머리 위를 가리고 있는 그의 탄탄한 팔에 눈송이가 내려앉아 물방울이 되고 있었다. 강준은 웃는 얼굴로 고개를 저었다.

"괜찮아요. 추위를 잘 안 타서."

아차, 그러고 보니 이번에 천사원에 갔을 때 애들 옷만 몇 벌 사고, 강준이를 챙기는 걸 깜빡했다. 겨울 코트라도 한 벌 사줘야 했는데. 서연이 눈에 젖은 머리칼을 대충 털어내며 물었다.

"아르바이트 언제 끝나?"

"네? 아······ 두 시요."

"······너, 잠은 대체 언제 자니?"

"충분히 자고 있어요."

말간 얼굴에는 옅은 피로감이 겹겹이 쌓여 있었다. 찾아가면 늘 웃는 얼굴로 그녀를 반기고 말없이 뭐든 알아서 행동하는 강준에게 신경 쓸 일이 없어서, 그저 맑아 보이기만 하는 저 얼굴 너머에 얼마만큼의 무게를 짊어지고 있는지를 미처 몰랐다. 아니, 그렇게 되게끔 강준이 처신해 왔음을 새삼 깨달은 서연의 마음 한구석이 저릿하게 울렸다.

"미련하긴."

속상한 마음에 퉁명스레 내뱉자 금세 짙게 뻗은 눈썹이 축 늘어졌다. 그 한마디가 뭐라고 시무룩해진 강준의 머리에 서연은 손을 뻗었다. 하얗게 눈송이가 쌓인 곳을 가볍게 털어주자 검은 머리칼이 드러났다. 목덜미에서 어깨로 이어지는 근육이 잔뜩 솟은 것에서 왠지 모를 긴장감이 느껴져 서연은 작게 혀를 찼다.

누가 잡아먹기라도 하나? 어릴 땐 내 다리 붙잡고 가지 말라고 늘어지고 그랬으면서.

"다시 한 번 물어볼게. 이렇게까지 무리해서 네가 갖고 싶은 게 대체 뭐야?"

강준은 묵묵부답이었다. 가만히 입을 다물고 강준은 그저 그녀를 바라보았다. 그 눈을 마주하며 답을 기다리던 서연은 답답함에 입술을 깨물었다.

"도와주고 싶어서 그래. 내가 해줄 수 있는 게 있으면……."

"아뇨."

머리 위를 가리고 있던 팔을 내린 강준이 딱딱하게 대답했다. 서연은 순간 차가운 눈덩어리를 머리에 맞은 것 같은 한기를 느꼈다. 바짝 힘이 들어가 날카로워진 눈매로 강준이 말했다.

"그러지 않으셔도 돼요. 혼자 할 수 있으니까."

이렇게까지 선명한 거절을 전혀 예상하지 못했던 서연은 당황을 감추지 못했다. 당황은 민망함을 불러왔고, 그 민망함은 짜증을 일으켰다.

"그래. 이제 너도 어른이니까, 다른 사람 도움 필요 없다 이거지. 알았어. 이해했어."

단호하게 잘라 말한 서연이 한 걸음 물러섰다. 두 사람 사이의 간격이 벌어졌다. 무언가를 잔뜩 억누른 표정으로 가만히 서 있는 강준을 바라보며, 서연이 건성으로 손을 내저었다.

"들어가. 감기라도 걸리면 아르바이트 못할 거 아냐."

다 컸다고 시위하는 거야, 뭐야. 서연은 빈정 상한 얼굴로 몸을 돌렸다. 내가 다시는 신경 쓰나 봐라. 어릴 때 귀엽던 성격은 다 어딜 가고 저런 무뚝뚝한 게 되어서는.

흥, 하고 콧바람을 내뱉던 서연은 두 발자국도 채 가지 못하고 돌려 세워졌다. 그녀의 손목을 잡은 강준의 손이 뜨거웠다. 아플 정도로 강한 힘에 눈을 치켜뜬 서연이 냉랭하게 입을 열었다.

"뭐 하는 짓이야."

"저는……."

이를 악물고 겨우 말을 꺼내는가 싶더니 다시 입을 다물어 버리는 강준을 바라보며 서연은 한숨을 내쉬었다. 대체 뭘 어쩌자는 건지. 한바탕 쏘아붙이고 싶기도 했지만 그러기에는 저를 바라보는 강준의 눈이 너무 애처로웠다. 답답한 무언가를 꾹 눌러 참는 듯 경직된 얼굴과 허공에 하얗게 드러난 팔까지.

애는 왜 하필 이렇게 얇게 입고 사람을 붙잡아, 마음 약해지게. 에잇, 심서연 성질 다 죽었다. 서연은 짧게 혀를 차며 강준의 손을 잡았다. 손가락이 얽히자 놀랐는지 강준의 널찍한 어깨가 움찔 떨렸다.

"화난 거 아니야. 받아들이는 중이지."

"받아…… 들여요?"

응, 하고 고개를 끄덕인 서연은 커다란 강준의 손을 양손으로 감쌌다. 손가락 끝이 차가워져 있어 입김이라도 불어줄까 했는데, 그러기 전에 이미 열이 오른 듯 난로처럼 따뜻해지는 바람에 서연은 그저 입술을 깨물었다.

"네가 더 이상 열두 살짜리 어린애가 아니라는 사실을 말이야. 서운하지만 어쩔 수 없는 일인 거지. 그러니까 이해한다고."

서연은 가볍게 어깨를 으쓱해 보였다. 입 밖으로 내뱉고 나니 엉켜 있던 머릿속이 깔끔하게 정리되는 기분이었다. 잡고 있던 강준의 손을 몇 번 토닥이고는 서연은 그의 손을 놓아주었다. 어딘지 허를 찔린 듯한 얼굴을 하고 있는 강준에게 손을 흔들며 갈게, 하고 그녀는 돌아섰다. 그러나 이번에는 전혀 다른 목소리에 뒷덜미를 잡히고 말았다.

"저, 안녕하세요, '그분'! 그분 맞으시죠? 검사님!"

경쾌한 웃음소리가 섞인 부름에 서연은 미간을 찌푸린 채 고개를 돌렸다. 건물에서 걸어 나온 청년은 강준과 비슷한 또래로 보였다. 떡 벌어진 어깨로 보건대 규칙적으로 운동을 하는 몸이었다. 서글서글한 얼굴로 다가온 청년이 허리를 깊게 숙여 인사를 하는 바람에 서연은 어정쩡한 자세로 고개를 까닥였다.

"안녕하십니까. 처음 뵙겠습니다. 원동욱이라고 합니다. 별명은 원동기고, 여기 있는 이 못난 차강준의 절친입니다. 만나뵙게 되어 영광입니다, 검사님. 천사 같은 분이라는 말씀 많이 들었는데, 정말 눈부신 미인이시네요. 하하하."

"원동욱!"

강준의 날카로운 얼굴에 당황한 빛이 역력했다. 서둘러 동욱을 가로막았지만 넉살 좋게 웃으며 날쌔게 강준을 피한 그는 어느새 서연의 앞에 서 있었다. 그림 같은 눈썹을 찌푸리고 있지만 그럼에도 서연에게서는 고고한 품격이 느껴졌다. 여간해서는 긴장하는 법이 없는 동욱이었지만 단정한 표정으로 자신을 응시하는 서연의 시선에 괜히 가슴 한구석이 콕콕 찔리는 기분이 들어, 그는 오히려 더 함박웃음을 지었다.

"벌써 가시게요? 춥지 않으세요? 안에 시원한 맥주와 맛있는 안주가 잔뜩 준비되어 있습니다. 오늘은 제가 쏘는 자리라 부담 없이 들어오셔도 되는데."

"아, 강준이랑 가장 친하다는. 얘긴 들었어요. 반가워요."

서연의 말에 동욱이 과장된 얼굴로 고개를 여러 번 끄덕였다.

"뭐, 저 녀석에 대해서는 모르는 게 없다고 해도 과언이 아니죠. 제가 친해져 보려고 애를 무진장 썼거든요. 물론 차강준의 길지 않은 인생역정 중 대부분은 '그분', 그러니까 검사님에 대한 이야기였지마…… 읍!"

입이 틀어 막힌 동욱이 버둥거렸다. 귀 끝이 빨갛게 달아오른 강준은 동욱을 질식이라도 시킬 기세로 그의 목을 조른 채 입을 막고 있었다.

"한마디만 더 지껄이면 여기서 네 인생 끝을 내줄 거야."

무시무시한 기세로 속삭이는 강준의 목소리에도 동욱은 고개를 내저으며 서연을 향해 필사적으로 손을 뻗었다.

"그것참."

강준의 눈이 천천히 서연을 향했다. 깔끔한 선의 입술이 부드럽게 휘어져 있었다.

"재미있겠네요."

틀어막은 손의 힘이 느슨해진 것을 눈치챈 동욱이 재빨리 강준의 품에서 벗어났다.

"후우. 이 자식, 진심으로 덤볐어."

벌게진 목덜미를 매만지며 동욱은 깊게 심호흡했다. 긴 시간 곁에 있었지만 늘 어른스럽게 굴던 강준이 이렇게 어린아이처럼 당황하는 얼굴을 하는 것은 처음 봤다. 갸름한 고개를 기울인 채 씩 웃고 있는 서연과 그녀를 불안한 눈으로 바라보는 강준의 사이에서, 동욱은 내심 쾌재를 불렀다.

#4
대치

"여기 앉으세요. 자, 여러분, 소개해 드리겠습니다. 서울지방검찰청에 계신 심서연 검사님이십니다. 저기 저 강준이 놈 손님 되시겠습니다."

유려하게 소개를 하는 동욱의 말에 서연은 얼굴을 구겼다. 맥주와 안주 이야기만 들었지, 이렇게 어린 핏덩이들이 여덟 명이나 있다는 소리는 못 들었다. 사기꾼 기질이 보이는 동욱을 흘끗 바라보았지만 녀석은 태연한 얼굴로 넉살 좋게 웃고 있을 뿐이었다. 서연은 마지못해 동욱이 빼준 의자에 앉았다. 정체 모를 박수 소리가 쏟아졌다.

"강준 오빠랑 어떻게 아는 사이세요?"

"무슨 일로 찾아오셨어요?"

질문을 하는 것은 주로 한껏 멋을 부린 어린 여자아이들이었다. 대학 생활에 한껏 젖어 있는 파릇파릇한 생기가 느껴져 서연은 어색하게 미소를 지었다. 동욱은 그렇다 치더라도, 여기에 있는 아이들이 강준과 어느 정도로 가까운 사이인지를 몰라 섣불리 말을 꺼낼 수가 없었다. 초조한 듯 주변을 서성거리던 강준이 무언가를 불쑥 내밀었다. 마른 수건이었다.

"머리 많이 젖으셨어요."

"아, 고마워."

"오오, 차강준 멋있다."

"선배 이러는 거 처음 봅니다."

남학생들의 야유에 서연이 고개를 돌렸다. 호들갑을 떠는 후배 몇 명에게 서늘한 눈길을 보내던 강준이 목을 가다듬으며 그녀의 뒤에 서 있었다.

"안 바쁘면 잠깐 앉아."

"아뇨, 다른 손님도 몇 팀 있고."

널찍한 홀에는 세 테이블 정도가 차 있었다. 아무래도 겨울방학 중이라 한적한 모양이었다. 여전히 뒤를 지키고 서 있는 강준이 신경 쓰였지만, 서연은 수건을 들어 머리의 물기를 닦아내었다.

"실례지만 되게 어리, 젊으신 것 같은데, 사법고시를 빨리 합격하셨나 봐요."

"학기 중에 준비를 해서. 운이 좋았죠."

간단한 말에도 오오, 하는 탄성이 터졌다. 물꼬가 트였는지 검사 일은 어떠냐, 무서운 일은 없었냐, 살인자를 만나봤냐 하는 등의 시시콜콜한 질문이 쏟아졌다. 어린애들 상대에는 취미가 없었지만 천사원부터 이런 자리까지 자꾸 얽히는 걸 보면 팔자에 뭐가 있나 싶어져 서연은 내심 혀를 찼다.

맥주 2,000cc가 두 번 돌고 나서야 집중적인 관심에서 벗어난 서연은 다소 머리가 멍해졌다. 자기들끼리 이야기에 열을 올리고 있는 틈을 타 화장실에서 세수를 하고 나오자, 기다렸다는 듯이 앞에 지키고 서 있던 강준이 다가왔다.

"괜찮으세요? 애들이 들떠서 괜히 귀찮게."

"괜찮아. 재밌네, 뭐. 작년 여름 축제 때 맥주 많이 마시기 대회 나가서 상 탔다는 얘기는 왜 안 했어?"

"별로…… 자랑할 만한 이야기도 아니고."

쑥스러운지 목덜미를 긁적이는 강준의 얼굴에 웃음이 나왔다. 서연은 한적해진 구석 자리에 앉았다. 강준이 곁에 섰다.

"뭐 다른 거 가져다 드릴까요?"

"너 쟤들한테 계산 확실히 받아내. 아는 사람이라고 안주 공짜로 주고 뭐 그러지 말고. 알바비에서 다 까인다."

낮게 웃은 강준이 여전히 우뚝 서 있는 것에, 서연은 그의 팔목을 잡아끌었다. 손바닥에 닿는 맨살의 감촉이 따뜻하고 단단해 제법 기분이 좋았다.

"너도 좀 앉아. 다리 부러지겠다."

선선히 딸려오는 강준을 옆자리에 앉힌 서연이 천천히 테이블에 팔을 세우고 머리를 기댔다. 자신을 바라보는 서연의 시선에 강준이 멋쩍은 얼굴로 고개를 돌렸다. 마주치는 시선이 조심스러웠다.

"왜, 그렇게 보세요?"

"음, 그냥. 왜, 보면 안 돼? 이제 다 컸고 뭐든 혼자 할 수 있으니까 얼굴도 보면 안 된다 이거야?"

"그건, 그런 게 아니라."

당황한 얼굴로 정색하는 강준의 표정에 서연은 피식 웃고 말았다. 농담이었음을 안 강준이 낮은 한숨을 내쉬었다. 서연의 별 뜻 없는 한마디에도 그의 마음은 바람 앞의 촛불처럼 정처 없이 흔들리곤 했다.

피곤하다, 중얼거리며 눈을 비비는 서연의 옆모습을 강준은 조용히 바라보았다. 창백한 얼굴의 눈 밑이 어두웠다. 많이 피곤하실 테니까 어서 돌아가라 말을 해야 하는데 입이 떨어지지 않았다. 자신의 공간에 들어와 있는 서연을 이렇게 보고 있는 것이 믿을 수 없을 만큼 기뻤고, 마치 선물처럼 1년에 몇 번 짧은 시간만 볼 수 있게 허락받았던 그녀가 성큼 가까워진 것 같아 가슴이 벅찼다.

잔잔하게 일렁이던 밤바다 같던 마음에 거센 바람이 불었다.

"잠깐 쉬고 계실래요? 애들 보내면 손님도 별로 없을 것 같으니까, 일찍 문 닫고 데려다 드릴게요."

"됐어. 나 차 가지고 왔어. 대리 부르면 돼."

"제가 운전할게요."

팔로 머리를 받치고 있던 서연이 미간을 찡그렸다.

"너 운전도 해?"

"······스무 살에 땄어요. 작년엔 대리운전도 했었고."

"너 진짜······ 아니다, 됐다."

같은 질문 그만해야지, 웅얼거리는 서연에게 베개가 될 만한 걸 가져다주려 강준이 일어섰다. 그 순간 작지도, 크지도 않은 누군가의 목소리가 그의 귀를 파고들었다.

"아니, 그러니까. 아무리 생각해도 이상하잖아. 선배 중고등학교 시절이나 가족 이야기 들어본 적 한 번도 없잖아. 그러니까 내 가정은 고등학교 때 뭔가 사고를 쳤고, 그때 알게 된 검사님이 아니냐 이거지."

"그럴 리가 없잖아요!"

"뭣보다 검사님 아직 20대인 것 같던데, 그게 말이 되겠냐."

"이것들이 쓸데없는 소리를. 그런 거 아니라니까."

수군대는 목소리를 말리는 것은 동욱이었다. 이미 술에 잔뜩 취한 몇몇의 이야기는 되는대로 내뱉는 의미 없는 말이었지만, 강준에게는 아니었다.

"그럼 뭐예요. 차 선배 위험한 아르바이트라도 하는 거 아니에요?"

"무슨 아르바이트?"

"그러니까 뭐, 좀 그런 거요. 전에 왜 태규가 제안받았다던······."

"이 새끼가 보자 보자 하니까. 너 무슨 소릴 하는 거야?"

"아, 선배가 두 사람이 어떻게 만났는지를 자꾸 말을 안 해주니까 그런 쪽으로만 상상이 되잖아요. 학교랑 아르바이트 말고는 뭐 하나 관심 없어 하던 강준 선배가 저분 살갑게 챙기는 것도 영 이상하고."

"아니, 근데 이 자식이……."

"내가 고아원에서 자랐어."

강준의 목소리는 나직하지만 무거웠다. 술기운에 고개를 돌리는 움직임이 굼뜬 후배의 얼굴을 똑바로 노려보며, 강준이 말을 이었다.

"검사님은 내 후원을 해주시는 분이고. 그러니까 더는, 더럽게 입 놀리지 마라."

"가, 강준아, 인마."

"애들 데리고 너도 꺼져. 문 닫을 테니까."

술에 취해 쓰러진 세 명과 몸은 가누고 있지만 인사불성 상태인 후배 두 명, 그리고 더디게 눈을 깜빡이고 있는 나머지를 바라보는 강준의 눈빛이 차가웠다. 사태를 파악한 동욱이 이를 악물며 애들을 수습했다. 여덟 명을 챙겨 보내고 현금을 카운터에 놓아둔 동욱이 멋쩍은 얼굴로 다가섰다.

"미안하다. 괜한 얘기 하게 해서."

"됐으니까 가."

"거기, 원동기. 술값 삼천 원 모자라는데?"

퍼뜩 놀란 강준이 고개를 돌렸다. 멀리 구석진 자리에서 쉬고 있는 줄 알았던 서연이 또렷한 눈을 깜빡이며 그의 뒤에 삐딱하게 서 있었다. 그녀의 가느다란 손에는 동욱이 놓아둔 지폐가 들려 있었다. 또각또각, 소리를 내며 다가온 서연이 자연스럽게 동욱의 어깨에 손을 올렸다. 동욱이 당황한 얼굴로 얼른 지갑을 뒤져 천 원짜리 지폐 세 장을 꺼냈다. 서연이 가볍게 낚아챘다.

"어우, 학생 신분에 지갑에 돈이 꽤 많네. 아버지는 뭐 하시나?"

"그, 그냥 작은 기업체 하나 운영하십니다."

자신을 둘러싼 서연의 공기가 심상치 않음을 느낀 동욱은 저도 모르게 마른침을 꿀꺽 삼켰다. 서연의 가지런한 입술이 빙긋 웃고 있었다.

"그래? 어쨌든 덕분에 잘 먹었어. 그리고."

서연의 손가락이 동욱의 귀를 잡아끌었다. 딱딱하게 굳은 몸이 기울이자, 서연이 작게 속삭였다.

"오늘 일에, 너한테 조금의 고의도 없었기를 빈다."

"어, 없습니다, 검사님. 정말 이렇게 될 줄 몰랐습니다."

억울한 듯 고개를 내저으며 필사적으로 말하는 동욱의 표정을 가만히 뜯어보며, 서연은 고개를 끄덕였다.

"그래. 앞으로도 우리 강준이 잘 부탁할게. 어디서든, 그 입 조심하고. 알았지?"

"네, 검사님."

간결하게 대답한 동욱은 서둘러 술집을 나섰다. 계단을 내려가는 소리를 듣던 서연이 몸을 휙 돌렸다. 그림자처럼 가만히 서 있는 강준에게 척척 다가간 서연이 날카롭게 말했다.

"너 결벽증이야? 적당히 둘러대고 넘어가도 될 걸, 뭘 저런 시답잖은 상황에 이실직고야? 취한 애들 대부분이지만 누구 입이든 타고 소문이 퍼질지도 몰라. 사람들은 진짜 네가 아닌 그런 소문을 기준으로 널 판단할 거란 말이야. 그게 네가 바라는 거야?"

"⋯⋯상관없어요."

"뭐?"

강준은 등을 돌려 천천히 걸어갔다. 정리를 서둘러야 했다. 식기를 쓸어 담아 개수대로 옮기는 손길이 바빴다. 지금 그의 머릿속에는 피곤하고 지쳐 있을 그녀를 빨리 집에 데려다 줘야 한다는 생각 이외에는 그 어떤 것도 존재하지 않았다. 멍하니 서서 이마를 짚고 있던 서연이 되물었다.

"상관없다니, 그게 무슨 말이야?"

"다른 사람들이 절 무슨 기준으로 어떻게 판단할지 궁금하지 않아요. 제 주변을 챙기기도 벅차니까. 그저 스쳐 지나가고 말 사람들은, 상관없다는 뜻입니다."

테이블을 서둘러 닦아낸 강준은 쌓여 있는 설거지 거리들을 흘끔 바라보았다. 서연을 데려다 주고 돌아와서 치우면 되겠다, 생각하며 그는 구석에 놓아두었던 점퍼를 집어 들었다.

"가세요. 서둘러도 한 시 전에는 도착하기 힘들겠어요."

"너는 정말⋯⋯."

서연이 아찔한 기분에 이마를 짚었다. 깊게 파인 눈으로 자신을 응시하면서도 점퍼에 팔을 꿰는 강준의 어깨 근처를 바라보며, 서연은 입술을 깨물었다.

"너는 정말, 자신을 아낄 줄을 모르는구나."

"⋯⋯네?"

썩 두껍지도 않은 검은 점퍼를 바라보며 서연이 한숨을 삼켰다. 그녀는 한 걸음 떨어진 곳에서 미간을 좁힌 채 자신을 바라보는 강준의 얼굴에 손을 올렸다. 손에 감싸인 뺨이 팽팽하게 당겨졌다.

"오늘은 정말 됐어. 왕복 두 시간이 넘게 네 시간을 뺏을 염치가 없다, 내가."

날카로운 강준의 눈매가 가늘어졌다. 서연은 그의 갸름한 뺨을 몇 번 토닥이고는 씩 웃어 보였다.

"네가 바래다준 걸로 칠 테니까 차라리 그 시간에 잠을 좀 자. 알았지? 나오지 마."

"뒷모습을 보는 게……."

막 몸을 돌리려던 서연이 문득 들려오는 목소리에 움직임을 멈췄다. 단단한 주먹을 꽉 쥐고 선 강준이 바닥 언저리로 시선을 떨군 채 억눌린 목소리를 꺼냈다.

"누나가 떠나는 뒷모습을 보는 게 제게는 가장 힘든 일이었어요. 다음에 언제 올까, 언제 또 볼 수 있을까, 기약 없이 매일 달력만 보고 있었죠."

천천히 고개를 든 강준과 시선을 마주한 서연은 할 말을 잃었다. 검게 일렁이는 눈동자는 무언가를 숨기고 있는 듯 더욱 강하게 빛나고 있었다. 흔들림 없이 그녀를 응시하던 강준이, 조용히 읊조렸다.

"그러니까 바래다 드릴 수 있게 해주세요."

서연은 차가운 물을 뒤집어쓴 듯 꼼짝도 하지 못했다. 강준이 호프집 곳곳의 불을 끄고 문을 열어줄 때까지, 한가운데 그렇게 가만히 선 채 온몸을 사로잡은 강준의 말을 되새기고 있었다.

강준은 운전이 능숙했다. 서연은 노곤한 기분에 시트에 등을 기댄 채 조용히 핸들을 잡고 있는 강준의 손을 바라보았다. 내가 모르는 얼굴이 얼마나 더 있을까. 누구나 자신이 가장 먼저인 이 세상에서 강준은 퍽 이질적인 존재였다. 닳고 닳은 사람들을 상대하는 일에는 이골이 난 서연이었지만, 강준을 대할 때마다 언제부터인지 낯선 감정이 꿈틀거리곤 했다.

천사원을 방문하고 돌아갈 때마다 그녀가 보이지 않을 때까지, 아니, 어쩌면 보이지 않게 된 후로도 한참을 그 자리에 서 있었을 아이. 너에게 내가 뭘 해줄 수 있을까. 아무것도 필요 없다는 너에게, 이제 어른이 되었으니 내 도움 없이 할 수 있는 일이 많아진 너에게.

"눈 좀 붙이세요. 도착하면 깨워 드릴게요."

감상적인 생각에 빠져 있던 서연이 문득 눈을 들었다. 정면을 주시하고 있으면서도 그녀를 향한 관심을 놓지 않는다. 한순간 낯선 남자처럼 보이는 그 옆모습에 서연은 흠, 하고 헛기침을 내뱉으며 애써 고개를 돌렸다.

"이제 보니 아주 다재다능한데, 차강준. 운전이 아주 편안해."

"주량 대단하신 건 알지만, 술은 좀 자제하세요. 위험하니까."

"설마 현직 검사가 음주운전이라도 할 거라고 생각하는 거야? 단골 대리도 있다, 나."

"그게 아니라요."

잠시 강준이 말을 끊었다. 차 안에 나른한 공기가 흘렀다. 저도 모르게 굳게 닫혀 있는 강준의 입술을 바라보는 서연은 조바심이 일어 그게 아니라 뭐, 하고 되물을 뻔했다.

"……여자니까."

불쑥 튀어나온 말에 서연이 눈을 깜빡였다. 어쩐지 묘하게 긴장한 듯한 강준의 눈매에 단단히 힘이 들어가 있었다. 그녀는 분명 여자가 맞지만, 서연은 전혀 예기치 못한 곳에서 예기치 못한 사람에게서 한없이 낯선 단어를 들은 것 같은 기분에 빠졌다. 무어라 농담이라도 뱉을 타이밍이었지만 서연은 아무 말도 하지 못했다.

강준은 신호등에 차를 세우며 서연을 흘끗 돌아보았다. 차갑게 굳어진 미간에 심장이 덜컹거린다. 건방지다고 생각했을까. 입안이 까슬해진 그는 목을 가다듬었다.

"그러니까 차라리 저를 부르세요. 언제든 괜찮으니까요."

충직하게 흘러나온 말에 서연의 눈이 다시 그에게로 향했다. 무슨 생각을 하고 있는지 도통 알 수가 없어 불안하다. 의미를 알 수 없는 침묵이 흘렀다. 강준은 바뀐 신호를 확인하며 차를 출발시켰다. 가슴이 두근거리고 있었다.

"오늘에서야 깨달았는데, 나 네 전화번호도 모르더라."

서연의 입에서 나온 말은 의외였다. 하지만 그것은 당연한 말이었다. 그는 서연과 개인적으로 통화를 할 일이 없었다. 서연이 종종 걸어오는 천사원의 전화. 그것이 그녀와 닿는 유일한 통로나 다름없었다. 강준은 그녀의 전화번호를 알고 있었지만, 수녀님이

시켜서가 아니라 그의 의지나 욕심으로 그 번호를 눌러본 적은 없었다. 오래전부터 외우고 있었던 번호였지만, 그가 누를 수는 없는 번호였다.

"입력해 드릴게요, 댁에 도착하면."

대답하는 목소리가 잘게 떨렸다. 응, 하고 작게 대답하며 시트에 몸을 파묻는 서연의 기척에도 차마 돌아볼 용기가 나지 않았다. 손을 아무리 뻗어도 영영 닿는 일이 없을 것 같았던 그녀가, 그렇게 한 발 가까워진 것이었다.

은경은 조마조마한 눈으로 서연을 좇고 있었다. 법원에 제출할 서류를 직접 만들겠다며 스테이플러를 같은 자리에 열 번 박아놓더니, 연락을 받고 온 피의자의 이름을 틀리지 않나, 갑자기 화분에 물을 주겠다며 바닥을 물바다로 만들어놓지를 않나.

무슨 일이 있다는 걸 모르려야 모를 수가 없는 상황임에도 은경은 섣불리 묻지 못하고 그저 박 계장과 눈으로 신호를 주고받을 뿐이었다. 이럴 때 배 검사라도 들러주면 좋으련만, 하필 오늘 재판이 있어 자리를 비운 상태였다. 깊은 생각에 빠진 채 걸어오던 서연은 끝내 책상 모서리에 허벅지를 세게 찧고 말았다. 비명도 못 지르고 두 손으로 허벅지를 문지르는 서연을 보다 못한 은경이 벌떡 일어섰다.

"검사님, 대체 무슨 일이에요?"

"응? 네? 뭐가요?"

고운 얼굴을 찌푸린 채 서연이 스읍, 하고 숨을 들이켰다. 서연의 곁에 서서 허리에 손을 짚은 은경이 전투태세를 갖췄다.

"검사님 사무실로 발령받은 지 2년 만에 검사님 이러는 거 처음 본다구요. 대체 뭐예요? 연애라도 하시는 거예요?"

"여, 연애는 무슨 연애. 제가 그럴 시간이 있기나 합니까."

예리하게 피부 결 너머까지 울리던 통증이 조금 옅어졌다. 후우, 한숨을 쉬며 허리를 쭉 편 서연이 흐트러진 머리를 하나로 쥐어 묶었다.

"연애하는 데 무슨 시간이 그렇게 많이 필요하다고. 얼굴 잠깐 보고, 목소리 잠깐 들으면 되는걸. 마음이 문제죠, 마음이. 뭐든 이야기해 보세요. 검사님 이대로는 불안해서 못 보고 있겠어요."

"그런 거 아니에요. 그냥……."

서연은 문득 창밖을 내다보았다. 다소 신경질적으로 미간을 찌푸리던 그녀는 이내 한숨을 뱉었다.

"마음에 좀 걸려서 그래요."

"마음에 걸려요? 뭐가요?"

은경이 눈을 동그랗게 떴다. 박 계장은 모니터를 보는 척하며 귀를 세웠다.

"내가 모르고 있던 게 자꾸 보여서. 안 볼 땐 몰랐는데, 한 번 보고 나니까 내가 해줄 수 있는 게 없을지, 자꾸 생각하게 되는 게 짜증이…… 아닙니다. 됐어요. 정민수 씨 폭행사건 관련 판례는 준비됐습니까?"

"그거 아까 30분 전에 드렸는데……."

박 계장이 어정쩡한 자세로 몸을 일으켰다. 커피를 안 마셔서 그런가. 담배라도 한 대 피울까. 중얼거리던 서연의 눈이 크게 벌어졌다.

"세상에. 오늘 한 개비도 안 피웠네."

"그러고 보니까 이번 주는 세 개비로 줄이셨죠? 저녁 때 몰아서 피우고 그러시면 더 안 좋아요."

서연의 점진적인 금연을 착실하게 돕고 있는 은경이 잔소리를 시작했다. 아니, 완전히 잊어버리고 있었다. 허, 하고 한숨을 내쉬는 서연의 옆모습을 관찰하던 은경이 눈을 가늘게 떴다.

"그런데 누구예요?"

"뭐가요."

"뭔가 자꾸 해줄 게 없을까 생각나서 짜증 나는 그 사람. 남자 맞죠?"

"남자…… 는 맞는데, '그런' 남자는 아니에요."

"어머, 세상에, 그런 남자 저런 남자가 어디 있담? 남자는 다 같은 남자지. 안 그래요, 박 계장님?"

"맞습니다. 변하지 않는 인류의 진실이죠."

"내일 쉬는 날이시잖아요. 연락 한번 해보세요."

그런 거 아니라니까요, 하고 조금 언성을 높이던 서연의 귀에 드르륵, 하고 몸을 떠는 휴대폰 진동 소리가 들렸다. 못마땅한 표정을 지은 채 책상 위에 둔 휴대폰을 들여다보던 서연의 단정한 얼굴이 조금 더 험악하게 변했다.

"그 남자 전화 아니에요?"

은경이 눈으로 물었지만 박 계장은 그저 어깨를 으쓱해 보일 뿐이었다.

그러나 기다렸다는 듯 갑작스레 똑똑, 하고 문을 두드리는 소리에 세 사람의 시선이 그쪽으로 쏠렸다. 올 사람이 없는데, 중얼거리던 은경이 문을 열었다. 또각, 하고 바닥을 울리는 소리가 날카롭게 들렸다.

"전화 일부러 안 받는 거 알았지만, 눈앞에서 당하니까 기분 좀 그렇다."

간드러진 목소리에 서연의 얼굴이 천천히 돌아갔다. 화려하게 치장한 여자는 방금 미용실에서 나온 듯 꼿꼿하게 머리가 세팅되어 있었다. 명품 투피스를 입은 그녀는 언뜻 30대 후반으로도 보였다. 프로의 솜씨가 분명한 메이크업에 둘러싸인 피부 결은 화사했다.

"여긴 무슨 일이에요. 간통으로 고소라도 당했어요?"

은경과 박 계장의 눈이 약속이라도 한 것처럼 휘둥그레 커졌다. 적대적인 시선을 숨기지 않는 서연의 표정에 날이 서 있었다. 그러나 여자는 그런 서연의 독설에 익숙한 듯 여유롭게 웃어 보였다.

"넌 어쩜 시간이 지나도 변하질 않니. 버릇없는 건 여전해."

"사람은 원래 안 변해요. 그 말은 당신이 버림받을 날이 머지않았다는 뜻이기도 하죠. 한 재산 미리 잘 챙겨둬요."

여자의 눈꼬리가 사납게 치켜 올라가는 것을 본 은경이 헛기침을 했다. 자리를 피해야 할 타이밍이라는 것을 눈치챈 그녀는 멀뚱히 서 있는 박 계장의 허리를 쿡쿡 찌르며 열려 있는 문밖으로 나섰다.

"우린 정말 도저히 가까워질 수가 없는 사람들이야. 그렇지?"

"왜 그걸 이제야 깨달은 척합니까. 당신이 집에 발을 들여놓기 전부터 예견되었던 사실인데."

"아버지가 저녁 식사 같이하자셔."

"바쁘다고 전하세요."

"성은건설이랑 같이하는 자리야. 무슨 뜻인지 알지? 채 회장님, 재작년에 장남 보내고, 올해 둘째 생각하고 계신 것 같더라. 너랑 나이대도 맞고, 지금 이사 자리 맡아서 큰 공사 하나 하고 있다더라구. 오늘 저녁 일곱 시, K 호텔로 와."

서연의 입가에 미소가 매달렸다. 그 웃음에 담겨 있는 냉소적인 분위기에 여자는 팔짱을 끼고 버텨 섰다.

"내가 그 자리에서 무슨 짓을 할 줄 알고 이런 멍청한 방법을 쓰시지?"

혼잣말처럼 내뱉은 목소리는 잘 갈린 칼처럼 매끄러웠다. 여자는 입술을 질끈 깨물고는, 천천히 입을 열었다.

"천사원, 아버지께 마법의 단어가 있다는 걸 잊었니?"

아, 하고 서연이 웃음을 터뜨렸다. 퍽이나 아름다운 광경이다. 사업상 딸을 팔아넘기기 위해 협박하는 추잡한 꼴이라니. 세게 주먹을 쥔 손톱 끝이 하얗게 질렸다.

"참석하죠."

"옷은 여기에 두고 갈게."

가벼운 승리감을 느끼며 여자는 천천히 문을 나섰다. 바깥에 어정쩡하게 서 있던 두 남녀를 지나쳐 그녀는 또각또각, 올 때처럼 날카로운 구두 소리를 남기며 사라졌다.

"……들어가도 될까?"

목소리를 낮춰 속삭이는 박 계장의 말에 은경은 깊게 한숨을 내쉬었다. 자세한 사정은 모르지만, 오늘 서연의 기분은 아마 최악일 것이다.

"커피나 한 잔 사오자구요."

눈치 없이 구는 박 계장을 이끌고 그녀는 조용한 복도를 걸어갔다. 날카로운 무엇인가가 깨지는 소리가 적막한 복도를 울렸다.

✳

사람들의 시선이 쏠렸다. 부드러운 여체의 곡선을 고스란히 드러내는 검은 원피스는 당연하지만 디자이너 브랜드였다. 섬세하게 레이어가 겹쳐진 드레스는 마치 인어공주의 그것을 연상시켰다. 코트와 재킷을 벗자 새하얀 어깨가 드러난다. 한겨울이었지만 호텔 내부는 봄날처럼 따뜻했기 때문에, 그녀는 추위를 느끼지 못했다.

스카이라운지에 있는 레스토랑 '수(秀)'는 한식 퓨전 레스토랑으로 최근 유명세를 타고 있는 곳이었다. 고급 일식집처럼 널찍하게 나뉘어 있는 방들이 특징이었다. 서연은 똑똑, 노크를 하고 방에 들어섰다.

"늦었습니다."

"아이고, 심 검사. 어서 와요. 공무가 바쁘니 그럴 수도 있지. 어서 앉아요, 어서."

두툼한 얼굴의 채 회장이 만면에 미소를 띠운 채 그녀를 반겼다. 아버지를 따라 일어난 젊은 남자는 딱 떨어지는 슈트 차림이었다. 서연은 자신을 머리부터 발끝까지 꼼꼼히 훑는 그 시선에 구역질을 느꼈다. 3개월 만에 마주치는 아버지는 그녀가 늦은 것이 거슬린 모양이지만, 다른 사람들 앞에서 드러내지 못했다. 앉아라, 하는 말이 끝나기도 전에 서연은 저를 위한 빈자리에 털썩 앉았다.

"이거이거, 심 검사 이야기는 많이 들었지만 생각보다 훨씬 미인인데? 심 검사 얼굴 한 번 더 보려고 안 한 짓도 했다고 그러겠어."

"뭘. 아직 철들려면 먼 햇병아리지."

주거니 받거니 하며 차를 나눠 마시는 두 남자를 바라보며 서연은 젓가락을 집었다. 기왕 온 거 배는 채울 셈이었다. 맞은편에 앉아 있던 젊은 남자가 가식적인 미소를 지었다.

"반갑습니다. 채희철입니다."

"네."

건성으로 대답하며 볼이 미어져라 음식을 밀어 넣는 서연의 태도에 희철은 피식 웃었다.

"성격이 아주 털털하시네요. 저도 먹을 거 가리고 그런 여자분은 좀 꺼려지더라구요. 편하게 드세요."

"그럴 생각이에요. 저녁 먹으려고 온 거니까."

그제야 희철의 표정이 조금 굳어졌다. 너털웃음을 짓던 채 회장이 그녀를 흘끔 바라보았다.

"보시다시피 애가 아직 멀었어요. 제 일밖에 모르고, 여자로서는 할 줄 아는 게 하나도 없습니다."

차가운 분노를 꼼꼼히 숨긴 채 웃고 있는 남자는 서연의 아버지, 심건택이었다. 성격이 불 같은 면이 있었지만 사업적인 자리에서는 결코 드러내지 않는 교활한 성정을 지니고 있음을, 서연은 잘 알았다.

"요즘 남자 할 일, 여자 할 일이 어디 따로 있습니까. 검사가 한가한 직업도 아니고. 많이 드셔야지, 우리 심 검사님. 나랏일 하시는데."

"고맙습니다."

서연은 한동안 꾸역꾸역 음식을 밀어 넣었다. 가벼운 대화를 나누는 남자들의 시선이 느껴졌지만 그녀는 아랑곳하지 않았다. 루꼴라샐러드와 차돌박이구이, 떡갈비와 수수전병, 더덕구이와 성게비빔밥이 눈 깜짝할 사이에 사라졌다. 마무리로 생화를 띄운 매실차를 단숨에 들이켠 서연은 냅킨을 들어 입가를 닦았다.

그녀가 식사를 마치기만을 기다리고 있던 채 회장이 껄껄 웃었다.

"우리 심 검사님, 식욕 한번 왕성하시네. 마음에 듭니다. 아주 마음에 들어요."

"제안은 감사하지만 거절하겠습니다."

단정한 얼굴로 돌아온 서연의 입에서 튀어나온 말에 채 회장이 당황한 기색을 비췄다. 서연을 제외한 이 자리에 있는 모든 사람이 그랬다. 서연은 날카롭게 눈을 고쳐 뜨고 건너편에 있는 채 회장을 바라보았다.

"생각을 해봤어요. 그게 제가 하는 일이니까. 기업 오너가 검사 며느리를 탐내는 데에는 여러 가지 이유가 있겠죠. 그런데 제가 마침 같은 라인 검사에게서 채희철 이사님이 맡고 있는 종합쇼핑몰 프로젝트에 대한 흥미로운 얘기를 들었거든요. 관련법 위반으로 검찰 조사가 시작될 것 같아서 올해 완공 예정이었던 공사 진행이 더뎌지고 있다구요?"

매실차는 좀 천천히 마실 걸 그랬나. 목이 조금 마른 것 같아 서연은 입술을 핥았다. 새콤하면서도 단맛이 느껴졌다. 여섯 개의 눈동자가 자신을 향해 있었다.

"그쪽으로는 도가 트신 분들이니 어지간한 사람들은 돈이든 부동산이든 찔러주고 해결했을 텐데, 이를 어쩌나. 하필 그 건 조사를 맡은 담당 검사 사촌 형님이 2년 전에 성은건설 옥상에서 투신하셨죠. 노조 투쟁하시다가. 그런 사연이 있는 검사면 돈이든 부동산이든 흔들리지 않죠. 성은을 엿 먹일 일이라면 뭐든 할 테니까. 그 검사가 바로 제 동기구요."

채 회장의 넉넉한 얼굴이 잿빛으로 변해가기 시작했다. 희철은 초점이 애매한 시선으로 그녀를 보고 있었다. 서연은 자신의 옆모습을 뚫어져라 보고 있는 아버지의 눈길을 무시한 채, 꼿꼿하게 말을 이었다.

"성은에서 보기에는 제가 딱 적당하겠죠. 결혼까지 시켜 버리면 얼마나 써먹기 좋겠어요. 그런데 저한테는, 이 거래로 얻을 수 있는 게 아무것도 없단 말이죠. 그러니 거절하겠다는 말입니다."

"아, 아니, 왜 얻는 게 없나. 내가 분명 심 회장과는 이야기가……."

"못 들으셨어요?"

서연은 몸을 일으켰다. 몸에 달라붙는 원피스가 불편해 허리를 좌우로 쭉쭉 늘리고는 허리를 곧게 편 서연의 시선은 파르르 떨고 있는 제 아버지에게로 향해 있었다.

"제가 얻는 게 없다구요."

팽팽하게 부딪치는 시선은 누구 하나 물러서는 사람이 없었다. 가볍게 웃은 서연이 고개를 숙였다.

"어르신들 앞에서 실례인 줄 알지만 먼저 가보겠습니다. 공무가 바빠서요."

바른 자세로 방을 걸어 나가는 서연을 아무도 잡지 못했다. 뒤통수를 세게 맞은 듯한 얼굴로 자신을 바라보는 채 회장에게 웃어 보인 건택이 자리에서 일어섰다.

서연은 몇 걸음 가지 못했다. 빠르게 다가와 억센 힘으로 자신을 붙잡은 건택이 곧장 뺨을 내려쳤다. 예상했지만 얼얼한 고통에 순간 앞이 캄캄해졌다. 반사적으로 눈을 깜빡인 서연이 흐트러진 머리카락을 쓸어 넘기며 고개를 들었다. 일그러진 얼굴의 건택이 위협적으로 말했다.

"네가 제정신이 아니구나. 이 자리가 어떤 자리인 줄 알고!"

"떨어져요, 존속폭행으로 집어넣기 전에."

볼이 부어오르고 있었지만 서연의 목소리는 차분했다. 치밀어 오르는 화를 이기지 못한 건택의 얼굴이 벌겋게 변하고 있었다.

"네가 얻을 것보다 잃을 걸 생각해야지. 안 그래?"

흠, 하고 서연이 웃었다. 열이 오른 뺨을 기울이며 서연은 눈매를 날카롭게 세웠다.

"내가 왜 검사가 됐는지, 아직도 모르시겠어요? 천사원이 아버지가 가진 유일한 카드라면, 뭘 잃게 될지 잘 생각해 봐야 할 사람은 아버지가 될 거예요. 난 하나지만, 아버진 아니잖아요?"

차게 내뱉은 서연이 제 코트와 재킷을 들고 나온 직원에게 다가가 옷을 갖춰 입었다. 어깨를 가볍게 털고 흐트러진 머리를 정리한 서연은, 빨갛게 부어오른 뺨을 한 채 호텔 문을 나섰다. 그녀의 뒷모습을 바라보는 건택의 눈이 흉하게 일그러졌다.

#5
감정을 동여매다

"아무 이상 없습니다. 카메라 한 번 확인하고 갈게요."

"어머, 그렇게 서두를 거 없어. 날도 추운데 따뜻한 차라도 한 잔하고 가."

여자는 얼마 전 출소한 전남편에게서 협박 편지를 받았다. 어떤 증거도 되지 않을 걸 알기에 경찰에 가져가지는 않았지만 불안한 마음에 사설 경호업체에 의뢰를 한 것이다. 회사에서 집에 오는 길, 그리고 집 안 내부 확인까지 꼼꼼하게 챙겨주는 청년이 그녀는 마음에 쏙 들었다. 반듯하고 날카로운 얼굴과 널찍하게 뻗은 탄탄한 몸에 그녀는 문득 설레는 마음이 들어 얼굴이 달아오르곤 했다.

"아뇨. 정말 괜찮습니다."

강준은 내부 침입이 없었는지, 카메라는 잘 작동하고 있는지를 확인한 뒤 반듯한 몸을 일으켰다. 방이 크지 않아 그가 일어서자 꽉 차는 느낌이 들어 여자는 좀 더 있어도 괜찮은데, 중얼거렸다.

오늘은 이것으로 마지막이다. 강준은 뻐근한 목 근육을 가볍게 두드리며 천천히 고개를 들었다. 새카만 하늘에 밝은 달이 한가운데 떠 있었다. 새벽 공기는 그에게 마치 오랫동안 입어온 옷처럼 익숙하고 편했다. 그 특유의 서늘하고도 청량한 바람을 크게 들이마시던 강준은 휴대폰의 진동을 느끼고 무심코 고개를 숙였다.

그러나 불이 켜진 액정에 떠다니는 글씨가 자신이 맞게 본 것이 맞는지, 한참을 머뭇거려야 했다.

"……여보세요?"

〈강준아!〉

그녀가 맞다. 깔깔대는 웃음소리가 들리고, 들뜬 듯 톤이 높아진 목소리였다. 저도 모르게 웃음을 흘린 강준이 쑥스러운 얼굴로 목덜미를 긁적였다.

"네."

〈어디야? 바빠? 또 아르바이트 중이냐?〉

"아뇨. 이제 다 끝났어요…… 어디세요?"

〈여기? 여기가 어디지…… 잠깐만. 여기 이름이 뭐예요?〉

술을 마신 사람처럼 그녀의 목소리가 흔들렸다. 강준은 미간을 좁힌 채 귀를 기울였다.

〈아, 저, 여보세요?〉

낯선 남자의 목소리. 강준의 표정이 딱딱하게 굳어졌다.

"누구십니까?"

〈아니, 전 여기 바텐더인데요. 손님이 술을 너무 과하게 하셨는데, 안 취하셨다고 자꾸 더 마시려고 하십니다. 그런데 진짜 많이 드셨거든요. 혼자서 양주 한 병을 거의 다 비우셨어요.〉

"거기가 어딥니까."

강준이 도로를 향해 달려갔다. 택시를 잡는 손길에 다급함이 묻어났다.

"어, 여기. 여어기!"

서연이 해사한 얼굴로 길게 팔을 뻗어 흔들었다. 그녀를 보자마자 강준의 눈매가 날카롭게 좁혀졌다. 어깨를 훤히 드러낸 원피스 차림의 서연의 주변에 남자 셋이 들러붙어 있었다.

"내가 뭐랬어. 올 사람 있다고 했잖아. 속고만 살았나, 법 집행 기관의 말을 안 믿어."

발음은 분명 똑똑하다. 하지만 미묘하게 늘어지는 말투에서 강준은 그녀가 취했음을 알았다. 일단 몸부터 가리는 게 우선이다. 강준은 서둘러 점퍼를 벗어 그녀의 어깨에 덮어주었다. 미련이 남은 눈길을 보내던 남자들이 흩어졌다.

"많이 마셨어요?"

"아니, 그냥 몇 잔 마셨나? 어서 와. 피곤할 텐데 불러서 미안."

눈을 접어 담뿍 웃는 서연을 바라보던 강준이 순간 눈을 부릅떴다. 웃고 있는 서연의 한쪽 뺨이 잔뜩 부어올라 있었다. 손을 들어 올렸지만 차마 그녀의 뺨에 대지는 못하고 머뭇거리던 강준이 낮게 물었다.

"어쩌다가…… 왜 이러신 거예요? 얼굴."

"응. 나 아파. 많이 부었지?"

서연이 강준의 손을 덥석 잡아 제 뺨에 가져다 대었다. 바깥바람에 차가워진 손바닥이 열기를 빼앗아가는 것이 기분 좋았다. 손의 주인이 바짝 경직되어 가는 것을 눈치채지 못하고, 서연은 제 뺨에 강준의 커다란 손을 비볐다.

"좀 따끔하기도 하네. 바로 눈에 띌 정도야?"

"어쩌다 이러신 거냐니까요."

강준이 전에 없이 딱딱한 목소리로 말했다. 눈을 깜빡이던 서연이 붉은 입술을 삐죽이며 일어섰다. 조금 비틀거리는 그녀의 어깨를 얼른 붙잡은 강준이 한숨을 삼켰다. 손에 닿는 어깨가 여렸다.

"뭐에 좀 맞았어."

"뭐예요?"

"뭘 그렇게 캐물어. 아, 나한테 관심이 있어서 그렇구나! 그렇지만 이건 안 돼. 묻지 마. 내 수치니까."

중얼거리는 서연의 말에 어둠의 그림자가 묻어났다. 강준은 잠자코 그녀의 어깨를 지탱한 채 술집을 나섰다.

조심스레 서연을 부축해 조수석에 태운 강준이 운전석에 앉았다. 서연은 부스스한 머리를 한 채 멍하니 앞을 보고 있었다.

"잠깐 계세요. 쿨 팩이라도 사올게요."

"됐어. 좀 지나면 가라앉아. 그보다 얼른 타. 나 추워."

볼록해진 그녀의 뺨이 마음에 걸렸지만 강준은 춥다는 말에 서둘러 차에 올라탔다. 서연에게 점퍼를 둘러준 터라 그 역시 반팔 차림이었다. 그제야 강준은 문득 무언가를 떠올렸다.

"외투, 같은 거 없으셨어요? 설마 그 차림 그대로 나오신 건 아닐 거고."

"음. 잃어버렸어. 아마 어딘가에 버렸을걸. 화장실 쓰레기통 같은 곳에다가. 이것도 벗고 싶었는데, 갈아입을 옷이 없어서."

엉킨 머리를 대충 쓸어 넘긴 서연의 말에 괜히 얼굴이 붉어진 강준이 창밖으로 시선을 돌렸다. 그녀에게 받은 열쇠를 꽂아 넣으며 물었다.

"댁으로 가실 거죠?"

"아니."

"그럼 어디로……?"

"모르겠어. 집 말고, 갈 데가 어디 없을까? 떠오르는 곳이 없다는 게 슬프다."

서연의 입술은 선이 고왔다. 부드럽게 웃는 듯했지만 어쩐지 쓸쓸한 것 같기도, 울 것 같기도 해서, 그 미소를 보는 강준의 마음을 뒤흔들었다. 그는 입술을 잘게 깨물고는, 조심스레 말했다.

"어디든, 괜찮으세요?"

"천사원도 제외야. 원장 수녀님 기절하셔."

강준이 낮게 웃었다. 시트에 등을 기댄 서연의 눈길이 슬쩍 강준을 향했다. 이목구비가 뚜렷한 강준의 옆모습이 보기 좋았다. 반듯한 이마를 덮고 있는 검은 머리칼을 만지고 싶었지만, 운전에 방해될까 봐 그녀는 그만두었다.

혼자 있고 싶지 않은 밤에, 그가 곁에 있다는 것은 서연에게 큰 위안을 주었다. 존재만으로도 마음의 날을 잠재우는 사람. 어느새 강준은 서연의 마음 한구석에 제 자리를 넓히고 있었다.

강준의 운전은 그의 성격처럼 차분하고 흔들림 없이 매끄러웠다. 조금 더 제 옆자리에서 운전을 하고 있는 강준을 바라보고 싶었지만, 서연은 어느새 잠에 빠져들고 말았다.

✳

그때 서연은 막 중학교에 입학했다. 낯선 얼굴들과 새로운 환경에 둘러싸여 하루하루를 보내기 바빴다. 소녀다운 예민한 감수성이 깨어날 그 무렵, 여름이 오고 있다는 것을 예고라도 하듯 난데없는 소나기가 쏟아진 날이었다.

기말고사가 얼마 남지 않은 시점이었지만 그녀는 간밤에 몰래 읽은 헤르만 헤세의 '데미안'의 여운에 푹 빠져 있었다. 괜한 허세와 반항기에 휩싸인 서연은 학원으로 가던 발걸음을 돌려 시내로 향했다. 마치 소설 속의 인물들처럼 번잡한 사람들 속에서의 고독을 맛보고 싶었고, 그럼으로써 자신이 무언가 남들과는 다른 특별한 사람이 된 것처럼 느끼고 싶었다.

그러나 비가 무섭게 쏟아졌다. 서연은 앞이 보이지 않을 정도의 폭우에 가장 가까운 건물 처마 밑으로 들어갔다. 시내 중심가에 자리 잡은 호텔이었다. 로비에 앉아 찻잔을 기울이고 있는 사람들을 보며 지갑을 뒤졌지만 돈은 많지 않았다. 한숨을 내쉬며 그렇게 한참 비를 피하고 있을 때였다.

"우리 사장님은 참, 농담도 잘하셔."

"자네가 나를 재밌는 남자로 만드는 거야."

희한했다. 빗속을 뚫고 들려오는 목소리는 마치 귓가에 대고 속삭이듯 선명했다. 서연은 천천히 고개를 돌렸다. 화려하지만 천박하게 꾸민 여자의 몸을 휘어감은 채 웃고 있는 사람은 그녀의 아버지였다.

직원이 몰고 온 차를 건네받은 아버지가 여자와 함께 사라지고 나서야, 서연은 천천히 걸음을 옮겼다. 내리는 비가 그녀를 아플 정도로 내리쳤다. 버스도, 택시도 탈 생각을 하지 않고 천천히 걸어온 그녀는 속옷까지 흠뻑 젖은 후에야 집에 도착했다.

야속한 비는 그치지 않았고, 한 시간 넘게 빗속에 방치된 그녀의 온몸은 얼음장처럼 차가웠다. 그때 어머니는 늘 기운이 없었지만 그래도 움직이는 데 지장은 없었다. 물을 뚝뚝 흘리며 장승처럼 서 있는 그녀를 마른 수건으로 덮고는, 어머니는 아무것도 묻지 않고 꼭 안아주었다.

"엄마, 아빠 사랑해?"

따뜻한 물을 받은 욕조에 들어앉은 서연의 뺨을 매만지던 그녀는 건조하게 들리는 딸의 말에 잠시 망설였다. 서연은 기본적으로 성실한 아이였다. 자신이 할 일의 범주를 벗어나는 일은 없었다. 그런 아이가 아무 기색도 없이 학원을 빠지고 입술이 파랗게 질릴 때까지 비를 맞고 돌아왔을 때는 분명한 이유가 있을 것이다.

그러나 아이의 첫 질문은 그녀의 예상과는 많이 달랐다.

"그럼. 사랑하지."

"……언제까지?"

"글쎄. 우리 서연이가 다 커서 결혼하고, 아들딸도 낳고 그렇게 살 때까지?"

"아빠도……."

서연이 파란 입술을 깨물었다. 아이의 선명한 눈동자에 스친 것은 분명한 적대감이었다.

"아빠도 엄마한테 사랑한다고 해?"

"그럼. 사랑하니까 결혼을 해서, 우리 서연이를 낳았지."

"결혼이, 사랑을 지켜주는 건 아니잖아."

아이의 말에 그녀는 무언가 느끼는 바가 있었다. 그럴 리 없다고 생각하면서도 마음속에는 새카만 불안감이 번져 나갔다. 그녀는 애써 미소를 지으려 노력했다.

"서연아, 사랑은 한 가지 모양을 하고 있지 않아. 때로는 눈빛한 번으로도, 수많은 입에 발린 말들보다 더 큰 사랑을 느낄 때가 있어. 분명 화를 내고 있는데도, 그게 사랑을 표현하는 또 다른 모습일 때도 있지. 우리 서연이, 좋아하는 사람 생겼니? 사랑이 궁금해졌어?"

"아니, 엄마. 나는……."

어린 서연이 첨벙, 하고 물을 튕겼다. 천천히 몸의 감각이 돌아오는 것을 느끼며, 서연의 또렷한 눈썹이 치켜 올라갔다. 작은 어깨에 바짝 힘이 들어갔다.

"그런 거 믿지 않아요."

그때 그녀는 어떤 표정을 했었던가. 분명히 늘 그랬듯 그림처럼 조용히 웃고 있었을 것이다. 하지만 그 미소가 담고 있던 서글픔의 무게를, 그때의 서연은 가늠조차 하지 못했다.

"언젠가 알게 되는 날이 올 거야. 따뜻한 눈빛 한 번에, 스치는 손의 감촉에 사랑을 알게 되는 날이 우리 딸에게도 꼭 올 거니까."

사랑한다, 서연아, 속삭이며 젖은 머리에 입을 맞추는 그녀의 품 안에서도, 서연은 날을 세운 어린 짐승처럼 이를 악물었다. 눈물을 흘려서는 안 된다고 생각했다. 마음을 뒤덮은 분노와 수치심, 경멸을 마음 한곳에 단단하게 갈무리하는 소녀의 눈빛이 차게 가라앉았다.

✳

서연은 어렴풋이 잠에서 깨어났다. 따뜻한 공기와 바스락거리며 어깨에 부딪치는 점퍼의 감촉이 느껴졌다. 천천히 심호흡을 한 서연은 눈을 반짝 떴다. 가까운 곳에서 가만히 자신을 내려다보고 있던 검은 눈동자가 크게 일렁였다.

그 눈은 참으로 복잡했다. 속이 들여다보이는 투명한 검은 구슬에 희로애락이 전부 담겨 있는 듯, 순수한 감정을 고스란히 내비치고 있었다. 이내 그 눈이 당황으로 붉게 물들었다.

"아, 일어나셨어요? 옷이 자꾸 흘러내려서 추울까 봐."

강준은 서연을 감싸는 것처럼 뻗었던 팔을 서둘러 내렸다. 심장이 뛰는 소리가 들리는 것 같았다. 이렇게 갑자기 깰 줄 몰랐던 그는 큼, 하고 목을 가다듬으며 고개를 돌렸다. 도착한 지 30여 분이

지났지만 서연을 깨울 수가 없었다. 깊은 잠에 빠진 것처럼 보였고, 그렇게 잠든 그녀의 얼굴을 독차지할 수 있는 시간을 뺏기고 싶지 않았다. 조금만 더, 조금만 더 하며 그녀를 바라보고 있던 참이었다.

"여기가 어디야?"

부스스 늘어진 몸을 일으키는 서연의 목소리는 칼칼했다. 강준이 멋쩍은 얼굴로 차에서 내렸다. 제 몸을 덮은 강준의 점퍼를 여미며 밖으로 나온 서연이 미간을 찌푸렸다.

"……우리 동네 같은데?"

"이쪽이요."

강준이 성큼 걸음을 옮겼다. 찬바람이 부는데도 그는 반팔 차림이었다. 탄탄하게 드러난 하얀 팔을 물끄러미 보던 서연이 서둘러 그의 뒤를 따랐다.

그녀가 혼자 나와 살고 있는 집에서 멀지 않다. 까치발을 하면 보일 정도였다. 오래된 오피스텔의 반지하방으로 들어서는 강준을 따라 들어간 서연은 멍하니 눈을 깜빡였다.

원룸의 내부에 있는 세간살이라고는 작은 매트리스 하나뿐이었다. 정리되지 않은 책들이 바닥에 쌓여 있었고, 구석의 옷걸이에 몇 벌의 옷이 걸려 있었다. 아주 크지는 않았지만 짐이 없어서인지 넓은 느낌마저 든다. 두리번거리던 그녀가 고개를 돌렸다. 뒤쪽에 서 있던 강준은 어딘지 불안한 듯한 얼굴을 하고 있었다.

"여기가 어디야? 누구 집인데?"

"어, 제집이요."

뭐, 하고 서연이 입을 벌렸다. 몸을 굽혀 바닥에 흩어진 책들을 괜히 책장에 꽂으며 강준이 자꾸만 가라앉는 목을 가다듬었다.

"아르바이트, 왜 그렇게 하냐고 물어보셨죠."

"그게…… 천사원에서 독립하기 위해서였단 말이야?"

"학교도 멀고, 아르바이트하면서 오고 가기도 그렇고. 독립 이야기는 스무 살 되기 전부터 나왔어요. 이제 성인이고, 제 거처는 제가 마련하고 싶어서. 그런데 생각보다 쉽지 않아서 조금 늦어졌어요. 수녀님도 조만간 한 번 모실 생각이에요."

이 독한 것. 서연이 혀를 내둘렀다. 이 이야기를 이제야 하다니. 그동안 천사원에 꾸준히 후원해 온 것도 있으니 수녀님을 잘 설득했더라면 조금 더 좋은 환경에서 시작할 수도 있었을 텐데. 아니면 날 설득하던가.

속으로 어쩔 수 없이 속물적인 계산을 하며 한숨을 내쉰 서연은, 쑥스러운 얼굴을 하고 있으면서도 기쁜 듯 웃고 있는 강준의 표정에 그저 입을 다물었다. 피식 하는 웃음이 새어 나왔다.

"대단하다. 정말 놀라워. 그러니까 여기가, 차강준의 첫 번째 보금자리란 말이지. 영광인데? 내가 처음으로 들어와 보는 거야?"

"네, 제일 먼저 보여 드리고 싶었어요."

가만히 서서 조용히 내뱉는 강준의 말에 서연의 가슴이 두근거리며 벅차올랐다. 이 기분을 뭐라고 설명해야 좋을까. 누군가에게 아주 중요한 사람이 된 것 같은 느낌. 늘 솔직한 시선을 보내는 강준을 바라보는 것이 어쩐지 쉽지 않아 서연은 일부러 가볍게 말했다.

"그래, 좋아. 다 좋은데, 그 첫 번째 보금자리가 우리 집과 엎어지면 코 닿을 거리라는 게 우연일 리는 없겠지?"

잠시의 침묵이 흘렀다. 어쩐지 소년스러움이 남아 있는 멋쩍은 표정을 지으며 머뭇거릴 강준을 예상하고 농담처럼 말을 던졌던 서연은, 고개를 숙이고 있는 장신의 그를 감싸고 있는 긴장감에 입을 다물었다. 긴 다리를 움직여 한 걸음 강준이 다가왔고, 가까워진 만큼 긴장은 두 배로 늘어 서연에게 전염되었다.

"불쾌하다고 생각하실지도 모르지만…… 걱정이 돼서요."

낮게 중얼거린 강준이 조심스레 고개를 들었다. 놀란 듯 눈을 동그랗게 뜨고 있는 서연의 왼뺨은 여전히 부풀어 있었다. 어두운 방은 불을 켜지 않아 창밖으로 들어오는 가로등의 어슴푸레한 빛에 의존해야 했다. 그렇기에, 그는 조금이나마 용기를 낼 수 있었다. 단단하게 주먹을 쥐고 곧게 허리를 세운 강준은, 미간을 좁히고 있는 서연을 정면으로 마주했다.

"원한을 사는 일도 많은 직업이고, 혼자 계시잖아요. 밤늦게 들어오는 일도 허다하고. 누군가 나쁜 마음을 먹기라도 하면, 그런 것에 너무 노출되어 계시니까. 어차피 독립은 할 생각이었고, 또 이쪽이 교통편도 좋구요. 그래서……."

좀 더 남자답게 말하고 싶었는데 자꾸만 목소리가 가라앉았다. 혹시라도 서연이 불편하게 생각할까 봐, 귀찮다고 말할까 봐 자신이 없어졌다. 어둠을 빌려 냈던 용기는 조용히 흐르는 침묵에게 힘을 빼앗겼다. 강준은 그저 아플 정도로 주먹만 세게 쥐었다.

"내가 걱정돼서, 여기로 왔단 말이야?"

서연은 자신의 말에 조용히 고개를 끄덕이는 강준을 바라보았다. 같은 돈으로 학교 근처의 집을 얻었다면 더 깨끗하고 넓은 곳을 구할 수 있었을 것이다. 몇 년 동안 잠을 줄이고 시간을 아끼며 자신을 위해서는 그 어떤 것도 하지 않은 대가로 얻은 것이 고작 이 작고 허름한 집이었다. 오직 그녀의 집과 가깝다는 이유 하나만으로 선택된 집.

그 깊이를 알 수 없을 만큼 단단하고도 따뜻한 마음은 방심하고 있던 그녀의 허술한 가슴을 단숨에 파고들었다. 금방이라도 눈물이 차오를 것 같아 서연은 어색하게 웃으며 입술을 깨물었다.

초조함을 감추지 못하고 불안한 눈으로 그녀를 들여다보고 있는 강준에게 한 걸음 다가간 서연은, 그의 등을 끌어안았다. 무언가 보이지 않는 힘에 이끌린 것 같았다. 손끝에 선명하게 느껴질 만큼 바짝 경직되는 근육이 닿았다. 숨을 멈춘 듯 강준은 움직임이 없었다. 그 단단해진 몸을 더 세게 안으며, 서연이 작게 중얼거렸다.

"딱 세 시간 전에는, 꼭 지옥에 혼자 남은 것 같았거든. 사람들은 도대체 어떻게 매일을 살아가는 걸까. 그럴 만큼 삶이 가치 있는 걸까. 그런데 지금은 좀 알 것 같아. 이런 느낌이라면, 조금 더 살아도 좋겠구나 싶어져. 나쁘지만은 않을 것 같다는 생각이 들어서."

강준은 자신의 가슴에 스치는 서연의 목소리를 들었다. 오늘이 그녀에게 어떤 날이었는지 상상조차 할 수 없었지만, 무척이나 힘들었다는 것만은 분명히 알 수 있었다.

그녀가 자신의 품 안에 있다는 사실은 긴장을 넘어선 충격으로 다가와 강준을 석상처럼 굳어버리게 만들었지만, 서연의 잦아드는 말이 그를 움직였다. 조심스레 몸을 숙인 강준은, 머뭇거렸던 만큼 서연을 강하게 끌어안았다.

"저라도 괜찮다면, 언제든 곁에 있을게요."

거기가 어디든. 지옥이라도 좋으니까.

낮고 흠 없는 목소리가 가슴속을 울렸다. 온 힘을 다해 자신을 끌어안고 있는 강준의 팔 때문에 숨이 막힐 것 같았지만, 서연은 터져 나올 것 같은 눈물을 삼키느라 그의 가슴에 얼굴을 묻어야 했다. 부어오른 뺨의 통증이 희미해지고 있었다.

✳

선재는 기이한 표정으로 후배를 바라보았다. 그런 표정을 하고 있는 것은 그뿐만은 아니었다. 일지를 작성하고 있는 그의 후배는 무려 콧노래를 부르고 있었다.

강준은 선재가 회사에 소개했다. 그는 성격이 곧고 군더더기가 없었으며 입이 무거웠다. 주의 깊고 차분한 성격에 몸을 쓰는 실력도 좋다. 제법 이름이 알려진 회사라 그에게 일자리를 부탁하는 후배들이 많았지만, 자리가 났을 때 선재가 가장 먼저 추천한 것은 강준이었다. 덕분에 방학 때마다 강준은 회사로 불려와 계약직처럼 일하고 있는 실정이었다.

강준은 필요 이상으로 말을 하는 법이 없었다. 사적으로 흐트러진 모습을 보인 적도 없었다. 착실하고 흠잡을 데 없지만, 그래서 왠지 가까이 가기 불편하다는 평을 듣기도 했다. 늘 날카롭게 표정을 갈무리하고 있던 그가, 반듯한 입꼬리를 올린 채 콧노래를 흥얼거리고 있으니 사람들의 시선이 쏠리는 것도 무리는 아니었다.

"무슨 일 있나?"

"예?"

아예 턱을 괴고 강준의 표정을 지켜보던 선재가 결국에는 툭 말을 던졌다. 깔끔한 글씨로 일지를 정리한 강준이 고개를 돌렸다. 성격만큼이나 단정한 얼굴이지만 검은 눈동자는 어딘지 들떠 있었다. 선재의 눈썹이 꿈틀거렸다.

"연애하냐, 너?"

"예?"

이번에는 목소리가 조금 흔들렸다. 옳다, 이거구나. 이 목석같은 놈이 드디어 연애를 한단 말인가! 수많은 유혹에도 오직 학교와 아르바이트뿐이었던 후배의 생활을 못내 안타까워했던 선재의 목소리가 덩달아 들떴다.

"이 자식, 진짜인가 보네. 뭐야, 어떤 여자야? 도대체 어떤 여자길래 도 닦던 차강준 마음을 다 사로잡았어?"

"그런 거 아닙니다."

매끈한 눈꼬리를 살짝 찌푸리며 강준이 딱딱하게 부정했다. 그러나 이미 확신에 가까운 느낌을 받은 선재의 흥분을 잠재우기에는 무리가 있었다.

"얘기 좀 해봐, 이 자식아. 말한다고 닳냐? 닳어? 뭐 하는 사람인데? 어떻게 만났는데?"

"뭐야, 뭐야, 차강준이 연애를 해?"

자판기 커피를 뽑아오던 또 다른 선배 현성이 서둘러 달려들었다. 어깨에 팔을 휘감는 현성의 행동에 강준은 눈썹을 세우며 입을 다물었다.

"이 자식은 조개야, 뭐야. 뻑하면 입을 다물어. 야, 인마. 그런 건 좀 얘기해도 돼. 선배들이 인생을 먼저 살아본 사람들로서 충고도 해주고, 그러면 또 연애가 잘 풀리고. 뭐 그런 거지, 안 그래?"

"특히 너는 선배들 이야기를 잘 들어야 돼. 네가 여자에 대해 아는 게 뭐가 있냐. 어? 학교에도 순 시커먼 녀석들이랑 붙어 다니고, 하루 종일 아르바이트에. 너 여자가 얼마나 복잡한 생명체인지 알아?"

"연애, 그런 거 아닙니다."

강준은 또다시 부정했지만 노련한 늑대들은 그의 말에 미세한 머뭇거림이 있음을 눈치챘다. 그들은 사바나에서 먹잇감을 찾은 맹수들이었다. 피곤한 일상에 찌든 그들에게 쑥맥처럼 보이는 후배의 연애담만큼 재미있는 먹잇감은 없었다.

게다가 차강준이 누구던가. 모든 여자 의뢰인들에게 평가 만점을 받고, 짝사랑하는 후배들이 더러 마음만 끓이고 있다는 소문이 들리는 아이돌과 같은 존재였음에도 이렇다 할 연애를 하지 않던 인물이 아니었던가.

"연애가 아니면 뭐야. 간 보는 중? 아서라, 남자는 직진이다, 후배야. 알쏭달쏭하게 구는 건 여자만으로 충분해. 둘 다 애매하게 굴면 연애는 시작이 불가능하다."

"그렇지! 일단 던지고 보는 거지. 여자는 끌어 당겨줘야 마지못해 오거든? 그래서, 진도는 어디까지 갔나, 후배?"

능글맞게 웃으며 던지는 현성의 질문에 강준은 꿈쩍도 하지 않았다. 선재는 현성의 옆구리를 쿡 찌르며 신호를 던졌다. 이 멍청아, 그렇게 물어봐서 뭐라도 좀 캐낼 수 있겠냐? 어설픈 놈.

"내가 봤을 때는 말이다, 무조건 이야기를 잘 들어줘야 돼. 아무리 사소한 이야기를 해도, 나는 네가 하는 모든 말에 관심이 있다, 그런 태도를 보여줘야 한다고. 그리고 나중에 그 사소한 이야기를 기억했다가 슥 꺼내잖아? 완전 감동의 도가니가 되는 거지. 이건 진짜 비법 중의 비법인데 너한테만 이야기해 주는 거야, 자식아."

선재가 귓속말을 수군거리며 제 가슴을 탁탁 두드렸다. 팽팽하게 뻗었던 강준의 눈썹이 조금 누그러졌다. 일지를 덮으며 펜으로 책상을 두드리는 가지런한 손동작에서 망설임을 읽은 선재는 내심 쾌재를 불렀다.

"뭐, 어떻게, 얼굴은 자주 보는 사이고?"

슬쩍 지나가듯 묻자 강준이 검은 눈동자를 들었다. 그녀를 떠올렸는지 또렷한 눈매에 수줍은 듯한 기색이 스쳤다.

"최근…… 들어서 자주 보는 편입니다."

미끼를 물었다. 선재는 흥분을 누그러뜨리며 무심한 표정을 지으려 노력했다.

"최근 들어서? 안지 좀 오래된 사이구나?"

"예."

선선히 대답하는 강준의 태도에 현성이 몰래 등 뒤로 박수를 보냈다. 이 정도에 환호는 아직 이르지. 수많은 연애 상담으로 다져진 신문의 정석을 보여주마. 고개를 끄덕이며 선재가 책상에 걸터

앉았다.

"그런 사이가 더 다가서기 조심스럽지. 남녀 사이로 처음부터 스타트를 끊은 게 아니라면 그동안 미묘한 거리감 같은 게 쌓였을 거란 말이야. 그 거리감을 좁히고 남자로 딱 어필하는 게 관건이지. 그분은, 사귀는 남자가 많았던 타입인가?"

허리를 곧게 편 강준은 잠시 머뭇거렸다.

"그런 건 잘…… 워낙 바쁘셔서요."

연상이구나! 그래, 차라리 너처럼 백지장 같은 놈은 연상이 이끌어주는 게 원만한 연애로 가는 지름길이지. 선재는 머리를 굴렸다.

"선물 같은 거는 한 적 있어? 서프라이즈, 이런 게 또 여자들한테 잘 먹혀요. 그런데 절대 과해서는 안 돼. 장미꽃 백 송이 들고 회사 앞에서 기다리고 이러면 부담스러워하는 사람들 많거든. 그냥 갑자기 장미꽃 딱 한 송이, 작은 액세서리라던가……."

"물건 욕심이 없으세요. 이미 가지고 계신 것도 워낙 많고."

잠깐만. 이거 설마 사, 오십대, 뭐 이런 상대인 건 아니지? 선재는 현성과 눈빛을 주고받았다. 상대를 지칭하는 강준의 말투가 극존칭이었고, 가진 게 많다는 부분도 마음에 걸렸다. 현성이 참지 못하고 물었다.

"야, 인마. 너 설마 유부녀나 부잣집 마나님한테 빠진 건 아니지? 이혼하고 너한테 온다고 했다거나. 야, 그거 다 뻥이야, 이 자식아."

길게 뻗은 또렷한 눈매로 현성을 돌아본 강준은 허, 하고 웃고 말았다. 현성의 추측은 어이가 없을 정도였지만 하나는 맞았다.

서연은 이 나라에서 손꼽히는 부유한 집의 무남독녀였고, 그 어렵다는 사법고시를 단번에 패스한 검사였다. 그녀는 태양처럼 높이 떠 있는 사람이었다. 눈이 부셔 감히 갖고 싶다는 마음조차 꿈꾸지 못했던, 그저 눈앞에 있어주는 것만으로도 축복 같은 사람.

"저한테 와주기를 바란 적 없어요. 그런 욕심은, 감히 품어본 적도 없습니다."

선재는 차갑고 단단하게 굳어진 강준의 옆모습을 바라보았다. 자기 자신에게 말하는 것 같은 강준의 얼굴은 마음에 품은 여자를 떠올리는 표정이라고는 볼 수 없을 만큼 지나치게 금욕적이었다. 스스로의 감정을 조금의 틈도 없이 꼼꼼히 동여매는 듯한, 또 그러는 것이 당연하고 익숙한 듯한 표정. 선재는 저도 모르게 깊은 한숨을 내쉬었다.

도대체 어떤 여자기에 한 남자에게 저런 표정과 말을 하게 하는가. 궁금증이 치솟았지만 강준은 더 이상 이야기할 생각이 없는 듯 단정한 입술을 다문 후였다. 아니, 대체 뭐 하는 여자이기에, 하고 언성을 높이는 현성의 목덜미를 잡아끌며 선재는 혀를 찼다. 아무래도 그가 아끼는 후배는 첫사랑을 호되게 앓을 모양이었다.

#6
방황하는 마음

여자는 불안한 눈빛으로 강준을 돌아보았다. 매끈하게 깎여진 듯한 뺨이 팽팽하게 당겨져 긴장감을 드러냈다. 바짝 붙어 움직이는 강준은 신경을 예민하게 세우고 있었다.

"괘, 괜찮을까?"

"쫓아오는 사람이 있는 것 같습니다. 일단 댁에 들어가 계시면 제가 확인하고 오겠습니다."

여자에게 협박 편지를 보낸 전남편은 무역 회사를 다니던 남자였다. 간통죄로 고소당해 이혼한 뒤 얼마 되지 않아 사기 및 횡령죄로 잡혀 들어갔지만 여자의 말을 들어봤을 때 그리 기민한 남자 같지는 않았다. 그러나 지금 강준의 촉각을 곤두세운 것은 여자의 직장에서부터 차로 따라붙은 듯한 이들이었다. 흔적을 지우는 것이 익숙한 프로의 냄새가 났다.

집이 텅 비어 있는 것을 확인하고 문단속을 꼼꼼히 하라 이른 뒤 강준은 창문으로 빠져나왔다. 건물 뒤쪽으로 가볍게 뛰어내린 그는 그들을 쫓아오던 차가 마지막으로 세워진 것을 확인한 골목으로 향했다. 차에서 내린 남자가 벽에 바싹 몸을 붙인 채 여자의 집 쪽을 훔쳐보고 있었다.

강준은 바람처럼 달려들어 그의 목덜미를 잡아채고 팔을 꺾었다. 억, 소리와 함께 남자가 몸을 버둥거렸고, 육탄전이 이어졌다. 운전석에 앉아 있던 남자는 그대로 떠날지 일행을 태울지 고민하는 듯 내리지 않았지만, 그사이 남자의 등에 체중을 실어 쓰러뜨린 강준을 보자마자 차를 출발시켰다.

"무슨 용건입니까."

남자의 생각보다 강준은 날렵했다. 숨소리가 조금도 흐트러지지 않은 위압적인 목소리에 남자는 헐떡이며 대답했다.

"이거 왜 이래요? 나, 난데없이 사람한테 이렇게 폭력을 행사해도 되는 겁니까?"

"분당에서부터 사십 분간 쫓아오는 걸 봤습니다. 이정범 씨가 시켰습니까?"

"이, 이정범이 누구예요? 하여튼 이, 이것 좀 놓으십쇼!"

남자는 거짓말을 하는 것 같지 않았다. 경계심을 풀지 않은 채 강준은 천천히 그를 일으켰다. 깔끔한 정장에 묻은 흙먼지를 털어내는 남자는 오만상을 찌푸리고 있었다.

"그럼 왜 방미숙 씨를 쫓는 겁니까."

남자는 흘끗 강준을 바라보았다. 짙게 뻗은 눈썹을 세운 강준은 호락호락하게 물러날 것 같아 보이지 않았다. 일대일로 그를 제칠 자신도 없다. 애초에 그는 몸을 쓸 줄 아는 사람도 아니었기에, 남자는 고민에 빠졌다.

"경찰서로 갈까요?"

강준이 차분하게 물었다. 남자의 눈이 당황하는 듯 보여 그는 미간을 바짝 좁혔다. 그들 사이에 흐르던 긴장감이 무너진 것은, 떠났던 차가 다시 돌아와 강준의 곁에 섰기 때문이었다.

"차강준 씨."

운전석에서 내린 안경을 쓴 남자가 부르는 제 이름에 강준의 눈썹이 꿈틀거렸다. 몸으로 덤빌 타입으로 보이지는 않았지만 강준은 여전히 긴장감을 두른 채 온몸을 단단하게 굳히고 있었다.

"모시고 오라는 분부가 있었습니다."

"누굽니까."

자신이 목적이었음을 깨달은 강준이 날카롭게 되물었다. 남자는 품에서 꺼낸 명함을 내밀었다. 그가 아주 잘 아는 회사의 이름이 적혀 있는 그 명함에, 강준의 눈이 크게 뜨였다.

"타시죠."

남자가 정중한 태도로 차 문을 열었다. 단단하게 움켜쥐고 있던 강준의 주먹이 스르르 풀렸다.

"도착했습니다."

"들여보내."

건물 최고층에 위치한 회장실은 말 그대로 웅장했다. 문을 수놓고 있는 금색의 고풍스러운 장식부터 윤이 날 정도로 관리된 가구들, 먼지 한 톨 보이지 않을 것처럼 깨끗한 방 안에 들어선 강준의 입매가 굳었다.

사람을 압도하기 위해 계산적으로 꾸며놓은 것 같은 방 안에 서서 골프채로 바닥을 짚고 있는 남자는 그에게 관심이 없어 보였다. 퍼팅 연습을 하듯 각도를 가늠하고 있는 중년의 남자는 고급스럽게 마감된 슈트를 입고 있었다. 베스트가 딱 떨어지는 몸은 규칙적인 운동으로 다져진 것처럼 보였다.

"처음 뵙겠습니다. 차강준입니다."

강준은 깍듯하게 허리를 굽혔다. 그의 눈앞에 있는 남자는, 천사원을 10년 넘게 후원해 온 태산그룹의 수장이자 서연의 아버지, 심건택이었다.

돌아가신 서연의 어머니 이름으로 후원이 되고 있었지만 결국은 그의 후원이나 마찬가지다. 감사하는 마음과 어딘지 불안한 마음을 안은 채 강준은 바른 자세로 섰다. 남자는 퍼터를 움직였고, 공은 천천히 굴러가 홀에 빨려 들어갔다.

"요즘 그 아이를 자주 만난다고?"

거친 음성에는 오랜 세월 수많은 아랫사람들을 다뤄온 연륜이 느껴졌다. 여유가 있었지만 느껴지는 무게가 무겁다. 턱을 당기고 건택의 말을 기다리던 강준의 눈매 끝이 날카로워졌다. 그 아이라는 호칭이 누굴 뜻하는지는 분명했다. 건택은 골프공을 구둣발로 천천히 끌어당겼다. 대답할 여유를 두지 않고 그는 퍼터로 방향을 잡았다.

"5년 넘게 모은 돈으로 그 아이 집 가까운 곳에 이사를 갔다더군. 그 아이랑 잤나?"

톡, 하고 밀어낸 공은 정확하게 홀을 향했다. 강준의 검은 눈동자가 당혹감에 흔들렸다. 그는 낮은 목소리로 간결하게 대답했다.

"그런 일 없습니다."

"왜 그런 일이 없어, 한창 나이의 젊은 애들이."

강준은 건택의 말에 담겨진 속뜻을 파악하려 했지만 가벼운 웃음을 머금고 있는 건택의 머릿속을 읽는 것은 쉽지 않은 일이었다. 강준의 타고난 본능이 그에게 긴장을 풀지 말라 일렀다.

"그런 식으로 만나는 것이 아닙니다."

"선을 넘지는 않았다?"

건택이 몸을 천천히 돌리며 손에 쥔 퍼터를 가볍게 흔들었다. 처음으로 마주친 건택의 눈매가 힘차게 꿈틀거리고 있었다. 건방지지는 않지만 곧은 시선으로 그를 마주하며, 강준은 눈도 한 번 깜빡이지 않았다.

"눈빛이 좋군. 아주 깨끗해."

건택이 웃었다. 부드러운 수건으로 퍼터를 닦아낸 그는 내선으로 연결되는 버튼을 눌렀다.

"차나 한 잔 내와."

〈알겠습니다, 회장님.〉

"거기 앉지."

"예."

느긋하게 각이 잡힌 소파에 앉은 건택은 관찰하는 눈으로 허리를 꼿꼿하게 세우고 있는 강준을 훑어보았다. 제 어미가 돈 한 푼 되지 않는 동정심에 벌려놓은 일을 서연이 이어서 하고 있음은 익히 알고 있었다.

기업 이미지 차원에서도 나쁠 것은 없으니 못 본 척하고 있었지만, 제 뜻대로 움직여 주지 않는 쓸모없는 딸의 버릇을 고치는 데 쓰기에는 꽤 괜찮은 도구가 될 것 같았다. 심지어 눈앞의 청년은 여자들이 제법 따르게 잘생겼고 훤칠하지 않은가. 건택은 흐트러짐 없이 앉아 있는 강준에게서 시선을 돌리며 한숨을 내쉬었다.

"그 아이는 어떻게, 잘 지내나?"

딸의 안부를 묻는 아버지의 말에 강준의 눈이 건택을 향했다. 그는 씁쓸한 표정을 하고 있었다.

"제 어미를 일찍 병으로 잃고 정을 못 붙였어. 하나 있는 딸 얼굴 보기가 장관보다도 힘들다네. 내게는 통 시간을 내주지 않아서 말이야."

강준의 날카롭던 눈매가 조금 누그러졌다. 그는 짧게 고개를 끄덕이며 대답했다.

"많이 바쁘신 것 같지만, 잘 지내고 계십니다."

"고집이 세서 드러내지는 않지만 많이 외로운 애야."

"마음이 강한 분이십니다."

매끈한 몸매의 비서가 소리 없이 들어와 얌전히 찻잔을 내려놓았다. 그녀가 나가기를 기다리며 차를 마시던 건택이 불쑥 물었다.

"우리 딸을 어떻게 생각하나?"

강준의 또렷한 눈이 커지는 것을 본 건택이 부드럽게 웃어 보였다.

"여자로 보고 있나 이 말일세."

"저는 그런 생각을 품고 있는 것이⋯⋯."

"예쁘지. 가시 돋친 장미처럼 굴겠지만 그게 또 남자 눈에는 매력 아니겠나."

낮게 내려뜬 눈은 뱀처럼 차가웠지만 그의 옆모습을 보는 강준에게는 보이지 않았다. 건택이 느릿하게 눈을 깜빡이며 찻잔을 기울였다.

"한 번은 꺾어야 할 거라면 자네 같은 남자였으면 좋겠군. 아무 감정 없이 비지니스로 엮일 서류상의 남편보다, 자네처럼 올곧은 남자에게 잠깐이나마 마음을 여는 것이 여자로서는 행복한 일일 테니까 말일세. 젊은 날의 그런 추억이라도 있어야 또 살지. 안 그런가?"

놀란 듯 크게 흔들리는 강준의 눈을 가만히 바라보며 건택은 조용히 입술로 웃었다.

"난 하나지만, 아버지는 아니잖아요?"

빨갛게 부어오르는 뺨을 감쌀 생각도 하지 않고 자신을 노려보던 서연의 눈에 담겨 있는 것은 오로지 경멸뿐이었다. 이제 와 혈육으로서의 정을 기대하는 사람은 누구도 없다.

제깟 게 아무리 영리한 척 덤벼봐야 감상적인 여자고 어린애지.

건택은 코웃음을 삼키고는, 말없이 굳게 입을 다물고 있는 강준에게 중얼거리듯 말했다.

"아껴주게. 시간이 허락할 때 말이야."

한없이 널찍한 방 안의 공기가 무겁게 강준을 짓눌렀다. 따뜻하게 김을 내뿜던 찻잔이 차갑게 식을 때까지, 한 번도 찻잔에 손을 대지 않은 강준의 손등에는 내내 푸릇한 힘줄이 문신처럼 돋아 있었다. 그림처럼 가만히 앉아 있는, 남자가 된 소년을 둘러싼 공기가 위태롭게 흔들리는 것을 바라보며, 건택의 입귀에 여유로운 미소가 떠올랐다.

✻

"당황하고 두려웠을 심정, 이해가 안 가는 건 아니에요. 그렇지만 그 순간 나영 씨가 조금만 용기를 내줬더라면, 아까운 한 생명이 그렇게 사라지진 않았을 겁니다."

은경은 인중을 쭉 내민 채 혀를 내두르고 있었다. 박 계장 또한 폭력 사건과 연루된 뺑소니의 피의자를 신문하고 있는 서연의 침착한 모습에 눈만 끔벅거리고 있을 뿐이었다.

평소대로라면 호통을 치고 날카롭게 몰아붙이는 것이 그녀의 스타일이었다. 얼음처럼 차가운 말을 쏟아내며 쉴 새 없이 피의자의 죄를 일깨웠다. 보고 있는 것만으로도 심장이 조여드는 현장을 예상했던 두 사람은 다른 사람처럼 자애로운 표정으로 피의자를 달래는 서연을 낯설게 바라보고 있었다.

'연애를 하는 게 분명해요'라고 은경이 박 계장에게 입모양으로 중얼거렸다. 박 계장도 고개를 끄덕였다.

확실히 최근 서연에게는 전에 없이 부드러운 분위기가 감돌았다. 늘 차갑고 사람을 대하는 것에 필요 이상으로 날카롭고 예민하게 굴던 그녀가 아니었다. 소소한 농담도 던지고 표정이 밝아졌다. 고고하게 잎을 움켜쥐고 있던 장미 한 송이의 꽃봉오리가 화사하게 피어난 듯, 서연은 눈에 띄게 아름다워지고 있었다.

눈물을 훔치며 방을 나서는 피의자를 보내고 돌아선 서연이 딱딱하게 굳은 어깨를 두드렸다. 세 시간을 붙잡고 있었더니 목은 목대로 아프고 머리도 멍하다. 커피나 마실까, 창밖을 내다보려던 서연이 미간을 찌푸렸다. 은경과 박 계장의 시선이 따가웠다.

"뭡니까, 두 분."

"도대체 어떤 사람인지, 궁금해 미치겠네요."

"사실 저도 그렇습니다, 검사님."

"무슨 얘기하시는 거예요?"

"요즘 만나는 분 계시잖아요! 그분 말이에요, 그분!"

은경이 참다못해 벌떡 일어섰다. 그 넉넉한 몸매를 바라보며 서연이 아름다운 눈을 깜빡였다.

"그런 사람 없는데. 내가 누굴 만나요?"

"검사님이 거짓말을 하시면 누굴 믿고 삽니까? 뻔히 다 알고 있는데 눈 가리고 아웅 하시네."

박 계장마저 투덜거렸다. 검은 블라우스를 입은 서연이 팔짱을 끼며 두 사람을 번갈아 바라보다, 아, 하고 웃음을 터뜨렸다.

"그 애를 말하는 거라면 그런 거 아닙니다. 그냥 가끔 얼굴 보고 밥도 먹고. 집이 가깝거든요."

부드럽게 풀어지는 서연의 얼굴을 바라보며 은경이 혀를 찼다.

"검사님, 거울이나 보고 말씀하세요. 지금 표정이 어떤지 아세요?"

"⋯⋯제 표정이 어떤데요."

"제가 우리 민희 엄마랑 데이트 시작했을 때 표정이랑 아주 비슷합니다."

박 계장이 엄숙하게 말했다. 은경이 지원 사격에 나섰다.

"제가 봤을 때는 이 한겨울에 검사님만 지금 꽃피는 봄이에요. 그분 생각할 때 얼굴에 다 드러나는 거 아세요? 아니, 왜 좋은 걸 좋다고 인정을 못 하세요?"

서연은 금방이라도 삿대질이라도 할 것 같은 기세로 달려드는 은경을 피해 한 걸음 물러섰다.

"그런 거랑은 좀 달라요. 그 애랑은 워낙 어릴 때부터 봤고, 편해서 그런 거라구요."

"아니, 검사님이 어디 사람 앞에 두고 쉽게 편해지는 분이십니까? 검사님이 그렇게 느낀다는 것 자체가 이미 그분한테 마음을 열었다는 거잖아요."

"박 계장님 오늘 말씀 참 잘하시네. 내 말이 딱 그 말이에요."

"두 분 오늘 무슨 일 있으세요? 왜 갑자기 아무것도 아닌 일에 열을 올리고 그러⋯⋯."

"아무것도 아닌 일이 되게 그냥 보고만 있을 수가 없네요, 제가."

은경이 답답한 듯 가슴을 두드렸다. 꽃처럼 예쁘지만 사람에게는 조화처럼 건조하게 굴던 서연이 변하는 모습이 보기 좋아, 그녀는 이 기회를 놓치고 싶지 않았다. 팔짱을 끼고 있는 서연에게 점점 더 다가서며 은경이 눈을 가늘게 떴다.

"솔직히 말해보세요. 그 남자가 옆에 있으면 막 가슴 떨리고 좋은 순간이 있지 않으세요? 계속 같이 있고 싶다거나. 전혀 다른 일을 하고 있다가도 불쑥 생각나고. 그런 적이 한 번도 없다고 단언할 수 있으세요?"

"그대로 법정 가서도 되겠어요. 오늘 정말 조리 있게 말씀 잘 하시……."

"말 돌리지 마시구요!"

어린 조카를 야단치듯 언성을 높이는 은경의 기세에 서연은 저도 모르게 입을 다물었다. 이런 경험이 없어서 그런지 서연은 순간이나마 당황하고 말았다.

"그거야……."

서연의 창백한 뺨에 은은하게 붉은빛이 돌았다.

"그 애가 날 꽤 괜찮은 사람인 것처럼 보니까, 기분이 좋아서……."

답지 않게 우물쭈물 대답하는 서연의 말에 은경이 한숨을 내쉬며 그녀의 어깨를 두드렸다.

"검사님, 인생 참 짧아요. 예쁘고 젊을 때 마음껏 사랑하세요. 그런 감정 인생에 두 번 안 올 수도 있거든요. 처음이자 마지막일 수도 있다구요."

박 계장이 묵묵히 고개를 주억였다. 머쓱한 표정을 하고 있던 서연이 흠, 하고 목을 가다듬으며 미간을 좁혔다.

"이제 이 얘기는 그만하죠? 목이 아파서 전 물이라도 좀 마셔야 겠어요."

막 벽까지 몰렸던 서연이 손을 휘휘 저으며 빠져나왔다. 아깝다, 조금만 더 세게 밀어붙일걸, 하고 중얼거리며 은경이 혀를 찼다. 그때 전화가 울려 서연은 재빨리 수화기를 들었다.

"네, 심서연입니다."

〈아, 예, 검사님. 지금 손님이 찾아오셨는데, 확인 좀 하려고요.〉

수화기 너머로 들리는 낯익은 이름에 서연의 반듯한 미간에 홈이 파였다. 제가 내려가죠, 하고 대답하는 목소리에 의아함이 담겨 있었다.

✳

"고맙다."

서연은 등을 기대고 앉아 동욱이 내미는 커피를 받았다. 오후의 커피숍은 생각만큼 한적하지는 않았다. 맞은편에 앉은 동욱이 어색한 표정으로 웃었다.

"사건 청탁 안 받아. 커피 한 잔으로는 더더욱 어림없고. 애들 드나들 데 아닌데, 무슨 일이야?"

아름다운 만큼 접근하기 어려운 사람이다. 제법 변죽이 좋다고 생각하는데도 서연에게 편하게 말을 붙이기가 쉽지 않았다. 동욱은 목을 가다듬으며 말했다.

"그날 이후로, 한 번 찾아뵙고 싶었어요. 저, 강준이 놈이랑은 정말 오래 보고 싶거든요. 제가 성격이 이래서 대학교 처음 입학했을 때부터 주변에 사람은 많았는데, 진짜 마음에 드는 놈은 강준이 하나였어요. 뭐든 잘나고 잘해서 질투가 안 났던 건 아니지만, 그날 일은 전혀 예상도 못했어요. 불쾌하게 해드렸다면 진심으로 사과드리겠습니다."

정중하게 고개를 숙이는 동욱을 흘끗 내려다보며 서연은 눈으로 웃었다. 아이들은 아직 순수한 면이 있었다.

"됐어. 거짓말을 하지 않으면서 적당히 둘러대는 건 생각보다 요령이 필요하니까. 강준이가 괜찮다면 나한테까지 사과할 필요는 없어."

후우, 하고 한숨을 내쉬는 동욱의 서글서글한 얼굴이 한결 가벼워졌다. 그제야 크림이 올라간 커피를 한 모금 마신 동욱이 서연을 바라보며 미소를 머금었다.

"언젠가 한 번은 꼭 뵙고 싶었어요. 1학년 때 강준이 놈이 정말 많이 취했던 날이 있었거든요. 그때 처음 들었어요. 고아원에서 자랐다는 이야기. 후원해 주시는 분이 계시다는 이야기."

하여튼 쓸데없이 솔직한 녀석이다. 서연은 짧게 혀를 찼다. 동욱이 머쓱하게 웃었다.

"힘들다는 말을 한 번도 한 적이 없어요. 체력 단련하고 다들 물 먹은 솜처럼 픽픽 쓰러져도, 그 녀석은 벌떡 일어나서 기계처럼 아르바이트를 하러 가곤 했거든요. 진짜로 머리에 나사 박혀 있는 거 아닌가, 그놈 잘 때 머리 헤집어본 적도 있다니까요."

"자기 몸 아낄 줄도 모르고. 미련하긴."

서연의 고운 눈썹이 찌푸려졌다. 동욱이 크게 고개를 끄덕였다.

"사실 전 태어나서 돈에 대해 심각하게 생각해 본 적이 없었어요. 다행히 집이 여유로운 편이라서 갖고 싶은 거, 먹고 싶은 거에 대한 아쉬움이 없었거든요. 그래서 그렇게까지 절실하게 살아가는 녀석이 정말 궁금했어요. 처음에는 그저 불확실한 미래에 대한 불안함, 갖지 못했던 것에 대한 굶주림이라고만 생각했거든요. 그런데 그런 이유가 아니더라고요."

입가에 묻은 크림을 닦아내며 동욱이 작게 중얼거렸다. 서연은 그의 목소리에 귀를 기울였다.

"그 녀석이 노력하는 모든 것의 이유는 단 하나예요. 검사님을 실망시키지 않기 위해서. 그게 그 녀석을 움직이는 힘이에요."

그림처럼 눈을 깜빡이던 서연이 시선을 돌렸다. 민망하면서도 부끄러운 듯한 감정의 파도가 그녀를 덮쳤다. 태연한 표정을 지으려 했지만 그러지 못했다. 동욱이 조심스레 그녀를 바라보고 있었다.

"그게 사랑이라고 부를 수 있는 감정인지는, 저도 잘 모르겠지만요. 제가 보기에, 그 녀석은 절대 제 입으로 이런 말을 검사님께 하지 않을 겁니다. 죽을 때까지 입을 다물고 있을 놈이에요."

찻잔을 내려놓은 동욱이 마른 입술을 혀로 더듬었다. 지금도 이런 말을 하는 것이 잘 하는 일인지에 대한 확신은 없다. 그저 가장 가까운 곳에서 지켜봐 왔던 친구에 대한 안타까움이, 그의 입을 움직이고 있었다.

"하지만 그래서는, 온전한 제 인생을 살 수 없을 거라고 생각해요. 검사님이 어떤 것도 강요하지 않으신다는 건 잘 압니다. 바라는 게 오히려 너무 없으셔서, 더 힘들어하곤 했으니까요. 그냥…… 알아주셨으면 해서요. 검사님이 그 녀석에게 어떤 존재인지, 검사님을 만난 날이면 그 녀석이 얼마나 행복해하는지. 그 목석같은 놈이 얼마나 들뜨는지 알아주셨으면 해서……."

서연은 가만히 입을 다문 채 차를 마시고 있었다. 식어가는 커피가 씁쓸한 맛을 남겼다. 꼭 저같이 좋은 놈을 친구로 뒀네. 현실 감각이 멀어지는 듯한 느낌이 몽롱하게 그녀를 감쌌지만, 낮게 눈을 내려뜬 서연은 조용히 입을 열었다.

"그런 건 아주 개인적이고 비밀스러운 마음이야. 정 안타까웠다면 나를 만났던 그날 했을 수도 있었을 거고. 지금 갑자기 찾아와서, 제 것도 아닌 남의 마음을 까발리는 이유가 뭔지 물어도 될까?"

동욱이 입술을 깨물었다. 크게 심호흡을 한 뒤, 그는 고개를 들었다.

"요즘 며칠, 그 녀석이 이상해서요. 한 번도 그런 적이 없었는데, 요즘 제 몸을 가누지도 못할 정도로 술에 취하곤 해요. 아무리 물어도 대답도 안 하고. 단단히 고민하는 게 있는 모양인데, 제가 알기로는 그 녀석을 그렇게까지 뒤흔들 수 있는 사람은 '그분', 그러니까…… 검사님밖에 없거든요."

서연이 천천히 인상을 찡그렸다. 마지막으로 강준을 만난 것이 일주일쯤 전이었다. 퇴근하는 길에 마트 앞에서 마주쳐서, 집까지 함께 걸어왔다. 평소와 다른 느낌은 조금도 없었다. 며칠 사이에 무슨 일이 있었단 말인가.

"혹시나 그 녀석이 제 마음을 비쳤는데 검사님이 단칼에 자르셨나, 해서. 그런 건, 아닌가요?"

머뭇거리는 동욱의 말에 무심코 고개를 저으며 서연은 손가락으로 찻잔의 테두리를 더듬었다. 해가 지는 시간, 느릿하게 구름이 몰려오고 있었다.

/

#7
복일까, 재앙일까

/

온몸의 근육이 나른하게 풀리는 듯한 기분이 나쁘지는 않았다. 적당한 열기가 목덜미에 번졌다. 강준은 어둑한 밤거리를 조용히 걸었다. 후우, 하고 뿜어져 나오는 입김이 달빛처럼 하얗다.

다행히 그가 술자리에 끼는 것을 후배들은 싫어하지 않았다. 꽃처럼 웃는 얼굴로 선뜻 그의 팔을 이끈 것은 미진이었다. 말재주가 없어 새처럼 조잘거리는 후배들 사이에 가만히 앉아 술만 들이켰다. 처음부터 술을 마시는 것이 그의 목적이었다.

홀로 앉아 마실 수도 있었지만 그에게는 적당한 주변의 소음이 필요했다. 오직 한 가지 생각으로만 흘러가는 그의 사유를 어떻게 해서든 끊어내야 했다. 그렇지 않으면, 아마 그는 휴대폰을 붙잡고 해서는 안 되는 행동을 하고 말았을 것이었다. 전화를 하고, 말도 안 되는 말들로 그녀를 귀찮게 했겠지. 그녀가 실망하고 질릴 때까지, 스스로도 혼란스러운 이 마음을 어떻게든 쏟아내고 말았 겠지. 강준은 하얗게 한숨을 내뱉으며 걸음을 옮겼다.

그는 건택의 말을 떨쳐 낼 수가 없었다. 비록 건택의 노련한 가면 속에 어떤 의도가 있으리라 짐작하고 있었음에도, 그의 말들은 보이지 않는 손이 되어 강준의 마음을 헤집어놓고 있었다.

"한 번은 꺾여야 할 거라면 자네 같은 남자였으면 좋겠군."

건택의 말이 메아리쳤다. 강준은 생각을 떨쳐 내듯 고개를 세게 내저었다. 운동화에 부딪치는 유난히 밝은 달빛을 물끄러미 보고 있자니, 서연의 하얀 얼굴이 겹쳐졌다. 건택의 모든 말들은 어쩌 면 그가 외면하고 있었을지도 모르는 그 자신의 감정을 다시금 들 여다보게 만들었다.

애당초 꿈을 꾸는 것이 아니었다. 손이 닿을 수 없는 곳에 있는 사람을 욕심내서는 안 되는 일이었다. 자주 봐서는 안 되는 일이 었다. 그렇게 가까운 곳에서 눈을 마주하고, 목소리를 듣고, 웃고 우는 그녀를 봐서는 안 되는 일이었다.

어쩌다 한 번, 그러니까 예전처럼 1년에 서너 번 볼 때는 강준은 그의 마음을 다독일 수 있는 여유가 있었다. 불쑥 나타나곤 하는 그녀의 아름다움에 말문이 막히고, 그녀가 보는 제 모든 모습이 바보 같아 보일까 봐 매순간 고민하면서도 그저 고마워서라고, 그 의 인생의 길을 내어준 그 사람이 너무 멋진 사람이라서 동경하는 것이라고 생각할 수 있었다.

그러나 지금은……. 강준의 단정한 입매에 자조적인 미소가 튀어나왔다. 얼마나 순진했던가. 한 번도 생각해 보지 않았던, 언젠가 그녀가 누군가의 여자가 될 것이라는 상상을 하는 것만으로도 이토록 숨이 막히는 것을.

그녀는 분명 그런 곳에 있어야 하는 사람이었다. 누구보다 눈부신 자리에서, 그 어떤 여자보다도 고귀한 대접을 받으며 그녀가 미처 다 감당하지 못할 만큼의 큰 사랑을 받기에 충분한, 그런 사람이었다. 그리고 그는 어느새 그녀의 옆자리에 서 있는 자신을 상상하곤 하는 스스로를 비웃어야 했다.

가당키나 한가.

마른 얼굴을 쓸어내리는 강준의 손길이 무거웠다. 생각의 방향이 그를 이처럼 초라하게 만든 얼굴도 모르는 부모님과 신에 대한 원망으로 흘러가기 전에 멈춰야 했다. 그런 원망이 스스로를 더 절망으로 무너뜨린다는 것을 강준은 이미 알고 있었다.

이름 세 글자 한 번 입 밖으로 부르기조차 쉽지 않은 사람을 떠올리는 강준의 날카로운 얼굴이 일그러졌다. 그러나 천천히 옮기던 걸음은, 희미하게 그를 부르는 듯한 목소리에 멈춰졌다. 흐트러진 정신이 이내 또렷해짐과 동시에 명료한 목소리가 들렸다.

"걸음 좀 멈추라고, 차강준!"

한시도 그의 머릿속을 떠나지 않던 그녀의 목소리가 들리는 것이 거짓말처럼 느껴져 강준은 섣불리 고개를 돌리지 못했다. 달빛이 너무 밝아 환청일지도 모른다는 생각마저 들었다. 그러나 머뭇거리는 그를 잡아채듯 한결 날카롭게 날이 선 서연의 목소리가 거리를 찌렁찌렁 울렸다.

"이어폰이라도 꽂았어? 내 말이 안 들려? 너 그러고 다니다 사고 난다!"

점점 현실감을 느낀 강준이 천천히 뒤를 돌아보았다. 양손에 커다란 봉지를 든 서연이 허리를 굽힌 채 인상을 쓰고 있는 것이 보였다. 낑낑대며 다가오는 그녀를 보면서도 강준은 몸을 움직일 생각을 하지 못했다. 한 걸음씩 다가오는 서연에게서 눈을 뗄 수가 없었다.

힘겹게 언덕을 올라선 서연이 강준의 앞에 서서야 가쁜 숨을 내쉬며 봉투를 내려놓았다. 선이 또렷한 눈썹을 바짝 치켜세운 서연의 하얀 뺨이 열기로 붉게 물들어 있었다.

"술 냄새…… 차강준이 사춘기를 겪고 있다는 제보가 거짓말은 아니었네. 평소 같았으면 바람처럼 달려와서 봉투부터 받았을 놈이, 가만히 버티고 서 있다니. 일종의 문화 충격인데. 얼마나 마신 거야? 사람 못 알아볼 정도는 아닌 거지?"

색색거리는 숨소리가 섞인 말을 힘겹게 내뱉으며 서연이 눈앞에 있는 강준의 얼굴을 올려다보았다. 어둠에 감춰진 날카로운 눈은 한 번의 깜빡임도 없이 그녀를 응시하고 있었다. 농도 짙은 감정을 쏟아내는 듯한 시선에 서연의 미간에 주름이 잡혔다.

"무슨 일인지는 들어가서 듣자. 춥다. 봉투 하나라도 좀 들……."

불현듯 강준의 몸이 무너지듯 흔들렸다. 순간 놀라 몸을 움찔한 서연의 고개가 아래로 향했다. 강준이 바닥에 한쪽 무릎을 꿇은 채 주저앉아 있었다. 그의 커다란 손에 서연의 운동화 끈이 들려 있었다.

"어, 그게 언제 풀렸지."

양손 무겁게 짐을 들고 오느라 몰랐다. 느릿하게 운동화 끈을 묶고 있는 강준의 반듯한 정수리를 바라보며 서연은 흠흠, 하고 헛기침을 했다. 그녀는 운동화 속의 발가락을 괜히 꼼지락거렸다.

잠깐 스친 강준의 눈은 평소의 그라고 생각할 수 없을 만큼 어둡게 침잠해 있었다. 분명히 무슨 일이 있다. 서연은 발을 까닥거리며 장난스레 말했다.

"이거 다 너 줄 선물이야. 집들이 선물. 가서 라면부터 좀 먹자. 혹시 없을까 봐 작은 냄비 하나도 샀어."

단정하게 매어진 리본 모양의 운동화 끈을 바라보던 강준이 천천히 몸을 세웠다. 그의 몸을 따라 올라온 달콤한 술 냄새가 안개처럼 서연의 주변을 맴돌았다.

"바래다 드릴게요. 오늘은 댁으로 가세요."

서연은 자신의 귀를 의심했다. 낮게 떨어진 목소리는 한 치의 틈도 없이 단호했다. 강준의 그런 반응을 전혀 예상하지 못했던 서연은 그를 바라보며 눈을 동그랗게 떴다. 강준의 시선이 비뚜름하게 사선을 향해 있었다.

"도대체 뭐야. 속내 숨기는 사람들 지긋지긋해. 넌 그러지 말고 말로 해. 뭐야?"

은연중에 날을 세운 서연의 말투에도 강준의 시선은 움직이지 않았다. 마음이 조금도 들여다보이지 않는 검은 눈동자는 그저 조용히 숨죽이고 있을 뿐이었다. 서연은 다그치지 않고 그대로 기다렸다. 쉽게 물러서지 않을 그녀를 느꼈는지 강준의 어깨가 조금 흔들렸다.

"상관…… 없는 일이니까 신경 쓰지 마세요."

허, 하고 서연의 입술이 허망하게 웃음을 내뱉었다. 널찍하게 뻗은 강준의 어깨에 긴장감이 흘렀다. 밀어내려 하는 것이 여실히 느껴져 서연의 눈꼬리가 바짝 치켜 올라갔다.

"상관없는 일 아닌 것 알아. 그러니까 얘기하라구."

"검사님이라고, 세상 모든 일을 알 수 있는 건 아니잖아요."

검사님? 낯선 호칭에 서연은 최대한 차분하게 이야기해 보려던 생각을 집어치웠다. 내내 시선을 피한 채 삐딱하게 대응하는 강준에 대한 서운함이 짜증을 불러일으켰다.

"정말 나랑 상관없는 일이었다면 네가 나한테 이런 식으로 행동할 리가 없어. 세상에서 제일 싫어하는 게 나한테 걱정 끼치는 일 아니었어? 오히려 웃는 얼굴로 아무 일도 없는 것처럼 미련하게 굴었겠지. 세상 모든 일은 몰라도, 너에 대해 그 정도는 알아."

"아뇨."

머리로는 서연의 날카로운 말에 동의하면서도, 강준은 단숨에 고개를 저었다. 치기 어린 반항심도 들었다. 나에 대해 딱 그 정도밖에 모르면서. 그 이상의 관심을 두려고 한 적도 없으면서.

"아무것도 모르세요."

강준이 일그러진 눈매로 서연을 응시했다. 서연이 한숨을 내뱉었다.

"그러니까 말을 하란 말이야. 왜 날 아무것도 모르는 사람으로 만들어? 뭐든 캐물을 권리 줬잖아. 그럼 물을 자격 있는 거 아니야?"

당신 손에 닿고 싶다고, 그 작은 몸을 끌어안아 내 몸으로 품고 싶다고 소리치는 목소리가 있었다. 당신의 마음을 독차지하고 그 머릿속을 온통 나로 채워 다른 생각은 조금도 하지 못하게 하고 싶다고, 당신 곁에 동등하게 서서 내 어깨에 기대게 하고 싶다고 외치고 싶었지만, 강준은 고집스레 입을 다물었다. 자신조차 제대로 정리하지 못한 마음을 입 밖으로 내뱉을 수는 없었다.

답답한 듯 미간을 찌푸리던 서연이 길게 숨을 들이켰다. 전략을 바꿀 필요가 있었다.

"좋아. 이야기하지 마. 궁금해하지 않을 테니까. 대신 너도, 나에 대해 어떤 것도 궁금해하지 마. 아무것도 묻지 말고. 그런 관계를 원하면 그렇게 하자구."

서늘한 서연의 목소리가 냉랭하게 흘러나왔다. 또렷한 강준의 눈매가 놀란 듯 크게 흔들렸다. 서연은 망설임 없이 다음을 내뱉었다.

"어차피 저건 다 너 주려고 산 거니까 들고 가. 배웅은 필요 없어. 간다."

그리고 그녀는 미련 없이 등을 돌렸다. 한 걸음 멀어지는 서연의 뒷모습을 바라보는 강준의 가슴이 하얗게 타버린 재처럼 산산이 흩어졌다. 순식간에 차갑고 어두운 세상에 홀로 남겨진 기분에 휩싸인 강준은, 그 어떤 생각이 떠오르기 전에 몸이 먼저 움직임을 느꼈다.

"가지 마세요."

서연의 손목을 단단히 잡은 채 속삭이는 강준의 목소리는 열기로 들뜬 것 같기도, 습기로 젖어 있는 것 같기도 했다. 생명줄을 잡듯 절실하게 제 손목에 매달리고 있는 강준의 불안함이 고스란히 전해져 왔다. 서연은 그제야 이 전략이 얼마나 못된 것이었는지를 깨달았다.

버림받는다는 것에 대한 본능적인 두려움을 떠올렸을 것이다. 절망적인 무력감과 제 몫이 아닌 자괴감을 느꼈을 강준에 대한 미안함이 밀려들어 서연은 입술을 잘근, 깨물었다. 실처럼 가늘게 이어져 있는 관계를 끊어내듯 말한 것은 생각이 짧았다.

"……화도 못 내겠네."

투덜거리며 고개를 돌리던 서연의 가슴이 덜컹 내려앉았다. 그녀의 손목을 잡고 서 있는 강준의 눈빛에는 가늠하기 힘들 만큼의 어둠이 물결치고 있었다. 검은 눈동자가 투명하게 젖은 채 그녀를 붙잡았다. 마치 추위와 외로움 속에 홀로 남겨진 아이가 덜덜 떨고 있는 것 같았다. 서연은 깊은 한숨을 삼키며 강준의 몸을 당겨 안았다. 힘없이 딸려온 커다란 몸이 잔뜩 웅크려진 채 숨을 죽이고 있었다.

"미안. 그런 식으로 말하는 게 아니었어. 다그쳐서 미안해. 답답해서 그만."

제 몸을 다 덮고 있는 강준을 토닥이며 서연이 중얼거렸다. 천천히 등허리를 쓸어주자 그제야 낮게 숨을 내뱉는 강준이 안쓰러웠다. 순간이나마 그런 감정 속에 내버려 뒀다는 죄책감에 입맛이 썼다.

호랑이도 때려잡을 몸을 해놓고는, 어린애처럼 이렇게 쉽게 무너질 건 또 뭐야. 속마음으로 투덜거렸지만 죄책감은 조금도 옅어지지 않았다.

"내가 무슨 생각을 하는지, 네가 무슨 생각을 하는지 말로 표현하지 않으면 그 어떤 것도 확실해지지 않아. 최대한 성의껏 표현해도 오해가 생기는 게 말이라구. 그렇게 각자의 생각을 나누면서 가까워지는 게 관계의 시작이야. 네가 그걸 피하는 것 같아서 답답한 마음에 그런 거니까, 천천히 생각이 정리되면 그때 이야기해도……."

"무서워요."

어깨쯤에 얼굴을 묻고 있는 강준의 목소리가 탁하게 흘러나왔다. 따뜻한 입김이 어깨를 미지근하게 데웠다. 서연은 가만히 그의 목소리를 들었다. 머뭇거리던 강준이 조심스레 손을 올려 서연의 몸을 감싸 안았다. 손끝에서 열기가 느껴졌다.

"제가 무슨 생각을 하는지 다 말해 버리면 다시는 돌아보지 않을까 봐. 지금만으로도 충분히 분에 넘치게 행복한데, 그 하찮은 욕심을 버리지 못해서 지금의 행복마저 잃을까 봐, 무서워요. 그런 생각을 하면 숨이…… 숨이 쉬어지지가 않아요."

신음처럼 억눌린 강준의 목소리는 절망의 끝과 닿아 있었다. 늘 긴장한 채 자신을 통제하며 살던 단단한 몸이 허물어졌다. 서연은 그 순간, 그 어떤 걱정 없이 웃는 강준의 얼굴을 볼 수 있다면 뭐든 하겠다고 결심하는 자신을 발견했다.

"그런 걱정 하지 마. 네가 무슨 생각을 하고 있든, 뭘 하든 넌 충분히 사랑받을 자격이 있는 사람이야. 늘 돌아봐지는 사람이라구. 참지만 말고 네가 하고 싶은 말을 하고, 하고 싶은 일을 해. 그게 네가 진짜 행복해지는 방법이야."

서연의 단단한 목소리에는 그 말을 믿지 않고는 못 배기는 힘이 담겨 있었다. 만고불변의 진리를 읊는 것처럼 흔들림 없는 그 목소리는 강준의 마음을 쥐고 흔들었다. 연기처럼 흩어졌던 마음의 불씨가 서서히 살아나 붉은 불꽃이 되었다. 코를 묻고 서연의 향기를 깊게 들이마시던 강준이 천천히 고개를 들었다. 서연의 눈빛이 그를 좇았다.

"하고 싶은 말을 하고, 하고 싶은 일을 해도…… 돼요?"

길게 뻗은 강준의 눈매를 마주한 서연은 잠시 떨리는 가슴을 진정시켜야 했다. 전에 없이 단단해진 강준의 눈에는 결코 무시할 수 없을 만큼의 강렬한 감정이 일렁이고 있었다. 서연은 마음을 가다듬고, 태연한 얼굴로 짧게 고개를 끄덕였다.

"내 허락이 필요한 거라면, 그럼. 되고말고."

"……오늘 하루만, 그럴게요. 하루만."

매일 그래도 돼, 하고 덧붙이려 했던 서연은 가만히 입을 다물었다. 애절하다, 라고밖에는 표현하지 못할 눈으로 그녀를 바라보던 강준의 손이 천천히 올라와 그녀의 뺨을 스쳤다. 마법에라도 걸린 듯 서연은 꼼짝할 수가 없었다. 금방이라도 눈물을 흘리고 말 것처럼 흔들리는 강준의 눈이 그녀를 자유롭게 놓아주질 않았다.

조심스레 깃털처럼 그녀의 뺨을 매만지던 강준의 입술에 허탈한 웃음이 머물렀다. 금세 녹아 사라져 버릴 하얀 눈을 더듬고 있는 것만 같았다. 놀란 듯 눈을 깜빡이는 그의 태양의 얼굴은 차갑고, 부드러웠다. 그 아름다운 눈을 바라보며 강준은 떨리는 마음을 애써 짓누른 미소를 지었다.

"당신이, 단 한 순간만이라도 내 것이었으면 좋겠어. 그럴 수만 있다면……."

지금 당장 먼지처럼 사라져 허공에 흩어진다 해도, 그는 행복할 것만 같았다. 들리지 않을 정도로 작게 속삭이며 슬픈 얼굴로 미소 짓던 강준의 입술이 무언가에 이끌리듯 천천히 내려앉았다. 겹쳐진 입술 사이로 흐르는 겨울 공기는 더 이상 냉기를 품고 있지 않았다. 맞닿은 피부에서 온기가 꽃처럼 피어났다.

심장이 터질 듯한 부끄러움도, 머리를 어지럽히는 술기운도 느낄 수 없었다. 오직 그녀를 한순간 소유한 기쁨만이, 다 자란 소년의 수줍은 마음을 가득 채우고 있을 뿐이었다.

✲

동욱은 늘어지게 하품을 하며 체육관에 들어섰다. 새벽 네 시 이후의 기억이 없었다. 한 가지 분명한 것은 누군가 간밤에 먹은 걸 죄다 쏟아낸 방바닥에서 뒹굴며 잠을 잤다는 것이었다. 동욱은 시큼한 냄새가 아직도 코끝을 맴도는 것 같아 오만상을 찌푸리며 눌러쓴 모자를 벗었다. 땀 좀 빼고 샤워라도 하고 들어가야지, 이 대로 집에 갔다가는 잘 끝나면 잔소리, 잘못 걸리면 용돈 금지령 이 내릴지도 몰랐다.

쿵, 하고 누군가 몸을 내던지는 소리와 단단한 기합이 들렸다. 누군지 참 부지런도 하지, 혀를 차며 샤워실로 향하던 걸음을 잠시 멈춘 동욱은 체육관 안을 슬쩍 들여다보았다. 술기운에 퉁퉁 부어 있던 눈을 동그랗게 뜬 동욱이 친구의 이름을 외쳤다.

"야, 차강준! 너 새벽 맷바람부터 혼자 뭐 하는 거야?"

매트 위에 쓰러져 있는 강준의 얼굴은 이미 땀으로 흠뻑 젖어 있었다. 슬렁슬렁 다가간 동욱은 입을 다물었다. 거칠게 숨을 뱉어내는 강준의 검은 눈동자가 조각난 유리처럼 날카롭게 빛났다.

검사님을 만나기는 한 건지, 만나서 이러는 건지, 못 만나서 이러는 건지 알 수가 없다. 동욱은 머리를 벅벅 긁으며 팔짱을 꼈다.

"몸부터 괴롭히지 말고 말을 해라, 자식아. 입 다물고 폼 잡는 건 여자들 앞에서나 하라고. 생전 소나무처럼 흔들릴 것 같지 않던 놈이 요즘 왜 이리 풍전등화야? 사람 불안하게."

선뜻 몸을 튕겨 일어나는 강준의 동작은 여전히 날렵했다. 저 괴물, 노려보는 동욱의 시선을 흘끗 바라보며 강준이 칼칼한 목소리로 말했다.

"한판하자."

"내가 너한테 뭘 잘못했더라? 너랑 나는 크로캅과 민간인 수준 이야, 어디다 손을 대려고……."

"부탁한다."

반듯하게 서서 이마의 땀을 대충 닦아낸 강준의 목소리에 동욱은 깊은 한숨을 내쉬었다. 왜 하필 나는 이 시각에 눈을 떠서 체육관에 올 생각을 했을까요? 차강준 샌드백 하려고? 동욱은 마른 얼굴을 마구 비비며 괴성을 삼켰다.

"야, 그만. 그만! 작작 좀 하자, 이 미친놈아! 나 죽어!"

땀에 젖어 미끌거리는 매트를 사력을 다해 두들기자 그제야 제 몸에 체중을 싣고 있던 강준의 팔이 느슨하게 힘이 풀렸다. 틈을 봐서 바닥을 기어 나온 동욱은 속옷까지 땀으로 젖은 기분이었다. 해장 한 번 목숨 걸고 한다, 원동욱. 그는 위장 내 케케묵은 숨까지 뱉어내는 기분으로 심호흡을 내쉬며 곁에 앉아 있는 강준의 옆모습을 흘끔거렸다.

운동복에 가려진 탄탄한 가슴이 작게 들썩이고 있었다. 강준은 지구력, 순발력을 논하기 이전에 기본 체력과 힘이 다른 사람보다 월등하게 높은 괴물 같은 놈이었다. 호흡이 정리되고 나자 삭신이 쑤셔와 동욱은 울상을 한 채 끙끙대며 상체를 일으켰다. 복근과 승모근에 저절로 딱딱하게 힘이 들어간 것이 느껴졌다. 팔이 저릿했다.

"검사님은 만났냐?"

낮게 눈을 내려뜨고 있던 강준의 뺨이 잘게 떨렸다. 젖은 머리칼에 맺혀 있던 땀방울이 똑, 하고 콧대로 떨어져 곧게 흘렀다.

"솔직히 내가 봤을 때는, 검사님도 네 마음 어느 정도는 눈치채고 계실 것 같은데. 물론 얼마나 깊은지야 절대 모르시겠지만, 그래도 네 눈빛에 다 드러나는데 그걸 모르시겠냐? 머리 완전 좋고 딱 보니까 눈치도 백 단은 되시는 것 같던데."

친구는 말이 없었다. 동욱은 그의 눈치를 보며 말을 이었다.

"너 새삼 왜 그래? 그분이 너 잊지 않고 가끔 얼굴 비춰주는 것만으로도 만족한다며. 지금까지 그래 왔던 것처럼 그렇게 좋아하면 되잖아, 인마. 한 발짝 뒤에서 조용히. 왜, 갑자기 욕심이라도 생겨?"

세우고 있는 무릎에 올려둔 강준의 주먹에 움찔, 힘이 들어갔다. 땀에 젖은 목울대가 크게 울컥였다. 동욱은 땀을 닦아내던 손을 멈췄다. 강준의 눈동자가 느릿하게 위를 향했다. 커다랗게 펼친 제 손바닥을 보고 있었다.

"이걸로 충분하다, 딱 여기까지만 하자, 전에는 그게 됐어. 한 발짝 뒤에서 조용히 바라만 보고 있을 때는 그것만으로도 벅찼으니까. 그런데 지금은……."

작은 먹이만으로도 충분히 배를 채우는 줄 알았던 욕심은 눈 깜짝할 사이 거대하게 불어나 그의 마음을 가득 채웠다. 더 자주 보고, 목소리를 듣고, 가까이에 있는 그 사람의 존재를 느낄수록 욕심은 그의 통제를 벗어났다. 네까짓 게 감히, 하고 아무리 스스로를 비웃고 헤집어봐도 한 번 불어난 욕심은 결코 줄어들지 않고 자신의 처지마저 눈 가리게 만들었다.

동욱은 냉소적인 표정을 짓는 강준에게서 시선을 돌리며 한숨을 내쉬었다. 사랑만은 좀 쉽게 해도 될 것을. 그는 안쓰러운 마음이 들어 높은 천장을 바라보았다.

"그럼 이야기해. 좋아한다, 당신이 내 인생의 전부다, 사실 그대로. 설사 널 받아주지 않는 다고 해도, 더 이상 널 그냥 어린애로 보지만은 않을 거 아냐. 잘 안 된다고 해도 영영 어린애로 남는 것보다야, 한순간이라도 남자가 되는 게 낫잖아."

강준의 굳게 다물린 입술 사이로 억눌린 한숨이 흘러나왔다. 온몸을 푹 적신 땀이 그의 열기를 빼앗아 단단한 몸이 서늘하게 식어가고 있었다.

✳

"공판 기일 잡혔으니까 일단 김 형사님 먼저 만나뵙고 올게요. 변호사 쪽에서 사고 당일 피의자 알리바이를 아직도 찾고 있다면서 아주 성가셔 하시더라고요."

박 계장은 곱은 손에 호, 하고 입김을 불어 넣으며 서연의 눈치를 살폈다. 법원을 나서는 내내 아무 말도 없었다. 한동안 꽃처럼 화사하게 피어난다 했더니 오늘은 하루 종일 미간에 굵게 파인 주름이 잠시도 펴지지 않았다. 깊은 생각에 빠져 있는 듯 보이다가도 머리를 마구 헤집지를 않나, 얼굴에 발긋한 홍조가 퍼진다 싶으면 금세 입술을 악물며 험상궂은 표정을 짓는다.

연애를 두 번 했다가는 아주 정신을 놓을 판이다. 박 계장은 혀를 쯧쯧 차며 기계적으로 계단을 내려가고 있는 서연의 뒤통수에 대고 소리쳤다.

"검사님! 전 그럼 여기서 경찰서로 바로 가겠습니다!"

"네? 아, 꺅!"

갑작스러운 큰 소리에 놀란 서연이 몸을 돌리다 살얼음이 껴 미끄러운 계단에서 중심을 잃었다. 얼른 손을 뻗던 박 계장은 그녀의 등 뒤에서 서연의 몸을 받치고 있는 남자를 발견하고 눈을 크게 떴다. 낯이 익은 얼굴이었다.

"이게 웬일이야. 살다 보니 심서연이 계단에서 미끄러지는 걸 다 잡아주는 날이 오네."

귓가에 들리는 목소리에 서연은 남자의 어깨를 밀며 똑바로 섰다. 여유로운 얼굴로 웃고 있는 남자는 그녀가 적대시하지 않는 몇 안 되는 아버지의 세상 속 사람 중 한 명이었다.

"인하 오빠, 오빠가 여기 웬일이야?"

덤덤한 표정이었지만 목소리에는 반가움이 묻어났다. 송인하, F&C 그룹의 둘째이자 기획본부장 직을 맡고 있는 그는 서연이 어릴 때부터 봐왔던 소꿉친구 같은 존재였다. 쓰리 피스의 슈트와 결이 깨끗한 검은 코트를 입고 있는 남자의 표정은 시종일관 느긋한 느낌이 있었다.

계획대로 철저히 문서와 자료에 의존해 일을 처리하는 형과는 달리 그는 조금 더 충동적이고 분방한 면이 있었다. 그것이 사람들이 그를 좋아하는 이유이기도 했고, 그의 아버지가 그를 싫어하는 이유이기도 했다.

"알잖아, 우리 사고뭉치 막내. 합의로 못 끝내서 결국 재판까지 왔다. 잠깐 보고 가던 길인데 네가 보여서 아는 척하러 왔지. 우리 은근히 오랜만인 거 알지?"

아, 하고 서연은 짧게 고개를 끄덕였다. F&C의 셋째, 송인재는
업계에서 유명한 망나니였다. 매스컴에 노출된 폭행 사건은 조용
히 묻힌 사건들에 비하면 새 발의 피에 불과했다. 태산과 F&C, 두
그룹이 운송 사업을 두고 밥그릇 경쟁을 하기 이전에는 제법 얼굴
볼 일이 많았다. 인하는 서연의 어깨를 가볍게 두드렸다.

"차 한 잔 마실 시간은 돼?"

"안 그래도 숨 돌릴 시간이 필요했어. 박 계장님, 먼저 가보세
요."

두 사람을 뚫어져라 보고 있는 시선을 향해 손짓하자 박 계장은
고개를 끄덕이며 종종걸음으로 사라졌다. 서연은 작아지는 그의
뒷모습을 보며 낮게 중얼거렸다.

"허리에 손은 좀 치우지."

"너무 인색하다, 심서연. 이렇게 예쁘게 크지를 말던가."

어느새 어깨를 타고 내려가 서연의 허리를 감싸고 있던 손을 거
두며 인하가 가볍게 웃었다. 어딘지 옹졸한 느낌이 나는 첫째 송
인상에 비하면 인하는 타고난 귀티와 가진 자의 여유가 있었다.
때문에 공식 석상에는 이미지상 인하가 얼굴을 비추는 경우가 많
아서, 때로는 그가 그룹의 후계자로 오인받는 일도 있었다.

"내가 싫어하는 식의 멘트야."

"예쁘다는 말을 싫어하는 여자라, 그럼 무슨 말로 점수를 따
나?"

"성추행범의 논리거든. 네가 예쁜 게 문제다, 네 옷이 짧은 게

문제다. 정말 지저분하지?"

눈꼬리를 접어 웃어 보이고는 계단을 내려가는 서연을 바라보며, 인하는 흠, 하고 단단한 턱을 매만졌다. 그러니까 자기가 예쁜 건 맞다고 말하고 싶은 거지? 심서연.

얇은 입술 새로 피식 하고 웃음이 새어 나왔다. 네 살이나 어린 주제에 늘 사람 꼭대기에 앉아 있는 것처럼 굴던 그녀는 조금도 변한 것이 없었다.

"소식 들었다. 성은 쪽이랑 오가던 얘기 단칼에 잘랐다면서? 회장님이 용케 참으신다."

맞은편에 앉아 커피를 마시는 서연을 바라보며 인하가 농담처럼 운을 띄웠다. 두 사람이 최초로 가까워지게 된 계기는 다름 아닌 서연의 아버지, 심건택이었다. 태산의 가든파티에서 버릇없이 군다며 사람 없는 복도로 어린 딸을 끌고 나와 뺨을 내려치던 남자였다. 인하는 그때 서연의 눈을 기억했다. 분기를 조금도 감추지 않았던 곧고 강한 그 눈은 퍽 인상적이었다.

퉁퉁 부은 얼굴로 집을 나서는 서연의 뒤를 쫓은 것은 인하였다. 둘은 그날 패스트푸드점에서 햄버거를 다섯 개나 먹는 동안 서로의 아버지 욕을 하며 그렇게 친해졌다.

"내 결혼까지 멋대로 하게 두진 않을 거야. 참고 있는 건 나야, 아버지가 아니라."

칼처럼 세운 서연의 눈썹을 바라보며 인하는 미소를 지었다. 차라리 돈이 최고의 행복이라 생각하는 타입이었다면 참 인생 쉽게 살 수 있었을 텐데. 응원해 주는 사람 하나 없는 와중에 매일같이 코피 흘려가며 사법고시를 보더니, 그녀는 결국 검사가 되었다.

적당한 남자와 결혼해서 예쁘게 꾸미고 사람들에게 얼굴 내미는 풍족한 생활이 아닌, 치열하게 부딪치는 삶을 선택해서 그녀가 얻는 것이 무엇일지 인하는 내내 궁금했다.

"오빠 어때? 런던에서 돌아온 지 얼마 안 됐잖아. 중남미 철강투자 건으로 갔다더니, 일은 제대로 하고 온 거야?"

"오빠한테 그렇게 관심이 많으면서 어떻게 전화 한 통을 안 했어? 내가 아무리 바쁘다고 해도 네 전화를 설마 안 받겠냐."

서연의 단정한 입술이 실룩이는 것을 본 인하가 웃음을 삼키며 말했다.

"잘됐어. 좋은 파트너를 찾았거든. 담당자가 런던에서 나랑 같은 학교를 다녔던 친구야. 오스트리아 쪽에 넘기려는 거 겨우 설득해서 계약서를 받아온 게 바로 엊그제다."

"그리고 들어오자마자 막냇동생 뒤치다꺼리하는 거야? 그 인생도 참 피곤하다."

"게다가 아버지가 준비해 둔 여자까지 만나야 하지. 어때, 너보다 내가 더하지 않냐?"

"H은행?"

그런 쪽 일을 좋아하지는 않지만 귀는 늘 열어두고 사는 서연이었다. 가진 정보가 많다는 것은 그녀가 다룰 수 있는 무기가 많아진다는 뜻이니까. 인하가 짧게 한숨을 내쉬며 테이블을 탁탁 두드렸다.

좀 위로가 되는 것 같기도 하네, 반쯤 웃는 얼굴로 대답하는 서연을 가만히 바라보던 그가, 몸을 당겨 앉으며 무방비하게 놓여져 있던 서연의 하얀 손을 덥석 잡았다. 서연이 미간을 좁혔다.

"그래서 말인데, 우리가 당면한 이 공통된 문제를 쉽게 회피할 수 있는 방법이 있다고 생각하지 않아?"

"내 손 예민해. 아무한테나 잡혀도 괜찮은 손 아니야."

"끔찍이 싫지 않으면 좀 참아봐."

"왜 이래?"

인하는 서연의 손을 꽉 쥐었다. 의아한 눈으로 자신을 노려보는 서연을 마주한 채, 그는 또렷하게 내뱉었다.

"결혼하자."

"⋯⋯싫은데."

"너 대답하기 전에 좀 머뭇거렸어. 그렇지? 그 0.1초 동안은 괜찮다고 생각한 거 아냐?"

"그 0.1초 동안 오빠가 런던에서 뭘 잘못 먹었을지 생각했어."

"진짜 하자는 게 아니야."

인하는 어깨를 으쓱해 보이며 말을 이었다.

"만난다는 소문만 좀 내자고. 좋은 감정으로 만나고 있다, 뭐 그런 정도? 귀찮은 뚜쟁이들로부터 어느 정도 눈가림은 해주지 않겠냐?"

"아버지 F&C 아주 싫어해. 그쪽이랑 엮였다는 소문 돌면 눈가림이 아니라 부채질이 될지도 몰라. 나도 모르는 사이에 이름도 제대로 모르는 누군가랑 혼인신고되어 있을지도 모른다고."

"심 회장님 최근 중남미 사업에 관심 많으신 거 몰라? 이번에 내가 계약한 투자 건, 진행하는 데 5년 계획으로 세팅 비용만 800억 잡고 있어. 지금 합작 파트너를 찾고 있다고. 꽤 솔깃해하실걸."

"그럼 더 곤란하지."

찻잔을 들고 있는 서연의 손가락은 가늘었다. 무슨 뜻이냐며 눈썹을 치켜 올리는 인하를 바라보며, 서연은 길게 숨을 내뱉었다.

"사업적으로 도움이 될 것 같으면, 몰래 되어 있는 혼인신고의 상대가 오빠가 될지도 모르니까."

순간 인하는 서연의 손을 조금 더 당겼다. 손 좀 놓지, 하고 눈을 치켜뜨는 서연을 향해 담담한 표정을 지은 인하가 천천히 입을 열었다.

"그건 그것대로 괜찮지 않아?"

"……뭐라고?"

"나 이 바닥 사람들 염증이 날 정도로 많이 만났어. 한 달에 미팅만 백여 건이야. 마음 터놓고 지내는 사람이 그중 몇이나 될 것 같아?"

여유롭게 풀어져 있던 고삐를 바짝 조인 것처럼 눈매가 팽팽해진 인하의 말에 서연은 미간을 좁혔다. 본능적으로 잡혀 있는 손을 꼼지락거렸지만 인하는 놓아주지 않았다.

"내 아내 될 사람만큼은 그랬으면 좋겠어. 진짜 내 속을 드러내 보이면서 계산 없이 상대할 수 있는 사람이었으면 좋겠다고. 나와 대등하게 생각하고 비슷한 걸 볼 수 있으면서 때로는 반박할 수 있는 사람. 내가 아는 여자 중 그럴 수 있는 사람은 네가 유일해.”

서연의 표정이 순간 창백해졌다. 그녀는 그 순간 자신이 머리로
는 인하의 말에 동조하고 있음을 깨달았다. 아버지와 같은 세계,
회사를 경영하고 수백억, 아니, 그 이상의 돈을 손가락 하나로 움
직이며 많은 사람들을 거느리는 그 세계 사람들의 젊은 기수 중
가장 정상에 가깝다 말할 수 있는 것이 인하였다.

그는 정재계에 그 흔한 여자관계나 기타 어떤 추잡한 소문도 없
었으며 스스로의 의지로 제대로 된 과정을 밟고 올라와 F&C의 사
업 확장을 더욱 효율적이고 견고하게 만들고 있는 구심점이었다.
영리한 머리와 빠른 결단력은 차치하고라도, 일단 그는 자신의 생
각이 정확한 사람이었다. 아버지의 영향력과 그늘 아래 안주하거
나 묻히는 많은 2세들과는 달랐다.

그것이 현재 F&C의 주가를 높이는 이유 중 하나였고, 딸을 가
진 많은 기업인들이 그를 탐내는 이유였다.

그러나 서연은 입술을 깨물었다. 불과 몇 달 전만 됐어도 인하
의 제안을 제법 매력적인 것으로 생각했을 것이다. 어차피 그녀의
완전한 의지만으로 결혼을 한다는 것은 불가능에 가까웠고, 전력
을 다해 저항하고 싶을 만큼 사랑하는 누군가가 있었던 것도 아니
었다. 이 세계에 태어난 이상 때로는 원치 않아도 짐을 짊어져야
했고, 만약 반드시 결혼을 해야만 하는 상황이 온다면, 그래, 인하
를 상대로 생각해 본 적도 있었다.

그러나 그 순간 서연의 머릿속에 떠오른 것은 소년의 맑은 눈이
었다. 늘 조심스럽게 자신의 뒤를 좇던 그 눈, 목소리, 발걸음 소

리. 온 힘을 다해 자신의 감정을 억누르며 사는 것이 자연스럽게 몸에 밴 아이. 그것이 흘러넘친 어젯밤, 꿈처럼 사라질 듯 뺨에 스치던 조심스러운 손길과 수줍게 닿아온 입술. 어둠에 가려져 있었지만 선명하게 느껴지던, 격정에 취한 검은 눈동자 속에 일렁이는 파도. 그 모든 것이 일순간 그녀의 머리를 어지럽혔다.

그 아이의 웃는 얼굴을 볼 수만 있다면. 서연은 허탈한 웃음을 지으며 고개를 기울였다. 그녀를 바라보고 있던 인하가 그 즉시 눈을 가늘게 떴다.

"그 웃음 불길하다."

"솔직히 말하자면, 이건 지금까지 내가 받아왔던 것들 중에 가장 유혹적인 제안이었어."

과거형이라니, 탄식처럼 말하며 인하는 잡고 있던 서연의 손을 놓았다. 고개를 뒤로 젖힌 채 과장되게 괴로워하는 인하를 바라보는 서연의 웃는 얼굴이 하얗게 반짝였다.

"오빠 생각이 맞아. 어쩌면 오빠와 내가 서로에게 최선의 방법일지도 몰라. 여기서 계속 살아 나가려면. 그런데."

"그런데, 뭐."

일부러 입술을 삐죽거리는 인하를 외면한 채 서연의 시선은 창밖을 향했다. 눈부시게 쏟아지는 오후의 햇살이 따뜻하다.

"나도 몰랐는데 아직 내 속에 소녀가 있나 봐. 낭만을 포기 못하겠네."

"……설마. 너 사람을 이런 식으로 놀리는 건 아주 못된 행동이다."

"어떤 대가를 치러도 포기하고 싶지 않은 사람."

길게 기지개를 켜며 작게 내뱉은 서연의 목소리는 물처럼 투명하고 깨끗했다. 눈을 크게 뜬 인하를 곁눈질로 바라보며 서연이 아이처럼 웃었다.

"그런 사람을 찾는 게 진짜 최선의 방법이지. 다들 그런 사람과 결혼하잖아."

"넌 어떻게 그렇게 한 번을 쉬운 길을 안 가냐."

기가 막히다는 듯 한숨을 내쉬는 인하에게 서연은 눈을 찡긋거렸다.

"프러포즈는 아쉽게도 무산됐지만 우린 서로 한편이다. 이걸로 꽁하기 없기야."

"비지니스 전략은 유효하다? 아, 그거야말로 씁쓸한데."

"분명한 건, 오빤 나에게, 난 오빠에게 서로 도움을 줄 수 있는 관계라는 거야. 그것만으로도 충분히 의미 있지 않아? 나 같은 파트너 또 없다."

"그럼, 또 없지. 그래서 그 복 받은 놈은 누구야?"

미지근하게 식은 차를 툴툴거리며 들이켜고는, 인하가 서연의 표정을 살피며 물었다. 흘끗 그를 바라본 서연의 입술이 부드러운 곡선을 그렸다. 그 미소는 어딘지 아스라한 느낌이 있어 보는 사람의 마음을 순간 서늘하게 만들었다.

"복일까, 재앙일까."

"인마, 천하의 심서연의 낭만을 나누는 놈인데 당연히 복이지. 그 정도 의지도 없는 놈이면 그냥 나랑 혼인신고서에 서명해."

농담 섞인 인하의 말에 작게 코웃음을 친 서연의 시선이 허공의 어딘가를 떠돌았다.

"단순히 쉽지 않은 길이 아니라, 어쩌면 내 인생에서 가장 어려운 길이 될지도 모른다는 생각이 들어서."

"불쌍한 척하지 마라. 방금 프러포즈 까인 내가 보이지도 않냐?"

인하는 팔짱을 낀 채 의자에 등을 느긋하게 기댔다. 고개를 기울인 채 웃고 있는 서연은 등 뒤에서 햇살을 받아 환하게 빛나는 것만 같았다. 아쉬움의 한숨을 삼키며 그는 가슴을 툭툭 두드렸다.

"오빠가 도와줄게. 잘 안 되면 언제든 연락해."

선명하게 뻗은 눈꼬리를 접어 웃는 서연의 얼굴에 열일곱 소녀의 얼굴이 겹쳐졌다. 굽히는 법을 몰라 부러질 때까지 바람 앞에 버티던 강인한 소녀. 때로는 보는 사람을 불안하게 하는, 그 굳은 의지에 감싸인 어린 몸을 바라보며 찻잔을 드는 인하의 가슴에 찬 바람이 불었다.

#8
고백

/

"집에 아무것도 없다니까."

"알아, 안다고. 귀에 아주 못질을 해라!"

소리를 지르는 동욱이 거슬렸는지 눈썹을 바짝 세운 강준이 낮은 한숨을 삼켰다. 어쩌다 일이 이렇게 되었는지. 그가 자취를 한다는 걸 강준을 아는 모든 사람들에게 떠벌린 동욱 때문에 놀러가자는 분위기가 고조되었지만, 불행 중 다행으로 그걸 실행에 옮긴 것은 단 세 명뿐이었다. 동욱이 미진과 효주를 정답게 돌아보며 힘들지, 따위를 묻고 있었다.

"미진이가 요리를 그렇게 잘한다잖아. 라면도 쟤가 끓이면 맛이 다르대요. 오늘 아주 즐거운 술자리가 될 것 같지 않냐?"

동욱이 소곤대며 양손 가득 들고 있는 봉투를 흔들었다. 봉투 안에는 마트에서 이것저것 골라온 재료들로 가득 차 있었다. 강준은 제 손에 들고 있는 맥주를 보았다. 집을 제공하는 대가로 한 끼 식사와 맥주를 배불리 마실 수 있게 되었지만 강준은 썩 내키지 않는 얼굴을 한 채 마지못해 걷고 있었다.

"어, 저기…… 야, 강준아. 검사님 아니야?"

말이 떨어지기 무섭게 강준은 고개를 치켜들었다. 동욱이 턱짓하는 길을 따라 내려오는 사람은 니트에 청바지, 두터운 점퍼를 걸친 차림새였다. 무언가 생각에 빠져 있는지 운동화로 바닥을 툭툭 치며 천천히 걸어오는 그녀를 확인한 순간 강준은 얼굴을 굳힌 채 걸음을 멈췄다.

"어? 아, 그때 강준 오빠 찾아왔던 그 검사님? 이 동네 사시나 봐요."

미진이 강준의 눈치를 살피며 곁에 다가섰다. 동욱은 재빨리 봉투를 내려놓고 양손을 흔들었다.

"검사님! 검, 사, 님!"

반짝 고개를 든 서연이 동욱을 보고 눈에 띄게 인상을 찌푸렸다. 내심 마음이 상한 동욱이 입술을 삐죽거렸다.

"검사님들은 보통 포커페이스, 뭐 그러지 않나요? 그렇게 대놓고 안 반가운 표정을 지으시면 제가 마음이 좀 아픕니다, 검사님."

안녕하세요, 하고 얌전히 인사하는 아이들에게 대충 손을 흔들어주며 가까이 다가온 서연이 흠, 하고 숨을 내쉬었다.

"아주 잘한다, 원동기. 동네방네 다 소문내라, 검사 여기 산다고. 내가 잡아넣은 놈들이 찾아와서 해코지라도 하면, 백 퍼센트

네 탓이라고 생각하고 변호사 사서 손배 청구 들어갈 테니까."

망설임 없이 쏟아져 나오는 서연의 말에 동욱이 헛기침을 하며 입을 다물었다. 피곤한 듯 관자놀이를 꾹꾹 누르던 서연의 시선이, 그제야 우뚝 서 있는 강준을 향했다. 숨이나 쉬는지, 얼음처럼 딱딱하게 굳어진 채 자신을 보고 있는 강준을 대충 눈으로 훑은 서연은 무관심한 얼굴로 고개를 돌렸다.

"재밌게들 놀고 가라. 술은 적당히들 하고."

"어, 저녁은 드셨어요, 검사니…… 검사님이 아니면 뭐라고 불러야 할지…… 하하하. 누, 누나?"

넉살 좋게 목덜미를 긁적이며 부르는 호칭에 서연이 피식 웃었다. 아닌 척 몰래 그녀의 표정을 세세하게 관찰하고 있던 강준의 눈매가 움찔거렸다. 그가 아는 한 서연은 쉽게 사람과 가까워지는 사람이 아니었다. 원래 성격도 그랬지만, 거기에 직업상 특성이 더해졌다.

그런 그녀가 동욱을 대하는 태도에는 어쩐지 친근함이 느껴져 강준은 미간을 찌푸렸다. 이런 사소한 것 하나에도 마음에 가시가 박힌 듯 불편해져, 그는 표정을 더욱 차갑게 굳혔다.

"먹으러 간다."

가볍게 손을 저으며 서연이 지나쳐 갔다. 그녀를 불러야 할지 말아야 할지 고민하며 동욱은 강준의 옆모습을 슬쩍 바라보았다. 이 둔한 놈, 저런 얼굴을 할 거면 불러 세우던지!

답답한 가슴을 두드리던 동욱은 재빨리 주머니에서 휴대폰을 꺼냈다.

"여보세요? 어, 엄마! 뭐어라고? 손을 다쳤어? 집에 아무도 없지? 어, 그럼 내가 가야겠네? 알았어, 바로 갈게, 가."

일사천리로 휴대폰을 집어넣은 동욱이 다소 어색한 표정으로 자신을 바라보고 있는 친구들을 향해 손을 흔들었다.

"들었냐? 엄마가 손을 다치셔서 나는 급하게 가봐야 할 것 같다. 효주야, 너 나랑 같은 방향이지? 다음에 다시 오자."

어차피 동욱을 따라온 것이었기에 효주는 얼른 고개를 끄덕였다. 멍한 얼굴로 자신을 바라보는 미진에게도 동욱이 웃는 얼굴로 물었다.

"저 목석같은 놈이랑 둘이 있으면 심심할 텐데, 다음에 다 같이 오자. 지하철역까지 데려다 줄게."

미진은 동그란 눈을 깜빡였다. 신호를 하는 것처럼 눈짓하는 동욱을 눈치챘지만, 그녀는 슬쩍 강준과 서연을 바라보았다. 날카로운 눈은 다른 곳을 향해 있었지만 오히려 모든 신경이 서연에게 쏠려 있음이 극명하게 드러나는 강준과, 소란스러움에 고개를 돌린 것뿐인 듯 무심한 얼굴의 서연이 마음에 걸렸다.

처음부터 강준과 가까워지기 위해 모든 노력을 기울였던 그녀였다. 무슨 사연이 있는지는 몰라도 서연이 나타났다고 해서 이 기회를 놓치고 싶지 않았다. 최근 강준이 조금 풀어져서 그렇지, 예전 같았으면 감히 집에 놀러올 생각조차 하지 못했을 것이기에 그녀에게는 절호의 기회였다.

"저는 괜찮아요. 재료도 다 사왔고, 저녁만 만들어서 먹고 가죠, 뭐. 선배 먼저 가세요."

빙긋 웃는 얼굴로 대답하는 미진에게 할 수 있는 말이 없었다. 동욱은 엇흠, 하고 기침을 하며 눈동자를 굴리다가, 서연에게 다가갔다.

"그럼 누님도 같이 저녁 드세요. 어차피 네 명 생각하고 사온 재료라서 많이 남을 것 같은데. 참, 어디 약속 있으셨어요?"

"난 됐어. 포장마차 국수가 먹고 싶어서 가던 길이야."

장승처럼 서 있는 강준의 허리춤을 꾹꾹 찔러대며 동욱이 어정쩡한 표정으로 눈살을 찌푸렸다. 이 답답한 놈, 왜 꼼짝을 못하는 거야. 그런 동욱을 뒤로하고 막 걸음을 떼던 서연은 불쑥 다가오는 그림자에 고개를 들었다. 앞을 가로막은 강준이 고개를 낮춰 그녀의 운동화 언저리를 바라보고 있었다.

"혼자 드실 거면, 같이 가요."

죄라도 지은 사람처럼 눈을 바라보지 못하는 강준의 기색에 서연은 코웃음을 흘릴 뻔했다. 아이들의 관계가 한눈에 보이는 이 불편한 상황에 끼고 싶지 않다. 강준의 반듯한 어깨 너머로 자신을 경계하듯 바라보고 있는 여학생의 시선이 특히 거슬렸다.

"불편해. 아니, 네가 불편한 게 아니라, 그러니까…… 이 상황이……."

불편, 그 한마디에 단번에 눈을 들어 그녀를 바라보는 강준의 상처받은 듯한 표정에 당황한 서연이 손을 내저었다. 무어라 설명하고 싶었지만 괜한 말을 덧붙이면 아직 드러내지 않은 누군가의 감정에 대한 실례가 될 수도 있다. 서연은 난감함에 그녀답지 않게 말을 끊고 작게 한숨을 삼켰다.

"같이 가세요, 언니. 언니라고 불러도 되죠?"

미진이 한 걸음 다가서며 밝게 말했다. 서연은 자신의 말만 기다리며 우뚝 서 있는 강준에게서 시선을 돌렸다.

"닭찜 할 건데요, 저 요리 꽤 잘 하거든요. 동욱 오빠가 많이 먹을 거라고 해서 닭도 세 마리나 샀는데, 언니가 꼭 오셔야 할 것 같은데요?"

왜 하필 나는 이 시간에 국수가 먹고 싶었을까, 좀 더 잘걸. 서연은 자책하며 가만히 자신을 바라보고 있는 강준을 향해 고개를 돌렸다. 뚫어져라 자신을 들여다보고 있는 그 시선에 민망해져 서연은 괜히 손을 뻗어 강준의 검은 머리칼을 슥슥 쓰다듬었다.

"그래, 가자. 덕분에 대접 좀 받겠구나, 차강준."

눈을 깜빡이던 강준은 제 머리에 올려진 서연의 손목을 조심스레 잡아 내렸다.

"손이 차가워요."

"어, 그래? 미안. 그런 것까지는 내가 생각을……."

따뜻한 숨이 서연의 손바닥에 닿았다. 양손을 감싸 쥐고 호오, 하고 입김을 불어넣느라 고개를 숙인 강준의 머리칼이 그녀의 코에 닿을 듯이 흔들렸다. 서연은 그대로 눈을 깜빡였다. 강준의 뒤에서 경악한 얼굴로 자신들을 바라보는 여섯 개의 눈동자의 찌를 듯한 시선을, 그녀는 홀로 감당해 내야 했다.

✻

"오빠, 혹시 화장실이 어디……."

작은 원룸은 깔끔하게 정리되어 있었다. 강준을 돌아보며 묻던 미진은 익숙한 듯 곧장 화장실을 찾아 들어가는 서연의 뒷모습을 보았다. 맥주를 창가에 내려놓고 옷장을 열어 수건을 꺼낸 강준은 제 외투도 벗지 않은 채 화장실 근처를 지키고 있다가, 물에 젖은 손을 털며 '그런데 수건이……' 하며 나오는 서연에게 그것을 내밀었다. 멋쩍은 얼굴로 받아 들어 손을 닦는 서연의 행동 하나하나가 눈에 들어와, 미진은 마음이 어지러웠다.

친하다면 얼마나 친한지, 분명히 처음 오는 건 아닌 것 같은데 집에까지 자주 드나드는 사인지, 궁금증이 치솟았지만 그녀는 그제야 점퍼를 벗고 봉투에서 재료를 꺼내는 강준의 곁에 다가섰다.

"괜찮으니까 오빠 좀 쉬세요. 동욱 오빠가 그러는데 아침부터 네 시간 내리 체육관에 있었다면서요."

"됐어."

낮게 말한 강준의 시선이 잠시 서연을 스쳤다. 바닥에 앉지도 못하고 어정거리던 서연이 목덜미를 긁적이며 다가왔다.

"나도 뭐 좀 도울까?"

"어머, 언니, 괜찮아요."

"아니, 그래도 그냥 얻어먹기는 좀."

생글거리며 웃어 보인 미진이 익숙한 듯 소매를 걷었다. 부엌에서 오빠 당근 좀 썰어주세요, 이거 간 좀 봐주세요, 그런 말을 하며 나란히 서 있는 모습을 상상하자 가슴이 두근거렸다. 그러나 고개를 돌렸을 때, 강준은 침대로 쓰고 있는 매트리스를 가볍게 털어 정리한 뒤 서연에게 자리를 권하고 있었다.

"앉아 계세요. 많이 피곤해 보여요."

"됐으니까 너나 눈 좀 붙여. 그래도 너보단 내가 요리에는 익숙하겠지."

"……진심이세요?"

서연은 눈꼬리를 반항적으로 치켜 올리는 강준을 흘겨보았다.

"사람을 뭐로 보고. 내가 할 줄 아는 요리가 그래도 다섯 손가락에 꼽을 수……."

"고등학교 때부터 레스토랑 돌아가면서 설거지, 재료 다듬기만 몇 년 했어요. 다른 건 몰라도 요리는 제가 나아요. 재작년 크리스마스, 기억 안 나세요?"

천사원에서 애들 데리고 케이크 만들겠다고 난리법석을 떨다가 밀가루가 폭탄처럼 터졌던 기억이 서연의 머리를 스쳤다. 제 앞을 단호하게 가로막고 있는 강준에게 밀려 어쩔 수 없이 딱딱한 매트리스에 주저앉은 그녀는 턱을 치켜든 채 코웃음을 쳤다.

"너 많이 컸다. 밀가루 뒤집어쓰고도 좋다고 박수칠 땐 언제고, 이제 그걸 빌미로 쓸 줄도 아네."

허리를 굽힌 채 그녀를 내려다보고 있던 강준의 눈이 짧게 흔들렸다. 훈련된 군견처럼 충직한 검은 눈이 서연을 똑바로 응시했다.

"따라잡을 사람이 있었거든요."

낯선 시선은 끝이 날카롭게 갈려 있어 서연의 가슴을 콕콕 찔러대었다. 시선을 거두고 돌아서는 강준의 널찍한 등을 바라보며 서연은 눈동자를 또르륵 굴리며 호흡을 가다듬었다. 오랜 세월에 걸쳐 익숙해진 얼굴이었지만 그날을 기점으로 강준은 분명 달라져 있었다. 더 이상 그녀에게 감사하는 어린아이도, 숭배하는 소년도 아닌 그의 시선은 모른 척할 수 없을 만큼 강렬하고 선명했다. 그것은 그녀를 여자로 원하는, 남자의 눈빛이었다.

깔끔한 샴푸 향기, 걷은 소매 아래로 드러난 강인한 팔뚝과 손등을 가로지르는 푸릇한 힘줄은 늘 보던 것이었지만 마치 낯선 사람인 것처럼 느껴져 서연은 입술이 바짝 마르는 것을 느꼈다. 그제야 그녀는 강준의 곁에서 아무렇지 않은 척하기 위해서 자신이 제법 긴장하고 있었음을 깨닫고 실소를 흘리고 말았다.

"정말 요리 잘하는구나. 밖에서 음식 사 먹을 일은 없겠다."

배를 통통 튕기며 서연이 맥주를 들이켰다. 부끄러워하며 얼굴을 붉히는 아이가 참 귀엽다 생각하면서도, 그 시선이 머뭇거리며 강준을 향하는 것이 보일 때마다 앉은 자리가 불편해졌다.

"언니는 강준 오빠랑 많이 친하신가 봐요. 이사한 지 얼마 안 됐다고 하던데, 오늘 처음 오신 거 아니죠?"

양손으로 맥주 캔을 쥐고 있던 미진이 조심스레 물었다. 눈썹을 비죽 띠운 서연이 음, 하고 고개를 저었다.

"나도 오늘이 두 번째야. 그냥, 알고 지낸 지 오래됐지, 뭐."

"오빠가 사실 좀 어려운 선배거든요. 절대 먼저 말 걸어주지도 않고, 아무리 크게 인사를 해도 눈으로만 받아주기 일쑤고. 자기 얘기는 물어도 잘 대답 안 해주고. 되게 도도한 성격 맞죠?"

묵묵히 접시를 치우는 강준을 일부러 티 나게 흘끔거리며 미진이 웃었다. 맥주를 마시던 서연이 눈을 굴려 강준의 어깨를 바라보았다. 도도한 성격이라. 그런 차강준은 내가 잘 모르는 얼굴인데. 여자 후배들 앞이라고 폼이라도 잡았나 싶어 서연은 입매를 올려 가볍게 웃었다.

"음, 많이 도도하지. 어린애들한테는 특히나 군기 반장이야. 한 마디로 스무 명을 집합시키는 그런 카리스마랄까. 어, 너 지금 나 째려본 거야?"

서연이 흘끗 자신을 곁눈질하고 지나치는 강준에게 투덜대자 낮게 웃는 소리가 들려 미진은 작게 입술을 깨물었다. 누가 무엇을 물어도 기계처럼 반응하는 일이 없던 강준이었다. 후배들끼리 돈을 걸고 그를 웃겨보자 내기를 한 적도 있었다. 나무젓가락을 엉덩이로 부서뜨려도, 얼굴로 괴상한 표정을 짓고 한참 유행하는 개그를 따라 해도 그를 웃기기는 누구에게나 쉽지 않았다.

그런 목석같은 강준의 표정이 서연의 앞에서는 너무나도 쉽게 무너지는 것이, 미진의 마음을 아프게 후볐다.

빈 맥주 캔을 밀어두고 세 번째 맥주 캔을 끌어당기던 서연의 손에서 캔을 빼앗아 뚜껑을 따주고 돌아서는 손길도 그랬다. 평소와 다르지 않은 덤덤한 얼굴이었지만 아무렇지 않게, 어쩌면 당연하다는 듯 행동하는 그의 모든 신경은 서연을 향하고 있음이 분명했다.

단 한 번도 다른 여자에게 그런 행동을 하는 그를 본 적이 없었다. 서연의 마음은 몰라도, 강준의 마음이 향하는 곳은 확실해 보여 미진은 시간이 갈수록 기분이 가라앉아 의자에서 일어섰다. 불편한 마음처럼 무거워진 발걸음을 옮긴 미진은 거실 한 켠에 놓인 키가 낮은 책장 앞에 섰다. 꽤 빼곡하게 들어찬 책들을 더듬는 손가락이 가늘게 떨리고 있었다.

"정말로 그럴 위험 있는 거예요?"

식탁을 깨끗하게 닦아내던 강준이 문득 물었다. 테이블 위로 움직이던 그의 커다랗고 하얀 손등을 멍한 눈으로 바라보던 서연이 응? 하고 되물었다. 날카롭게 힘이 들어간 강준의 또렷한 눈매가 그녀를 향해 있었다.

"잡아넣은 사람들이 검사 해코지하는."

마치 눈앞에서 그런 사람을 대하듯 긴장감이 느껴지는 눈빛에 서연은 엉겁결에 설레설레 고개를 저었다.

"내가 잡아넣은 놈들 중에 그렇게 간 큰 캐릭터는 없어. 징역 3년 이상 구형한 적도 없는데. 아, 한 번 있었는데 감형됐지. 그 영악한 놈이 재판정에서 눈물을 하도 쏟아서."

"그래도 너무 늦게 다니진 마세요. 늦을 것 같으면 아예 저한테 전화를 하시고. 골목에 가로등도 하나 깨졌던데."

"잔소리는. 나도 기본 호신술은 해. 떼로 덤비면 방법 없지만 한 명쯤이야, 뭐."

"……진심이세요?"

"너, 그거 나한테 한정된 말버릇 같다? 왜 내 말을 순순히 못 믿어?"

서연은 심지어 가볍게 한숨을 내쉬는 강준을 바라보며 눈썹을 잔뜩 치켜 올렸다. 잠시 생각을 하는 듯하던 강준은 서연의 양손을 조심스레 테이블 위에 모은 뒤 한 손으로 그것을 움켜쥐었다. 제 양 손목을 짓누르는 커다란 손에서 남자 내음이 물씬 느껴져 서연의 귀 끝이 조금 달아올랐다. 자꾸만 얼마 전 취기 어린 눈으로 그녀를 삼킬 듯 바라보던 강준이 겹쳐져 심장이 두근거렸지만, 서연은 애써 태연한 얼굴로 그를 바라보았다.

"설마. 내가 못할 것 같아?"

대답 없이 차분하게 그녀를 바라보던 강준이 해보라는 듯 눈짓했다. 이게, 코웃음을 친 서연이 손을 풀려고 힘을 주자마자, 압도적으로 그녀를 가로막는 힘이 느껴졌다. 눈을 바짝 뜬 채 강준의 눈치를 살폈지만 그의 표정은 조금도 흐트러짐이 없었다. 미간을 찌푸린 서연이 온몸을 바들바들 떨며 벗어나려 힘을 줬지만, 강준은 꿈쩍도 하지 않았다.

얼굴이 새빨개진 채 어깨를 파들파들 떠는 서연을 바라보며, 강준이 무겁게 입을 열었다.

"매뉴얼대로 덤비는 사람은 어디에도 없어요. 어설프게 자신을 과신하는 사람이 가장 위험하다구요. 제 말 들으세요."

"내가 벗어나면 어떻게 할 건데?"

안 된다니까, 하고 말하는 듯 강준의 선이 또렷한 눈매가 그녀를 가만히 응시했다. 흥, 하고 우아하게 입술을 올려 조소한 서연이 벌떡 몸을 일으켜 불현듯 강준에게 얼굴을 들이밀었다. 키스라도 할 것처럼 고개를 꺾고 가까이 다가온 그녀의 얼굴에 저도 모르게 강준은 크게 놀란 눈으로 몸을 뒤로 물렸다. 자유로워진 제 손목을 살살 쓰다듬으며 서연은 눈썹을 삐죽 올리며 웃었다.

"경호할 때도 이렇게 방심하는 건 아니지? 예쁜 여자가 접근한다고 정신 흐트러지고 그러면 경호원 자격 없는 거 아니야?"

"······없어요."

민망함을 숨기며 눈동자를 굴리던 서연이 뭐? 하고 고개를 돌렸다. 단정한 얼굴로 그녀를 바라보던 강준이 낮게 중얼거렸다.

"누나만 아니면 그럴 일 없다구요."

마치 열렬한 고백이라도 하듯 단호한 감정을 조금도 숨기지 않고 자신을 바라보는 강준의 시선에 도망갈 곳이 필요해진 서연은 헛기침을 하며 맥주 캔을 낚아챘다. 고개를 돌리자 거실 한 켠에 우뚝 서 있는 미진이 보여 천천히 그녀에게 다가갔다.

"오빠."

무언가를 들고 있던 미진이 뒤로 돌아섰다. 그녀에게 다가가던 서연은 그대로 멈춰 섰다. 서연의 어깨 너머 반듯하게 서 있는 강준을 보는 미진의 눈매가 아프게 이지러졌다.

"오빠, 혹시 좋아하는 사람 있어요?"

왠지 목이 타는 듯 갈증이 느껴져 맥주를 한 모금 마시던 서연이 쿨룩, 하고 입을 틀어막았다. 싸하게 식도를 적시는 기포가 따가워 그녀는 미간을 찌푸린 채 미진을 흘끗 보았다. 미진의 시선은 여전히 강준에게 닿아 있었다. 서연은 눈을 내려 미진의 손에 들린 것을 보았다. 앨범이었다.

미진은 자신을 바라보던 시선을 조금 비껴 서연의 뒷모습을 향하는 강준을 눈치챘다. 어떻게 저 사람은 마음을 숨길 줄도 모를

까. 조금만 약은 사람이었더라면 더 좋았을 텐데. 그녀는 맑게 웃는 얼굴로 고개를 기울였다.

"알고 있을지도 모르지만 저 오빠한테 조금 관심 있거든요. 더 깊어지기 전에 짚고 가려구요. 지금 좋아하는 사람 있어요?"

서연은 두 사람의 시선 속에 갇힌 채 옴짝달싹하지 못하고 있었다. 금방이라도 울 것처럼 보이는 미진을 보고 있는 것도 곤혹스러웠지만 지금 강준의 얼굴을 보는 것은 그보다 더 곤란할 게 뻔하다. 귀를 막고 소리 지르며 집을 뛰쳐나갈까, 생각하며 온몸을 곧추세운 채 눈치를 볼 무렵, 등 뒤에서 나직한 목소리가 흘러 나왔다.

"있어. 사랑하는 사람."

착각이었을까. 서연은 정확히 등 뒤에서 자신을 바라보고 있는 강준의 시선이 느껴지는 것 같았다. 그 어느 때보다 열렬하면서도 어딘지 애달픈 시선. 감정을 억누르는 것이 능숙한 아이가 참지 못하고 터뜨린 간결한 한마디는 그렇기에 무엇과도 비교할 수 없을 만큼 묵직했다. 미진이 한숨을 내쉬며 어색하게 웃었다.

"그럼 부탁이니까, 그냥 고백하고 사귀면 안 돼요? 아무것도 모르고 마음 키우던 사람들, 포기하기 쉽게요."

미진은 들고 있던 앨범을 서연에게 내밀었다. 안 듣는 척 방 한 구석을 집요하게 보고 있던 서연은 엉겁결에 그것을 받아 들었다. 어깨를 으쓱하며 힘겨운 웃음을 지어 보인 미진이 구석에 내려뒀던 가방과 외투를 집어 들었다.

"가볼게요. 만나서 반가웠어요, 언니."

"아, 그래. 조심해서 가. 나도 곧 갈 거야."

괜히 어색한 한마디를 덧붙이는 서연은 멍한 얼굴로 집을 나서는 미진의 작은 등을 바라보았다. 탕, 하고 문이 닫히자마자 밀도 높은 공기가 가라앉았다.

뒤에 서 있을 강준이 어떤 표정을 짓고 있을지 상상조차 되지 않았다. 끔찍하게 느껴질 만큼 어색한 기분에 들고 있던 앨범을 괜히 넘기며 서연이 엇흠, 하고 목을 가다듬었다.

"그, 미진이가 참 착하네. 그렇지? 근데 이거 천사원에서 만든 앨범 아냐? 오랜만에 본다. 하하, 인성이 꼬마 때 사진도 있네. 꽤 꼼꼼하게 모아놨다?"

다행인지 불행인지 강준이 움직이는 기척은 들리지 않았다. 몸이 바짝 긴장해 목덜미에 힘이 들어가 뻣뻣했다. 무의식적으로 앨범을 이쪽저쪽으로 들춰보던 서연은 커다랗게 한 면을 차지하고 있는 사진을 보고 손가락을 멈췄다.

그때가 기억났다. 눈이 많이 내린 2월, 강준이 고등학교 입학을 앞두고 있던 어느 날이었다. 대학생이었던 그녀는, 한껏 치장하고 서로의 사치를 자랑하는 명절 파티에 참석하고 싶은 마음이 눈곱만큼도 없었고, 공식 석상에서 얼굴만 비춘 후 곧장 차를 타고 천사원으로 향했다.

어느새 키가 훌쩍 커 더 이상 어린아이로 치부하기 힘들어진 강준이 늘 그렇듯 입구까지 마중을 나와 있었다. 그녀에게 보여주고 싶었던 모양인지 그는 새 교복을 갖춰 입고 있었다.

하얗게 눈이 쌓인 눈밭의 한가운데 서 있는 검은 교복을 입은 강준은 마치 소년이 아닌 검은 슈트를 멋지게 차려입은 성인 남자처럼 보여 서연을 웃게 만들었다. 고급스러운 슈트 차림의 남자들 틈을 벗어나 이곳에 왔는데, 여기에도 있네. 음, 이쪽이 더 내 취향인걸, 하고 웃는 그녀의 말을 이해하지 못하면서도 단정한 얼굴로 맑게 웃던 강준이었다.

예기치 못한 그녀의 방문에 천사원의 아이들은 모두 들떠 해일처럼 몰려들었다. 순식간에 기백만 원은 넘는 서연의 코트는 눈투성이가 되었다. 원장 수녀님이 카메라를 들고 나왔고, 눈싸움을 하며 서로 엉켜 뒹구는 그들의 사진을 찍어주었다.

어린애들 체력을 따라가는 것도 무리인데다 서연은 땀을 흘리는 게 질색이라 슬그머니 빠져나왔지만, 그런 그녀에게 갑작스러운 눈벼락을 쏟아부은 것은 다름 아닌 강준이었다. 꽤 높아진 그 어깨에 팔을 걸쳐 탄탄하게 뻗은 목을 조르는 두 사람을 찍은 사진이었다. 사진 속의 교복을 입은 강준은 눈을 찌푸린 채 웃고 있었고, 입술을 악물고 그런 강준의 목을 조이고 있는 서연의 얼굴은 어렸다.

서연의 시선을 사로잡은 것은 그 시절의 제 얼굴이었다. 눈밭에 하얗게 반사된 그녀의 얼굴에는 손때가 까맣게 묻어 있었다. 바로 곁에 있는 강준의 하얀 얼굴과 대비가 되어 더욱 어두워 보였다. 뭐가 묻었나, 제 얼굴을 덮고 있는 비닐 커버를 문지르던 서연의 목덜미가 천천히 달아올랐다. 손때의 의미를 깨달은 것이다.

"해서는 안 되는 말이라고 생각했어요."

강준의 목소리는 멀었지만 또렷하게 들렸다. 사진 속 두 사람을 바라보던 서연이 눈을 들었다. 어느새 어두워진 창밖으로 희미한 가로등 불빛이 표표히 떠다녔다. 꿈결처럼 멀리, 강준의 목소리가 울렸다.

"보고 싶다, 가지 말라는 말은 우리 사이에 금기 같은 말이었죠. 찾아오는 사람들에게 부담을 줘서는 안 된다, 조금만 사정을 이해할 만한 나이가 되면 어김없이 듣는 말이었어요. 정기적으로 찾아오는 자원봉사자들도, 얼굴을 비추는 후견인들도 꽤 있었는데도, 왜 늘 당신이 그립고 아쉬운지 몰랐어요. 입학식, 졸업식 때 부모님이 없는 건 아무렇지 않으면서, 혹시 당신이 오진 않을까 하루 종일 목을 빼고 기다리게 되는 게 무엇 때문인지 알지 못했죠. 금방이라도 쓰러질 것처럼 지쳤을 때, 가끔 내 처지가 초라하고 비참하게 느껴질 때, 왜 늘 당신이 떠오르는지 알 수가 없었어요. 그냥 그렇게, 당신은 날 지키는 신념이 됐어요. 가야 할 길을 비춰주고, 그곳으로 나를 이끌어주는 태양처럼. 거기서 그만둘 수 있었다면 좋았을걸."

탄식처럼 뱉어낸 강준의 말은 어둠 속에 겹겹이 짓눌린 듯 무거웠다. 손을 뻗으면 닿을 곳에 서 있는 서연을 향한 한 걸음을 떼기가 힘들었다. 푸릇한 힘줄이 도드라질 정도로, 손톱이 손바닥을 세게 파고들 정도로 주먹을 쥔 강준은, 그저 등을 돌리고 있는 서연을 향해 애타는 시선을 보낼 뿐이었다.

"그럴 자격이 없다고 수도 없이 되뇌었어요. 절대 아닐 거라 부인하고 외면하려고 해도, 딱 한 번, 잠깐 당신이 눈앞에 나타나 웃기만 해도 내 의지는 아무것도 아닌 게 되고 말아요. 피해지지도 않고 포기는 더더욱 안 돼. 나도 이 마음을, 어떻게 해야 할지 모르겠어요."

가쁜 숨을 내쉬며 강준은 바싹 마른 제 입술을 깨물었다. 오랫동안 가슴 한구석에서 키워온 마음이었다. 등 돌린 서연의 표정을 보고 싶기도 했지만, 두려움이 그의 온몸을 장악하고 있었다. 커다란 몸으로도 감당하지 못해 넘쳐 흘러버린 감정을 꾹 눌러 담으며, 강준은 목소리를 낮췄다.

"더는 욕심부리지 않을게요. 그냥, 더 이상 숨겨지지가 않아서 이야기하는 것뿐이니까, 제발…… 그냥 가지만 마세요."

그래서는 안 된다. 부담을 주는 말은 그 어떤 것도 해서는 안 된다. 계엄령처럼 그의 머릿속에 적색경보가 울렸지만, 생각할 여유도 없이 그의 입술을 타고 말은 흘러나간 후였다. 심장이 까맣게 타 재가 되어 흩날리는 것 같았다. 금방이라도 달빛처럼 뿌옇게 사라져 버릴 것 같은 서연의 뒷모습을 바라보는 1분 1초가 그의 마음을 태풍처럼 휘젓고 있었다.

영영 끝나지 않을 것 같던 시간이 흘렀고, 서연의 몸이 천천히 움직였다. 사형선고라도 기다리는 죄수처럼, 강준은 무거운 눈을 힘겹게 들어 서연의 눈을 바라보았다. 차마 좁히지 못했던 한 걸음을 내디디며, 서연이 다가왔다. 더없이 곧고 강인한 눈을 한 그녀가 가까워질수록 강준은 보이지 않는 손이 그의 심장을 꽉 쥐어짜는 듯한 고통을 느꼈다. 온몸의 세포들이 유령처럼 존재감을 잃고 흐느적거렸다.

"널 내 옆에 두고 싶은 마음이야말로 내 이기심일지도 몰라. 난 네가 생각하는 것만큼 대단하지도, 특별하지도 않아. 앞으로 네가 감당해야 할 일에 비하면, 네가 지금 갖고 있는 나에 대한 감정은 아주 하찮게 느껴질 수도 있어. 네 선택을 후회하고 날 원망할지도 모른다고. 그래도, 그렇다고 하더라도."

서연은 잠시 숨을 골랐다. 유리알처럼 까맣게 빛나는 강준의 눈동자가 숨을 죽인 채 그녀의 입술에서 뱉어질 말을 기다리고 있음을 알았다. 눈을 감았다 뜬 후 말을 고른 서연이 눈앞의 강준을 바라보며 손을 내밀었다.

"나는 네가 내 옆에 있었으면 좋겠어. 어쩌면 그것 때문에 네 인생이 어그러진다고 하더라도 말이야. 그럴 수 있겠니?"

잔인할 만큼의 이기심을 내보인 것은 차라리 거절하기를 바랐기 때문이었다. 당장은 상처 입겠지만, 한눈팔 줄도, 자신을 아낄 줄도 모르는 강준이 온전히 스스로의 인생을 살기 위해서는 응당 그래야만 했다. 머리로는 그렇게 생각하면서도 강준이 제 손을 잡아주기를 바라는 스스로의 모순을 비웃었지만, 서연은 지금껏 살면서 이 순간만큼 긴장했던 적이 없었다.

강준의 눈이 흔들렸다. 숨죽이고 있던 그 안의 바다가 크게 일렁였다. 절망과 두려움으로 검게 물들었던 눈동자를 서서히 물들인 것은 금빛 파도였다. 조금씩 차오른 열정과 환희의 빛으로 가득 찬 눈에는 한 점의 티끌도 존재하지 않았다.

"제가 가진 가장 가치 있는 건 제 미래예요. 고작 그걸 대가로, 당신의 곁에 있을 수 있다면."

강준은 조금의 머뭇거림도 없이 서연의 가녀린 손을 잡았다. 손끝이 차갑게 식은 그 손을 소중한 듯 부드럽게 감싸 쥔 그는, 들뜬 눈을 낮춰 서연을 들여다보며 중얼거렸다.

"그거야말로 제 생애 최고의 행운이죠."

아니, 이렇게까지 선뜻 받아들일 것은 예상하지 못했다. 당황한 것은 서연이었다. 어쩌면 강준은 생각보다 충동적인 성격일지도 몰랐다. 그는 고작 스물다섯이었고, 자신의 말을 제대로 이해하지 못한 것이 분명하다. 그렇지 않고서야 저렇게 기쁜 얼굴로 기다렸다는 듯이 자신의 손을 잡을 리가 없다.

"잠깐, 내가 한 말 농담 아냐. 너 좀 더 진지하게 생각할 필요가……."

"모르시겠어요?"

강준은 서연의 손을 조금 더 세게 쥐었다. 자신의 말을 제대로 이해하지 못한 것은 서연이었다. 그는 날카롭게 뻗은 눈을 진지하게 굳힌 채 또렷하게 말했다.

"처음 봤을 때부터 제 인생은 줄곧 당신이라는 테두리 안에 있었어요. 그게 어떻게 달라지든, 그 테두리 안에만 있다면 뭐든 당연한 일인 거예요."

감정에 휩쓸린 눈으로 말문이 막힌 서연을 바라보던 강준이, 굳은 표정을 무너뜨리며 미소 지었다. 세상의 그 어떤 불행을 조금도 생각하지 않는 듯한 그 미소에, 서연은 허, 하고 한숨을 내쉬고 말았다. 격하게 차오른 감정을 억누르며, 천천히 다가온 강준의 손이 서연의 뺨을 부드럽게 감쌌다.

몇 번을 머뭇거리는 것처럼 보인 강준은 늘 이성적으로 자신을 통제해 왔던 스위치를 찾으려 안간힘을 쓰고 있었다. 그러나 발그레한 얼굴로 가만히 그를 올려다보는 서연의 눈빛은 그런 강준의 의지를 단숨에 무너뜨렸고, 이내 그는 부딪치듯 서연에게 입술을 겹쳤다. 부드러운 감촉이 그의 온몸을 둘러싼 것 같았다.

그녀의 숨결 한 방울까지도 놓치지 않고 다 빨아들여도 부족했다. 손가락 끝에 감기는 서연의 머리칼과 그녀의 향기, 겹쳐진 입술의 느낌은 긴 시간 깊이를 알 수 없을 만큼 까맣게 파인 그의 마음속 구덩이를 차곡차곡 채워주었다. 달뜬 숨소리와 함께 천국의 문처럼 벌어진 서연의 입술 사이를 파고든 강준의 양손이 그녀의 얼굴을 감쌌다.

그녀의 타액은 꿀처럼 달아 잔뜩 움츠려 있던 그의 짐승을 거칠게 흔들어 깨우는 듯했다. 숨이 막히는지 제 단단한 가슴팍을 두드리는 서연의 손목을 가볍게 쥔 채, 매끄러운 살결을 따라 채 삼키지 못한 타액이 흐르는 것도 아랑곳하지 않고 강준은 그렇게 오랫동안 억눌려 있던 가쁜 숨을 서연 안에 올곧게 내뿜었다.

그는 지금까지 살아온 길지 않은 인생 처음으로 그날 밤, 이 세상에 태어나게 해줘서 고맙다고, 얼굴도 모르는 누군가에게 진심으로 감사할 수 있었다.

#9
선전포고

/

강준은 걸음을 멈추고 문득 쇼윈도를 바라보았다. 투명한 유리창에 제 모습이 비쳤다. 하얀 셔츠에 검은 타이, 검은 재킷에 코트를 입은 그를 바라보며 지나가는 여자들의 모습도 보였다. 조금쯤은 남자로서 매력이 있어 보일까. 짧은 머리를 슥슥 정리하며 강준은 낮게 숨을 내쉬었다.

눈이라도 내릴 것처럼 하늘이 탁한 색을 띠고 있었다. 한참을 미동 없이 쇼윈도 앞에 우뚝 서 있는 그를 지켜보던 가게 점원이 삐걱, 문을 열고 몸을 내밀었다.

"저, 손님. 들어와서 보셔도 되는데요."

지희는 자신을 향하는 남자의 시선에 괜히 얼굴이 붉어졌다. 가게 앞에 걸음을 멈춘 그 순간부터 그녀의 시선을 붙잡았던 그는 이목구비가 날카롭고 서늘한 느낌이 드는 남자였다. 단정한 표정과 클래식한 정장이 딱 떨어지게 어울려 성숙한 남자의 향기를 빚어내 그녀의 가슴을 두근거리게 만들었다. 가게 안으로 걸어 들어오는 남자는 걸음걸이마저 각이 잡힌 듯 반듯했다.

"날씨가 많이 춥죠? 여기 머플러나 장갑도 있는데, 천천히 둘러보세요."

남자의 단단해 보이는 목이 고스란히 노출된 것을 눈치챈 지희가 말을 건넸다. 네, 하고 대답하는 목소리마저 듣기 좋아 그녀는 어느 타이밍에 제 전화번호를 주는 것이 가장 자연스러울지를 고심하기 시작했다. 천천히 가게 안을 둘러보던 남자의 걸음이 멈추었다. 지희는 그의 시선이 닿아 있는 물건을 보고 하마터면 크게 한숨을 내쉴 뻔했다.

"바, 반지 보시게요?"

그럼 그렇지. 이런 남자가 애인이 없을 리가 없지. 보나마나 쭉쭉빵빵한 여자일 거고. 심통난 얼굴로 척척 걸어간 그녀는 남자의 앞에 서서 전시대 안쪽에 있던 반지를 꺼내었다. 심플한 모양의 커플링이었다.

"플래티늄이에요. 굉장히 고급스럽고 깔끔하죠? 화려한 거 찾는 분들도 많이 계시지만 낄수록 만족도가 높은 건 오히려 이런 쪽 디자인이더라구요. 여자친구분 성격이 어떠신데요?"

어머, 세상에. 이 남자 어떡하지, 정말 내 취향이야. 음, 하고 가지런한 입술을 깨문 남자는 일견 차가워 보이는 인상을 순식간에 무너뜨리며 수줍은 소년처럼 씩 웃고 있었다.

"액세서리를 잘 안 하는 타입…… 이에요. 반지는 아무래도 의미하는 바도 있으니까, 받기 좀 부담스러울 수도, 있겠죠?"

뭐든 거침없이 밀어붙일 이미지로 보였던 남자는 이제 망설임이 묻어나는 목소리로 무언가를 확인하듯 천천히 묻고 있었다. 지희는 의미 없이 두근거리는 가슴을 붙잡고 어색하게 웃어 보였다.

"저는 좋기만 할 것 같은데요. 손님 같은 분이 주시면. 하하, 하하하. 만난 지 오래된 건 아니신가 봐요?"

"오래됐죠, 바라본 건."

손가락을 뻗어 반지를 매만지는 손길이 애틋하다. 심지어 짝사랑이냐! 그 복받은 여자가 대체 누군지 참을 수 없이 궁금해진 지희의 눈에 불꽃이 타올랐다.

"제가 이 일을 좀 하다 보니까, 대충 얼굴을 보면 그분 취향을 맞추기가 훨씬 쉬워지던데. 혹시 사진이나 그런 거 없으세요? 사실 이런 액세서리는 사람 분위기랑 잘 맞아야 하거든요."

남자는 지희를 흘끗 바라보며 잠시 망설였다. 머쓱한 듯 웃어 보이던 그가 휴대폰을 내밀었다. 하얀 눈밭을 배경으로 해맑게 웃고 있는 어린 얼굴의 남자의 목을 휘감고 있는 여자의 화사한 얼굴이 눈에 띄었다. 과연. 어디서 이렇게 끼리끼리 만나는 거야. 마음이 무거워진 지희는 입꼬리를 축 늘어뜨렸다.

"사진을 휴대폰으로 찍으신 거예요? 미인이시네요."

"……가만히 보고 있으면 늘 빛이 나요. 주변을 둘러봐도, 보이는 건 이 빛뿐이죠. 저는 그랬어요."

사진 속의 여자 얼굴을 손가락으로 더듬던 남자가 그림처럼 웃었다. 그 그림의 일원이 되고 싶다는 강렬한 욕구가 치솟았지만 현실을 직시한 지희는 한숨을 길게 내쉬었다.

"그럼 반지로 프러포즈하시려는 거예요?"

"아니, 아니요. 그런 건."

깜짝 놀란 듯 또렷한 눈매를 치켜세우며 남자가 손을 저었다. 흠, 하고 낮게 헛기침을 한 그는 겸연쩍은 얼굴로 귀를 만지작거리다 한참 만에 입을 열었다.

"목걸이로 만들어주실 수 있나요?"

다시금 반지로 향하는 남자의 시선에는 형언할 수 없을 정도로 많은 감정이 뒤엉켜 있었다. 그중 가장 격렬한 감정, 누군가를 향한 애정이 넘쳐흘러 지희의 외로운 마음에 돌팔매질을 해대었다. 제길, 나도 할 거야. 이런 연애 나도 할 거라고. 누구 하나 걸리기만 해봐!

금세 험상궂어진 얼굴로 목걸이 줄들을 꺼내놓는 점원을 의아한 눈으로 보며 강준은 목덜미를 긁적였다. 말간 피부가 보기 좋게 물들어 있었다.

시계를 보는 강준의 눈길이 길었다. 5분이 지났다. 어두워진 대로변에 서 있던 강준은 하얀 입김을 내뱉었다. 추위를 타는 편은 아니었지만 긴장을 했는지 몸이 바짝 굳어 있었다. 지청 앞 입구를 뚫어져라 보던 강준의 몸이 움직였다. 주변을 두리번거리며 달려오는 서연이 보였다.

"⋯⋯차 조심해요!"

그녀는 옆을 확인하지도 않고 도로를 건너 마구 달려오고 있었다. 멀리서 헤드라이트를 켠 차를 본 강준이 저도 모르게 큰 소리로 외쳤지만 이미 서연은 숨을 헐떡이며 그의 앞까지 달려온 후였다.

"사고라도 나면 어쩌려고!"

"내, 내 차 저쪽에 있어. 빠, 빨리 뛰어!"

"왜, 왜?"

얼떨떨한 표정을 짓고 있던 강준은 서연이 제 팔을 붙잡고 움직이는 바람에 멍한 얼굴로 그녀의 뒤를 쫓았다. 멀리서 검사님, 하고 부르는 목소리가 들리는 것 같아 강준은 달리면서 뒤를 돌아보았다. 두세 명의 사람들이 먼발치에서 무어라 손짓하고 있었다.

일단 그는 달렸다. 서연이 뛰라고 했으니 뛰어야 한다. 서연의 손을 고쳐 잡고 앞으로 달리기 시작하자 그에게 끌려가는 형상이 된 서연은 헉헉거리면서도 강준의 손을 놓지 않았다.

문 앞에서 자신에게 던지는 키를 받아 쥐고 운전석에 올라탄 강준은 재빨리 조수석에 앉아 안전벨트를 하는 서연을 돌아보았다. 창백한 뺨이 빨갛게 달아올라 있었다. 거칠게 뱉어내는 숨소리 사이로 달콤한 서연의 향기가 뒤섞였다.

"안전벨트 하고 출발해."

"괜찮은 거예요?"

걱정스러운 눈을 하는 강준에게 고개를 끄덕여 보이며 빨리, 하고 서연이 말했다. 긴장감에 심장이 쿵쿵 뛰었다. 강준은 그대로 키를 꽂아 넣고 차를 출발시켰다.

"후우, 큰일 날 뻔했네."

"무슨 일이신데요."

"내가 방금 너를 지켜준 거야. 고맙다고 인사할 준비나 해."

곧은 미간을 찡그리며 자신을 바라보는 강준에게 삐기며 웃던 서연은 뭔가 낯설어 보이는 그를 곰곰이 뜯어보았다. 보통은 니트에 야상점퍼 차림이었던 강준은 타이까지 꼼꼼하게 맨 정장을 입고 있었다. 넓은 어깨에 딱 맞는 슈트는 나무랄 데가 없을 정도로 잘 어울렸다. 저도 모르게 마른침을 삼키며 서연은 괜히 창밖을 내다보았다. 이제는 충분히 잘 안다고 생각했는데도 새삼 남자다운 그를 발견할 때마다 가슴이 두근거렸다.

"저를 지켜요? 누구한테서."

"내가 퇴근하기 전에 립스틱 좀 바르는 걸 보고, 남자 만나냐고 기를 쓰고 물어보는 사람들한테서. 너 그 사람들한테 잡혔으면 오늘 집에 못 갔을걸. 신상정보 탈탈 털려서 누더기가 됐을지도 몰라."

"털릴 신상정보 같은 거 없는데."

부드럽게 핸들을 돌리며 대답하는 강준의 말에 서연이 눈을 치켜떴다. 가슴에 차가운 물이 고여 있는 듯 서늘한 느낌이 들어 그를 돌아보았지만, 강준은 오히려 웃고 있었다.

"왜 웃어, 그런 말 하면서."

"잠시만요."

신호등에 걸려 차를 세운 강준이 그녀를 바라보았다. 정확히는 입술을. 날카로운 눈매가 따뜻하게 미소를 머금었다.

"예뻐요, 입술 색깔."

헉, 하고 서연이 숨을 들이켰다. 낯설다 못해 전혀 모르는 남자가 되어가는 강준의 표정은 능숙하다는 생각이 들 정도로 자연스러웠다. 뭐야, 이거 누구야. 내 입술 색깔을 칭찬하는 저 남자 냄새 물씬 풍기는 건 누구냐고!

"한 번도 물어본 적 없었던 것 같은데, 너 여자친구 많이 사귀었던가?"

"……처음이에요."

짙은 눈썹을 세우며 대답하는 강준의 말에 흠흠, 하고 목을 가다듬은 서연이 민망함을 감추며 달려들듯 물었다.

"그런데 어떻게 여자를 잘 아는 듯한 칭찬을 하지? 여자를 많이 안 만나본 사람들은 그렇게 자연스럽게 못하던데."

"기분 좋으셨어요?"

"아니, 뭐. 칭찬 싫어하는 사람 있나? 말 돌리지 말고 대답을 해."

"아르바이트를 많이 해서 그런 게 아닐까요? 사람들을 많이 만나니까 요령이 생겨서. 술집이나 바에서 일할 땐 술주정하는 손님들 말상대도 자주 하고 그랬으니까요."

"집도 구했겠다, 전처럼 그렇게 바쁘게 아르바이트할 필요 없잖아. 방학 동안은 경호 일 하는 것만으로 충분하지 않아?"

"그래서 다 끊었어요. 지금은 경호만 해요."

말상대라는 말이 거슬려 날카롭게 나간 말에 순순히 대답하는 강준은 머뭇거림이 없었다. 생각보다 영리하고 행동력이 있다. 어느새 그를 남자로 평가하고 있는 자신을 깨달은 서연이 멋쩍은 얼굴로 눈을 깜빡거렸다.

"그럼 저도."

"응?"

강준의 길게 뻗은 눈매가 그녀를 흘끔 향했다.

"여자를 잘 아는 남자와 모르는 남자의 차이를 알고 계신 이유를 물어봐도 될까요?"

서연의 얼굴이 벽돌처럼 굳었다. 여간해서는 말문이 막히는 일이 없었던 그녀에게는 낯선 경험이었다. 간결하게 떨어진 강준의 말에 무어라 대답할지 서연은 새하얗게 물든 머릿속에서 꺼낼 수 있는 말들을 조합해 보려 했지만 신통치 않았다.

"대답 안 하셔도 돼요. 그런 거 안 궁금해요."

백미러를 확인한 강준이 생각에 골몰한 듯 보이는 서연을 곁눈질하며 말했다. 예상하지 못했다는 듯 눈을 동그랗게 뜨고 자신을 바라보는 서연이 사랑스럽다. 그저 지금 이렇게, 같은 공간에 앉아 그녀를 바라보며 이야기를 할 수 있다는 것만이 그에게는 중요한 일이었다.

서연을 곤란하게 하고 싶은 생각은 없었지만, 이렇게 귀여운 표정을 보여준다면 가끔은 허점을 찾아봐야겠다는 생각을 하는 자신의 모습에 강준은 헛웃음이 나올 지경이었다. 불과 얼마 전까지만 해도 상상도 못할 생각들을 태연하게 하는 스스로의 자만과 허세가 놀라울 따름이다.

"왜 안 궁금해? 안 궁금하면 그건 관심이 없다는 뜻이라며."

서연의 서늘한 목소리가 공기를 가로질렀다. 강준의 눈이 재빨리 그녀의 표정을 살폈다.

"뭐든 궁금해해. 그리고 물어봐. 물론 대답은 복불복이지만, 할 수 있는 건 다 해줄게."

"지금은 괜찮아요."

곁에 있는 것만으로도 너무 행복해서, 급하게 욕심내면 오히려 불안해질 것 같으니까. 강준은 벅차오르는 감정을 다독이며 부드럽게 웃는 눈으로 서연을 바라보았다.

"그런데 하나만 물어봐도 돼요?"

"뭐든 하라니까. 뭔데?"

은근히 긴장한 눈을 하는 서연의 입술을 가만히 눈으로 그리며 강준이 말했다.

"키스하면 그 립스틱 다시 발라야 해요?"

짓궂은 얼굴을 하고 있는 강준의 말에 서연은 무심코 입을 딱 벌리고 말았다. 때마침 맞은편에서 오는 차의 헤드라이트에 강준의 귀 끝이 새빨개진 것을 보지 못했다면 서연은 강준의 멱살이라도 잡고 너 누구냐고 물어봤을 판이었다.

이제는 장난을 걸어온다 이거지. 흥, 하고 코웃음을 치며 서연은 눈꼬리를 접어 웃었다.

"걱정 마. 새 거라 아직 많이 남았거든."

패배를 선언하며 낮게 억눌린 신음을 삼키는 강준의 표정에 서연은 소리 내어 웃었다. 멋쩍은 표정으로 그런 그녀를 바라보는 강준의 눈에도 어느새 미소가 흘렀다.

✳

소란은 잘 손질된 손톱 끝을 물어뜯었다. 어릴 적부터의 습관이었다. 티끌 한 점 없이 깨끗한 유리 테이블에 놓여 있는 사진들을 바라보는 눈꺼풀이 가늘게 떨렸다.

건택이 최근 청담동에 자주 드나드는 것은 알고 있었다. 그러나 자신에 대한 관심이 사라진 것은 최근이 아니었다. 마지막으로 잠자리를 했던 것이 언제였는지, 소란은 한참을 생각해 봐야 했다. 치욕스러움에 팽팽한 얼굴이 붉게 달아올랐다.

"내내 거기서 지내셨다고?"

"예."

"집은 그년 소유고?"

"예, 얼마 전에 매매 형태로 등기 이전을 한 것으로 나옵니다."

고급스러운 저택의 널따란 침대에 맨몸으로 얽혀 있는 사진 속 건택과 어린 여자를 바라보며 소란은 지그시 입술을 깨물었다. 감히 꿈조차 꾸지 못했던 찬란한 세계로 들어와 산 지 10년이 넘었다. 더 이상 그녀는 젊지 않았고, 무엇이든 손에 넣을 수 있을 줄 알았던 세월은 그렇지 못했다. 그녀만 바라볼 것 같았던 건택의 눈은 이미 여러 여자를 거쳐 지금 그의 딸과 몇 살 차이도 나지 않는 여자에게 꽂혀 있었다.

아니야, 진정하자. 그래도 그의 집에 있는 사람은 바로 나야, 천소란. 결혼식을 올리지 않았을 뿐, 아내나 다름없는 생활을 했다. 많은 모임에 동석했고 그들의 이야기를 들었다. 아무것도 모르고 눈앞의 이익에 홀려 몸만 섞고 있는 여자들과는 달랐다.

그럼에도 불안은 사라지지 않았다. 얼음장처럼 차가운 눈으로 그녀를 조롱하던 서연의 말이 머릿속을 떠돌았다.

"사람은 원래 안 변해요. 그 말은 당신이 버림받을 날이 머지않았다는 뜻이기도 하죠. 한 재산 미리 잘 챙겨둬요."

그녀는 안심할 수 있는 그 무엇이 없었다. 어떻게든 아이를 낳고 싶었지만 불임 판정을 받았고, 처음 한두 해는 금방이라도 호적에 올릴 것처럼 굴던 건택은 점점 그녀를 찾는 시간보다 회사에 매달리는 시간이 길어졌다. 그의 하나뿐인 딸은 볼 때마다 그녀의 존재 가치를 쓰레기처럼 취급했다. 그래, 처음부터 그랬다. 당신이 있을 자리가 아니야, 라고 누구보다 명백히 말하는 눈으로 그 아이는 그렇게 그녀를 보곤 했다.

"이만 됐으니까 가봐."

남자가 자리를 뜨자마자 소란은 천천히 건택의 서재로 향했다. 그래도 한집에서 긴 세월 살았다는 점은 무시할 수 있는 것이 아니다. 그 긴 시간 동안 무의미한 사치의 늪에 빠져 있었던 것만은 아니었다. 제 손으로 친히 걸었던 그림을 떼어낸 소란은 정교하게 감춰진 금고를 바라보며 팔짱을 꼈다.

"충고 고마워, 딸. 네 말 새겨들을게."

간드러진 소란의 목소리가 조용한 방을 울렸다. 아무도 없는 커다란 집은 마치 유령이 사는 곳처럼 스산한 기운을 품고 있었다.

✻

"얼마나 보기 좋아요. 제 속이 다 후련하네요."

은경은 서류를 찾는 척 박 계장의 곁에 서서 속삭였다. 독수리 타법으로 키보드를 공략하고 있던 박 계장이 흘끗 눈을 들어 서연을 바라보았다. 공판 자료를 확인하는 검사의 얼굴에는 긴장감이라고는 조금도 찾아볼 수 없었다. 오히려 한여름의 찬란한 햇살을 머금기라도 한 듯 해사하게 빛이 나고 있었다.

"사랑이라는 게 참 뭐라고, 사람 변하는 거 보면 신기합니다."

"언제 한 번 안 보여주시려나. 진짜 궁금해 죽겠어요. 그날 놓치지만 않았어도!"

"달리기가 그렇게 빠를 줄 몰랐죠."

처음 사회에 내보내는 조카딸을 보는 것처럼 발을 동동거리는 은경을 향해 고개를 내저으며 박 계장은 혀를 찼다.

"심 검! 안에 있지?"

문을 벌컥 열고 들어온 것은 석호였다. 한참 목격자 진술 부분을 훑어보고 있던 서연이 미간을 좁힌 채 고개를 들었다. 또 별 영양가 없는 하소연을 하러 왔겠지, 짐작하고 시큰둥하게 그를 바라보던 서연은 석호의 우락부락한 얼굴에 떠오른 당혹감을 읽었다.

"들었어? 박기욱 검사 이야기 말이야."

"박 검사가 왜요."

서연이 천천히 몸을 일으켰다. 가까이 다가온 석호가 목소리를 낮췄다.

"다음 주에 광주지검으로 내려간대. 지금 짐 챙기고 있어."

"무슨 소리예요. 성은건설 쇼핑몰 건 조사하고 있었잖아요. 지난 주 회의 때만 해도 그런 기색 없었……."

입을 다물고 눈을 날카롭게 뜨는 서연에게 고개를 끄덕여 보이며, 석호는 분을 억누르지 못한 목소리로 말했다.

"위에서 내친 거야. 박 검이 왜 성은이랑은 사연도 있고, 쇼핑몰에 관련된 게 아닌 자료들도 빡빡하게 요청하고 그랬잖아. 쇼핑몰은 그냥 시간 끌기용이었고, 비자금 내역을 조사하려고 했던 것 같은데 바로 잘린 거지."

한숨을 흘리며 서연은 입술을 깨물었다. 대부분의 검사에게는 정재계의 손이 닿아 있고, 심지어 그들의 친척인 경우도 다반사였다. 그녀부터도 재계 2세가 아니던가.

"문제는 그게 아니야."

석호가 숨을 가다듬었다. 낮게 내려뜬 서연의 아름다운 눈동자가 천천히 그를 쫓아 올라갔다. 석호는 한숨을 삼키며 중얼대듯 말했다.

"부장님이 그 사건을 네 앞으로 지정했어."

"뭐라고요?"

미간을 찌푸린 서연이 되물었다. 걱정스러운 얼굴을 하고 있는 석호를 가만히 바라본 그녀는, 곧 걸음을 옮겨 그를 지나쳤다. 검사님, 하고 머뭇거리며 은경이 불렀지만 이미 서연은 방을 빠져나간 후였다.

"박기욱 검사의 이동에 대한 것을 묻는 것이 아닙니다. 제가 담당할 사건이 아닙니다. 굳이 따지자면 중수부(중앙수사부)나 특수부 담당으로 가야 할 사건이 왜 저에게 온 겁니까? 일의 성질을 아시잖아요."

서연은 소파 끝에 엉덩이만 걸친 채 부장을 바라보고 있었다. 손가락을 까닥거리며 소파의 손잡이를 두드리던 부장은 느긋한 표정으로 웃고 있었다.

"부담스럽게 생각할 거 없어. 자네 신입 때 웅산그룹 비자금 세탁 건에도 꼈잖나. 기업회계에 아주 문외한도 아니고, 무엇보다 어차피 덮을 건이야. 적당히 공식 자료 받아두고 수사 마무리해."

"……마무리를 하라니요."

"박기욱이 2년 동안 뒤졌어도 뭐 하나 찾아낸 게 없어. 그것 때문에 내가 얼마만큼의 편의를 봐줘야 했는지 아나? 그 정도 했으면 나도 충분하다고 생각하네. 그 녀석도 머리를 좀 식힐 필요가 있고. 그래도 다른 사람보다는 자네가 마무리하는 게 이래저래 좋지 않겠어?"

서연의 눈썹이 천천히 치켜 올라갔다. 아직 온기가 남아 있는 커피를 후루룩 마시는 부장의 입술이 꿈틀거렸다.

"아버님 좀 거들어. 큰일 하시는 분들 번거롭게 하지 말고. 성은 쪽하고 혼담 오간다며?"

"알고, 계셨어요? 제가 누군지?"

부장은 낮게 웃었다. 눈을 느릿하게 깜빡이는 서연을 보는 그의 눈이 부드럽게 휘어졌다.

"어떻게 모를 수가 있겠는가. 자네가 이곳에 발령받은 것 자체가 심 회장님 뜻이었는데. 자네 희망에 따라 특수부로 보낼 뻔했는데, 하나뿐인 딸 걱정에 잠을 설치신다기에 형사부에 놔둔 거지. 이번 일 마무리하고 좀 쉬어도 좋아. 결혼 준비도 해야지?"

하, 하고 숨을 내뱉은 서연의 얼굴이 바싹 말랐다. 건택은 그녀를 둘러싼 거대한 산이었다. 조금도 신경 쓰지 않을 거라 간과했던 부분들까지 그의 손이 닿아 있음을 깨달은 서연의 눈이 차갑게 가라앉았다. 그녀는 주변에 짙게 깔린 먼지구름이 소용돌이가 되어 천천히 다가오고 있음을 느꼈다. 어둠이 짙어지고 있었다.

✳

"앗, 지금 들어가시면……."

굳게 닫혀 있는 문을 열어젖히는 서연의 기세를 말리기에 여비서는 힘이 없었다. 발만 동동 구르며 문 안쪽을 빼꼼히 들여다보는 그녀를 지나쳐 서연은 방 안에 들어섰다. 소파와 다를 바 없을 정도로 큼직한 의자에 느긋하게 등을 기댄 건택의 뒤에는 그의 어깨를 주무르고 있는 여자가 있었다. 꽤 값나가는 옷을 걸치고 있었지만, 그렇기에 오히려 여자의 천박함이 드러났다.

"좋아 보이시네요, 아버지."

감고 있던 눈을 가늘게 뜨며 건택이 천천히 몸을 당겨 앉았다. 여자가 그의 단단한 어깨에 올려뒀던 손을 거두며 한 걸음 물러섰다. 손짓 한 번에 나가려고 하는 여자를, 서연이 가로막았다.

"오래 안 걸려요. 그냥 있어요. 돈 받은 만큼은 일해야지, 안 그래요?"

"돈 받고 하는 거 아니거……."

"많이 쳐줘도 서른 안쪽일 것 같은데. 자기 힘으로 기천만 원은 되는 보석에 옷까지 살 수 있을 정도로 능력 있는 젊은 여자가 대낮에 아버지뻘 되는 남자의 어깨를 주무르고 있다? 사랑 타령이라도 할 셈이라면 집어치우고 그냥 나가. 구역질나니까."

얼굴이 창백해진 여자는 소파에 올려둔 제 모피 코트를 집어 들고 도망치듯 사라졌다. 건택은 목을 기울이며 깊은 숨을 내쉬었다.

"그래, 날짜는 언제가 좋을까? 채 회장 쪽에서는 일단 이번 조사 마무리하고, 늦어진 공사 때문에 신경 쓸 일이 좀 많으니 일단 약혼부터 하자고 하던데."

"당신 생각대로는 안 돼."

느긋한 표정을 하고 있던 건택이 뱀처럼 얇은 눈으로 서연을 응시했다. 급하게 달려왔는지 코트도 여미지 못한 딸의 뺨이 파릇하게 질린 것을 본 그는 낮게 웃었다.

"그렇지. 역시 내 생각 읽어주는 건 핏줄밖에 없군. 애비 생각을 다 안다?"

"윗선에 말 넣어두면 내가 곧이곧대로 덮을 줄 아셨어요? 천만에. 절대 이 기회 안 버려. 털어서 먼지 안 나는 기업은 있을 수 없죠, 성은처럼 뒤가 구린 곳은 말할 것도 없고. 그건 아버지도 마찬가지예요."

쯧, 하고 혀를 찬 건택은 깔끔하게 정리되어 있는 책상을 가볍게 두드렸다. 서연은 영리했지만 그래 봐야 한낱 바위 앞의 달걀

일 뿐이다. 달걀이 아무리 영리해도, 그것은 무언가를 하기에는 너무나도 연약하다.

"행여나 괜한 공 들일 생각하지 마라. 네가 어떤 사실을 알아내도, 그건 '사실'이 아니게 될 거다. 그때쯤이면 넌 성은의 차남과 결혼을 앞둔 사람이 될 테고, 그땐 이미 내부관련자로 간주되어 네가 알아낸 사실들은 유효하지 않은 증거로 쓰레기통에 처박힐 테니까. 약혼은 역시 봄에 하는 게 좋겠지?"

"……난 어릴 때부터 당신이 내 아버지인 게 싫었어. 내가 당신 핏줄이라는 걸 의심하고 또 의심했지. 그것이 비록 내 어머니의 부정을 뜻하는 거라고 해도, 차라리 그 편이 낫다고 생각했어. 그렇지 않고서는 끔찍해서 살 수가 없었으니까!"

서연의 차갑게 가라앉은 눈에 푸르스름한 분노가 불꽃처럼 일었다. 버릇없이, 하고 혀를 차던 건택은 금방이라도 무엇인가를 던질 것처럼 파르르 떨던 서연의 어깨가 천천히 가라앉는 것을 보았다. 숨을 죽인 그녀의 입술이 조용히 호를 그렸다.

"그런데 이제 알겠어요. 나는 아버지 딸이 맞아. 비열하고 비겁한 짓을 감수하는 게, 이렇게나 아무렇지 않게 느껴지는 걸 보면 말이야. 보면 아실 거예요, 내가 얼마나 당신을 닮았는지."

건택의 굵은 눈썹이 느릿하게 치켜 올라갔다. 서연은 그녀의 어머니를 꼭 닮은 얼굴로 웃으며 그에게서 등을 돌렸다.

"그 아이는 잘 있나. 이름이 뭐라고 했지…… 차강준?"

미련 없이 걸어가는 어린 딸의 어깨를 붙잡기 위해 그는 일어설 필요조차 없었다. 책상을 두드리는 소리가 몇 번 울리기도 전에 서연은 고개를 돌렸다. 딱딱하게 굳은 그녀의 긴장감이 멀리 앉아 있는 그의 손끝에까지 느껴져 건택은 만족스럽게 웃었다.

"배워둬라. 잃을 게 많은 자는 한두 개 쯤 잃어도 그만이야. 조금 아쉬울 뿐이지만 그 자리를 채울 것은 얼마든지 있지. 하지만 가진 게 딱 한두 개뿐이라면 말이다. 그중 무언가를 잃는 고통을 감당할 수 있을지, 심사숙고할 필요가 있지 않을까?"

하, 하고 서연은 짧게 웃었다. 핏기가 질린 입술을 깨문 서연은 칼처럼 눈매를 세우고 의자에 여유롭게 앉아 있는 그녀의 아버지를 노려보았다. 이렇게까지 증오스러운 존재와 피로 연결되어 있다는 사실은 그녀에게 찍힌 낙인과도 같았다. 죽을 때까지 지워지지 않을 것이다.

"설마. 내가 가진 모든 걸 걸고 하는 도박인데 한두 개만 뺏고 말 거라고 생각했어요? 그건 수지타산이 안 맞지. 이쪽은 다 걸었으니, 판에 낄 생각이면 다 잃을 각오를 하셔야죠, 아버지."

메마른 미소를 지은 채 방을 나서는 서연의 뒷모습을 눈으로 좇는 건택의 뺨이 가늘게 떨렸다. 그녀의 말은 전쟁의 선포였다. 탁한 공기가 넓어지기 시작한 어둠의 그림자를 따라 느릿하게 방을 채웠다. 그렇게 온 방 안이 어둠에 묻힐 때까지, 그는 미동 없는 조각상처럼 의자에 앉아 있었다.

#10
따뜻한 한때

강준은 흘끗 옆을 바라보았다. 그녀의 방문을 반길 아이들의 반응에 대한 이야기를 하던 것을 멈춘 지 시간이 제법 흘렀다. 강준은 서연이 그의 말을 듣고 있지 않음을 눈치채고 조용히 운전을 하는 중이었다.

미간을 바짝 좁힌 서연은 깊은 생각에 빠진 것처럼 보였다. 창백한 얼굴에는 그늘이 져 있었다. 그 그늘은 선뜻 말을 걸기 힘들 만큼 무겁고 진지해서, 강준은 잠자코 그녀의 생각이 끝나기를 기다렸다.

후우, 하고 서연이 길게 한숨을 내쉬며 눈을 들었다. 그제야 그녀는 흐르던 음악도 사라지고, 듣기 좋게 낮은 목소리로 이야기를 하던 강준의 목소리도 들리지 않는다는 것을 깨달아 곧장 그를 바라보았다. 그녀와 가볍게 눈을 맞추는 강준의 날카로운 눈매가 따사롭게 이지러졌다.

"날씨 참 좋죠?"

아무것도 모르고, 아무것도 묻지 않겠다는 말처럼 들려 서연은 허탈한 웃음을 흘리고 말았다.

"네가 더 좋아."

콜록, 하고 마른기침을 뱉어내는 강준의 뺨이 눈 깜짝할 사이 발긋하게 물들었다. 민망한 듯 눈을 깜빡이며 전방을 주시하면서도 기쁨을 감추지 못하고 곡선을 그리는 강준의 단정한 입술을 바라보며, 서연은 입술을 깨물며 웃고 말았다.

창틈으로 들어오는 공기는 차갑지만 날씨가 맑아서 햇볕은 따뜻했다. 곁에는 강준이 앉아 핸들을 잡은 채 간혹 그녀를 바라보며 미소를 지었다. 마치 이것은 꿈이고, 그녀가 내내 빠져 있던 생각이 돌아가야 할 현실이라는 느낌이 들어 서연은 한숨을 삼켰다.

"제가 할 수 있는 게 별로 없다는 거 알아요."

문득 강준이 입을 열었다. 서연의 시선이 느껴져 강준은 핸들을 잡은 손에 힘을 주었다.

"그래도 뭐든, 말해주세요. 많이 말하고, 많이 듣다 보면 할 수 있는 걸 찾게 될지도 모르니까."

"나중에."

서연은 웃으며 강준의 옆모습을 응시했다.

"그러려면 우리 들어가기 전에 마트 꼭 들러야 한다. 술을 마셔야 이야기가 술술 나오지."

"술이요?"

강준이 날카롭게 미간을 좁혔다. 고개를 크게 끄덕이며 서연이 양 뺨을 손바닥으로 감쌌다.

"아차. 칫솔도 사자. 가져오는 거 깜빡했어."

새삼 칫솔이 왜 필요하지. 강준은 고개를 갸웃하면서도 무의식적으로 고개를 주억였다. 그리고 이어진 서연의 말에 그는 하마터면 핸들을 놓칠 뻔했다.

"내가 잘 만한 방이 있나? 네 방에서 같이 자면 되겠지? 너 혼자 다락방 썼잖아."

"자요? 어디서, 천사원에서요?"

"어, 말 안 했나? 말한 줄 알았네. 오늘 자고 갈 거야."

강준은 또렷한 눈매를 접어 살갑게 웃는 서연의 미소에 정신을 놓을 뻔했다. 잔다니. 그녀는 단 한 번도 천사원에서 자고 간 적이 없었다. 게다가 '네 방에서 같이'라니. 기계적으로 뻣뻣하게 운전하는 강준의 뺨이 홧홧해졌다.

"수녀님은 알고 계세요?"

"응. 출발할 때 전화했어. 아마 그 다락방을 나 혼자 쓰라고 내주시겠지? 그래도 염치없이 그럴 순 없지. 너처럼 덩치 큰 애가 애들 방에 구겨져서 같이 잘 수는 없잖아."

"아뇨. 전 정말 괜찮습니다. 인성이 방은 바닥에 공간이 좀 남아요. 담요 한 장만 깔고 자도……."

"할 이야기가 있어. 길어질지도 모르고."

아무 생각도 하지 못할 정도로 혼이 쏙 빠졌지만 최대한 차분하게 대답하던 강준이 입을 다물었다. 나직한 서연의 말에서 느껴지는 파동은 잔잔하지만 깊었다. 가볍게 미소를 머금고 있는 그녀를 가만히 바라보던 강준은 낮게 한숨을 내쉬었다.

"무슨 일 있으시죠?"

"응."

"천사원이랑 관련된 일이에요?"

"아주 없는 건 아냐. 왜 그렇게 생각했는데?"

"한 번도 주무시고 가셨던 적 없으니까요."

"생각을 하기가 싫어서."

물끄러미 자신을 향하는 강준의 시선이 느껴졌지만 서연은 우왕좌왕하는 마음을 조용히 가라앉혔다.

"오늘은 아무 생각도 하기가 싫거든. 그러니까 네 협조가 아주 절실하게 필요하다. 알았지?"

"뭘 어떻게 해드릴까요?"

"일단 도착하면 애들부터 막아."

결연하게 말하는 서연을 향해 짧게 고개를 끄덕이던 강준이 중얼거렸다.

"손잡고 들러붙는 거 싫어하시죠."

"……무서워서. 그 무조건적인 애정이 말이야."

강준의 턱이 바짝 당겨졌다. 서연의 말이 이어졌다.

"그 애정을 받아들이기 시작하면 그것에 대해 책임을 져야 할 것 같아서 무서웠어. 그냥 그렇게 한 발짝 떨어져 있고 싶었거든. 하지만."

강준은 문득 제 앞에 내밀어지는 하얗고 가느다란 손을 보았다. 묵묵히 그녀를 바라보자, 서연이 씩 웃으며 고개를 기울였다.

"모든 일에는 예외가 있는 법이지. 안 그래?"

그녀의 짧은 말 한마디, 작은 눈짓과 행동 하나만으로도 강준의 마음의 계절은 겨울과 봄 사이를 몇 번이고 돌고 돌았다. 움츠러드는 그의 마음을 눈치라도 챈 것처럼 서연이 내민 손을 조심스럽게 감싸 쥐며, 강준은 녹아드는 그녀의 온기를 조용히 마음에 담았다.

그녀가 놓으라고 할 때까지, 그는 이 손을 놓을 생각이 없었다. 아니, 어쩌면, 그 말은 그가 유일하게 따르지 않을 그녀의 말이 될 것이다.

두터운 매트리스처럼 쌓여 있는 눈을 쿠션 삼아 서연은 폭 파묻혀 쓰러졌다. 헉헉거리는 한숨을 내쉬던 그녀가 재빨리 몸을 돌렸다. 커다란 눈뭉치를 든 채 검은 파카를 입고 서 있는 강준은 흡사 사신과도 같았다.

"너, 설마 그걸 진짜 나한테 던지려는 건 아니겠지?"

"승부는 공정하게 내야 하는 법이니까요. 그렇게 가르쳐 주셨잖아요."

내가 호랑이 새끼를 키웠구나. 서연은 고개만 겨우 들어 눈앞에 버티고 서 있는 강준의 뒤를 바라보았다. 편을 나눠 눈싸움을 하는 아이들은 박빙이었다. 이 싸움은 결국 서연과 강준에게 달려 있었고, 강준은 가지런한 입술로 웃으며 막 눈뭉치를 들고 있는 주먹을 까닥이고 있었다.

"네가 고작 저녁 준비 때문에 나에게 칼을 들이밀 줄이야! 이렇게 정 없는 아이로 키우지 않았는데."

"너무 오래 누워 계시면 체온 떨어져요. 결과에 승복하시고 일어나세요, 얼른."

자그마한 입술로 구시렁거리는 서연에게 차마 눈덩이를 던질 수 없었던 강준이 손을 내밀었다. 서연은 코를 찡긋거리고는 그 손을 마주 잡다가, 슬쩍 고개를 들었다.

"강준아, 지금 아무도 안 보는데, 뽀뽀해 줄까?"

반쯤 강준의 힘에 기대어 몸을 일으키던 서연의 속삭임에 또렷한 눈이 쟁반만큼 커진 강준은 손을 놓칠 뻔했다. 머뭇거리는 사이 들고 있던 작은 눈덩이를 정확히 강준의 어깨에 명중시킨 서연이 깔깔 웃으며 외쳤다.

"이겼다! 홍팀 승리!"

"……고작 저녁 준비 때문에 그런 말을……."

낮게 한숨을 삼키며 얼굴을 쓸어내리는 강준에게 한 걸음 다가선 서연이 가볍게 그의 어깨를 털어주었다.

"난 진심인데?"

네? 하고 눈을 드는 강준의 뺨에 차가운 입술이 스치듯이 부딪쳤다. 그대로 조각상처럼 얼어버린 눈으로 자신을 바라보는 강준에게 예쁘게 웃어 보이며, 서연이 눈을 찡긋거렸다.

"왜. 우리 이런 거 할 수 있는 사이 아니었나?"

가볍게 굳어진 강준의 눈매에 수줍은 열정이 흔들린다. 서연은 우뚝 서 있는 강준을 향해 손짓했다.

"그만하고 들어가자. 춥다. 인성이 너, 손에 들고 있는 거 뭐야. 선경이한테 원한 있어? 그만한 거 잘못 맞으면 다쳐, 이 무자비한 놈아!"

제 머리통만 한 눈덩이를 들고 선경의 뒤를 쫓는 인성의 목덜미를 잡아채고는 눈밭을 걸어가는 서연을 천천히 돌아보며, 강준은 제 뺨을 손가락으로 더듬었다. 가슴이 뻐근할 정도로 조여드는 것이 기쁨과 설렘 때문인지, 막연히 느껴지는 평소와는 다른 서연의 기색에서 희미한 불안을 느꼈기 때문인지 알 수 없었다.

너무 멀어지지 않게 조용히 그녀의 뒤를 쫓으며, 강준은 하얗게 뻗은 눈길을 걸었다. 서연이 무슨 말을 하든, 무엇을 원하든 그는 자신이 할 수 있는 것이라면 무엇이든 다 하고 말 것이다. 성기게 얽혀 있는 마음을 눈덩이처럼 단단하게 다지며 강준은 입매에 힘을 주어 굳게 다물었다. 발자국을 남기며 길을 내어 걸어가고 있는 그의 태양은 늘 그렇듯 눈이 부셔서, 잠시 눈을 감은 사이 하얗게 사라져 버릴 것 같아 강준의 마음을 불안하게 했다.

✽

피곤해 죽을 것 같아. 서연은 눈을 질끈 감았다 떴다. 따뜻한 물에 씻고 나오니 몸이 더 노곤했다. 수건으로 젖은 머리를 감싸며 다락방에 들어서던 그녀는 열려 있는 문 앞에 멈춰 섰다.

단정한 몸놀림으로 침대를 정리하고 낮은 상 하나를 들여놓은 뒤 술을 꺼내고 있는 강준을 보는 것이 좋았다. 이곳이 두 사람의 보금자리이고, 그녀는 그저 피곤한 몸을 강준의 단단한 어깨에 기댄 채 하루를 마치면 되는 것처럼 느껴져 서연은 힘없이 피식 웃고 말았다. 그것처럼 소박한 꿈도 없을 텐데, 왜 이렇게 어렵게 느껴지는지.

귀신처럼 그 기척을 눈치챈 강준이 고개를 돌렸다. 서연은 자연스럽게 머리를 털어 내리며 걸음을 옮겼다.

강준은 순간 목에 무언가 걸린 것처럼 숨이 막히는 것을 느꼈다. 따뜻한 김에 발갛게 달아오른 서연의 뺨과 물에 젖은 머리칼, 자신의 커다란 티셔츠와 바지를 입은 그녀를 보는 것이 왜 이렇게 그의 피를 바싹 마르게 하는지 알 수가 없었다. 억지로 서연에게서 눈길을 떼어내는 강준의 목덜미가 딱딱하게 경직되었다. 온몸의 세포가 조금만 건드려도 폭발할 것처럼 긴장하고 있었다.

"애들 취침 시간 좀 당겨. 체력이 못 버틴다, 내가."

"아홉 시도 이르다고 난리예요."

후우, 하고 볼을 부풀리며 가까이 다가앉는 서연에게서 화사한 꽃향기가 풍기는 것 같았다. 술을 한 잔도 마시지 않았는데도 이미 취한 기분이 들었다. 강준은 일부러 그녀의 시선을 피하며 맥주 캔을 땄다.

"부모님 찾을 생각, 해본 적 없어?"

빈 캔과 빈 병이 쌓이고, 온기가 아닌 취기로 창백한 뺨이 달아오른 서연이 문득 내뱉었다. 그녀에게 차가운 생수를 내밀던 강준의 눈매가 날카롭게 치켜 올라갔다.

"언젠가 한 번은 인연이 닿아 만날 수 있을지 모르지만, 아뇨, 찾고 싶지는 않아요."

"꽤 단호하네."

서연이 흘끗 강준의 옆모습을 바라보며 중얼거렸다. 턱을 당긴 채 아래를 바라보던 강준이 맥주를 들이켰다. 꿀꺽, 하고 움직이는 목울대를 무심코 바라보고 있자 강준의 담담한 목소리가 흘러나왔다.

"사정이 있어서 날 버렸을 거고, 지금 그 사정이 나아졌다고 해도 그때 날 선택하지 않았다는 사실은 변하지 않으니까요. 서로에게 부담과 상처로 남을 관계라면, 찾아도 어느 쪽도 행복하지 않을 것 같아요."

응, 하고 고개를 몇 번 끄덕인 서연이 피식 웃었다.

"위로랍시고 하는 말은 아니지만, 모든 부모가 꼭 자식에게 행복을 주는 건 아니야. 내 아버지가 좋은 예지."

서연의 말에는 묵직함이 있었다. 그녀에게 이런 이야기를 듣는 것은 처음이다. 강준은 차분한 눈길로 곁에 앉은 서연의 표정을 살폈다. 눈썹을 차갑게 세운 서연은 무언가 결심한 듯 천천히 입을 열었다.

"우리 아버지가 뭐 하는 사람인지, 알지?"

"네."

"성은건설. 들어본 적 있니?"

"신문에서 최근 자주…… 요즘 대형 쇼핑몰 관련 감사받는 곳이 성은이죠?"

"내가……."

잠시 머뭇거린 서연은 후우, 하고 한숨을 내쉬었다. 떨리는 눈길을 곧게 뜨고, 서연은 잠자코 그녀를 응시하는 강준에게 말했다.

"지금부터 어떤 이야기를 할 거야. 다 듣고, 네가 잘 생각해 봤으면 좋겠어. 난 어떤 것도 강요하고 싶지는 않아. 해서 될 일도 아니지만."

거짓말이다. 강준은 제 어두운 생각을 보이고 싶지 않은 유일한 한 사람이었다. 몰랐던 내 모습에 실망하겠지, 제 앞에 닥칠 일들이 두려워지겠지. 그녀와 강준이 겪을 일들에 대해 말하고 싶지 않았지만, 당장 건택이 손을 뻗는다면 그 대상은 강준이 될 것이기에 경고를 해두지 않을 수 없었다. 서연은 질끈 입술을 깨물었다.

"내 아버지에게 가장 중요한 것은 얼마나 더 큰 이득을 취할 수 있는가야. 가족, 친구, 동료, 그를 둘러싼 모든 인간관계의 목적은 그거 하나지. 그래서 나를 성은건설의 둘째와 결혼시키려고 해. 이번 쇼핑몰 투자뿐만이 아니라 여러 가지 프로젝트에 관련되어 있거든."

그녀는 강준의 얼굴을 볼 자신이 없었다. 조금이라도 저어하는 그의 눈빛을 보게 된다면 그녀는 그대로 자리를 박차고 나가 다시는 돌아오지 못하고 말 것이다.

"그런 아버지 뜻대로 움직일 생각이 없어, 난. 그건 곧 그 사람에게 맞서 싸워야 한다는 뜻이고, 난 그럴 거야. 내가 할 수 있는 전부를 걸고. 그런데."

서연은 깊게 숨을 들이마셨다. 술의 열기가 평소보다 빠르게 그녀의 몸을 휘어 감았다. 묵묵히 앉아 있는 강준의 표정을 감당할 준비를 한 서연은 조심스레 고개를 들었다.

"네가 다칠까 봐 걱정돼. 그 사람은 어떤 방법을 써서든 자신의 뜻을 이루려고 할 거고, 나도 같은 수준으로 대응할 거야. 지저분한 싸움이 될 거란 얘기지. 아버진 아마 네가 나에게 어떤 의미인지 알 거야. 그걸 놓칠 사람이 아니니까. 거기에 네가 휘말리는 게 싫어. 내 곁에 있지 않았다면 겪지 않아도 될 일들을 겪는 게, 그래서 나에게 실망하고 결국은 날 원망할까 봐 무섭고 두려워."

받은 숨을 뱉어내며 서연은 입술을 깨물었다. 맥주 캔을 쥔 손가락이 가늘게 떨렸다. 그래도 곁에 있어달라고, 용기를 내달라고 말하고 싶었지만 쉽지 않았다. 차마 강준의 눈을 마주치지 못하고 시선을 떨구던 서연의 귓가에, 강준의 낮고 청량한 목소리가 가만히 울려 퍼졌다.

"어떤 의미인데요?"

"……뭐?"

서연이 눈을 깜빡였다. 비로소 마주친 시선의 끝에 있는 강준의 얼굴은 평소와 조금도 다르지 않았다. 날카롭고 단정한 이목구비의 그 얼굴에 어둑한 그늘이 드리워져 있으리라 막연히 상상했던 서연의 눈이 흔들렸다. 지나치게 차분하고 냉정한 얼굴을 하고 있던 강준의 검은 눈이 조용히 그녀에게 물었다.

"제가, 당신에게 어떤 의미인데요?"

서연은 무심코 내뱉었던 자신의 말을 더듬었다. 뭐라고 설명할 수 있을까. 힘들 때 보고 싶은 사람, 옆에 있으면 위안이 되는 사람, 지키고 싶은 사람, 마지막의 마지막 순간까지 놓치고 싶지 않은 사람.

아, 어느새 이렇게나 커져 버렸구나, 마음이라는 것. 다정한 눈빛에 기대고 당연한 듯 감싸주는 목소리에 마음을 놓던 것이 어느새. 서연은 꾹, 입술을 깨물었다.

그렇다면 그만둘게요, 하고 한발 물러서기라도 할 것처럼 강준의 표정은 동요가 보이지 않았다. 안 돼. 상처받을 것 같아. 생각보다 훨씬 더. 이렇게나 약해질 수 있는 스스로가 놀라워 서연이 미처 입을 열지 못하고 있을 때였다.

"상관없어요. 눈에 보이지 않는 먼지처럼 사소한 의미라고 해도, 그렇게 내가 당신 마음에 조금이라도 있다면. 내 걱정은 하지 마세요. 지키려고도 하지 말고. 당신 곁에 있지 않았다면 겪지 않아도 될 일들, 그런 인생은 나에게 아무 의미도 없어. 다치고 깨져도, 곁에 있을 수 있게만 해줘요. 내 소박한 인생에서 잃을 수 있는 가장 큰 건, 바로 당신이니까."

명한 눈을 하고 있는 서연의 차가운 손을 조심스레 감싸 쥐며, 강준은 조용히 말을 마쳤다. 그제야 서연은 알 것 같았다. 그가 차분하고 냉정한 얼굴로 동요 없이 그녀의 말을 듣고 있었던 것은, 어떤 상황이 와도 그녀를 놓지 않겠다는 의지가 커다란 나무뿌리처럼 그의 마음속에 박혀 있었기 때문이다. 그 벅찰 정도로 거대한 감정에 서연은 순간 숨을 쉬는 것을 잊어버렸다.

잔잔하게 봄바람이 부는 듯한 표정으로 자신을 바라보는 강준이 사랑스러워서, 그 가늠할 수 없을 정도로 커다란 애정이 느껴져서 그녀는 대뜸 팔을 들어 강준의 목을 휘어 감았다. 까칠하고 성긴 머리칼을 당겨 안고 그 단단한 목덜미에 얼굴을 파묻자 바짝 긴장한 듯 몸에 힘이 들어간 강준이 당황했는지 어, 하고 말을 더듬었다.

"자, 잠깐만요. 갑자기 왜……."

얇은 반팔 티셔츠 사이로 서연의 부드러운 몸이 느껴졌다. 함부로 손대면 녹아버릴 것처럼 말랑거리는 가슴이 그의 가슴에 맞닿아 있었다. 유혹적인 향기와 뜨거운 숨결이 그의 목덜미를 휘감았다. 갑자기 심장박동이 두 배는 빨라진 것 같았다.

몸의 반응은 마치 그의 성격처럼 성실하고 정직했다. 자신의 목에 매달려 있는 서연의 허리를 어색하게 감자마자 기다렸다는 듯이 하체에 열이 올랐다. 들리지 않게 심호흡을 하며 순식간에 불덩이처럼 달아오른 몸을 가라앉히려 잔뜩 경직되어 있던 강준은, 서연이 고개를 들면서 제 귓가에 그녀의 입술이 스치는 감각에 움찔, 몸을 떨고 말았다.

조금 떨어져 주었으면, 아니, 조금 더 세게 안아주었으면. 머리가 혼란스러웠다. 강준은 본래 그 자신의 자제력에 대한 자신이 있었다. 그는 지금까지 참지 못할 만큼의 욕구에 휘둘려 본 적이 없었다. 하고 싶은 일을 참는 것은 그에게 익숙한 일이었고, 자신의 모든 욕구를 자제하는 습관이 몸에 배어 있다고 생각했다. 그러나 지금, 그는 서연의 몸이 스치는 모든 곳의 신경이 극도로 예민해지는 것 같은 감각을 맛보고 있었다.

남자로서 느끼는 낯선 충동이 지금까지 그를 만들어온 자제력과 비등한 싸움을 벌이고 있을 때, 강준은 문득 그의 뺨을 감싸는 서연의 손을 느꼈다. 서늘하면서도 기분 좋은 그 손. 늘 그의 머리를 쓰다듬으며 안심과 애정을 꿈꿀 수 있게 해주었던 그 손.

무겁게 들어 올린 시선의 끝에는 더할 나위 없이 아름답게 웃고 있는 서연이 있었다. 현실에서 볼 수 있으리라 상상조차 하지 못했던, 그에 대한 애정이 가득한 눈으로 그를 바라보고 있는 서연은 단번에 충동의 압승을 이끌었다. 강준은 그대로 눈을 감으며 서연의 입술을 집어삼켰다.

그 어떤 감각과도 비교할 수 없을 만큼의 강렬한 느낌이 그의 본능을 자극했다. 그녀의 입술과 숨결이 닿는 모든 곳의 세포들이 하나씩 살아 숨 쉬고 있는 것 같았다. 잇새로 거칠게 흘러나오는 숨소리와 아플 만큼 부딪치는 입술, 뒤엉킨 혀만이 그의 모든 존재를 이루고 있는 듯했다. 손가락 끝에 느껴지는 서연의 살결은 마치 그를 중독시킨 것처럼 도저히 제 의지로는 그녀의 몸을 놓지 못하게 만들고 있었다.

"가, 강준아."

하아, 하고 신음처럼 내뱉은 서연이 만류하듯 강준의 어깨를 붙잡았다. 잘게 떨리는 서연의 몸이 느껴져 비로소 강준은 눈을 떴다. 그제야 그는 서연의 티셔츠를 들어 올린 채 그녀의 가슴을 세게 움켜쥐고 있는 자신의 한쪽 손과 물어뜯을 것처럼 가느다란 목덜미에 이를 세워 넣고 있던 스스로를 알아차릴 수 있었다.

그러나 거칠어진 호흡을 내쉬며 언제나 그랬듯 그녀의 말에 순응하려던 강준의 눈에 비친 것은, 타액으로 촉촉이 젖은 입술과 흥분으로 들뜬 눈을 빛내고 있는 서연이었다. 반쯤 벗겨진 티셔츠 아래로 드러난 속옷에 가까스로 가려져 있는 가슴에는 빨간 손자국이 군데군데 나 있었다. 그의 것이었다.

강준의 검은 눈이 짙게 가라앉았고, 조금 망설이며 앉아 있던 몸을 일으키려는 서연의 허리를 본능처럼 잡아당겼다. 작은 비명과 함께 서연은 강준을 마주한 채 그의 다리 위에 주저앉고 말았다. 강준의 단단한 양팔이 그녀의 허리를 감쌌다.

코끝이 닿을 정도로 가까운 거리에서 처음 보는 얼굴을 하고 있는 강준은 위협적이었다. 날카롭게 날을 세운 채 조용히 그녀를 응시하는 눈동자는 일견 차분한 듯 보였지만 격랑의 바람이 부는 밤바다였다. 금방이라도 그녀를 집어삼킬 것처럼 크게 일렁이는 파도에 서연은 가까스로 숨을 내쉬었다.

엉켜 있는 다리 사이로 뜨거운 무엇인가가 꿈틀거렸다. 그 생생하고 단단한 것이 저절로 불러일으키는 색정적인 느낌에 서연은 벗어나려 했지만 허리를 끌어안고 있는 강준은 팔을 풀어주지 않았다. 조금도 그럴 생각이 없어 보였다.

천천히 강준의 손이 서연의 맨살을 더듬었다. 선을 손으로 따라 그리듯이 허리를 건조하게 쓰다듬으면서도 강준의 검은 눈은 서연에게서 시선을 떼지 않았다. 그물에 사로잡힌 물고기가 된 기분이었다. 서연은 눈을 돌리지도 못한 채 제 가슴에 와 닿는 강준의 뜨거운 숨결에 더더욱 몸이 달아올랐다.

허리를 쓰다듬던 손이 순식간에 강한 힘으로 반쯤 접혀 있던 서연의 허벅지 안쪽을 파고들었다. 강준의 어깨에 손을 올린 채 제 몸을 지탱하고 있던 서연이 놀라서 그대로 무너져 앉았다. 얇고 헐렁한 바지 너머로 뚜렷하게 발기한 강준의 남성이 느껴졌다.

제 몸에 서연을 앉힌 채 그녀를 올려다보고 있던 강준의 눈은 비겁하게도, 그녀에게 매달리고 있었다. 꿈을 꾸는 것처럼 몽롱한 눈, 열정적인 소년의 눈, 충동에 그대로 이성을 놓아버리고 싶은 남자의 눈이 뒤섞여 그녀에게 조용하지만 강하게 애원했다.

그녀를 갖고 싶다고, 몸서리쳐질 정도로 그녀를 원한다고.

"하아……."

서연이 한숨 같은 신음을 내뱉었다. 그녀의 허벅지를 쓰다듬고 있던 강준이 조금 고개를 내밀어 눈앞에 있던 그녀의 가슴을 핥은 것이다. 뜨거운 무언가가 그녀의 살결에 자국을 남긴 듯했다. 꼼지락거리며 움직일 때마다 그녀의 다리 사이로 강준의 남성이 스쳤다. 의도한 것은 아니었지만 그럴 때마다 서연의 허리가 잘게 떨렸고, 그녀의 허리를 잡고 있는 강준의 손에 힘이 바짝 들어갔다.

어느새 입으로 속옷을 파고들어 꼿꼿해진 서연의 가슴의 정점을 혀로 핥아 올리며, 강준의 손이 서연의 등허리를 쓸어내렸다. 자신의 남성에 느껴지는 은근한 마찰과 손끝에 닿는 서연의 녹아 내릴 듯한 살결, 그의 온몸을 휘감는 그녀의 향기에 강준은 그대로 정신을 잃을 것 같았다. 태어나 처음 느끼는, 존재하리라 상상해본 적도 없을 만큼 강렬한 자극이었다.

이대로 그녀를 안고 싶었다. 그로 인해 신음하고 쾌감을 느끼는 서연을 보고 싶은 욕구가 그의 머릿속을 가득 채웠다. 그런 상상만으로도 더욱 단단하게 부풀어 오르는 그의 남성에 서연이 당황한 듯 붉은 입술을 깨물었다.

"……가르쳐 줘요."

낮게 갈라진 강준의 목소리가 열기로 가득 찬 공기를 날카롭게 베었다. 가슴을 들썩이며 강준의 목덜미에 얼굴을 묻고 있던 서연이 힘겹게 고개를 돌렸다. 금방이라도 폭발할 것 같은 격정을 아슬아슬하게 누르고 있는 남자의 눈으로, 강준이 속삭였다.

"어떻게 해야 할지. 어떻게 해야 당신을 기분 좋게 할 수 있을지. 부끄럽지만, 내가 어떻게 해야 당신이 좋아할지를 모르겠어."

"모른다는 그 말, 정말이야?"

서연의 목소리도 흥분을 머금고 있었다. 미간을 좁히는 서연에게 무슨 뜻이냐 눈으로 묻는 강준의 잘생긴 귓가에 대고, 서연이 민망한 듯 입술을 깨물며 웃었다.

"지금 아주 잘하고 있거든."

얼마나 더 낯선 얼굴을 보여주려는지. 거칠게 그녀의 목덜미를 끌어내려 매달리듯 입술을 겹치는 강준에게 더욱 몸을 붙이며 서연은 온전히 그에게 기대었다. 예민한 옆구리를 더듬던 손이 바지를 파고들 때도, 다른 사람의 손을 느껴본 적 없는 곳을 강준의 단단한 손바닥이 쓸어내릴 때도 그녀는 그의 목을 끌어안은 채 터져 나오는 신음을 가까스로 참아내었다.

더 이상 참기가 힘들었는지 강준이 그녀의 몸을 일으켰다. 숨길 수 없는 욕구로 검게 물든 눈을 하고서도 침대에 그녀를 눕히는 손길만은 부드러웠다. 끼익, 하고 나무가 짓눌리는 소리를 냈다. 체중을 실어 그녀를 팔 사이에 가둬둔 강준이 가만히 서연을 내려 다보았다.

"괜찮으시겠어요? 제가……."

그는 내내 꿈속을 걷는 기분이었다. 깨어나면 전혀 다른 현실이 펼쳐질 그런 꿈속에 있는 것만 같아 믿을 수가 없었다. 그의 망설 임을 눈치챈 서연이 눈썹을 찌푸리며 강준의 귀를 잡아 끌어당겼 다. 비명 하나 없이 순순히 끌려오는 그의 귓가에 대고 서연이 중 얼거렸다.

"솔직히 말할게. 난 그럴 생각으로 왔어. 아버지와 등을 지고 싸 워야 하는데도 내 옆에 있을 수 있겠냐는 말에 네가 망설이면, 몸 으로라도 꼬실 생각이었거든."

검은 눈이 크게 흔들렸다. 당혹과 기쁨이 뒤섞여 이내 열망으로 가득 차는 눈을 가만히 바라보며, 서연은 강준의 매끈한 뺨을 더 듬었다.

"그러니까 그만 망설이지? 내가 지금이라도 싫다고 도망가면 어떡하려고…… 아훗."

목덜미를 깨물며 거칠게 자신의 바지를 벗기는 손길에 서연이 신음을 내뱉었다. 그녀는 자신이 뱉은 말을 여간해서는 후회하지 않았지만, 이번만큼은 그래야 했다. 강준은 그녀의 목덜미와 가슴을 핥아서 없애기라도 할 것처럼 물고 놓지 않았고, 충분히 젖어 있었음에도 받아들이기 버거울 정도로 크고 단단한 그의 남성 덕에 서연은 최대한 입술을 깨물며 소리를 죽이려 했지만 쉽지 않았다.

통증이 그녀의 몸을 뒤덮었지만 동시에 더한 쾌락이 그녀를 지배했다. 자신의 욕구보다 그녀의 반응을 끌어내기 위해 강준은 섬세하게 서연의 온몸을 애무했다. 지나칠 정도로 그녀의 몸을 열기 위해 시간을 들인 덕에 강준은 숨김없는 신음을 내뱉으며 그의 어깨에 매달리는 서연을 부드럽게 안을 수 있었다.

꿈이라면 깨지 않기를 바랐고, 이 밤이 지나 새벽이 오지 않기를 바랐다. 발끝이 저릿할 정도로 강렬한 육체적 쾌감보다, 온전히 그녀에게 받아들여졌다는 정신적 쾌감이 강준의 가슴을 벅차게 만들었다.

좀처럼 떨어지려 하지 않는 강준 때문에 몸이 지친 서연이 다음에 다시, 라는 항복 의사를 표시하고 나서야 기진맥진한 몸을 씻을 수 있는 기회를 얻었다. 침대에서 내려오는 것조차 버거워하는 서연을 눈치챈 강준이 재빨리 그녀를 공주님처럼 가볍게 안아 들었다.

"너 이거 오버하는 거야. 걸을 수 있……."

"쉿. 제가 하고 싶어서 그래요."

방금까지 제 몸을 탐하던 탄탄한 강준의 몸의 감촉에 새삼스레 얼굴이 붉어졌지만 눈을 접어 웃으며 속삭이는 강준의 목소리를 거부할 수 없었다. 발소리를 죽여 욕실로 그녀를 옮겨준 강준이 닫으려는 문을 불현듯 손으로 붙잡았다. 왜, 하고 눈을 깜빡이자 잠시 머뭇거리던 강준이 물었다.

"씻겨드릴까요?"

그 눈은 참으로 정직했다. 그 어떤 사심도 들어 있지 않은 듯한, 그녀를 향한 걱정과 스스로에 대한 머쓱함이 전부인 듯 보였지만 서연은 난생처음으로 그에 대한 불신을 품은 상태였다.

"절대 안 돼!"

"그래도 피곤하실 것 같……."

말을 덧붙이는 강준의 면전에 대고 단호하게 문을 닫은 서연이 짧게 한숨을 내뱉었다. 하마터면 고개를 끄덕일 뻔했다.

다 씻을 때까지 문 앞에서 서성이는 강준의 초조한 기척에 어이없는 웃음이 흘러나왔지만, 녹진한 몸은 기력이 전부 빠져나간 것 같아 서툴고 어린 그녀의 연인을 원망하지 않을 수 없었다.

"하여튼 뭐든 적당히 하는 법이 없지. 당할 수가 없다니까."

괜히 뿌옇게 습기 찬 거울을 손가락으로 밀어대며 서연이 중얼거렸다. 뽀득뽀득 소리를 내며 깨끗해진 거울에 비친 서연의 말간 얼굴이 행복의 빛깔처럼 발갛게 달아올라 있었다.

✳

"벌써 도착했어? 곧 내려갈 거니까 잠깐만 기다려."

은경과 박 계장은 자리에서 벌떡 일어나서 재빨리 책상 위에 놓아둔 거울을 흘끔거리는 서연을 훔쳐보고 있었다. 매끈한 피부에

윤기가 흐르는 서연이 흐트러진 머리를 단정하게 쓸어 넘겼다. 허리를 숙인 채 거울을 보던 그녀는 자신을 뚫어져라 보고 있는 두 사람의 시선을 느끼고 큼, 하고 헛기침을 했다.

"아침에 청소해서 사무실도 깨끗한데 올라오라고 하시죠? 같이 점심 먹자고까지는 안 할게요, 맹세코."

은경이 은근한 미소를 지은 채 말을 꺼냈다. 서연이 스카이블루 톤의 셔츠 위에 입고 있던 카디건을 벗어 의자에 걸쳐 두며 고개를 저었다.

"아니에요. 잠깐, 성은쇼핑몰 부지 매입 관련 자료 받았던가요? 회계장부는요?"

"박 검사님 조사 자료 중에 따로 철해둔 게 있던데요. 그런데 워낙 깨끗해요. 눈에 띄는 자금 흐름도 없고."

박 계장의 대답에 담겨 있는 부정적인 의미를 이해한 서연이 미간을 좁혔다. 워낙 일을 복잡하게 꼬아놔서 그 끝을 쫓는 데만도 시간이 오래 걸린다. 이대로는 부장검사의 말처럼 조용히 마무리가 되고 말 것 같아 서연은 혀를 찼다.

"그럼 점심들 드세요. 늦지 않게 돌아올게요."

"저희도 지금 점심 먹으러 갈 건데요, 검사님. 가는 길에 인사도 할 겸."

가만히 앉아 있는 박 계장의 옆구리를 찌르며 진즉 외투를 입은 은경이 빙긋 웃었다. 엉거주춤 일어서서 고개를 끄덕이는 박 계장을 바라보며 서연이 짧게 한숨을 내쉬었다. 끈기의 대명사나 다름없는 은경이 쉽게 포기할 것 같지도 않고, 그럴 바에는 차라리 지금처럼 스치듯이 인사를 하는 게 나을 것 같았다. 그러죠, 하고 마지못해 대답하자 은경이 함박웃음을 지었다.

입구에 서 있던 강준은 목덜미를, 정확히는 그의 목에 걸린 반지를 만지작거리고 있었다. 그것은 그의 새로운 습관이었다. 체온이 닿아 따뜻해진 뭉툭한 반지를 더듬던 강준의 날카로운 눈매가 엘리베이터에서 막 내리는 서연을 발견했다. 저절로 어깨와 허리에 힘이 들어가 강준은 몸을 반듯하게 세웠다.

시야가 넓은 그의 눈에 서연을 뒤따라나오는 중년 남녀의 시선이 정확히 자신에게 꽂혀 있음이 보였지만, 체념한 듯한 얼굴로 어깨를 으쓱이는 서연의 태도에 별다른 것이 느껴지지 않아 강준은 멋쩍은 얼굴로 가만히 서서 그녀를 기다렸다.

"어머어머, 어쩜 좋아."

은경은 최대한 호들갑을 자제하려 애를 썼다. 답답하고 고루한 청의 입구를 밝히고 있는 훤칠한 청년은 그녀의 마음에 쏙 들었다. 한눈에 보기에도 체격이 좋아 입고 있는 심플한 블랙 슈트가 아주 잘 어울렸다. 단정하게 서 있는 자세는 긴장하는 것이 익숙한 듯한 느낌이 들었다. 날이 서 있는 또렷한 이목구비에 주눅 들 법도 했지만 서연을 바라보는 눈이 한없이 따뜻해 은경은 활짝 웃는 얼굴로 그에게 다가섰다.

"어, 음. 여기는 나랑 같이 일하는 수사관님. 점심 드시러 나가신다고 해서 같이 나오는 길이야."

"안녕하세요, 이은경이에요. 심 검사님이 너무 꽁꽁 숨겨서 언제나 보나 했는데, 이렇게 결국 보게 되네요. 반가워요."

"박순철 계장입니다. 검사님 수사 보조하고 있어요."

"차강준입니다."

강준이 깍듯하게 허리를 숙였다. 사람을 바라보는 시선이 따뜻한 사람이라는 느낌이 들어 은경은 들뜬 얼굴로 대뜸 그의 손을 잡았다. 커다랗고 단단한 손을 잡힌 강준이 날카로운 눈을 들었다.

"심 검사님이 성격이 좀 까칠하고 그래도 속은 여린 분이니까, 아무쪼록 많이 이해해 줘요. 표현을 하시긴 하는지 모르겠는데 내가 보기에는 강준 씨를 아주 많이 좋아하⋯⋯."

"거기까지만 하시죠. 저희가 약속이 있어서요."

사이를 파고들어 단호하게 말을 자르는 서연이 눈썹을 치켜세웠다. 불만스럽게 입술을 삐죽인 은경이 화사하게 웃는 얼굴로 서연의 등 뒤를 지키듯 반듯하게 서 있는 강준에게 말했다.

"다음에 검사님 없을 때 시간 되면 놀러 와요."

"예, 그럴게요."

허리를 꾸벅 숙여 인사하며 멋쩍은 얼굴로 웃는 강준의 팔을 잡고 서연이 계단을 내려갔다. 두 사람의 뒷모습을 바라보며 은경이 두 손을 맞잡은 채 소녀처럼 눈을 빛냈다.

"너무 잘 어울리지 않아요? 난 심 검사님이 도대체 어떤 남자를 만나나 했더니! 사람들한테 보여주기 아까울 법도 하네, 아까울 법도 해!"

"괜찮은 청년인 것 같네. 얼굴도 깔끔하고 단정하고."

"심 검사님보다는 좀 어린 것 같은데, 뭐 하는 청년일까요?"

"너무 자세한 건 궁금해하지 않으렵니다. 여기까지가 심 검사님이 허락한 선 같으니까."

오늘은 김치찌개나 먹을까, 하고 중얼거리는 박 계장의 말에 은경은 긴 한숨을 내쉬며 천천히 그의 뒤를 쫓았다. 서로를 진하게 바라보고 팔짱을 끼며 애정을 과시하는 그런 커플처럼 보이지는 않았지만, 서연을 바라보는 청년의 눈에는 아이 둘을 둔 그녀의 마음마저 설레게 하는 애틋함이 있었다.

오늘은 꼭 남편이랑 영화라도 보러 가야지. 은경은 구시렁거리며 걸음을 옮겼다. 겨울이 가고 있는지, 얼굴에 맞닿는 공기의 온도가 그렇게 차갑게 느껴지지 않았다.

#11
그 세계

"정말 같이 가는 거 괜찮아?"

서연은 흘끗 강준을 돌아보았다. 설사 기분이 상하는 일이 있더라도 결코 그녀 앞에서는 드러내지 않을 것임을 알기에, 서연은 강준의 표정을 꼼꼼하게 살피는 버릇이 생겼다. 그러나 차분한 표정을 짓고 있는 강준의 얼굴에서 읽어낼 수 있는 감정은 없었다.

"곧 그분과의 약혼 기사가 터질 텐데, 그전에 한 번은 꼭 보고 싶어서요."

"알지? 어디까지나 경계선을 치는 의미에서 하는 일이라는 거. 그 이상 어떤 의미도 없어."

"알아요."

강준은 묵묵히 검은 눈을 빛내며 서연과 눈을 마주쳤다. 제 눈치를 살피는 서연을 안심시키기 위해 강준은 부드럽게 입술을 올려 미소 지었다.

약혼은 건택이 성은건설과 서연의 결혼을 이용하려는 것을 막기 위해 서연이 선택한 방법이었다. F&C의 송인하 본부장과의 약혼 이야기는 이미 증권가 찌라시를 통해 퍼져 나가기 시작했고, 공식적인 발표를 준비하고 있었다. 이 약혼을 핑계로 인하는 그가 계획하고 있던 중남미 철강 투자 합작 건을 건택에게 제안할 것이다.

성은과 엮여 있는 그 어떤 일보다 큰 수익을 기대할 수 있는 미끼다. 건택이 성은건설에게 등을 돌리고 인하의 손을 잡을 것인지는 미지수였지만, F&C의 입장에서도 건택은 현금 동원력에 있어서는 나쁘지 않은 파트너일 것이었다.

강준은 그녀의 계획을 충분히 이해했다. 건택이 무슨 수를 써서라도 그녀를 성은건설 차남과 결혼시키려 할 것이라는 점도, 그걸 막아 서연 자신의 인생을 구하기 위해 F&C를 끌어들인다는 점도. 그가 신경 쓰고 있는 것은 서연의 약혼자가 될 송인하라는 남자의 머릿속이었다.

사업적인 관계로 볼 때 건택을 선택하는 것은 이익을 기대할 수 있으니 그렇다 하더라도, 기업의 후계자나 다름없는 두 사람의 약혼은 그저 막역한 사이라 줄 수 있는 도움 수준이 아니었다. 서로를 믿고 도움을 주고받을 수 있는 사이, 서연은 그렇게 말했지만 강준은 그걸 곧이곧대로 믿지 않았다.

상대는 최근 떠오르는 기업인 중에서도 수완가로 유명한 송인하였다. 그런 남자가 선뜻 서연과의 약혼을 받아들이면서 조금도 기대하는 것이 없으리라 믿을 만큼 강준의 계산법은 단순하지 않았다. 그것이 서연이 그를 만나는 자리에 함께한 이유였다.

"제시간에 왔네, 내 피앙세. 어서 와."

문을 열고 들어서자 고즈넉한 방 안에 앉아 있던 인하가 양팔을 뻗으며 웃었다. 서연은 미간을 찌푸리며 손을 내저었다.

"보는 눈도 없는데 그럴 거 없어."

차갑기는. 혀를 차며 인하는 문득 서연의 뒤를 쫓아 들어서는 남자를 바라보았다. 그저 소개하고 싶은 사람이 있다는 말만 들었을 뿐이지만, 인하는 첫눈에 그가 누구인지 알아보았다. 자신을 바라보는 남자의 맑은 눈빛은 차분하면서도 감춰지지 않는 날카로운 경계심이 돋아 있었다. 여유롭던 그의 눈매가 순간 굳어졌다.

"이 매정한 여자야. 약혼할 남자랑 밥 먹는 자리에 네 낭만을 데려와? 이런 법이 어디 있어?"

자리에 앉던 서연이 콜록, 하고 마른기침을 내뱉었다. 그녀의 곁에 앉아 자신을 바라보는 남자에게, 인하는 넉살 좋게 웃으며 손을 내밀었다.

"반가워요. 송인하라고 합니다."

"차강준입니다."

맞잡는 강준의 손이 단단했다. 깊은 호수처럼 쉽게 흔들리지 않을 듯 곧은 강준의 눈은 그를 조용히 관찰하고 있었다. 어디서 또 이런 남자를 만났냐, 심서연. 고개를 설레설레 저으며 인하는 팔짱을 꼈다.

"내 프러포즈 거절하고 당신 선택한 거 알고는 있나? 그쪽 때문에 내 여린 마음에 상처가 좀 났으니까, 심술궂게 굴더라도 이해 좀 해달라고."

그의 말에 놀란 듯 눈이 커진 강준이 곁에 앉은 서연을 돌아보았다. 코를 긁적이며 서연이 흥, 하고 내뱉었다.

"저 입에서 나오는 말의 절반 이상은 진심 아니야. 신경 쓸 거 없어."

"누가 어떤 심술을 부려도."

강준의 목소리가 낮게 흘러나왔다. 시선은 서연에게 고정시킨 채, 다소 긴장된 분위기를 누그러뜨리며 그는 단정하게 웃고 있었다.

"감당할 수 있습니다. 그만큼 큰 행운을 가졌으니까요."

담담한 것처럼 들리는 목소리였지만 서연을 바라보는 시선은 결코 가볍지 않았다. 마치 오랜 시간 겹겹이 쌓여 조금의 틈도 허락하지 않을 것처럼 단단해진 암석처럼 무거운 감정이 묻어나는 눈빛에 인하는 등을 뒤로 기대며 테이블을 탁탁 내려쳤다.

"내 피앙세가 이렇게 잔인한 여자라니. 보란 듯이 자랑하냐? 어떤 대가를 치러도 포기하고 싶지 않은 사람, 자기는 찾았다 이거지. 말리지 마. 나 술 시킬 거야. 놀라는 거 보니까 네 낭만은 생각보다 자기가 받고 있는 사랑을 과소평가하고 있는 모양이다?"

"거기서 그만 그 입 닫지? 오늘 이 자리를 평화롭게 마무리하고 싶으면."

이를 악물고 말하는 서연은 뺨이 빨갛게 달아올라 그다지 위협적이지 않았다. 어렴풋이 흘러가는 분위기로 상황을 파악했는지 말간 얼굴의 강준의 귀도 붉게 물들었다. 점원을 부르는 벨을 마구잡이로 누르며 인하는 인상을 찌푸렸다. 혼자 나오는 게 아니었다.

"소문은 들으셨을 법도 한데, 심 회장님 움직임은?"

"조용해. 오빠랑 가깝게 지내는 걸 아니까 그냥 소문일 거라고 무시하는 건지도 모르겠어."

"성은건설에서는 뭐 좀 잡아낼 게 있어?"

서연이 짧게 한숨을 내쉬었다. 자료를 보통 꼼꼼히 만들어놓은 것이 아니었다. 박 검사가 왜 이렇다 할 흠을 잡아내지 못했는지 충분히 이해가 갔다.

"쉽지 않을 것 같아. 무엇보다 본격적인 자료를 요청할 수 있는 한계가 있잖아. 어디까지나 표면적으로는 이번 쇼핑몰 건에 한정된 수사니까. 아, 잠깐만."

작게 울리는 휴대폰을 확인한 서연이 인상을 찡그렸다.

"전화 좀 받을게. 부장님이야."

천천히 몸을 일으켜 방을 나서는 서연의 뒷모습을 바라보던 인하는 그녀가 완전히 빠져나간 걸 확인하고 나서 고개를 돌렸다. 흐트러짐 없는 자세로 앉아 있는 강준은 찻잔을 내려놓은 채 그를 조용히 보고 있었다. 인하의 말끔한 얼굴에 미소가 떠올랐다.

"흘러가는 상황이 이해가 될지 모르겠네. 뭐, 몰라도 크게 상관은 없겠지. 안다 한들 평범한 대학생이 할 수 있는 일도 없을 테고. 지금처럼 서연이 마음이나 좀 편하게 해줘요. 이유는 모르겠지만 강준 씨를 단단히 마음에 들어 하는 것 같으니까."

인하는 강준이 접한 '이쪽 세계'의 두 번째 사람이었다. 인하에게서는 사람과 돈을 다루는 것이 능수능란한 사람에게서 나는 냄새가 났다. 웃고 있지만 그것은 어디까지나 서연을 의식한 사회적인 웃음이라는 걸 처음부터 느끼고 있었음에도, 날카로운 말끝에 찔린 곳에서 통증이 번졌다. 자신을 바라보는 강준의 눈이 흔들리는 것을 주시하며, 인하는 눈을 가늘게 떴다.

"새로웠나? 매일 돈 놀음에 빠져 흥청망청하는 사람들만 보다가 자기 후원으로 착실하게 자라 뒤를 쫓아오는 아이가. 한 푼 한 푼 아껴서 집 근처로 이사도 오고, 뭘 해도 그저 좋다고 꼬리를 살랑거리는 게 마음에 들었을 수도 있었겠지. 서연이가 어릴 때부터 정에 굶주린 애라, 그런 걸 진짜 감정이라고 착각할 법도 해. 뭐, 한 번쯤 그런 걸 경험해 보는 것도 나쁘진 않겠지. 안 그래요?"

강준의 입매가 단단하게 굳었다. 찻잔을 쥔 손끝이 하얘질 정도로 힘이 들어갔지만 시종일관 여유로워 보이는 인하의 앞에서 동요하는 모습을 보이고 싶지 않았다. 짧게 숨을 내쉰 강준이 눈을 들어 인하를 바라보았다.

"약혼을 받아들인 이유를 알고 싶습니다."

하하, 인하가 낮게 웃었다. 감정에 쉽게 휘둘리지 않는데다, 복잡한 상황 속에서 자신이 알아야 할 것에 대한 목적의식이 분명하다. 어리다고 잠깐 놀려보려 했던 인하는 혀를 찼다. 좀 더 쉬운 아이였다면 좋았을 것을.

"그 이야긴 우리가 좀 더 친해진 다음에 차차 하도록 하고. 서연이가 혼자 고군분투하는데 그 옆에서 그냥 꿔다 놓은 보릿자루처럼 가만히 있는 건 남자로서 자존심이 허락지 않을 텐데. 사랑하는 사람을 위해 할 수 있는 게 아무것도 없다는 것만큼 잔인한 현실도 없지."

팽팽하게 뻗은 강준의 눈썹이 꿈틀거렸다. 팔짱을 낀 채 인하는 부드럽게 웃고 있었다.

"자네가 아주 쓸모없을 것 같았으면 그냥 두려고 했는데, 그 눈이 마음에 들어. 서연이를 위해서라면 아낌없이 가진 걸 내던질 것 같은 그 맹목적인 눈이 말이야. 어때? 그녀를 돕고 싶지 않나?"

느긋하게 흘러나오는 말에 분명 독이 묻어 있을 것이라는 걸 알면서도 강준은 머뭇거렸다. 그의 마음 깊은 곳에 묻어둔 부분이 고스란히 보이는 사람처럼, 인하의 말은 정확히 강준의 약한 부분을 찔러대고 있었다. 속내가 따로 있을 것임을 알면서도 눈이 먼 사람처럼 끌려갈 수밖에 없다.

서연을 위해서라면, 그녀를 지키기 위해서라면. 강준의 턱이 팽팽하게 당겨졌다.

"미안. 좀 빨리 일어서야 할 것 같아. 성은건설 상무이사가 지금 담당 검사에게 인사를 하고 싶다며 검찰청에 찾아왔대. 강준아, 일어나. 일단 청으로 들어가자."

문을 열고 들어온 서연은 앉지도 않고 곧장 옷걸이에 걸어놓은 코트를 집어 들었다. 강준이 그녀를 따라 몸을 일으키기도 전에, 인하가 손을 들었다.

"바쁜 것 같은데 그냥 가. 난 이 친구랑 네 얘기 좀 더 하고 싶은데."

"뭐?"

서연이 미간을 찌푸리며 강준을 바라보았다. 고개를 들어 그녀를 보고 있던 강준의 시선이 조금 흔들리는 것 같았지만, 이내 그는 가지런한 입술로 웃으며 고개를 끄덕였다.

"제가 몰랐던 이야기를 듣는 게 괜찮으시다면요."

이 이상한 조합은 뭐야. 서연은 마주 보고 앉아 자신을 향해 웃고 있는 두 남자를 훑어보았다. 식사하는 내내 몇 마디 나누지도 않았으면서 갑자기 친근해진 사람처럼 굴고 있었다. 왠지 모를 불안함이 머릿속을 잠시 스쳤지만 자신을 향한 강준의 눈빛은 조금도 변함없이 그녀의 마음을 가만히 어루만지고 있었다. 서연이 몇 걸음 다가가 강준에게 몸을 굽혔다.

"내 말 잊지 마. 저 입에서 나오는 말의 절반 이상은 그냥 흘려버려. 진지하게 들어줄 가치가 없으니까."

"다 들린다, 심서연."

"쓸데없는 소리 하지 마. 그게 뭐가 됐든."

내가 뭘, 하고 어깨를 으쓱이며 서운한 표정을 짓는 인하를 흘겨본 서연은 무릎에 올려진 강준의 손을 조심스레 잡았다. 괜찮은 거지, 하고 눈으로 묻는 그녀를 물끄러미 바라보던 강준이 그녀의 손등을 올려 쥐고 입술을 가져갔다. 조금 갈라져 까슬거리는 입술의 촉감에 서연의 눈이 동그랗게 뜨였다.

"운전 조심하세요."

검푸른 안개가 일렁이는 것 같은 눈으로 웃고 있는 강준이 감정과 표정을 숨기는 데 얼마나 익숙한지 서연은 미처 알지 못했다. 숨김없이 드러낸 그녀를 향한 애정에 민망한 얼굴로 큼, 하고 헛기침을 한 뒤 눈으로 웃어 보인 서연은, 야유하는 인하를 뒤로하고 서둘러 방을 나섰다.

"과시하는 건가? 어린애다운 치기군."

"……제가 뭘 할 수 있습니까."

손끝에 남은 서연의 온기를 그러쥐며 강준이 날카로운 눈을 들었다. 그는 방금까지만 해도 따뜻한 애정이 넘실거리던 눈에서 이미 그 열정적인 감정을 깨끗하게 지운 후였다. 흥미로운 눈으로 차분해진 강준의 얼굴을 훑어보며, 인하는 씩 웃었다.

"내가 일자리를 하나 소개시켜 줄까 하는데."

조용히 부딪치는 두 남자의 시선은 차갑게 냉각되어 있었다. 필요한 이야기를 끝마칠 때까지, 그 무거운 공기가 흩어지는 일은 없었다.

✳

신문을 구기는 소리가 거실을 날카롭게 울렸다. 소란의 눈이 소리 없이 건택을 향했다. 나이에 비해 팽팽한 얼굴이 잔뜩 일그러져 있었다.

"일을 진행시키는 게 빠르네요, 서연이가. 설마 기사까지 낼 줄이야."

"입 다물어. 아무 소리도 듣기 싫으니까."

인하와 서연의 약혼에 대한 기사였다. 더불어 현재 F&C에서 진행하고 있는 사업에 대한 희망적인 미래를 예측한 내용이 실려 있어 건택은 불쾌한 심기를 여과 없이 드러내었다. 가뜩이나 조사를 맡은 서연이 자꾸만 아슬아슬한 자료를 캐고 있다는 불평을 하는 채 회장을 다독이는 것도 슬슬 한계가 오고 있던 차에 다른 회사와의 약혼이라니.

기업인들의 세계를 접해보지 않았으니 무언가를 할 수 있을 거라 생각하지 않았던 서연이 그의 길을 흩뜨려 놓은 것이다. 때마침 무섭게 울리는 휴대폰에 뜬 채 회장의 이름에 건택은 눈살을 찌푸렸다.

"제가 받아요?"

"자네가 받아서 뭘 어째? 쓸데없이 나서지 말고 가만히 있어."

호되게 거절당한 소란의 뺨이 수치심으로 붉게 물들었지만 건택의 차가운 눈은 구겨진 신문에서 떨어지지 않았다. 서연이 한 행동은 순풍에 돛 단 듯 술술 풀려 나갈 수 있었던 일들의 항로를 끊어놓은 것과 다름없었다. 그는 휴대폰을 들고 자리에서 일어섰다.

"차강준이, 요즘 어디서 뭐 해?"

서재로 들어간 건택이 휴대폰 너머의 상대에게 물었다. 긴장한 듯 낮은 목소리가 새어 나왔다.

〈그, 그게, 지금 파악 중입니다, 회장님.〉

"뭐야? 동선 뻔한 놈이라더니 그게 무슨 소리야?"

〈그게, 일주일쯤 전부터 도대체 어디서 뭘 하는지 모르겠습니다. 전에 다니던 아르바이트는 다 끊었고, 집에는 꼬박꼬박 들어오긴 하는데, 아침에 쫓아가다가 항상 놓, 놓칩니다. 전철이나 버스를 탈 때도 있고, 그냥 걸어 나갈 때도 있는데 꼭 중간에 놓쳐

서…… 하루 종일 어디서 뭘 하는지 지금 최선을 다해서 파악 중입니다. 곧 알아내겠습니다, 회장님.〉

"멍청하긴! 사람 더 붙여. 서연이 쪽은 어떤가."

불쾌함을 억누르며 건택이 입을 떼었다. 남자는 주눅 든 목소리로 대답했다.

〈검사님은 별다른 기색 없으십니다. 종종 저녁 때 차강준이랑 만나시는 거 말고는…….〉

"차강준 집에 도청장치든 카메라든 설치해. 어디서 뭘 하는지 당장 알아내, 당장!"

이를 악물고 내뱉은 건택은 휴대폰을 바닥에 집어 던졌다. 둔탁한 소리와 함께 기계가 바닥에 나뒹굴었다. 서연이든 차강준이든 분명 무언가를 하고 있다. 그는 자신이 원하는 것을 파악할 수 없는 상황을 좋아하지 않았다.

"목소리 좀 낮추지 그래요. 밖에까지 다 들려요."

어느새 문가에 서 있는 소란을 노려보는 건택의 눈에는 붉은 핏발이 서 있었다.

"노망났나? 나설 자리 하나 구분 못해? 명심해. 난 제 분수를 모르는 사람은 딱 질색이야."

잘 가꿔진 몸매를 드러내는 검푸른 원피스를 입고 있던 소란의 뺨이 차갑게 굳었다. 건택에게 자신이 더 이상 그 어떤 의미도 없다는 걸 지금처럼 뼈저리게 느낀 적은 없었다. 잘게 떨리는 입술을 깨물고는, 소란은 짧게 내뱉었다.

"예비 사위가 찾아왔어요. 인사드리고 싶다네요. 지금 거실에 들였어요."

뒤돌아 사라지는 소란을 바라보는 건택의 눈이 가늘어졌다. 서
연과 차강준, 그리고 그 사이에 끼어든 송인하. 그들의 관계도를
떠올리며 건택은 까칠한 턱을 매만졌다. 깊게 심호흡을 한 그는
마른 얼굴을 쓰다듬고는 천천히 거실로 향했다.

"찾아뵙는 게 늦었습니다, 아버님."

소파에 앉아 있던 몸을 가볍게 일으켜 웃는 인하를 상대하는 것
은 쉬운 일이 아니었다. 매뉴얼대로 움직이는 성실한 그의 형,
F&C의 장남이자 후계자 송인상은 예측이 가능했다. 행동반경이
넓지 않고 위험을 무릅쓴 모험은 절대 하지 않는 타입이었다. 그
럼에도 F&C가 이렇게 클 수 있었던 데에는 인상의 뒤에 인하가
있었기 때문이다.

평범하고 성실한 사람은 감히 엄두도 내지 못할 일들에 손을 뻗
어 성공시킨 프로젝트가 몇 개던가. 최근 영국까지 날아가 1년 동
안 머무르며 유명한 투자 회사와 중남미 철강 투자 계약을 맺어온
것도 결국은 송인하였다. 군침만 흘릴 뿐 직접 행동하지는 못하고
있었던 국내 기업들은 그 프로젝트에 어떻게든 발을 담가보려 애
를 쓰는 참이었다.

"딸아이 약혼 소식을 신문에서 보게 되는 못난 애비가 나 말고
또 있을까. 앉게."

짐짓 서운한 표정을 지은 건택이 의자에 앉았다. 여유로운 얼굴
로 빙글거리던 인하가 가방에서 꺼낸 서류를 테이블에 가지런하
게 펼쳤다.

"사정 이해해 주셨으면 좋겠습니다. 소문 들어 아시겠지만 이번 일에 매달리는 사람들이 워낙 많아서요. 어제도 '제운' 쪽에서 밤새 저를 들들 볶더군요. 하마터면 까딱 넘어갈 뻔했지 뭡니까."

건택은 무관심한 얼굴로 서류들을 흘끗 훑었다. 투자계약서와 설명서였다. 의아한 표정을 짓는 건택에게 인하는 흠, 하고 목을 가다듬고 말을 꺼내었다.

"전 아버님께 이 제안을 드리려고 다 물리쳤습니다. 사실 우리나라에서 믿을 만한 현금 동원력은 아버님 회사를 따라갈 곳이 없기도 하고, 또 무엇보다 서연이 아버님이시니까요."

"지금 나에게 이 건에 대한 합작을 제안하는 건가?"

몸을 앞으로 당긴 건택이 서류를 훑어보았다. 솔깃한 제안일수록 섣불리 결정해서는 안 된다. 지나치게 구미를 당기는 서류에서 힘겹게 눈을 떼어낸 건택은 인하의 눈을 뚫어져라 응시했다. 사업가의 눈이다. 여간해서는 속내를 드러내지 않는 눈을 유리알처럼 반짝이며 인하는 노련하게 웃고 있었다.

"솔직히 서연이가 아버님에 대한 반항심으로 저에게 약혼을 제안했을 때, 저는 이 기회를 놓치고 싶지 않았습니다. 저, 서연이랑 결혼하고 싶습니다. 아버님 도움이 필요합니다."

"……우리 서연이를 좋아하는 모양이지?"

느릿하게 말을 내뱉으며 건택은 눈썹을 치켜세웠다. 인하는 처음으로 얼굴에서 미소를 지우고 진지한 얼굴로 천천히 말했다.

"제게 가장 어울리는 여자라고 생각합니다."

뱀처럼 무감정한 눈으로 인하의 표정을 살피며 건택은 머릿속

계산기를 두드리고 있었다. 성은과 F&C. 기업 규모로 따지면 아직은 성은이 우세하지만 F&C는 떠오르는 태양이었다. 향후 10년을 내다봤을 때 성은의 차남인 채희철에 비해 눈앞의 송인하는 비교할 수 없을 정도로 큰 인물이 되어 있을 것이다. 상대하기 쉬운 남자는 아니었지만 확실한 이득을 가져다줄 사람이기는 했다.

"생각을 좀 해봐야겠네. 알겠지만 서연이는 내 말에 쉽게 움직이는 애가 아니라서 말이야."

"시간 길게는 못 드립니다. 말씀드렸지만 절 곤란하게 하는 곳이 워낙 많아서요."

인하는 다시금 그 습관 같은 미소를 짓고 있었다. 포켓에 꽂아둔 안경을 끼고 서류를 읽는 건택의 눈이 예리하게 빛나고 있었다. 그런 건택을 지켜보는 인하의 말끔한 얼굴에 짧은 순간이지만 조소가 스쳐 지나갔다.

"신입. 야간 순찰 시작하자."

네, 하고 일어서는 각 잡힌 남자를 바라보며 재규는 손전등을 까닥거렸다. 말수는 적지만 며칠 같이 일해본 결과 신입은 요령부리지 않고 성실한 타입이었다. 제법 여자들에게 인기 있게 생긴 것치고는 빼기는 기색도 없이 진중하다. 재규는 저보다 어깨 높이가 높은 신입에게 손전등을 내밀었다. 자신을 향하는 또렷한 눈매를 바라보며 그는 어깨를 으쓱였다.

"체력 좋은가 보다? 애들은 며칠째 밤샘하면 긴장도 풀어지고 그러던데."

"이 시간에 깨어 있는 게 익숙해서요."

손전등을 받아 들고 복도를 걷는 신입의 목소리가 주변을 낮게 울렸다. 가만, 이름이 뭐였더라. 흘끗 가슴의 명찰을 본 재규는 흠흠, 하고 목을 가다듬으며 턱을 치켜들었다.

"며칠 해봤으니까 알겠지만, 일 그렇게 험하지 않아. 딱 하나만 조심하면 되거든."

분명 자신보다 어린 걸로 알고 있는데도 늘 차분함을 유지하는 신입에게 편하게 대하는 것이 쉽지 않았다. 생각을 읽기가 어려운 타입의 남자였다. 가만히 자신을 바라보며 뒷말을 기다리는 그에게, 재규는 선심 쓰듯 입을 열었다.

"여기 회사 둘째 아들, 지금 이사 자리 맡고 있는데 그 인간이 가끔 미친 짓을 할 때가 있거든. 술 처먹고 들어와서 만만한 보안팀 애들 걷어차고, 여자 데려와서 그 짓 할 때도 있고. 이 자리가 괜히 페이가 많은 게 아니야. 운 좋으면 그 인간 안 마주칠 때도 있는데, 보통은 일주일에 한두 번씩 마주치거든. 소문은 좀 듣고 들어온 거지?"

이런 곳일수록 눈앞의 신입 같은 직원이 간절했다. 여간해서 동요하는 법도 없고 입이 무거운 사람 찾기란 하늘의 별 따기와 같았다. 최대한 그를 잘 챙겨서 오랫동안 일하게 하고 싶은 마음에 재규는 굳이 친절하게 설명을 덧붙인 것이었다.

눈빛이 날카로운 신입은 그의 말에도 놀라는 기색을 보이지 않았다. 그저 짧게 고개를 끄덕였을 뿐이다. 신뢰가 가는 묵직한 행동이 마음에 들어 재규는 살갑게 그의 등을 툭툭 두드렸다. 단단한 근육이 느껴졌다.

"그래, 차강준. 어려운 일 있으면 언제든지 말해라. 내가 이 성은건설 보안팀으로 일한 지 2년이야. 더럽고 치사할 때도 있지만 그래도 돈 벌기는 꽤 좋은 곳이다, 여기. 채희철 그 새끼만 없으면…… 이런 제길."

복도 너머 창밖을 흘끗 내다보던 재규가 두터운 미간을 찌푸렸다. 희철의 번지르르한 외제차가 막 회사로 들어오고 있었다. 습관처럼 야간 순찰을 돌 때 창밖을 확인하는 것은 그가 회사에 있는지 없는지를 알고 미리 대비하기 위함이었다. 한숨을 푹 내쉬며 재규는 어깨를 돌리며 목을 두드렸다. 의아한 눈으로 보는 강준에게 재규는 혀를 차며 내뱉었다.

"오늘 일진이 아주 사납다. 짬뽕이네."

"짬뽕이요?"

"여자, 술, 둘 다라고. 어우 씨, 저번에 잘못 얻어맞아서 고막 나가는 줄 알았는데. 일단 무조건 눈은 마주치지 마. 고개 숙이고 인사만 해. 알겠냐?"

마른 목을 가다듬으며 앞서 걸어가는 재규를 바라보던 시선을 창밖에 던지며 강준이 잠시 걸음을 멈췄다. 기사에게 손을 흔들며 비틀거리는 남자가 팔 사이에 다소 얇은 옷차림의 여자를 끼고 있었다. 채희철. 건택이 서연과 결혼시키려고 했던 성은건설의 차남.

강준이 찾아야 할 자료를 가진 남자였다.

"오빠 사무실 좋다. 완전 넓은데?"

술에 취한 여자가 교태를 부리며 희철의 허리를 끌어안았다. 그는 여자의 부드러운 살을 움켜쥐며 킬킬 웃었다.

"내 말을 안 믿었냐? 오빠 완전 능력자야. 이거 안 보여? 이사 채희철이라고 명패에 떡하니 찍혀 있잖아? 어딜 도망가, 이리 와."

뭉개진 발음으로 팔을 뻗었지만 깔깔 웃으며 여자는 슬립 차림으로 그의 품에서 벗어났다. 구두를 집어 던진 여자는 춤을 추듯 사무실을 헤집다가 닫힌 문을 열어젖혔다. 불이 환한 복도 한가운데 서서 농염한 몸짓으로 그를 유혹하던 여자가 고개를 돌리다 깜짝 놀란 듯 비명을 질렀다.

"뭐, 뭐야, 당신들?"

"실례했습니다. 보안팀입니다. 신경 쓰지 말고 들어가세요."

희철은 흐릿한 시야를 밟으며 천천히 걸음을 옮겼다. 검은 양복을 입은 남자 두 명이 여자를 둘러싸고 있었다. 아, 저 귀찮은 경비견들. 희철은 혀를 차며 여자의 팔을 잡았다.

"2층 다시 돌지 마. 오늘은 됐으니까 어서 꺼지라고."

"예, 이사님."

서둘러 허리를 굽히고 돌아서려는 둘 중 한 남자의 앞을 가로막으려 여자가 희철의 팔을 떼어냈다. 제 눈앞에 슬립 한 장 차림으로 서 있는 여자를 바라보는 남자의 미간이 긴장으로 좁혀졌다.

"어머, 이 오빠 봐. 완전 내 취향이네. 이 오빠도 오늘 같이 놀면 안 되나?"

여자가 가느다란 손가락으로 남자의 몸을 쓸었다. 멈칫한 남자가 한 걸음 물러섰지만 여자는 끈덕지게 달라붙었다.

"몸도 좋고. 볼수록 마음에 드는데."

가늘게 뜬 눈으로 요염하게 웃으며 여자는 남자의 팔에 거의 다 드러난 것이나 다름없는 가슴을 바짝 붙였다. 당황하는 듯한 순진한 남자의 표정이 마음에 꼭 들었다.

"같이 놀자, 응?"

"이게 미쳤나."

어느새 다가온 희철이 여자의 팔을 세게 잡아당겼다. 꺅, 하는 비명과 함께 중심을 잃고 쓰러진 여자가 비틀거리며 몸을 일으켰다.

"오빠 질투해?"

뒤에서 허리를 감싸며 애교를 부리는 여자를 무시한 채, 희철은 낯선 남자를 바라보았다.

"너 뭐야, 새끼야."

"아, 이사님. 저희 보안팀 직원입니다. 저흰 그럼 방해 안 되게 바로 내려가겠⋯⋯."

철썩, 하는 소리가 복도를 울렸다. 재규는 눈을 질끈 감았다. 사정없이 내려친 손바닥에 강준의 얼굴이 반쯤 돌아갔다. 반지에 긁혔는지 뺨 언저리에 없던 상처가 나 있었다.

"못 보던 낯짝인데. 새로 왔으면 신고식을 해야지."

웃는 얼굴로 주머니를 뒤져 수표 몇 장을 꺼낸 희철은 여전히 반듯한 자세로 서 있는 남자의 눈앞에 던졌다. 팔락이며 떨어지는 수표를 바라보던 그가 눈을 들었다. 날카롭게 뻗은 눈매가 마음에 들지 않아 희철은 이죽거리며 웃었다.

"어려운 건 안 시켜. 너 보안팀이잖아. 내 사무실로 들어와서 제대로 지키라고. 내가 이 계집애랑 재미를 좀 봐야 하거든."

허리에 매달려 엉겨 있는 여자의 엉덩이를 주무르며 희철이 눈을 까닥였다. 조금도 주눅 들지 않는 검은 눈이 거슬렸다. 꽁무니 빼고 도망가든지, 어깨를 으쓱이는데 가라앉은 눈을 하고 있던 남자는 조금도 흐트러지지 않는 목소리로 대답했다.

"그렇게 하겠습니다."

"이 새끼 봐라. 구경은 하고 싶은 모양이지? 들어와서 벽이나 보고 서 있어. 소리나 들으라고. 딸딸이나 치던지."

눈동자를 굴리며 고개를 젓는 재규를 흘끗 바라본 강준은 얼얼한 느낌이 남아 있는 빰을 움직여 짧게 웃어 보였다. 순순히 사무실 안으로 들어서는 강준의 움직임에 낄낄대며 웃던 희철이 여자를 끌고 그의 뒤를 쫓았다.

쾅, 하고 닫히는 문을 바라보며 재규는 어휴, 하고 한숨을 내뱉었다.

"좀 살살거리면 됐을 것을. 오늘 고생 제대로 하겠네."

저런 건 무조건 죄송하다, 허리 좀 굽히고 어쩔 줄 모르는 기색을 보이면 넘어갔을 수도 있는 문제였다. 융통성 없는 신입을 걱정하며 재규는 마지못해 발길을 돌렸다.

여자의 교성이 사무실을 가득 채웠다. 헐떡이는 숨소리와 격렬한 마찰음이 들렸다. 희철의 책상을 마주하고 서 있던 강준의 눈은 어둠 속에서 천천히 사무실 내부를 훑어보고 있었다. 깔끔하게 정리되어 있는 듯했지만 책장에 꽂혀 있는 서류는 두서가 없었다. 레이블에 적혀 있는 이름으로 보건대 재작년 파일과 올해 파일이 뒤섞여 있었고 경비정산서와 인사명부가 같이 꽂혀 있다.

지금 진행 중인 쇼핑몰 공사 건에 관련된 모든 자료는 각 부서로 돌리지 않고 희철이 관리하고 있다고 들었다. 기회가 닿는 대로 그의 노트북에 있는 자료와 이메일 내용을 백업하는 것이 우선이었고, 그 밖에도 쓸 만한 자료가 없는지 찾아봐야 했다. 강준은 기민한 눈으로 서류들을 훑고 사무실의 구조를 익혔다.

절정에 치닫는지 뒤엉킨 신음이 점점 커졌다. 수치심을 모르는 저들은 짐승인가. 강준은 낮게 한숨을 삼켰다. 모르는 사이에 쥐고 있던 주먹이 뻐근했다. 저런 남자에게. 그는 건택을 떠올렸다. 고작 저런 남자에게 서연을 주려고 했단 말인가. 이익에 따라 제자식도 팔아넘기는 세계를 강준은 결코 이해할 수 없었다.

수많은 아르바이트를 하며 사람을 우습게 아는 많은 군상들을 봐왔지만, 채희철이라는 남자는 더러움의 급이 달랐다. 차갑게 끓어오르는 분노는 희철이 아닌 건택을 향하고 있었다.

생각에 빠져 있던 강준은 문득 그에게 가까워지는 발걸음 소리를 들었다. 묵직함으로 봐서 희철이다. 돌아보지 않고 가만히 서 있던 그의 머리 위로 독한 냄새가 풍기는 액체가 쏟아졌다. 한 손에 양주를 들고 있는 희철이 몸을 기울여 강준을 바라보았다.

"말을 아주 잘 듣네. 꼴려서 한 번은 돌아볼 법도 한데 말이야."

천천히 손을 올려 얼굴을 닦아낸 강준이 눈을 들어 희철을 향했다. 양주를 병째 마시고 있는 풀린 눈의 그에게 강준은 조용히 대답했다.

"벽을 보고 서 있으라고 하셨으니까요."

고개를 꺾고 술을 마시던 희철이 게슴츠레한 눈을 깜빡이다가, 곧 푸흐흐, 하고 웃음을 터뜨렸다.

"뭐야. 너 그런 종류냐? 돈만 주면 뭐든 다 하는?"

"보안팀으로 고용되었으니 해야 할 일은 합니다. 근무 시간은 네 시까지이고, 이제 막 네 시가 넘었으니 더 볼일 없으시면 그만 가보겠습니다."

정중하게 고개를 숙인 강준이 등을 돌렸다. 이게 누구 마음대로, 하고 희철이 팔을 뻗었지만 강준이 몸을 피하는 바람에 그대로 바닥에 고꾸라졌다. 가만히 바닥에 코를 박은 채 웅얼거리는 희철을 바라보던 강준은, 반듯한 걸음으로 사무실을 나섰다. 독한 양주 냄새가 코를 찔렀다.

#12
천국의 단면

/

동이 트는 게 늦다. 아직도 어둠이 가시지 않은 골목길을 오르며 강준은 문득 답답함을 느끼고 넥타이를 풀었다. 화장실에서 세수 정도만 하고 나온 터라 온몸에서 술 냄새가 진동하고 있었다. 누가 갑자기 라이터라도 들이밀면 불이 붙을지도 모른다. 어처구니없는 생각에 피식 웃으며 고개를 들던 강준이 걸음을 멈췄다.

멀리 보이는 반지하의 그의 집으로 들어가는 건물 입구에서 누군가 서성이고 있었고, 희미한 가로등이 비추고 있는 그 사람이 누구인지를 깨닫기도 전에 이미 그는 달려가고 있었다.

사람이 달려오는 소리에 몸을 움츠린 채 땅을 걷어차고 있던 서연이 몸을 돌렸다. 눈에 익은 인형을 알아본 것은 달려오던 그가 몇 걸음을 남기고 멈춘 채 숨을 몰아쉬고 있을 때였다.

사흘 동안 그녀가 전화를 할 때마다 강준의 전화기는 꺼져 있었다. 별일 없냐는 문자에 새벽녘이 되어서야 이른 시간에 죄송하다는 간결한 문자를 보낼 뿐이었다. 뭘 하는 건지 물을 시간도 기회도 없었다. 서연은 작정하고 세 시가 넘을 때까지 청에서 자료를 들여다보다가, 그가 문자를 보낸 그 시간 즈음 나와 강준의 집 앞에 잠복했다.

그리고 삼십여 분을 추위에 덜덜 떨던 그녀는 강준을 보자마자 한 방 먹일 생각으로 이를 갈고 있었지만 그러지 못했다. 이미 누군가 강준의 말간 얼굴에 흔적을 남겨놓았던 것이다.

"너 얼굴이……."

"언제부터 여기 계셨어요? 왜 밖에서 이러고 계세요."

사흘 만에 서연을 보자 가슴이 벅찼다. 답답하게 응어리진 것 같았던 무언가가 녹아 사라지는 것 같았다. 강준은 마음에 고여 있던 탁한 숨을 내뱉으며 미간을 찌푸렸다. 놀란 듯 눈을 크게 뜨고 있는 서연의 얼굴이 창백했다.

그러지 말라는 머릿속의 경고를 무시하고 강준은 손을 뻗었다. 자신을 싫어할지도 모른다는 두려움보다, 당장 그녀를 안지 않으면 숨이 막혀 죽을 것 같은 기분이 먼저였다. 얼결에 품에 안기는 서연의 등을 꼭 껴안고 어깨에 늘어뜨린 머리카락에 얼굴을 파묻었다. 그제야 단단하게 굳어 있던 어깨가 조금씩 풀어졌다.

한 번도 이런 식으로 자신에게 감정을 표현한 적이 없었던 강준이기에 서연은 코를 찌르는 양주 냄새에도 잠자코 입을 다물었다. 지친 듯 넓은 어깨를 그대로 그녀에게 기댄 강준을 안아주는

것이 우선이었다. 그 등을 가만가만 쓰다듬던 서연은 결국 숨통이
조일 정도로 세게 끌어안는 강준의 옆구리를 쿡 찌르고 말았다.

"나 숨 막혀. 그리고 추워."

"아, 죄송해요."

그녀를 품에 가두듯 절대 풀지 않을 것 같던 팔을 서둘러 내리
며 한 걸음 물러서는 강준의 얼굴에 멋쩍은 기색이 스쳤다. 날카
롭게 그의 얼굴을 훑어보며 서연이 눈으로 웃었다.

"안에 들어가서 마저 할까?"

콜록, 하고 마른기침을 하며 강준의 또렷한 눈이 커졌다. 그러
나 이내 서연이 진심으로 웃는 게 아니라는 걸 눈치챈 그는 얼른
시선을 떨구었다.

"내가 들어야 할 이야기가 있는 것 같은데. 들어가자."

"다음부터는 밖에서 기다리지 마세요. 감기라도 걸리시면 어떡
하려고."

"네가 전화를 받았으면 이런 일이 없었을 거라고는 생각 안
해?"

서둘러 앞장선 채 계단을 내려오는 서연을 돌아보던 강준이 멋
쩍은 기색으로 목덜미를 긁적였다. 문을 열고 들어서는 그의 뒤를
쫓으며 서연은 입술을 삐죽거렸다.

안에 들어가자마자 그녀를 매트리스에 앉히고 이불로 등을 둘
러준 뒤 물을 끓이는 강준을 바라보며 서연은 혀를 찼다. 제 옷부
터 벗고 씻을 생각은 하지도 않고.

"그렇게 오래는 안 기다렸어. 너부터 씻어. 양주로 목욕하고 온 것 같긴 하다만."

그녀의 말끝에 뾰족하게 돋아난 가시에 강준은 흠, 하고 목을 가다듬었다.

"친구가 급하게 부탁을 해서 일 좀 도와주고 있어요. 야간 업무라 새벽에나 들어와서. 미리 말씀 못 드려서 죄송해요."

"그 양주 냄새는 무슨 일인데?"

"아, 취객과 실랑이가 있어서. 냄새가 좀 독하죠?"

겸연쩍은 표정으로 제 소매를 들어 코를 닦은 강준이 냉장고에서 꺼낸 유자차를 컵에 담고 주전자를 들었다. 가만히 매트리스에 앉아 그를 바라보던 서연이 입을 열었다.

"옷부터 좀 벗어볼래?"

하마터면 큰일 날 뻔했다. 끓는 물이 담긴 주전자를 놓칠 뻔한 강준이 가까스로 표정을 가다듬고 서연을 응시했다. 강준의 냄새를 가득 품은 이불을 밀쳐 내며 몸을 일으킨 서연이 말없이 다가왔다. 마른침을 삼키며 강준은 주전자부터 식탁에 내려놓았다. 그녀다운 서늘한 꽃향기를 머금은 서연이 가까이 다가서서 강준의 코트 앞섶을 잡았다.

"자, 잠시만요."

"이런 호사 아무 때나 누릴 수 있는 거 아니야. 가만있어 봐."

귀 끝까지 빨개진 강준은 서연을 어쩌지 못하고 주춤거렸다. 코트 단추를 풀고 어깨를 더듬으며 코트를 벗기는 손길에 온몸의 세포가 각성제라도 맞은 듯 깨어났다. 탄탄한 몸을 감싸고 있는 재킷을 벗기자 얼룩이 남은 하얀 셔츠가 드러났다. 팽팽하게 당겨진 단추에 거침없이 손을 올리는 서연의 기세에 당황한 강준이 그녀의 손목을 잡았다.

"이건 제, 제가…… 들어가서 씻을게요."

"아니, 여기서 벗어."

단추를 잡은 손에 힘을 주며 서연이 눈을 치켜떴다.

"다른 데도 다친 곳이 있는지 봐야겠으니까."

강준의 검은 눈이 흔들렸다. 서연의 손목을 놓자 그녀가 단추를 풀었다. 머쓱한 얼굴로 고개를 숙이고 있던 강준은 서연의 차가운 손끝이 맨살에 스치는 바람에 잠시 숨을 멈추었다.

흐릿한 불빛 아래 드러난 강준의 몸은 아름다웠다. 말간 피부는 젊음을 머금어 탄탄했고, 오랜 운동으로 다져진 몸의 근육이 체격을 반듯하게 잡아주고 있었다. 기세 좋게 달려들기는 했지만 정작 눈앞에 드러난 완연한 남자의 몸에 서연은 저도 모르게 시선을 떨궜다.

흠흠, 하고 헛기침으로 민망함을 감추며 날씬하게 근육이 잡힌 가슴과 배, 그리고 널찍하게 벌어진 등을 대충 확인한 서연이 막 고개를 돌리려 할 때, 반짝하는 무언가가 눈에 띄었다. 본 적 없는 목걸이였다. 반지처럼 동그란 펜던트가 두 개 걸려 있는 목걸이.

"이건 뭐야?"

다른 이도 아닌 서연이 제 몸을 보고 있다는 것만으로도 언제 지쳐 있었냐는 듯 온몸이 바짝 긴장해 천장 어딘가를 바라보며 애써 신경을 분산시키고 있던 강준이 서연의 말에 턱을 당겼다. 아차 싫어 냉큼 펜던트를 손으로 쥐었지만 눈썹을 치켜 올린 서연은 강준의 그런 행동을 놓치지 않았다.

"뭔데 감춰? 못 보던 것 같은데."

"아무것도 아니에요, 정말."

"그럼 보여줄 수 있겠네."

"아니, 정말 아무것도 아니라서, 그게……."

이렇게나 당황하는 강준을 보는 것은 손에 꼽을 수 있을 정도였다. 감추려 할수록 궁금해지는 것이 사람 심리였다. 네가 감춘다고 못 볼 심서연이 아니지. 서연은 짐짓 입술을 깨물며 화가 난 듯 눈꼬리를 세웠다.

"네가 지금 얼마나 수상쩍은지 몰라서 그러는 것 같은데. 며칠 동안 연락도 안 되다가 오늘은 온몸이 양주 범벅에 얼굴에는 상처까지, 게다가 생전 해본 적 없던 목걸이까지 하고 나타났는데 내가 무슨 생각을 해야 할까? 네가 나라면 못 본 척 돌아설 수 있겠어?"

설마하니 강준이 다른 여자를, 그런 생각을 한 것은 아니었지만 이상하게도 입 밖으로 그런 말을 내뱉자 점점 의심이 싹트기 시작했다. 자신의 생각에 놀란 서연이 한숨을 내쉬며 한 걸음 떨어지자 서둘러 강준이 그녀의 손목을 낚아챘다. 검고 반듯한 눈동자에 다급함이 어려 있었다.

"아니에요, 절대. 너무 보잘것없어서, 그래서 그런 것뿐이에요."

"……보잘것없어?"

서연이 미간을 찌푸렸다. 망설임이 가득한 한숨을 내쉬며 강준이 가지런한 입술을 꾹 깨물고는, 손을 올려 목걸이를 풀었다. 커다란 손바닥에 놓여 있는 반짝거리는 목걸이를 내밀며, 그는 낮게 눈을 내려떴다. 가까이 보고서야 서연은 크기가 다른 두 원형의 펜던트가 같은 모양이라는 것, 그리고 그것이 펜던트가 아니라 반지에 가깝다는 것을 깨달았다.

"어떤 의미를 둔 건 아니에요. 언젠가 조금 더 근사한 걸 살 수 있게 되면, 그때까지 의지가 될 것 같아서. 절대 이런 걸 드리려던 건 아니에요."

"이 반지를 날 주려는 게 아니라고? 그럼 다른 여자한테 주겠다는 말이야?"

"그런 말이 아니라……."

크게 당황해서 그답지 않게 언성을 높이던 강준은 조심스런 손길로 제 손바닥에 놓여 있는 작은 반지를 집는 서연을 바라보았다. 첫 봄의 꽃망울이 피어나듯, 서연은 그렇게 웃고 있었다.

"예쁘다."

목소리가 잠겨 있었다. 잔뜩 솟아 있던 강준의 가슴이 내려앉았다. 뭉클한 무엇이 가슴에서 천천히 번져 나왔다. 들뜬 미소를 감추지 않으며 서연이 반지를 내밀었다.

"끼워줘."

"……진심이세요?"

"너 또. 내 거 내가 갖겠다는데 뭐가 문제야?"

서연에게서 반지를 받아 든 강준이 머뭇거렸다. 이내 잦아드는 듯한 그의 목소리가 나직하게 울렸다.

"어울릴까요, 이런 게."

그의 망설임을 이해한 서연은 짐짓 미간을 찌푸리며 하얗고 가느다란 손가락을 불쑥 내밀었다.

"껴보면 알겠지. 내가 원래 반지가 잘 어울리는 손가락은 아닌데, 네 안목을 믿어볼게."

일부러 놀리는 건 알겠지만 그래도 마음은 여전히 긴장과 불안으로 흔들렸다. 후우, 하고 낮은 한숨을 내뱉으며 강준이 서연의 손을 잡았다. 아무것도 아닌 일이라고 생각하면서도 심장이 미친 듯이 뛰고 있었다. 천천히 제 손가락에 끼워지는 반지를 응시하는 서연의 입술이 길게 곡선을 그렸다.

"어때?"

강준은 대답을 하지 못했다. 서연의 손을 바라보는 그의 눈빛은 고스란히 그의 마음을 드러내고 있었다. 말로 표현하기 힘들 정도로 벅찬 감정. 물끄러미 보고 있는 강준의 어깨가 들썩였다. 조용히 그의 손에서 또 하나의 반지를 빼낸 서연이 강준의 왼손을 잡았다. 이를 악물고 있는 강준의 턱이 질끈 움직였다.

굳은살이 박인 그의 손가락에 반지를 끼워준 서연이 조심스레 눈을 들었다. 물기에 젖은 강준의 눈이 떨리고 있었다. 단단하게 굳은 그 뺨을 어루만지자 강준이 이지러진 눈으로 그녀를 바라보았다. 금방이라도 맑은 물이 뚝 떨어질 것 같은 그 눈동자에 서연은 고개를 기울이며 웃어 보였다.

"반지는 나눠 꼈고, 다음 순서는 뭐더라?"

강준의 가지런한 입술이 그녀의 다정한 말에 짧은 미소를 띠었다. 다가와 입술을 겹치는 강준의 뺨을 타고 눈물이 흘러내렸다. 서연은 한없이 넓은 그의 등을 따뜻하게 끌어안았다.

그것은 아무것도 아닌, 그저 잘 가공된 금속에 불과했지만 마치 지금부터 서로의 인생을 속박할 수 있는 권리를 부여해 주는 것 같았다. 그 느낌은 조금도 불쾌하지 않았다. 오히려 지나치게 달콤해 말없이 그 침묵의 벅찬 순간을 즐기던 서연은 이내 눈매를 찡그렸다. 바싹 다가선 강준과 맞닿은 하체에서 느껴지는 변화에 그녀는 다소 민망한 얼굴을 한 채 입술을 오물거렸다.

"안 돼, 딱 세 시간 뒤에 면담 있어."

"제발."

그녀의 입술을 스쳐 뺨과 목덜미에 입술을 부딪치며 강준이 속삭였다.

"가지 마세요."

언제 눈물을 흘렸냐는 듯 격정에 휩싸인 눈에 서연은, 아니, 내가 딱히 그럴 생각으로 네 옷을 벗긴 건, 하고 멋쩍게 중얼거렸지만 그녀의 말은 모조리 강준의 입속으로 사라졌다. 애원하듯 그녀의 입술을 부드럽게 핥아 올리는 혀는 살갗을 태울 듯 뜨거웠다.

둥근 어깨를 따라 아슬아슬하게 가슴을 스쳐 허리를 감싸 안는 손길에 서연은 숨이 가빠졌다. 그래, 내가 잠을 포기하지, 뭐, 하고 눈을 감은 그녀는 강준의 목에 손을 둘렀다. 기다렸다는 듯 그녀의 셔츠 단추를 풀어내는 강준의 손길이 바빴다.

금세 속옷 차림이 된 그녀의 다리 사이에 손을 넣고 들어 올린 강준의 성급한 움직임에 작은 비명을 지른 서연은 어느새 침대에 누워 있었다. 흩어진 머리칼과 갸름한 뺨, 가느다란 목덜미를 열기 어린 손으로 쓰다듬던 강준이 그녀에게 몸을 겹쳤다. 불처럼 뜨거운 입술이 목선을 타고 내려가 가슴에 머물렀다.

강준이 속옷을 한 손으로 끌어 내리는 바람에 후크에 긁힌 등이 따끔거렸지만 항의를 할 여유가 없었다. 입은 그의 입술에 봉쇄되었고 허공에 드러난 가슴을 짓누르며 부딪치는 강준의 단단한 가슴이 서연의 이성을 앗아갔다. 타액이 질척이는 소리가 귓가를 울렸다. 옆구리와 엉덩이를 더듬으면 서연의 몸이 움찔거린다는 것을 경험으로 파악한 강준이 점차 아래로 내려갔다.

낙인을 찍듯 가슴과 배를 훑어 내린 강준의 입술이 서연의 팬티를 더듬었다. 엉덩이를 파고든 손이 다소 강하게 그녀의 몸을 움켜쥐었다. 간지러움과 동시에 민망함이 해일처럼 몰려들었다. 저도 모르게 강준의 머리칼을 붙잡으며 몸을 뒤틀었지만 자신을 속박하고 있는 남자의 몸은 태산처럼 압도적으로 느껴져 벗어날 수 있을 것 같지 않았다.

뜨거울 정도로 달궈진 숨결이 속옷 아래 감춰진 그녀의 은밀한 곳을 스쳤다. 말리기도 전에 강준의 갈라진 입술이 그녀의 속옷을 파고들었다. 가느다란 허벅지 안쪽의 여린 살을 단단히 잡고 있는 탓에 서연이 할 수 있는 것은 그저 온몸을 타고 흐르는 흥분에 고스란히 노출되는 것뿐이었다. 이미 촉촉하게 젖은 곳은 경험한 적 없는 자극에 움찔거렸다. 가슴을 더듬는 강준의 손가락 하나하나가 스치는 곳마다 열꽃이 피어올랐다.

"그만, 제발 그만해."

신음을 억누르던 서연은 결국 비명처럼 내뱉고 말았다. 머리가 아찔할 정도의 쾌감에 그녀는 허리를 튕겼다. 서연은 가슴을 타고 느릿하게 올라오는 강준의 살결에 닥치는 대로 입을 맞췄다. 진하게 느껴지는 위스키의 향이 그녀의 몸을 더욱 달뜨게 만들었다.

하아, 하고 내쉬는 강준의 숨이 서연의 귓가를 스쳤다. 습관처럼 그는 자신을 억누르며 그녀의 몸이 충분히 열리기를 기다리고 있었다. 자극을 원하며 예민하게 일어선 자신의 남성을 무시한 채 서연의 몸을 애무하던 강준은 제 어깨와 허리를 더듬던 서연의 손이 다리 사이로 파고드는 것을 느끼고 불현듯 고개를 들었다.

열을 품고 있는 서연의 눈동자가 아름답게 반짝였다. 그는 제 것을 쥐고 쓸어내리는 서연의 손길에 깊게 억누르고 있던 신음을 내뱉었다. 쾌감의 파도가 그를 막 덮치려 하고 있었다.

"해줘, 빨리."

흥분으로 들뜬 목소리로 속삭인 서연의 가느다란 손가락이 스칠 때마다 강준은 이를 악물었다. 약지에 끼워진 반지의 생경한 느낌이 그의 자극을 부채질하고 있었다. 안 돼. 지나치게 흥분했다. 이대로라면 서연을 아프게 할 것 같아 강준은 반듯한 미간을 잔뜩 찌푸렸다. 그러나 서연은 멈추지 않았다.

위아래로 움직이는 서연의 손길에 그는 더는 참을 수 없는 지경이 되어서야 서연의 입술을 찾았다. 기다렸다는 듯 그의 입술을 마주하는 서연의 달콤한 입안을 정신없이 탐하며, 그녀의 허벅지를 넓게 벌렸다. 마치 빨려 들어가듯 어느새 그녀의 안에 들어선 강준의 팔을 타고 맑은 땀방울이 떨어졌다. 움직이기가 쉽지 않았다.

"흐웃……."

빠른 자극을 원하는 그의 본능을 억제하며 강준은 천천히 허리를 움직였다. 그대로 녹아버릴 것처럼 뜨거운 서연의 안에서 인내심을 유지하기란 쉬운 일이 아니었다. 게다가 문제는 그녀가 협조할 생각이 전혀 없다는 것이었다. 서연은 단단하게 근육이 올라붙은 강준의 목덜미를 끌어안으며 그의 허리에 다리를 휘어 감았다. 더욱 깊게 삽입된 느낌에 두 사람의 신음이 동시에 터져 나왔다.

"천천히 하지 마…… 참지도 말고. 그냥 사랑해 줘. 네가 하고 싶은 대로."

거친 숨을 내뱉으며 서연이 속삭였다. 그녀의 말은 늘 그렇듯 그를 인도하는 길이었다. 조용히 품 안에서 그의 몸을 쓰다듬고 있는 서연을 내려다보던 강준은 그대로 이성의 끈을 놓았다. 참지 못하고 점점 크게 뱉어내는 서연의 신음 소리 때문에 그는 숨이 막힐 지경이었다.

"하웃…… 강준아……!"

흔들리는 서연의 몸을 단단히 붙잡고, 강준은 순순히 그녀의 말에 따라 잠시나마 그가 하고 싶은 대로, 거칠게 몸을 움직였다. 격렬한 움직임에 숨이 턱까지 찬 서연의 입술을 깨물고, 가슴을 억세게 누르며 살결을 부딪쳤다. 꼼짝도 못하고 제 몸을 덮친 강준의 품에 갇힌 서연은 그렇게 또 한 번 교훈을 얻었다.

통제에 능한 사람이 자신을 마음껏 풀어놓았을 때 어떻게 되는

지 똑똑히 알게 되었지만, 그것을 깨달은 것은 이미 다리에 힘이
풀려 일어설 수 없을 지경이 되고 난 후였다.

그녀는 결국 그날의 면담을 오후로 미루고 말았다.

✳

천국이란 어떤 곳일까. 어린 강준은 종종 생각했다. 가끔 수녀
님이 보여주시는 그림책 속의 천국은 늘 밝고 따뜻한 빛에 둘러싸
여 있었다. 행복한 얼굴의 사람들이 화관을 쓴 채 서로를 보며 웃
고 있는 그림을 보며, 그는 물었다. 왜 저렇게 다들 웃고 있냐고.
수녀님은 소년의 얼굴을 하고 있는 그의 어깨를 토닥이며 말했다.

"네가 가장 사랑하는 사람과 하고 싶은 일을 하며 매일 살아간
다고 생각해 보렴. 행복하지 않겠니?"

천국은 내가 가장 사랑하는 사람과 매일 하고 싶은 일을 할 수
있는 곳이구나. 그건 곧, 현실이 그렇지 않다는 뜻이다, 라는 결론
에 도달하는 데는 몇 년 걸리지 않았다. 중학교 3년 동안, 그는 부
모님 대신 천사원의 원장 수녀님과 아이들이 그의 가족이라는 사
실이 다른 사람들에게 어떻게 받아들여지는지를 배웠다.

단순히 다른 환경에서 자란 사람이 아니라, 다른 '세계'의 사람
이 된다는 것. 어느 무리에서든 무시당하기도, 내쳐지기도 쉬웠으
며 사람들의 편견을 이겨내려 늘 애를 써도 그의 노력은 대부분

보답받지 못했다.

내가 사랑하고, 나를 사랑하는 누군가와 행복하게 서로를 바라보며 웃을 수 있는 그런 날이 내게도 올까. 그를 둘러싼 현실에 답답한 마음으로 자조하던 강준은 그래도 조금의 희망을 품고 있었지만, 그가 꿈꾸는 대상이 서연이 된 시점부터 그의 희망은 절망을 향해 달려가기 시작했다. 그녀가 자신을 사랑하고, 그 어떤 비난과 방해가 없는 곳에서 서로를 바라보며 행복하게 웃는 것은 그에게 불가능에 가까워 보였기 때문에.

그러나 강준은 느릿하게 눈을 깜빡였다. 가끔은 누군가에게 기적이란 것이 일어나기 때문에 사람들은 천국을 꿈꾸는 게 아닐까. 내 앞에 눈을 감고 평온하게 잠들어 있는 그녀처럼, 눈부신 기적이.

천국은 더 이상 그에게 감히 바랄 수도 없는 먼 곳이 아니었다. 바로 그의 눈앞에 펼쳐져 있었다.

일곱 시가 넘자마자 전화 한 통을 한 서연은 죽은 듯이 잠에 빠져들었다. 강준은 침대가 좁을까 봐 서연이 그의 품 안에서 잠든 것을 확인하자마자 소리를 죽인 채 매트리스 밖으로 내려와 앉았다. 혹시나 추울까 싶어 이불 위에 담요까지 꼼꼼히 덮어주었다.

창을 뚫고 들어와 그녀의 창백한 얼굴에서 넘실대는 햇살을 바라보고 있는 동안 시간은 꿈처럼 빠르게 흘렀다. 햇살처럼 마음껏 그녀의 얼굴을 어루만지고 싶었지만, 강준은 그저 습관처럼 바른 자세로 앉아 눈으로 그것을 대신할 뿐이었다.

코가 간지러운지 찡긋거리는 서연을 바라보는 강준의 얼굴에 미소가 스쳤다. 흘러가는 시간이 너무 아까웠다. 차라리 이대로 시간이 멈췄으면. 그녀를 안았던 나른한 기운에 둘러싸여 잠들어 있는 서연을 바라보는 이대로. 멀어지지 않고 사라지는 일도 없이 지금 이대로.

강준은 천천히 눈을 감고 그녀의 모습을 그렸다. 자주 볼 수 없어 그녀에 대한 그리움에 목이 마를 때 그가 해왔던 대로, 갸름한 얼굴에 창백한 피부를 덧씌우고 찰랑이는 머리카락을 붙였다. 항상 사람의 마음을 들여다보는 듯 또렷한 눈망울과 코, 그리고 눈길이 스칠 때마다 그를 긴장하게 하던 입술까지 그리고 나면, 금세 서연이 피식 웃는 얼굴로 서 있곤 했다. 그 미소를 향해 어색하게 답을 할 때, 귓가에 칼칼한 목소리가 들렸다.

"졸리면 차라리 누워서 자. 무슨 꿈을 꾸길래 그렇게 웃어?"

깜짝 놀라 눈을 뜨자 그가 그렸던 서연은 연기처럼 사라지고 조금 더 선명한 서연이 나타났다. 찌푸린 눈을 가늘게 뜬 채 그녀는 강준을 바라보고 있었다.

"깨셨어요? 열한 시가 넘었어요."

낮게 잠긴 목소리가 힘겹게 입을 열고 튀어 나왔다. 눈을 질끈 감고 입을 가리며 길게 하품한 서연이 눈을 비볐다. 그 모습이 어린아이 같아 강준의 입매가 조용히 호를 그렸다.

"10분만 더 누워 있었으면 좋겠다. 이리 와."

이불 속에서 양팔을 꾸물거리며 꺼낸 서연이 그를 향해 손을 뻗었다. 순간적으로 당황한 강준의 어깨가 경직되는 걸 본 서연이 미간을 찌푸리며 몸을 돌렸다.

"싫으면 말고."

잠에서 덜 깬 것을 빌미로 용기를 내보았던 서연은 등을 돌린 채 구시렁거렸다.

"내가 설사 잠버릇이 좀 있다고 해도 그렇게 멀리 떨어져 앉아 있을 건 뭐야. 이건 분명 뭔가 이상해. 좋아서 어쩔 줄 모르는 그런 느낌이 안 든다구. 매일같이 만날 수 있는 것도 아닌데 나 같으면 볼 수 있을 때 최대한 가까이 있겠어. 가만있어 봐. 따지고 보니까 나 좋아한다, 사귀어달라 그런 말 한마디 못 들은 것 같은⋯⋯."

서연은 부스럭 거리며 등 뒤를 파고들어 그녀의 어깨를 조심스레 감싸는 손길을 느끼고 입을 다물었다. 머뭇거리던 손이 그녀의 팔을 스쳐 손등에 제 손을 겹쳤다. 순식간에 따뜻한 온기가 그녀의 팔을 타고 흘렀다. 서연은 입술을 깨문 채 웃었다.

"더 오래 안고 있을수록 손을 놓기가 힘들 것 같아서요. 미리 준비를 좀 하느라⋯⋯."

다급한 느낌이 서려 있는 목소리는 낮고 단정했다. 그녀의 헝클어진 머리칼에 입술을 묻고 깊게 입을 맞추는 간지러운 감각에 서연은 흥, 하고 일부러 코웃음을 흘렸다. 등 뒤에 누워 그녀를 지키듯이 감싼 강준에게서 서늘한 향기가 풍겼다. 누군가와 체온을 나누는 것이 이렇게 행복한 일이라니.

말없이 강준의 길고 마디가 뭉툭한 손가락을 더듬자 강준은 그녀의 손에 깍지를 낀 채 꽉 움켜쥐었다.

"가기 싫다."

툭 내뱉은 서연의 목소리에 강준의 팔이 조금 더 힘 있게 그녀를 감싸 안았다. 단단한 연인의 팔은 흡사 철창처럼 그녀를 품 안에 가두었다. 감정을 감추는 것이 익숙하고 표현하는 법이 서툰 그를 알기에 서연은 가볍게 혀를 차며 웃었다. 그래, 갓 태어난 아이에게 뭘 것을 기대하는 건 무리지.

강준의 자신에 대한 애정을 의심하지는 않는다. 늘 그녀의 표정을 살피며 감정의 흐름을 좇는 그의 한결같은 시선을 보고도 의심한다는 것은 있을 수 없는 일이었다. 단지 애정을 드러내는 법이 워낙 조심스러워서 가끔 놓칠 수 있다는 점이 그녀의 불만이었지만, 서연은 조금 더 기다리기로 했다.

"조만간 성은건설 조사는 그만둘지도 모르겠어."

한동안 조용히 강준의 손가락 끝을 만지작거리던 서연이 중얼거렸다. 그녀의 온기에 닿자마자 날뛰기 시작한 본능을 조심스레 잠재우고 있던 강준의 눈썹이 날카롭게 뻗었다.

"성은을 묶어놓는 게 아버지에게 타격을 주기 위한 가장 좋은 지름길이라, 다른 수를 쓰기 전에 어떤 꼬투리라도 잡아보려고 했는데 공식 자료들은 너무 잘 꾸며져 있단 말이야."

혼잣말처럼 나직하게 내뱉으며 서연은 생각에 잠겼다. 그녀가 궁극적으로 바라는 것은 건택의 사회적 침몰이었다. 그에게 힘이 있는 한 서연을 이용하려는 시도는 계속될 것이고, 그녀는 자기도 모르는 사이에 그의 손바닥 위에서 놀아나게 될까 봐 늘 두려움을 품고 살 것이다.

그리고 어머니. 순진하게 남편에 대한 사랑을 믿다가 외롭고 불쌍하게 세상을 떠난 그녀의 어머니를 생각하면, 서연은 제 아버지가 지금처럼 그녀 나이 또래의 여자들과 어울리며 하고 싶은 대로 행복하게 사는 모습을 결코 용납할 수 없었다.

성은을 놓치게 된다면 어디서부터 시작하는 게 좋을까. 어디서부터.

"……분명 잡을 수 있을 거예요."

머리칼에 콧잔등을 비비며 강준이 속삭였다. 무겁게 빠져들었던 생각에서 일순 빠져나온 서연이 저도 모르게 강준의 손을 꼭 쥐었다. 대답하듯 그녀의 몸을 이불째 당겨 안는 강준의 품에서 작게 어깨를 웅크리고, 서연은 피식 웃고 말았다. 간결한 그의 말에 잠시 마음을 기대며 나른한 기분에 빠져든 서연이 빼꼼히 고개를 돌렸다.

"뭘 보고 내가 성은을 잡을 수 있을 거라고 장담을 하는데? 어디서 딱 엮어 넣기 좋은 실마리라도 구해다 줄 거야?"

장난스러운 그녀의 말에 멋쩍은 얼굴로 웃거나, 마지못해 고개를 끄덕일 강준을 기대했지만 서연의 예상은 보기 좋게 빗나갔다. 창백한 뺨에 흐트러진 머리칼을 쓸어주는 강준은 더없이 진지하고 무거운 눈을 하고 있었다.

"그렇게 될 거예요. 제가 할 수 있는 건 뭐든 할 테니까요."

허, 하고 서연은 혀를 찼다. 정말이지 요령 없는 성격이야, 투덜대면서도 그 맹목적인 태도가 한없이 달콤하게 느껴져 서연은 꼼지락거리며 몸을 돌렸다. 강준의 매서운 눈매가 부드럽게 누그러졌다.

"그럼 어디, 네가 할 수 있는 최고의 애정 표현을 좀 받아볼까?"

반짝이는 그녀의 눈을 마주한 강준은 순간 얼이 빠진 듯한 표정을 지었다. 한참을 어쩔 줄 모르고 망설이는 그에게 대답을 종용하며 서연은 눈썹을 마구 꿈틀거리며 눈을 희번득 떴다.

긴 한숨과 함께 목덜미를 끌어당겨 입술을 부딪치는 강준의 반응에 남몰래 미소 지으며 서연은 조심스레 그의 어깨에 팔을 올렸다. 덕분에 어깨를 덮고 있던 이불이 젖혀졌고 하얀 서연의 윗가슴이 드러났다. 순식간에 이불 속을 파고들어 그녀의 허리를 당긴 강준의 입술이 서연의 쇄골을 따라 움직였다. 불길한 예감에 잠깐, 하고 손을 내저었지만 이미 허리를 따라 엉덩이를 쓰다듬고 있는 손길은 처음인 것처럼 열기를 띠고 있었다.

딱히 이런 걸 의미한 건 아니었는데, 하고 얼떨떨하게 중얼거리던 서연은 이내 새어 나오는 신음을 막으며 입술을 깨물었다. 그렇다고 매트리스에 무릎을 꿇고 그녀를 다리 사이에 눕힌 채 격렬하게 그녀의 몸을 탐하는 연인을 굳이 말리고 싶지는 않았다.

#13
불안이 번지다

강준은 코너를 돌자마자 건물로 들어섰다. 뒤를 쫓는 사람들의 패턴으로 봐서 자신에게 미행을 붙인 사람이 누군지 알아차리는 건 어렵지 않았다. 그들은 노련했지만 그에게 들켜서는 안 된다는 맹점이 있었고, 강준은 그것을 이용했다.

사람들이 많은 곳, 복잡한 골목길에서 몰래 사람을 뒤쫓기는 쉽지 않다. 모자나 안경을 쓰거나 벗고, 외투 색깔만 바꾸어도 먼발치에 있는 그들의 경계는 분산된다. 게다가 강준은 사람을 따돌리는 법과 뒤를 쫓는 사람을 알아차리는 데 익숙했다.

낯익은 사람들이 더 이상 그를 쫓지 않는 것을 확인한 강준은 약속한 장소로 들어섰다. 예약한 이름을 대고 방으로 안내받은 그는 자리에 앉아 손을 흔드는 인하를 보았다.

"5분 늦었네. 연장자를 기다리게 하면 예의 없단 소릴 듣게 마련인데."

"뒤를 쫓는 사람들을 등에 붙이고 들어오는 편이 나았습니까?"

무심하게 대답한 강준이 깔끔한 움직임으로 자리에 앉았다. 인하가 미간을 찌푸렸다.

"뒤를 쫓아? 누가?"

"심 회장님 쪽 사람들입니다. 마주쳐 본 적이 있어요."

"이 양반, 하여튼 방심을 못하겠군. 나한테도 붙인 거 아냐?"

투덜대며 인하는 아직 따뜻한 김이 나는 찻잔을 감쌌다. 머리를 헝클어뜨리고 안경을 쓴 채 허름한 외투를 입고 있는 강준이 풍기는 분위기는 이전과 또 달랐다. 그러나 감춰지지 않는 날카로운 눈빛을 마주하며 인하가 어깨를 으쓱거렸다.

"얻은 건 좀 있나? 없어도 부끄러워하지 말고 말해. 처음부터 큰 기대는 안 했⋯⋯."

강준이 테이블 위로 무언가를 내밀었다. 작은 사이즈의 외장 하드였다. 물끄러미 그걸 바라보던 인하가 눈썹을 치켜 올렸다.

"채희철 이사가 비밀 금고에 숨겨둔 노트북에 있는 자료와 경리 장부를 찍은 사진이 들어 있습니다. 이메일도 백업되어 있으니 필요한 내용이 있는지는 직접 확인해 보세요."

허, 하고 인하는 웃었다. 이틀 전 성은건설이 30분 정도 정전되었다는 말은 들었지만 설마 했다. 눈앞에 앉아 있는 남자는 늘 긴장을 품고 있기는 했지만 그의 판단으로는 '규격형 인간'이었다. 세상이 정해놓은 길을 벗어나지 않고 바르게 살아가는, 소위 법

없이도 사는 타입. 알면서도 서연의 마음을 빼앗아간 것에 대한 심술을 부리느라 무리한 제안을 했던 인하는 사람을 판단하는 제 눈을 의심해야 했다.

"채희철이 헐렁하긴 해도 기밀 자료가 들어 있는 노트북에 아무런 보안 장치도 걸어놓지 않았을 리가 없는데."

"풀었습니다. 더해서 각종 사이트에서 즐겨 쓰는 아이디와 비밀번호, 공인인증서도 들어 있으니 은행 내역을 찾아보기 쉬울 겁니다. 영장이 있으면 받아낼 수 있는 자료였겠지만, 아니니까요."

간결하게, 아무렇지 않은 얼굴로 엄청난 말을 쏟아내는 강준을 어이없는 눈으로 바라보던 인하는 자신이 지나치게 놀랐음을 깨닫고 서둘러 표정을 가다듬었다.

"은행 비밀번호? 당신 대체 무슨 짓을 한 거야? 어떻게 그런 걸 알아냈는데?"

"채희철 이사의 책상에 있는 스탠드 안쪽에 소형 카메라를 붙였습니다. 소리는 못 잡지만 영상은 딸 수 있어요. 사흘 동안 업무용 노트북 화면과 키보드를 찍어서 알아냈죠. 일주일 동안 지켜봤는데 그 스탠드가 가장 좋은 위치에 있어서. 그 사람은 한 번도 스탠드를 건드리는 법이 없더군요."

당했다. 딱 그런 기분이었다. 어리다고 쉽게 보고 있었던 인하는 애써 웃음을 꾸며내며 이를 악물었다. 그래, 아무렴 그렇게 단순한 사람이었으면 그 심서연이 이렇게 대책 없이 빠져들지도 않았겠지. 인하는 혀를 찼다.

그가 미처 생각하지 못한 것은 강준의 윤리관이었다. 서연이 그의 정의이자 도덕의 종결점일 줄은 몰랐다. 그 정도로 절대적인 마음은 본 적도 들은 적도 없었다.

"주의 깊고 대담하기까지. 그런데 사람을 너무 믿는 거 아닌가?"

눈앞에 있는 차를 마실 생각은 하지 않고 앉아 있던 강준이 눈을 들었다. 턱을 치켜든 채 거만한 얼굴로 인하가 느릿하게 입을 열었다.

"지금 자네가 무슨 일을 한 줄 알아? 이게 성은 쪽으로 흘러들어 가면 살아서 같이 차를 마실 일이 더는 없을 텐데. 특히 채정문 회장은 밑바닥에서 올라와서 사람 다루는 것이 아주 거칠거든. 눈치챘겠지만 난 서연이가 자네랑 만나는 게 영 아쉬운 사람이고. 그 앨 속이고 받은 이 자료를 내가 어떻게 써먹을지는 생각 안 해 본 모양이지?"

짐짓 음산한 목소리로 내뱉은 인하가 차를 훌훌 불어 마시며 느긋한 미소를 지었다. 호되게 뒤통수를 맞은 듯한 기분에 유치하다 싶으면서도 그냥 넘어갈 수가 없었다. 가만히 그를 바라보는 강준의 눈매가 날카롭게 뻗었다. 단단하게 다물려 있던 입술 사이로 낮은 한숨을 흘려보낸 강준이 점퍼에 손을 넣었다. 다시 꺼낸 그의 손에는 작은 기계가 들려 있었다.

"녹음 중입니다. 누가 들어도 이 건의 주모자는 F&C의 송인하 본부장님인 것 같은데요."

당황으로 커진 인하의 눈이 차갑게 굳었다. 제 이름을 녹음기에 대고 또박또박 말하는 강준이 희미하게 웃는 것도 같았다. 그가 천천히 몸을 일으키는 것을 눈으로 좇는 인하의 뺨이 팽팽해졌다. 구겨진 점퍼를 털고 나가려던 강준이 그리고, 하며 고개를 돌렸다.

"그게 아니더라도 더는 같이 차를 마실 일이 없었으면 좋겠습니다."

가볍게 목례하고 방을 나서는 강준의 뒷모습을 다소 겸연쩍게 바라보던 인하는 긴 한숨을 내쉬며 찻잔을 손가락으로 퉁겼다.

"흥신소 사무실이라도 내주겠다고 해볼까. 실력이 꽤 괜찮은데."

피식 웃으며 온기가 사라진 찻잔의 테두리를 더듬으며 인하는 테이블 한가운데 놓여 있는 외장 하드를 집어 들었다. 이제 쓸 만한 자료를 모아 서연에게 주는 일만 남았다. 머릿속에 성은건설의 부서진 귀퉁이를 그려보며 인하는 느긋하게 의자에 등을 기댔다.

서연은 버릇처럼 손가락에 끼워진 반지를 돌렸다. 어느새 봄이 왔는지 바람이 전처럼 매몰차게 차갑지는 않았다. 따뜻하게 쬐는 오후 햇살 아래 한적한 주차장에 있는 낯익은 차를 확인한 서연이 천천히 다가가 차에 올라탔다. 가볍게 코트 자락을 털며 서연이 중얼거렸다.

"스파이 놀이는 열일곱에 졸업한 줄 알았더니. 무슨 일이야?"

"너도 알겠지만 내가 요즘 좀 잘나가야지. 관심 갖는 사람이 한둘이 아니다 보니까 매사에 조심하게 된단 말이야. 큰 힘에는 큰 책임이 따른다. 스파이더맨 안 봤어?"

서연은 심드렁한 눈길로 인하의 넉살 좋은 미소를 바라보았다. 스파이더맨 좋아하네.

"약혼한다 공식 발표까지 한 사람을 이런 식으로 만나는 게 더 수상쩍어 보일 거라고는 생각 안 해봤어? 딱 봐도 뭔가 숨기는 게 있는 관계 같잖아."

아야, 정곡을 찔렸네, 미간을 찌푸린 인하가 손을 내저으며 무언가를 무릎 위에 올렸다. 서연의 시선이 그 두툼한 서류 봉투를 흘깃 스쳤다.

"아침에 집 앞에 이런 게 있더라고. 대충 봤는데 유실물로 경찰에 신고를 하는 것보다 우리 심 검사님께 가져다 드리는 게 일 처리가 빠를 것 같아서."

인하가 내미는 봉투를 건네받은 서연이 미심쩍은 얼굴로 그의 시선을 마주한 채 봉투 안에 있는 서류를 꺼냈다. 어서 보라는 듯 어깨를 으쓱하는 인하에게서 눈을 돌린 서연은 흔한 클립으로 묶여진 서류를 들춰보기 시작했다. 몇 장쯤 훑어보던 서연의 눈이 가늘게 찢어졌다.

"어디서 났어?"

"말했잖아. 집 앞에 있었다고."

날카롭게 노려보는 서연의 시선에도 미소를 거두지 않은 채 인하가 손가락을 까닥거렸다.

"성은을 영 마음에 안 들어 하는 익명의 제보자가 있었다고 생각해. 그래도 얼마나 기특하냐? 내가 이걸 사업적으로 이용했으면 당장 그 회사 대주주라도 됐을걸. 채희철 이사는 물론이고 파고들어 가면 채 회장까지도 건드릴 수 있는 자료잖아. 군침 흐르는 거꾸 참고 정의를 위해 너한테 주는 거 아니냐. 어서 이 오빠한테 고맙다고 인사해. 포옹도, 키스도 오늘만은 허락할게."

서연은 인하의 눈을 가만히 바라보다 들고 있던 서류를 그의 품에 가볍게 던졌다.

"상한 떡 안 먹어."

"손 안 탔어. 깨끗해. 그건 내가 보증할게. 약혼자 말을 못 믿어?"

"검사를 하면서 배운 게 있다면, '사람을 믿지 말라'와 '쉽게 얻은 것은 뒤탈이 있다', 그 두 개거든. 어떤 과정으로 이런 기밀 자료를 얻게 됐는지 아무것도 모른 채 가져갈 순 없어. 난 오빨 믿지만, F&C의 본부장은 안 믿거든. 중국 절강성 철도 공사 건으로 성은건설이랑 경쟁 붙었잖아. 규모가 얼마나 된다고 하더라, 한 천억 되나?"

웃는 얼굴 그대로 눈이 굳은 인하를 바라보며 서연이 피식 웃었다.

"기업인이 이윤을 추구하는 건 당연해. 성은이 도매가를 낮춘 제안서를 최근 중국 쪽에 전달했다고 들었어. 지금 성은이 흔들리면 일이 쉬워지겠지. 그래서 나와의 약혼도 흔쾌히 받아들였던 거 아냐?"

무언가 말을 하려던 인하는 그저 마른 입술을 달싹였다. 아니라고 부인하면 얼마나 믿어줄까. 잠시 망설인 다음, 그는 결국 작게 웃음을 터뜨리고 말았다.

"넌 정말 탐나는 여자야. 순진하게 날 믿어주는 여자는 날 안주하게 하지만, 같은 식으로 세상을 볼 줄 아는 여자는 날 달릴 수 있게 하거든. 하지만 알아둬. 내가 네 약혼 제안을 받아들인 건 사업적인 이유만은 아니었어."

"아쉬운 건 나였으니까. 그래도 감사 인사는 바라지 마."

어깨를 으쓱이는 서연의 무심한 반응에 인하는 고개를 설레설레 내저었다. 그녀는 누구에게든 조금이라도 방심하는 모습을 보이지 않았다. 그것은 아주 어렸을 적부터, 주변의 모든 것을 이용하며 살아온 남자의 밑에서 자라면서 체득한 습관 같은 것이었다. 그런 그녀이기에 강준의 앞에서 쉽게 온몸의 긴장을 풀어버리는 것이 더 못마땅했는지도 모른다.

그녀를 가질 수 있다면 그는 누구보다 높은 자리에 오를 자신이 있었다. 형이 있었기에 인하는 자신의 자리에 대한 선을 지키고 있었다. 크나큰 욕심도 없었다. 장남이 아니기에 오히려 부릴 수 있는 여유도 있었고, 그는 그런 생활에 만족했다.

그러나 무엇에도 흔들리지 않는 서연을 보고 있으면, 그는 자꾸만 무언가를 해야 할 것 같은 압박감이 들었다. 그 압박감에 떠밀려 타고난 배포와 빠른 판단력으로 사람들을 휘두르며 원하는 것을 하나씩 얻어갈 때쯤, 그는 문득 뒤를 돌아보았다. 서연을 얻기 위해 더 많은 것을 가져야 한다고 생각했던 것인지, 아니면 그 반대인지, 지금에 와서는 알 수 없게 되어버렸다.

"네가 성은을 잡아넣길 바라는 친구에게서 얻었어. 일종의 내부고발자라고 생각해. 모두 확실한 정보니까 채희철을 압박하기에는 충분할 거야. 성은을 건드리면, 심 회장님이 어떻게 나올지 모르니 그쪽은 일단 내가 잘 시선을 돌려볼게. 조만간 중남미 쪽으로 출장 갈 계획이니까."

인하는 다시 한 번 서류를 서연에게 내밀었다. 창백한 서연의 얼굴에 자조 어린 미소가 떠올랐다.

"사실 나도 썩 깨끗한 인간은 아니야. 그 사람을 잡기 위해서라면 상한 떡 정도는 얼마든지 먹을 수 있거든."

스스로를 세뇌시키듯 차갑게 말하며 입술을 깨문 서연이 서류 봉투를 집었다. 가만히 그녀를 내려다보던 인하가 조용히 말했다.

"대신 조심해. 채 회장이 다루는 사람들 중 거친 사람들이 많아. 아들이 구속되기라도 하면 채 회장이 제일 먼저 너를 노릴지도 몰라."

"현직 검사에게 해코지라도 한다는 거야? 혹시라도 그런 낌새가 보이면 전해줘. 죽일 자신 없으면 건드리지 말라고. 날 살려두면 여생을 감옥에서 보내게 될 거니까."

가볍게 코웃음을 치던 서연은 자신의 손을 가만히 쥐는 인하의 손을 느끼고 눈을 치켜떴다. 유리장처럼 얇게 깔린 긴장감 속에 인하가 단호하게 말했다.

"농담 아니야. 새겨들어."

맑은 눈동자로 인하를 바라보던 서연의 입술이 아름답게 곡선을 그렸다. 천천히 손을 빼내며 서연은 고개를 까닥거렸다.

"내 손 예민하다고 말한 것도 농담 아니야. 새겨들어."

소리 내어 웃은 서연이 차에서 내렸다. 빠른 걸음으로 사라지는 서연의 뒤에 남은 향기를 들이마시고는, 인하는 길게 한숨을 내뱉었다. 이제 정의의 여신이 그녀의 편에 서기를 바라는 수밖에는 없었다. 그녀를 위해서도, 자신을 위해서도 말이다.

✳

"지금 뭐라고 했나?"

채정문은 손에 들고 있던 신문에서 막 눈을 떼며 물었다. 그는 어제부터 몸 상태가 좋지 않아서 침대에 누워 링거를 맞고 있던 참이었다. 얼굴이 새파랗게 질린 비서가 울상을 한 채 문고리를 쥔 채 덜덜 떨고 있었다.

"채, 채 이사님이 방금 검찰청으로 끌려가셨답니다. 쇼핑몰 건설 관련 불법하도급에 리베이트를 문제 삼으면서요. 사무실도 지금 난리랍니다. 검찰에서 밀고 들어와 압수수색 중이라고……."

"그게 대체 무슨 소리야! 검찰에서 뭘 알고 수색영장을 받아? 그것도 나한테 일언반구도 없이?"

정문은 걸리적거리는 주사 바늘을 거칠게 잡아 뺐다. 침대 옆에 둔 휴대폰을 집어 단축번호를 누르는 손이 가늘게 떨렸다. 그럴 리가 없다. 이렇게 일을 크게 벌일 만큼의 자료를 가지고 있을 리가 없다. 희철이 썩 영리한 놈은 아니었지만 제 앞가림 정도는 할 줄 알게끔 키웠다. 영영 받지 않을 것처럼 오랫동안 울리던 신호음이 끊기고, 머쓱한 기색의 목소리가 들려왔다.

〈여보세요.〉

"강 부장, 지금 뭐 하자는 건가? 왜 사람들이 내 회사에서 북적

거려? 이게 어떻게 된 일이냐고!"

〈나도 어쩔 수가 없었어요. 성은건설 수사가 특수부로 넘어간 지 며칠 되지도 않았는데 이런 일이 터질 줄 몰랐단 말입니다. 아니, 회장님. 그러니까 자료 관리를 좀 잘하셨어야지, 어떻게 빼도 박도 못할 그런 자료들이 나돌아 다니게 놔두셨어요?〉

"그게 무슨 소리야. 자료라니?"

〈채 이사가 가지고 있는 차명 계좌로 돈 오고 간 내역부터 업무 지시 내린 이메일 내역까지 특수부에서 다 가지고 있답니다. 어지간해야 내가 중간에서 뭐라도 하죠. 누가 봐도 증거가 확실한데 뭘 어떻게 말립니까. 이번에는 방법 없어요. 적어도 채 이사는 꼼짝 없이 걸렸단 말입니다.〉

"트, 특수부 담당 검사가 누구야? 어떤 미친놈이 일을 이렇게 벌렸어?"

〈그게······.〉

정문은 초조하게 주먹을 꽉 쥐었다. 잠시 망설이던 상대가 한숨을 내쉬며 말했다.

〈아시죠? 원래 심 회장님 딸인 심서연 검사가 담당했던 거. 처음에 그 자료를 특수부에 넘긴 게 심 검사랍니다. 익명으로 고발장과 함께 자료를 받았다나. 요즘 실적도 없던 차에 잘됐다 싶어서 물고 늘어진 게 하필 특수부에 그 개제원, 아시죠? 작년에 6개월 동안 거머리처럼 달라붙어서 우신건설을 아주 개박살을 냈던 그 자식이오. 기밀 자료라 심 검사랑 둘이 단단히 준비해서 치고 들어간 모양이에요. 진짜 이번에는 방법 없어요. 누가 말리기라도 하면 그 사람 속옷까지 벗겨서 탈탈 털어볼 종족들이라니까요. 아니, 도대체 왜 일을 이렇게 만듭니까. 심 회장님이랑 요즘 무슨 일 있었어요?〉

그럴 리가, 정문의 손이 하얗게 질렸다. 건택과는 불과 일주일 전만 해도 함께 필드에 나갔던 사이고 별다른 기색도 없었다. 그는 철없는 딸이 F&C 차남과 눈이 맞아 저지른 한심한 실수에 대한 사과를 했고, 그들이 함께할 수 있는 많은 일들에 대한 청사진을 보답처럼 주워섬겼다. 정문은 언젠가의 서연과 건택의 분위기를 떠올리며 이를 악물었다.

〈주변에 눈과 귀가 많으니 이만 끊습니다. 한동안은 전화하지 마세요. 회장님까지 배임죄로 엮고도 남을 놈들입니다.〉

힘없이 휴대폰을 내리는 정문의 얼굴이 일그러졌다. 그는 이내 휴대폰을 들어 건택에게 전화를 했지만 꺼져 있다는 매몰찬 응답만이 돌아왔다. 침대에 주저앉은 정문은 문득 엉덩이에 깔려 바스락거리는 신문을 천천히 잡아 뺐다. 건택의 회사, 태산에 대한 기사를 본 것 같았다.

무의식적으로 기사를 찾아 훑어본 정문은 눈을 부릅떴다. 실소가 터져 나왔다. 기사는 태산과 F&C와의 중남미 철강 투자 합작 건에 대한 내용이었고, 조만간 '가족'이 될 두 기업의 유망한 미래를 점치는 것으로 마무리를 하고 있었다. F&C라면 지금 중국 철도 사업 건으로 그와 경쟁 관계에 있는 회사가 아니던가.

천천히 생각을 더듬던 그는 그제야 일이 어떻게 돌아가는지 알 것 같았다. 결국 그들 사이의 관계라는 것은 서로에게 얼마나 이

익을 줄 수 있느냐에 따라 결정되어진다. 더 이득이 되는 쪽의 손을 잡는 것이 그들 간의 윤리였다. 팽팽하게 치켜뜬 눈썹 아래 흐릿한 정문의 눈동자가 서서히 잔인한 빛으로 물들었다.

〈네, 회장님.〉

단축 번호를 눌러 전화를 걸자 곧장 대답하는 목소리를 들으며 정문은 가라앉은 목소리를 내뱉었다.

"서울지방검찰청 심서연 검사 뒷조사 좀 해봐. 뭘 하고 다니는지, 취미는 뭔지, F&C 차남이랑은 얼마나 자주 만나는지. 하나도 빠짐없이 전부 다."

네, 하고 기계적인 대답과 함께 끊어진 휴대폰을 물끄러미 바라보는 정문의 눈은 어두운 늪에 몸을 웅크리고 있는 뱀처럼 차가웠다. 그를 지금의 자리에 서게 한 교훈이 하나 있다면, 그것은 '당한 것을 갚지 않는 자는 무시당한다', 라는 것이었다.

✳

주말의 번화가에는 따뜻해진 봄 날씨를 만끽하러 나온 사람들로 북적였다. 서연은 가볍게 점심을 먹고 영화를 한 편 본 뒤 모처럼 카페에서 느긋한 시간을 보내려 했던 계획을 단박에 무너뜨린 장본인을 불만스러운 눈으로 바라보고 있었다.

햇살이 따뜻한 시내에서 반갑게 만나 점심을 먹는 동안 처음으로 데이트를 하는 듯한 기분이 들어 그녀는 들떠 있던 참이었다. 무슨 영화를 볼지 휴대폰을 들여다보고 있던 서연에게 좀 더 한적한 곳이 좋겠다며 그녀를 차로 이끌어, 강준은 어느새 도심을 벗어나고 있었다. 단정한 강준의 옆모습을 흘겨보며 서연이 툴툴거렸다.

"한적한 곳을 찾아서 어디까지 가는데. 차라리 집으로 가는 게 제일 한적하겠다."

백미러를 흘끗거리던 강준의 눈이 부드럽게 웃으며 잠시 서연을 향했다. 예쁜 입술을 뾰족 내밀고 있는 모습에 가슴이 설렌다. 이런 식으로 그녀가 투정을 부릴 때마다 그는 얼굴에 떠오르는 미소를 막을 수가 없었다. 다소 긴장하고 있는 지금도 예외는 아니었다.

"멀리 갈 생각은 없었어요. 음, 이쯤에 세울까요?"

한 시간 동안 달려 수원까지 내려와서 기껏 백화점 앞에 차를 세우는 이유가 뭔지 궁금했지만 맑게 웃고 있는 강준을 바라보고 있으면 모든 의문이 사라지는 기분이었다. 함께 있으면 왜, 라는 질문은 의미를 잃었고, 그저 곁에 있는 것만으로 모든 것에 대한 대답이 되었다.

차에서 내린 서연은 가만히 서서 자신을 기다리는 강준의 곁으로 다가섰다. 훤칠한 그를 가늘게 뜬 눈으로 바라보며 서연이 짓궂게 웃었다.

"여자를 데리고 백화점에 오기 쉽지 않은데, 용기가 대단하다?"

"백화점에 오는데 무슨 용기가 필요하죠?"

강준의 또렷한 눈이 깜빡였다. 서연은 흠, 하고 짧게 숨을 내쉰 뒤 백화점에서 나오는 여자들을 눈짓했다.

"손에 다들 뭔가 들고 나오잖아. 여자는 남자가 백화점에 가자고 하면, 아, 뭔가 사주려고 하는구나, 하고 기대를 한단 말이야. 그럼 무슨 생각을 했든 뭐라도 사줘야 하는 게 남자의 숙명이지. 그래서 남자는 절대 먼저 백화점에 가자고 말을 꺼내지 않아. 경험으로 습득한 생활의 지혜라고나 할까."

어깨를 으쓱하며 비밀을 누설하듯 서연이 속닥거렸다. 고개를 기울여 장난기 가득한 그녀의 말을 듣던 강준의 가지런한 눈매가 부드럽게 이지러졌다.

"사랑하는 사람에게 무언가를 사줄 수 있다는 게 얼마나 기쁜 일인지 모르는 남자들이 많은가 봐요."

순간 말을 잃고 멍한 눈으로 서연은 강준을 올려다보았다. 다정하게 웃는 눈으로 그녀를 바라보던 강준이 문득 손을 올려 그녀의 입가를 훔쳤다. 크림처럼 부드러운 손길이 닿았다 떨어졌다.

"립스틱이 번졌어요."

"······누구 때문인데?"

부끄러우면 서연은 아랫입술을 꾹 무는 습관이 있었다. 도톰하게 부푼 입술을 조심스럽게 매만지며 그녀를 바라보는 강준의 눈빛이 서연을 민망하게 했다. 그 눈은 단단한 벽에 갇혀 있기에 더욱 격렬하게 타오르는 불꽃을 품고 있는 듯했다.

한없이 다정하게 보는 것 같으면서도 그 한 꺼풀 속에는 짙은 밀도로 응축된 감정이 굳건하게 자리 잡고 있었다. 사람이 많은 한낮의 대로였고, 강준의 자기통제적인 성격을 몰랐다면 지금 바로 그녀의 허리를 거칠게 당겨 입술을 삼킨다 해도 놀라지 않았을 것이다.

"가요."

나직하게 흘러나온 목소리에는 고뇌의 흔적이 있었다. 서연은
또 한 번 강준이 자신의 본능을 억눌렀음을 알았다. 떨리는 가슴
으로 참고 있던 숨을 뱉어낸 그녀는 돌아서는 강준의 손을 잡았
다. 놀란 듯 눈을 뜬 강준을 향해 서연은 아름다운 입술을 움직여
한껏 웃어 보였다.

"오늘은 내가 잘 보여야 하는 날인 것 같아서."

"더 하지 않아도 돼요."

작게 속삭이며 강준이 미소 지었다. 늘어진 서연의 손을 조심스
레 당겨 잡은 그는 그녀의 보폭에 맞춰 천천히 걸음을 옮겼다. 내
리쬐는 햇살에 눈이 부셨다.

"너 진심이야? 후회 안 해?"

서연이 미간을 찌푸렸다. 그녀는 지금 그녀가 즐겨 입는 옷을
파는 매장 안에서 약간은 당황한 얼굴을 하고 있었다. 대뜸 그녀
의 손목을 잡고 이곳으로 들어온 강준은 양손에 각기 다른 디자인
의 원피스를 든 채 그녀를 응시했다.

"입어보지 않으면 아무래도 잘 모르겠네요. 자요."

"아니, 잠깐. 나 옷은 별로 필요가……."

"입은 모습이 보고 싶어서 그래요."

강준이 옷을 내밀며 가볍게 서연의 둥근 어깨를 쥐었다. 작게
속삭이는 강준의 눈이 조금 들떠 보여 서연은 콧잔등을 찡그리면
서도 못 이기는 척 몸을 돌렸다. 이 브랜드의 옷을 자주 입는 것은

사실이었지만 강준이 사기에는 만만치 않은 가격일 것이다.

마음에 안 든다거나 비슷한 게 이미 있다는 핑계는 얼마든지 있다. 가장 자연스러운 멘트를 고르며 탈의실로 들어간 서연은 입고 있던 니트를 천천히 벗었다. 강준과 함께 와서 자신의 옷을 고른다는 것, 그 설레는 마음만으로도 충분했다.

"그때 말했던 충분해요가 이런 뜻이었나……."

언젠가 강준이 말했던 '저는 이걸로 충분해요'라는 말을 떠올리는 서연의 갸름한 얼굴이 미소로 뒤덮였다. 더 바랄 것이 뭐가 있겠는가. 믿음을 바탕으로 사랑을 줄 수 있는 상대가 있다는 것, 그 사랑을 상대가 더할 나위 없이 기쁘게 받아준다는 것, 그것이면 모든 것이 충분했다.

"새로운 모습을 보여주는 걸로 모자라 나까지 다른 사람으로 만드는 것 같다, 차강준."

피식 웃으며 원피스를 집어 드는 서연의 뺨이 발긋하게 물들었다. 남자에게 예쁘게 보이고 싶다 생각하는 자신이 낯설면서도 한편으로는 자신을 바라보는 강준의 시선을 잠시도 놓치고 싶지 않았다. 그러기 위해 정성 들여 몸을 씻고, 화장을 하고 옷을 고르며 그녀는 난생처음 기분 좋은 긴장감을 느꼈다. 서로를 바라보고, 손을 마주 잡고 살을 맞대며 체온을 나누는 모든 순간은 마치 햇빛을 반사하며 반짝거리는 모래알과도 같았다.

서연은 정전기가 일어난 머리칼을 단정하게 쓸어 넘기고, 목을 가다듬은 후 기대에 찬 맑은 눈으로 자신을 기다리고 있을 연인에게 작은 기쁨을 주기 위해 탈의실 문을 열었다. 무심한 표정을 가장한 채 주변을 둘러보던 서연은 이내 미간을 찌푸렸다. 손을 모으고 있던 점원이 다가왔다.

"어머, 손님. 정말 잘 어울리세요! 피부가 하얘서 이런 네이비톤이 딱이신데요?"

"어디 갔어요?"

"아, 남자친구분이요? 잠깐 화장실에 가신다고……."

멋쩍게 웃는 점원이 내뱉은 남자친구라는 단어에 괜히 귀 끝이 빨개진 서연이 흠, 하고 헛기침을 했다. 빨리 와, 민망하니까. 서연은 속으로 중얼거리며 볼을 부풀렸다. 거울에 비친 자신의 모습이 썩 나쁘지 않았다.

서연이 탈의실에 들어가자마자 강준은 품에서 휴대폰을 꺼냈다. 몰래 그의 눈치를 살피고 있던 점원이 그에게 다가섰다.

"애인이신가 봐요. 두 분 참 잘 어울리세요."

휴대폰을 쥐고 있던 강준의 목이 뻣뻣하게 굳었다. 가뜩이나 날카로운 눈을 더욱 치켜뜨고 자신을 돌아보는 시선에 점원은 주눅이 들어 한 발 물러섰다.

말투를 들어보니 연상연하인 것 같은 그들은 부러울 만큼 잘 어울렸다. 서로를 바라보는 시선이나 작은 행동 하나마저도 애정이 듬뿍 묻어나 연인이라는 판단을 내리는 것은 어렵지 않았지만, 점원은 놀란 눈을 하고 있는 남자를 바라보며 자신의 판단을 의심해야 했다.

"……그렇게…… 보이나요?"

다행히 그의 반응은 그녀의 판단을 확고하게 만들어주었다. 임자가 있음이 확인됐는데도 미련을 갖게 하는 남자의 단정한 얼굴에 번진 것은 설레는 듯한 미소였다. 그녀는 한숨을 내쉬며 웃어 보였다.

"모를 수가 없죠. 세상에 여자친구분 혼자만 있는 것처럼 쳐다보고 계시잖아요."

하하, 하고 쑥스럽게 웃던 남자의 시선이 탈의실로 향했다. 점원은 그 시선에 질투를 느꼈다. 마치 열병이라도 앓는 사람처럼 들뜬 눈으로 애틋하게 닫힌 문을 바라보는 남자를 가진 여자에게.

그녀는 알고 있을까. 그렇겠지, 혀를 차며 고개를 돌리던 점원은 순간 멈칫했다. 어느새 남자가 그 자신의 사진이라도 찍는 사람처럼 휴대폰을 든 채 천천히 그것을 돌리고 있었기 때문이다.

"저…… 뭐, 뭐 하세요?"

그가 찍고 있는 것은 동영상이었다. 좌우를 충분히 찍던 그의 눈초리가 매서워졌다. 점원은 문득 남자의 널찍한 어깨에 긴장감이 어리는 것이 보이는 듯했다. 뭐 하는 사람이지. 경찰? 덩달아 몸을 경직시키던 그녀는 휴대폰을 거두며 자신을 돌아보는 남자가 언제 그랬냐는 듯 가볍게 웃고 있는 것을 보고 깜짝 놀랐다.

"가까운 곳에 화장실이 있습니까? 빨리 다녀오고 싶은데요."

"아, 네. 이쪽 길 끝에서 오른쪽으로 가시면 바로 근처에 있어요."

고맙습니다, 하고 정중히 고개를 숙인 남자가 다소 빠른 걸음으로 매장을 빠져나갔다. 얼떨떨한 얼굴로 남자가 모서리를 돌아 사라질 때까지 바라보고 있던 그녀는 이내 탈의실 문이 열리는 소리에 고개를 설레설레 내저었다. 무언가 기이하게 느껴졌지만, 어쨌든 그녀가 상관할 일은 아니었다.

강준은 주의 깊게 화장실로 이동했다. 서울에서 서연을 만날 때부터 누군가 쫓고 있음을 알았다. 처음에는 으레 건택이 붙인 사람이려니 생각했지만, 그들과는 방식이 다른 듯한 느낌이 들었다. 확인을 하기 위해 수원까지 달려왔지만 여전히 따라붙는 검은 차를 본 강준은 긴장의 날을 세웠다.

뒤편을 영상으로 찍은 휴대폰을 들여다보는 강준의 눈매가 가늘게 좁혀졌다. 동영상에 찍힌 남자는 분명 서울에서 서연과 점심을 먹을 때 가장자리 쪽 테이블에 앉았던 남자였고, 지금은 조금 떨어진 뒤쪽 매장에 서서 영상을 촬영하는 그를 바라보고 있었다.

꼬리가 붙은 것은 사실이지만 목표가 누구인지가 불확실하다. 잠시 화장실에서 시간을 벌던 강준은 갑작스레 튀어나갔다. 빠른 걸음으로 반 바퀴를 돌아 비상구로 들어간 그는 계단을 성큼성큼 뛰어 내려갔다. 아래층에 도착해 문을 여는 척하고는 안쪽에 몸을 기댄 뒤 숨을 죽이고 충분히 기다렸지만, 자신을 뒤따라 계단을 내려오는 소리는 들리지 않았다.

그를 쫓는 것이 아니다. 단단하게 근육이 솟은 목덜미에 절로 소름이 돋았다.

문을 열고 나간 강준은 에스컬레이터를 타고 위층으로 향했다. 흘끗 돌아본 곳에는 여전히 서연이 있는 매장을 바라보고 서 있는 남자가 보였다. 강준은 조용히 휴대폰을 들었다.

〈다시는 차 한 잔도 하지 말자던 게 누구였더라.〉

밉살맞은 목소리에도 아랑곳하지 않고 강준은 기계적으로 용건을 내뱉었다.

"미행이 붙었습니다."

〈새삼 무슨 엄살이야? 나랑 만날 때도 꼬리 떼어내고 오느라 늦었다고 어깃장을 놓더니.〉

"제가 아니에요."

〈……서연이?〉

"심 회장님은 아닙니다."

〈성은의 채 회장 쪽일 거야. 움직이기 시작했나 보군.〉

"동영상 보내겠습니다. 나가는 길에 가능하면 차 번호판도 확인할게요. 성은이 확실한지 확인하고 사람 좀 붙여주세요. 어떤 식으로 나올지 모르지 않습니까."

전화기 너머의 인하가 가볍게 웃는 소리가 들렸다. 강준의 미간에 깊은 주름이 파였다.

〈나야 고마운데, 의외네. 경호학과의 촉망받는 인재니까 나 하나로도 충분히 지킬 수 있으니 참견하지 말라, 그렇게 나오는 게 정상 아닌가? 특히 서연이를 탐내고 있는 나한테는 더더욱 말이야. 그게 내가 아는 남자의 자존심이라는 건데.〉

"지켜보는 눈이 많을수록 안전한 것이 사실이니까요. 과욕과 허세를 부리는 건 자존심이 아닙니다. 설사 그게 자존심이라고 해도……."

강준은 거울 앞에 서서 좌우를 두리번거리는 서연에게 시선을 고정했다. 자신이 고른 원피스를 입은 서연은 멀리서 보기에도 상상했던 것 이상으로 아름다워 눈을 뗄 수가 없었다. 긴장으로 빠르게 피가 도는 것을 느끼며 강준은 단단한 목소리로 내뱉었다.

"조금이라도 그분을 둘러싼 위험을 줄일 수 있다면, 버리겠습니다. 제 자존심이라는 게 그만큼의 값어치가 있다면요. 그러니까…… 도와주세요."

잠시의 침묵 끝에 인하의 한숨이 묻어나는 것 같았다. 아랫입술을 질끈 깨물고 있던 강준은 숨을 멈추었다. 이내 낮게 혀를 차는 인하의 목소리가 천천히 흘러나왔다.

〈좀 알 것 같기도 하군. 서연이가 자네를 택한 이유 말이야. 나는 마음에 들지 않지만.〉

"부탁드립니다."

〈그런 부탁 하지 마. 서연이를 돕는 건 네 부탁이 아니라 내 의지로 하는 일이니까. 영상이나 보내. 으, 여기 지금 브라질이야. 내가 얼마나 친절한 사람인지 알겠어?〉

빈정 상한 사람처럼 툭 끊어진 전화에 안도의 숨을 내뱉은 강준은 동영상을 보내며 서연을 향해 걸음을 옮겼다. 허리춤에 팔을 올린 채 두리번거리다 그를 발견한 서연이 인상을 찡그렸다.

"왜 이렇게 늦게 와? 조금만 더 기다리다가 옷 갈아입으려고 했……."

서연은 빠르게 다가온 강준이 그녀의 팔을 세게 당겨 품에 안는 바람에 말을 마치지 못했다. 타는 듯한 갈증을 해소하듯 온몸으로 그녀를 품는 강준의 등에 저도 모르게 손을 두른 서연이 무의식적으로 그를 토닥였다. 길게 내쉬는 강준의 거친 숨이 그녀의 여린 목덜미를 스쳤다.

"예뻐요, 정말."

온기를 머금고 있는 서연의 머리카락에 얼굴을 파묻은 강준이 작게 속삭였다.

"……가슴이 아플 정도로."

매달리는 것처럼 그녀에게 기댄 강준의 널따란 등을 쓰다듬으며 서연이 가벼운 목소리로 말했다.

"손잡는 것도 허락받을 것처럼 굴던 차강준이, 사람들 많은 곳에서 이럴 정도로 예쁘단 말이지. 칭찬 한 번 과격하게 한다, 너."

강준의 어깨 너머, 점원이 얼굴을 붉힌 채 휘둥그레 뜬 눈으로 그녀를 바라보고 있었다. 기분은 좋지만 민망해진 서연이 강준의 허리를 잡고 밀어내려 했지만 강준은 마치 덫처럼 더 세게 그녀를 껴안았다. 갈퀴처럼 그녀를 휘감고 있는 강준의 품에서 서연은 조금도 움직일 수 없었다.

"잠시만요. 이렇게 잠시만."

강준은 떨어지면 서연이 사라지기라도 할 것처럼 그녀를 안고 있었다. 맞춘 듯 품에 꼭 안겨 있는 서연의 향기에 코를 묻으며 그는 굳게 눈을 감았다.

불안을 태운 배가 그의 검은 바다에 천천히 들어서고 있었다.

#14
위기, 엄습

"다른 남자가 있다고?"

정문의 굵은 눈썹이 꿈틀거렸다. 눈앞에 무표정한 얼굴로 앉아 있는 남자, 영길은 그의 밑에서 일한 지 10년이 되어간다. 허튼소리를 하는 성격이 아니었다.

영길이 사진 몇 장을 내밀었다. 화사한 얼굴로 봄처럼 웃고 있는 서연의 곁에 있는 남자는 분명 약혼자로 알려져 있는 송인하 본부장이 아니었다. 영길이 무거운 입을 떼었다.

"차강준. H대 경호학과 4학년입니다. 심 검사가 송 본부장과 결혼할 생각인지는 모르겠지만 현재 애인은 차강준이가 맞는 것 같습니다. 태산에서 후원하고 있는 고아원 출신이라 그때부터 심 검사와 인연이 닿은 걸로 보입니다. 일주일에 두세 번은 만나고, 종종 차강준의 집에도 함께 들릅니다. 심 검사 집에서 걸어서 10분도 안 걸립니다."

"얌전한 고양인 줄 알았더니 숨겨두고 있는 남자가 따로 있어? 그것도 고아원 출신? 하, 깜찍하네. 심건택이 딸 아니랄까 봐."

정문은 혀를 찼다. 잠시 숨을 고른 영길이 서류 한 장을 조심스레 내밀었다.

"중요한 것은 이겁니다."

"……뭐야, 이게. 우리 회사 이력서 아닌가."

"차강준이 저희 보안팀에 들어왔습니다. 3주가량 있다가 그만뒀다고 하더군요. 같이 일했던 동료 말로는 채희철 이사님에게 자주 불려갔답니다. 그리고 일하던 마지막 주에 사내에 정전이 있었던 걸로 봐서, 검찰 쪽으로 자료를 빼낸 것이 차강준이 아닐까 생각됩니다. 심 검사가 관련되어 있는지는 확실하지 않습니다만."

얼굴이 일그러진 정문이 테이블에 있던 유리잔을 거칠게 집어 던졌다. 날카롭게 깨지는 소리와 함께 유리 파편이 사방으로 튀었다.

"작정을 하고 덤볐다? 이 채정문이를 아주 물로 봤어, 심서연. 우리가 흔들리면 태산도 멀쩡할 수 없다는 걸 간과한 모양인데."

매섭게 빛나는 눈으로 허공을 노려보던 정문이 이를 갈았다. 영길이 간결하게 덧붙였다.

"심 회장과는 반목하는 것으로 유명했답니다. 흔한 부녀 사이로 보기에는 무리가 있을 정도였다고 하는 걸 보면 독자적으로 저지른 일일 가능성도 있습니다."

미간을 찌푸리던 정문이 막 울리기 시작한 휴대폰을 들었다. 양반은 못 되는군. 건택의 이름을 확인한 정문이 불쾌한 얼굴로 통화버튼을 눌렀다.

〈채 회장, 이게 무슨 일인가? 채 이사가 구속 수사 중이라니.〉

"안부 전화 한 번 빠르시군. 모르는 척하기에는 너무 늦었다고 생각하지 않나?"

〈내가 한 일주일 출장을 좀 다녀와서 소식을 늦게 들었네. 어떻게 된 거야?〉

그가 만나본 사람 중 가장 속을 알기 힘든 건택이었다. 정문은 거칠게 튀어나오는 한숨을 내뱉었다.

"자네 그 대단한 딸이 내 아들을 집어넣었어. 감옥까지 보내려고 작정을 했더군. 내가 참고만 있을 거라고 생각하지 말게. 자네도 팔짱 끼고 구경만 하고 있을 수는 없을 거야."

낮은 신음 소리가 들렸다. 무거운 침묵이 흐르고, 건택이 작게 혀를 차는 소리가 들렸다. 정문은 고삐를 늦추지 않았다.

"자네 뜻대로 움직여 줄 심 검사가 아니란 걸 알아. 사이좋은 부녀는 아니었던 모양이니 말이야. 한데 부모 된 책임으로 무언가 방법을 찾아줘야 하지 않겠나? 우리가 함께했던 많은 일들을 생각해 보면 말일세."

정문은 서연의 약점이 필요했다. 이 사태를 돌이킬 수 있을 만큼 큰 것을 바라지는 않았다. 그저 철옹성 같은 그녀를 흔들 수 있는 작은 것이면 된다. 일단 흠집만 나면, 구멍을 키우는 것은 문제가 아니었다.

다행히 그는 건택과 함께 일하면서 그의 약점 중 일부를 가지고 있었다. 물론 그것은 그 자신의 약점이기도 했지만 건택은 그가 동반 침몰을 선택할 가능성을 무시하지 못할 것이다. 숨을 죽이고 기다리자 이내 체념의 한숨을 가볍게 내쉬며 건택이 말을 내뱉었다.

〈차강준. 그 아이를 무너뜨리기 가장 좋은 방법이자 유일한 방법이지. 너무 세게 다루지는 말아.〉

정문의 입가에 비릿한 미소가 떠올랐다. 그는 통화를 끊고 휴대폰을 소파에 던졌다. 영길이 자신의 지시를 기다리고 있었다.

"차강준을 잡아. 그 기둥서방으로 뭘 할 수 있을지 어디 한번 보자고."

스스로를 보호하기 위해 제 딸의 약점을 대신 넘기는 걸 보면 적어도 썩 다정한 부녀 사이가 아니라는 말은 진실인 모양이다. 정문은 사진 속에서 서연을 향해 따뜻한 미소를 짓고 있는 말간 얼굴의 남자를 바라보았다.

그에게는 그렇지 않아도 빚이 있다. 그걸 갚아줄 시간이었다.

✻

동욱은 식판을 들고 강준의 앞에 앉았다. 개강이 얼마 남지 않아 학교는 붐비기 시작했다. 산처럼 쌓인 쌀밥에 숟가락을 꽂던 동욱이 미심쩍은 눈으로 강준을 훑어보았다. 체질을 타고났는지 강준은 그다지 추위를 타지 않았다. 옆 의자에 점퍼를 걸어놓은 그는 늘 그렇듯 반팔 티셔츠 차림이었다. 강준을 유달리 예뻐하는 식당 아주머니가 듬뿍 쌓아 올려준 돈가스를 앞에 두고도 그는 미동이 없었다. 깊은 생각에 잠긴 듯 반듯한 미간에 골이 파여 있었다.

"이번엔 또 뭐야? 검사님 무슨 일 있으셔?"

생각에서 뒤늦게 빠져나온 강준의 눈에 또렷한 초점이 돌아왔다. 검은 눈을 느릿하게 들어 올리는 그에게 동욱이 어깨를 으쓱여 보였다.

"한동안 잠잠하다 했더니, 왜 이렇게 요즘 유체이탈을 자주 하냐? 무슨 일인데. 안 좋은 일이야? 검사님이 너한테 아무래도 불만이 많으시지?"

"뭐?"

짙은 눈썹이 대번에 치켜 올라갔다. 동욱은 이제 그 정도에는 쫄지 않을 수 있었다. 사나운 강준의 눈빛에도 그는 미소를 지으며 너스레를 떨었다.

"뻔한 일이잖아. 네가 여자 대하는 요령이 있는 놈도 아니고. 거기다 검사님이 어디 보통 성격이시냐? 말은 안 해도 아마 답답한 점이 한두 개가 아닐 거다, 그러니까."

동욱은 강준의 식판에 있는 돈가스를 집어 입에 욱여넣었다.

"이 형님한테 뭐든 다 이야기하라고. 내가 다른 건 너 못 따라가도, 그 부분에서는 너보다 열 발자국은 앞서 있을 거라고 자신한다. 뭔데, 고민하는 게? 진도를 빼고 싶은데 엄두가 안 나?"

흐흐, 느끼하게 웃는 동욱을 물끄러미 바라보던 강준이 그의 톡

튀어나온 목울대를 겨냥하고 손가락을 세게 튕겼다. 억 소리도 내지 못하고 목을 쥔 채 과장되게 몸부림치는 동욱의 모습에 낮게 웃음을 내뱉은 강준이 숟가락을 들었다.

"너, 인마. 네 몸은 머리부터 발끝까지 흉기라고 내가 몇 번을 말하냐? 이거 봐. 벌써 내 옥구슬 같은 목소리에 금이 갔어. 내 목소리를 좋아하는 여자들이 얼마나 많은데! 오후에 소개팅 있단 말이다, 자식아!"

"생일이 얼마 안 남았어."

가만히 뒀다가는 식당을 쩌렁쩌렁 울리고 말 기세로 소리치는 동욱의 입을 막기 위해 강준이 나직하게 미끼를 던졌다. 적어도 거짓말은 아니었다. 막 일어서서 손가락질을 하려던 동욱이 재빨리 의자를 당겨 앉았다.

"생일. 생일 아주 중요하지. 혹시 뭐 갖고 싶다 눈치를 주거나 말을 한 적은…… 없겠지. 검사님이 그런 캐릭터가 아니지. 아, 어렵다. 물욕이 없는 애인이 마냥 좋기만 한 건 아니군. 크게 점수를 딸 기회가 없다는 뜻이잖아. 심지어 여자 한 번 만나본 적도 없는 너에게는 너무 어려운 과제다. 이건 유치원생에게 미적분을 풀라는 거랑 똑같은 거라고."

서연의 생일을 알게 된 열네 살 이후로 그는 해마다 카드를 보냈다. 어린 그가 할 수 있는 일이라고는, 아무도 없는 예배당에서 두근거리는 마음으로 편지를 쓴 뒤 초코파이에 작은 초를 꽂고 그녀의 생일이 되는 순간 소리를 죽여 노래를 부르는 것뿐이었다. 그것은 서연의 생일을 축하하는, 그만의 비밀스런 의식이었다.

그러나 이전과는 전혀 다른 입장이 된 지금, 어쩌면 그녀의 생일을 함께 맞이할 수 있을지도 모른다. 겨울 막바지의 서늘한 기운을 품고 있던 예배당에서 홀로 축하 노래를 부르며 되새기던 서연에 대한 애틋한 그리움과 그녀의 행복을 바라는 마음을 더 이상 숨기지 않아도 된다. 태어나 준 것에, 그의 앞에 나타나 준 것에 대해 얼마나 고마워했던가.

요령 없는 자신이 얼마나 표현할 수 있을지 모르겠지만, 서연은 어쨌건 기쁜 얼굴로 웃어줄 것이다. 그런 상상을 하는 것만으로도 가슴이 벅차, 강준은 저도 모르게 슬쩍 미소를 짓곤 했다. 긴장을 놓지 못하는 요즘, 그가 유일하게 마음을 놓고 웃을 수 있는 순간이었다.

"반지! 그래, 반지가 있잖아!"

혼잣말을 구시렁거리며 밥을 먹던 동욱이 갑자기 고개를 번쩍 들고 외쳤다. 생각에 빠져 기계적으로 숟가락을 움직이고 있던 강준이 눈을 깜빡였다.

"아무리 물욕이 없어도, 반지는 의미가 있잖냐. 아, 그건 너무 성급한가? 부담스러워하시려나?"

저 선비 같은 차강준으로 미루어 보건대 두 사람이 제대로 손이라도 잡았을지, 동욱은 의문이었다. 특히 서연은 남자를 긴장시키는 여자였고, 그런 그녀를 오랫동안 뒤에서 바라만 보던 강준에게는 더더욱 어려운 사랑임이 틀림없었다.

동욱은 혀를 차며 머리를 쥐어뜯었다. 하여튼 이 자식은 쉬운 길을 가는 법이 없어, 불만스럽게 중얼거리던 동욱은 문득 눈앞에 아른거리는 무언가의 형체에 눈을 치켜떴다. 가느다란 줄의 한가운데 동그란 반지가 걸려 있었다.

동욱은 미간을 찌푸린 채 줄을 들고 있는 강준의 손을 보고는, 이내 무심한 표정을 하고 있는 강준을 바라보았다. 결국 너도 반지를 생각한 거냐, 하고 싱겁게 말하려던 동욱은 목걸이에 걸려 있는 반지가 꽤 큰, 남자 사이즈라는 것을 알아채고 경악했다.

"설마. 그럴 리가. 벌, 벌써? 벌써 반지를 나눠 꼈다고? 검사님이 반지를 받아주셨단 말이야?"

"광고 고맙다."

우렁찬 동욱의 목소리에 군데군데 앉아 있던 사람들의 시선이 쏠렸다. 낮게 혀를 차고는 아무렇지 않은 얼굴로 밥을 먹는 강준의 표정에, 동욱은 벌어진 입을 다물지 못했다.

서연은 그의 기준에서 초고난이도의 상대였다. 충분히 아름답고 매력적인 사람이었지만 동욱은 서연 앞에서 주눅 들지 않고 남자로서 그녀를 이끌 자신이 없었다. 내가 감히 손이라도 잡을 수 있을까? 입맞춤은? 그 이상은? 동욱은 지레 포기하고 몸서리를 쳤다. 여자에 대해서만큼은 자신보다 하수라 생각했더니 이미 반지까지 나누어 꼈단 말인가!

반지를 나눴다는 것은 단순한 일이 아니다. 서연을 잘 안다고는 할 수 없지만 그녀가 신중한 성격이라는 것 정도는 안다. 그런 서연이 강준과 반지를 나눠 꼈다는 것은, 강준을 그녀 곁에 세울 남자로 진지하게 받아들였다는 뜻이 아니냔 말이다.

동욱은 바람 빠진 풍선처럼 웃었다. 입이 무거운 그의 친구는 대견함을 넘어서 경외심을 불러일으키고 있었다. 어느새, 도대체 어떻게 산수도 모르는 상태에서 미적분을 풀었단 말인가!

"너 은근히 재수 없는 새끼야. 그거 인정해라."

미간을 그림처럼 찌푸리는 것마저 불만스러워 동욱은 강준의 돈가스를 모조리 제 식판으로 옮겼다. 무슨 생각을 하는지 가만히 제 하는 양을 바라보고 있는 친구를 매섭게 노려보던 동욱이 길게 한숨을 내쉬었다.

저로서는 결코 도달할 수 없는 경지에 이른 듯한 친구가 한없이 낯설게 느껴졌다.

〈말도 마. 밥 먹을 시간도 없어. 증거를 눈앞에 들이미는데도 무슨 배짱으로 버티는지. 빠져나갈 수 있을 거라고 생각하나…….〉

지친 목소리로 혼잣말처럼 내뱉는 서연의 말에 귀를 기울이던 강준이 피식 웃었다. 결국에 다 밝혀질 거 시간 끌지 말고 편하게 가자고 설득해도 채희철이 말을 듣지 않는 모양이었다. 수사를 담당한 서제원 검사를 도와 합동으로 일을 처리하느라 서연은 최근 며칠 동안 눈코 뜰 새 없이 바빴다. 까칠해졌을 서연의 얼굴을 떠올리며 강준은 문득 시계를 봤다. 자정이 다 되어가고 있었다.

"잠은 집에 와서 주무실 거예요?"

〈아니, 집에 가는 게 무의미해. 불편하게 자더라도 한 시간이라

도 더 자는 쪽을 택하겠어. 피곤하다.〉

강준은 집으로 가는 길목에 고장 난 가로등을 흘끗 바라보았다. 아주 늦은 시각이 아닌데도 골목에는 인적이 드물었다. 서늘한 밤바람에 그는 고개를 들어 하늘을 올려다보았다.

점점이 찍힌 별들을 바라보며 강준은 마음을 가다듬으려 애를 썼다. 언제까지 바쁜 거냐고, 이틀밖에 남지 않은 생일을 같이 축하할 수는 있는 거냐고, 하고 싶은 말도 묻고 싶은 말도 많았지만 잔뜩 지쳐 있을 서연을 혹시라도 신경 쓰이게 할 것 같아 그만두었다.

집으로 향하는 계단을 내려가며 그저 멋쩍은 웃음만 삼키던 강준은 잠시 걸음을 멈췄다. 부드럽게 풀려 있던 표정이 차갑게 굳었다. 숨을 죽이고 조용히 현관문 틈을 손가락으로 더듬던 강준의 목덜미에 근육이 바짝 솟았다.

〈강준아, 듣고 있어?〉

집을 나갈 때마다 붙여뒀던 투명 테이프가 떨어져 있었다. 집 안에 누군가 침입했음을 보여주는 흔적이었고, 강준은 희미하게 남아 있는 담배 냄새를 맡았다. 턱 근육이 팽팽하게 당겨졌다.

"되도록 식사는 거르지 마세요. 조금만 참으면, 곧 끝날 테니까."

긴장을 억누르며 차분하게 말했지만 손끝이 가늘게 떨리고 있었다. 수화기 너머의 서연이 짧게 투덜대는 소리가 들렸다. 강준은 깊게 심호흡을 했다.

"사랑한다고…… 제가 말했던가요?"

그는 눈을 감고, 어두운 눈꺼풀 안쪽에 서연의 얼굴을 그렸다. 창백하고 홀쭉해진 얼굴의 서연이 화들짝 놀란 얼굴로 눈을 크게 뜨고 있는 모습이었다. 짧은 정적이 흐르고, 당황한 듯 한 톤 높아진 서연의 목소리가 들렸다.

〈아니, 안 했어.〉

"부족해서 그랬어요. 그런 말로 표현할 수 있는 마음이 아니라서. 무어라 덧붙여도 모자란 것만 같아서 그래서 못했어요. 그런데."

강준은 습관처럼 목을 더듬었다. 목걸이에 걸려 있는 반지가 만져졌다. 가지런한 입술을 꾹 물고는, 그는 힘겹게 입을 열었다.

"결국 그 말밖에는 표현할 수 있는 방법이 없네요. 정말 많이…… 사랑한다고밖에는."

감히 그 말을 입 밖에 내는 날이 올 줄 몰랐다. 매일매일 겹겹이 둘러싸 안으로 밀어 넣기에 급급한 마음이었다. 참기 힘들 만큼의, 숨이 막힐 듯한 답답함에도 이제 겨우 익숙해지기 시작했는데.

그러나 바로 지금, 시간이 허락할 때 강준은 그가 품고 있던 것의 아주 조금이라도 드러내 보이고 싶었다. 오랫동안 수면 아래 잠재워 두기만 했던 그의 감정이 가련해서. 그대로 사라져 버린다면 억울할 것만 같아서.

"무슨 일이 있든 놀라지 마세요. 제가 사랑한다는 것만 기억해 주시면 돼요. 다시, 전화 드릴게요."

잠깐만, 하고 서연이 붙잡는 소리가 들렸지만 강준은 전화를 끊었다. 휴대폰의 전원을 끄고, 옷매무새를 정리하며 그는 주머니에 손을 넣었다. 잠시 망설인 강준은 천천히 열쇠를 꺼내 현관문을 열고, 집 안으로 들어섰다.

찰칵, 하고 등 뒤로 문이 닫혔다. 어둠에 잠식된 방이 마치 차가운 늪처럼 느껴졌다. 한 걸음 디딜 때마다 깊은 곳으로 빠져드는 듯한 두려움이 강준의 발목을 붙잡았다. 온몸의 감각이 날카롭게 일어섰다. 누군가의 기척이 들렸다.

"차강준?"

"……남의 집에서 뭐 하는 겁니까."

한 명이 아니었다. 좌우를 둘러싼 인기척이 가까이 다가왔다. 갑작스레 눈을 비추는 강한 빛에 강준은 고개를 돌리며 미간을 찌푸렸다.

"맞군. 데려가."

순간 뒷목을 내려치는 통증에 강준의 무릎이 꺾였다. 눈이 가려지고, 의식이 희미해졌다. 꿈틀거리는 그의 귓가로 거친 목소리가 들렸다.

"얌전히 가는 게 좋을 거야. 네가 귀찮게 굴면 다음은 아가씨거든."

남자는 움직임을 멈춘 강준의 머리칼을 틀어쥐었다. 낮게 웃는 소리가 조용한 방 안에 울려 퍼졌다.

✳

제원은 덥수룩한 머리를 벅벅 긁으며 늘어지게 하품을 했다. 인기척이 들리는 것 같아 얼굴에 덮었던 신문지를 치우며 몸을 일으켰다. 뻐근한 어깨를 두드리는 그의 눈에 책상에 기댄 채 넋이 나간 듯한 얼굴을 하고 있는 서연이 들어왔다.

"새벽에 볼일 있다고 나가지 않았어?"

목소리가 깔깔했다. 따뜻한 물에 몸을 담글 수만 있다면. 사우나가 간절해진 제원이 소파에서 일어섰다. 곁눈질로 서연을 훑어보았지만 그녀는 대답이 없었다.

서류를 훑어보고 소장을 작성하며 판례를 뒤지다 말고 삼십 분에 한 번씩 어딘가로 전화를 걸던 그녀가 초조한 얼굴로 결국 뛰쳐나가고 마는 것을 본 뒤 제원은 잠시 눈을 붙였다. 그로부터 얼추 몇 시간이 흐른 지금, 제원은 귀신이라도 본 듯 창백해진 서연의 기색에 늘어져 있던 온몸의 신경을 곤두세웠다. 그녀는 무언가 중얼거리고 있었다.

"뭐야. 무슨 일이야, 심서연."

"……종 신고…… 실종 신고를 해야겠어요."

"무슨 소리야. 누굴?"

미간을 찌푸린 제원의 눈이 날카롭게 빛났다. 그녀답지 않게 흐트러진 눈빛을 한 서연이 격양된 목소리로 말을 내뱉었다.

"이상해요. 그런 식으로 말을 한 것도 이상하고, 전화를 꺼놓은 것도 이상해요. 집에 찾아가 봤는데 문은 열려 있고, 아무도 없어요. 동욱이도 어디로 갔는지 전혀 짐작 가는 데가 없다고 하고, 천사원도 마찬가지고. 아는 사람이 아무도 없어. 그 애가 어디로 갔는지 아는 사람이 아무도 없다구요."

"침착해. 네가 지금 무슨 소리를 하는지 하나도 모르겠어. 누구야. 누가 사라졌다는 거야?"

가녀린 어깨가 떨리고 있었다. 제원은 서연이 이렇게 무너질 수 있는 사람이라는 걸 몰랐다. 악다구니 쓰며 흙탕물 속에서 살아가는 자신만큼이나, 그녀는 거칠 것이 없어 보였다. 그렇기에 이번 일도 가능했을 것이다.

그러나 지금, 서연은 그녀를 지켜주던 이성의 갑옷을 잃어버린 사람 같았다. 그녀의 흔들리지 않을 것 같던 벽이 무너지고 그 안에 숨겨져 있던 무방비한 속살을 대책 없이 드러내며 덜덜 떨고 있었다.

순간 휴대폰이 울렸다. 번개라도 맞은 사람처럼 움찔거린 서연이 재빨리 휴대폰을 들어 올렸다. 제원은 휴대폰을 바라보며 천천히 핏기가 가시는 서연의 얼굴에 덩달아 인상을 찌푸렸다.

"뭐야, 혹시 이번 사건이랑 관련 있는 거야? 어디 봐."

손을 뻗었지만 서연이 그를 세차게 뿌리쳤다. 놀란 눈을 한 제원에게서 한 발짝 물러나며, 서연은 파르르 떨리는 입술을 사리물었다. 휴대폰을 양손으로 꼭 쥔 채 고개를 숙이고 한동안 숨을 가다듬던 그녀는, 천천히 눈을 들어 올렸다.

제원은 자신을 바라보는 그녀의 눈매에 가슴이 내려앉았다. 날카롭게 다듬어진 눈에 담겨 있는 것은 검푸른 밤바다처럼 거세게 일렁이는 분노와 결의였다. 제원은 낮은 신음을 삼켰다. 아주 잘 아는 눈동자였다. 매일 거울 속에서 보는 자신의 눈과 같았다.

"미안해요, 선배. 오늘은 좀, 쉴게요."

얼음처럼 차게 냉각된 목소리로 짧게 내뱉은 서연이 몸을 돌렸다. 목적지가 정해진 사람처럼 망설임 없이 사무실을 벗어나는 서연을 붙잡아야 한다는 이성적인 판단을 했음에도, 제원은 그녀를 잡을 수 없었다. 그런 눈을 한 사람을 말릴 수는 없다.

"나 참, 기름진 새끼들 몇 잡아넣는 게 뭐 이렇게 힘들어."

소파에 주저앉아 버석한 얼굴을 쓰다듬으며 제원이 한숨처럼 내뱉었다. 어느새 어두워진 하늘에서 비가 내리고 있었다.

갈 곳 없는 분노가 이성을 마비시키고 있었다. 온몸을 적시는 차가운 비의 온도조차 느껴지지 않았다. 푹 젖은 머리카락에서 비가 내리듯 물이 뚝뚝 떨어지는 걸 흘끔거리는 사람들의 시선도 느껴지지 않았다.

심상치 않은 기세로 태산그룹 본사 건물로 들어서는 그녀를 막으려고 신입 경비가 움직였지만 데스크에 서 있던 여직원이 회장님 딸, 이라고 속삭이며 고개를 내젓는 바람에 타이밍을 놓쳤다. 그사이 서연은 엘리베이터 속으로 빠르게 사라졌다.

비에 섞여 이미 흘릴 수 있는 눈물은 모두 내보냈다. 새파랗게 질린 입술을 깨문 서연이 휴대폰을 들어 올렸다. 그녀가 받은 것은 사진과 문자였다.

어두운 벽을 등지고 강준이 의자에 앉아 있었다. 눈이 가려진 채 고개를 떨구고 있는 그는 정신을 잃은 것처럼 보였고, 입고 있는 하얀 셔츠가 먼지와 피로 더럽혀져 있었다. 얼굴이 보이지 않았지만, 그는 강준이 맞았다. 서연은 알 수 있었다.

〈거래를 할까? 복수를 할까?〉

문자를 읽는 서연의 심장이 무섭게 뛰었다. 아니, 멈춰 버린 것 같기도 했다. 무너질 것 같은 이성의 마지막 한 자락을 가까스로 붙잡고 있던 서연의 몸이 잠시 휘청거렸다.

그러나 엘리베이터 문이 열리고 건물 최고층의 복도로 빠져나온 서연의 얼굴에는 한 톨의 감정도 찾아볼 수 없었다. 어느 때보다 차갑고 단단하게 굳어진 표정의 서연은, 주주총회가 열리고 있을 회의실 문을 세차게 잡아당겼다.

서른 명 남짓한 사람들의 시선이 갑작스레 회의실에 난입한 여자에게 쏠렸고, 한가운데 앉아 있던 건택은 의자에 기대고 있던 몸을 천천히 당겨 앉았다. 그 곁에 서 있던 소란의 입술이 크게 벌어졌다.

꼬락서니 하고는. 건택은 낮게 혀를 찼다. 검은 셔츠와 코트에서 물이 뚝뚝 떨어지고 있었고, 젖은 머리카락이 창백한 서연의 뺨을 휘감고 있었다. 사람들의 웅성거림이 커지고 있었다. 건택은 못마땅한 얼굴로 몸을 일으켰다.

"총회 중이다. 쓸데없는 소리 할 거면 나가."

"당신이지."

건택의 눈썹이 치켜 올라갔다. 서연의 목소리는 차갑고 또렷했다. 불꽃처럼 타오르는 깊은 분노를 칼날처럼 숨기고 있는 눈으로, 서연은 정확히 그를 노려보고 있었다.

"성은에서 강준이를 노리게 한 거, 당신이지."

"쓸데없는 소리 할 거면 나가라니까."

"모든 걸 당신 뜻대로 조종할 수 있다고 믿었겠죠. 사람들에게 기회를 주는 사람이 바로 그 대단한 당신이라고, 더러운 우월의식에 빠져서. 그런데 이번에는 아니야. 당장 멈추라고 해요. 그 애에게 손대면, 지금까지 아버지라는 이름을 차마 버리지 못해서 당신에게 주고 있었던 기회를, 빼앗을 테니까."

웅성이던 사람들은 어느새 잠잠해져 있었다. 호기심과 동요가 조용히 들끓었다. 눈동자들이 바쁘게 움직였다. 건택은 그런 것들이 몹시 신경에 거슬렸다.

"오만방자한 걸 딸이라고 봐주는 것도 정도가 있다. 경비 불러 끌어내기 전에 네 발로 나가."

"……마지막 기회를 주는 겁니다. 내가 당신에 대한 죄책감을 버리기 전에, 강준이 놓아줘요."

기다란 테이블의 끝과 끝에서 서로를 대치하고 있는 건택과 서연 사이에 팽팽한 긴장감이 흘렀다. 둘 중 어느 누구도 시선을 피하지 않았다. 건택은 자신을 차갑게 쏘아보는 서연의 시선을 곰곰이 뜯어보았지만, 그녀가 가지고 있는 무기가 무엇인지 알 수가 없었다.

분노와 경멸, 그 이외의 어떤 감정도 떠오르지 않은 눈이었다.

허세는 상대를 봐가면서 부려야지. 건택은 작게 코웃음을 치고 말았다. 고개를 천천히 내저은 건택이 입귀에 미소를 떠올렸다.

"일이 바쁜 모양인데 적당히 하고 좀 쉬는 게 좋겠구나. 그러다 몸이라도 상하겠어."

여유를 잃지 않은 그의 미소는 서연의 예상대로였다. 그래, 차라리 잘됐다. 서연의 얼굴에 희미한 미소가 번졌다. 그녀는 마음 깊은 곳에서 건택이 이렇게 나오기를 바라고 있었던 자신을 깨달았다.

참으로 지겨운 죄책감이었다. 세상에 자신을 내놓은, 단 하나의 혈연이라는 것을 제외하면 건택과의 어떤 연결 고리도 느껴본 적이 없었다. 오래전부터 단숨에 그를 무너뜨릴 수 있는 열쇠를 쥐고 있었음에도, 아버지라는 이유 하나로 차마 움직이지 못하는 자신이 가증스러울 정도였다. 그러나 이제야, 그녀는 홀가분해질 수 있었다.

창백한 뺨을 타고 서늘한 빗방울이 흘러내렸다. 서연은 작게 웃고는, 천천히 자신을 뚫어져라 보고 있는 사람들을 한 바퀴 돌아보았다. 그녀의 얼굴에 모든 시선이 집중되어 있었다. 서연은 젖은 어깨를 가볍게 털며 말했다.

"마침 주주 여러분이 계시니까, 제가 예언 하나 할까요? 한 달도 채 되기 전에 여러분이 들고 있는 태산의 모든 주식은 휴지 조각이 될 겁니다. 지금이 그나마 본전이라도 건질 수 있는 마지막 기회예요. 그래도 당신들 돈으로 한때 내가 밥을 먹고, 책을 읽던 시절이 있었음에 대한 의리라고 생각하시고, 제 말 새겨들으세요."

서연의 말에 사람들이 웅성웅성 떠들기 시작했다. 다른 누구도 아닌 건택의 딸인 그녀가 하는 말이었기에 불길한 기운이 퍼지는 것은 순식간이었다.

"심서연!"

사람들의 동요에 건택이 굳게 쥔 주먹으로 테이블을 세게 내려 쳤다. 서연은 눈 하나 깜짝하지 않고 그를 노려보며 웃고 있었다.

"다 잃을 각오, 되셨어요?"

섬뜩하게 느껴질 만큼 차갑게 내뱉은 서연이 몸을 돌려 회의실을 나섰다. 일그러진 얼굴을 하고 있던 건택은 자신에게로 쏟아지는 거친 물살 같은 사람들의 시선을 느끼고 표정을 갈무리하려 했지만 쉽지 않았다. 턱이 바르르 떨리고 있었다.

몇 걸음 걷지 못하고 서연은 다리에 힘이 풀려 벽을 짚었다. 숨이 가빠 가슴이 들썩였다. 새하얗게 질린 손바닥에 깊은 손톱자국이 나 있었다. 벽에 몸을 기댄 채 거칠어진 호흡을 가다듬던 서연의 귀에 구두 소리가 들렸다. 눈을 들어 올리자, 그곳에 화려한 행색을 한 소란이 서 있었다.

"허풍 치는 성격인 줄 몰랐는데, 꽤 재밌는 구석이 있다?"

그녀와 말을 섞는 시간이 아깝다. 사진 속의 강준을 떠올리자 새카만 불안이 그녀를 집어삼킬 것처럼 혀를 날름거렸다. 서연은 마음을 다잡고 몸을 반듯하게 세웠다. 돌아서려는 그녀의 기적을 느꼈는지 소란이 앞을 가로막았다.

"내가 도와줄 수 있어."

소란은 느릿하게 자신을 바라보는 서연의 시선에 당당하게 턱을 치켜들었다. 건택은 그 정도 허세에 쉽게 무너질 사람이 아니었다. 그리고 그녀는 건택을 단번에 무너뜨릴 수 있는 무기를 가지고 있었다. 단지 적당한 시기와 상대를 고르고 있었을 뿐이다.

그녀가 생각하기에 지금이 바로 적당한 시기였고, 서연은 그 일을 하기에 최적의 상대였다. 탐욕과 복수심으로 번들거리는 눈으로, 소란이 미소 지었다.

"구하고 싶은 사람이 있는 모양이지? 네 성격에 앞뒤 안 가리고 들이닥쳐서 이렇게 일을 크게 벌이는 걸 보면 말이야. 네 아버지를 무너뜨리고 싶니? 내 앞에서 진심으로 무릎이라도 꿇고 부탁한다면, 내가 그렇게 해줄 수 있어."

늘 자신을 상대할 가치도 없는 눈으로 바라보던 서연이었다. 흙바닥을 기어가는 개미를 바라보는 시선도 자신을 향한 것보다는 따뜻할 것이었다. 경멸, 서연이 품고 있는 그녀에 대한 감정은 오직 그것 하나였다. 소란은 그동안 바닥까지 무너졌던 자존심을 일으켜 세우고 싶었다.

그러나 서연의 눈빛은 조금도 달라지지 않았다. 머릿속을 들여다보기라도 하는 듯 깊은 시선으로 그녀를 바라볼 뿐이었다. 막연한 불안감을 느끼기 시작할 무렵, 서연의 입술이 움직였다.

"가진 게 뭐죠? '모네'의 풍경화 뒤에 숨겨져 있던 태산의 비밀 장부?"

소란의 붉은 입술이 떨렸다. 어떻게, 하고 당황하는 것조차 숨길 줄 모르는 여자를 바라보는 서연의 시선이 서늘했다. 그녀는 소란을 비웃고 있었다.

"당신이 손에 넣을 수 있는 걸, 내가 못 가질 거라고 생각했어요? 그건 어머니가 돌아가실 때 마지막으로 내게 알려준 것 중 하나였어요."

곧게 허리를 세우고 선 서연이 한 걸음 내디뎠다. 위압적으로까지 느껴지는 압박감에 소란은 입술을 깨물었다. 긴장이 온몸을 뒤덮어 손가락 끝이 덜덜 떨렸다. 서연이 차게 내뱉었다.

"비켜. 길 막지 말고."

스르르 무너지는 소란을 지나치는 서연의 걸음은 단호했다. 여전히 그녀는 개미보다 보잘것없는 존재였다. 소란은 북받치는 수치심에 눈물이 흘러나왔지만, 가까스로 벽을 짚은 채 버텼다. 그녀가 있을 곳은 어디에도 없었다.

#15
내게 있어 당신은

/

감은 눈 위로도 느껴질 정도로 찬란한 햇살이 내리쬐고 있었다. 코끝에 서연의 향기가 부드러운 바람처럼 스쳤다. 그것은 단숨에 강준의 정신을 수면 위로 끌어 올렸다.

손톱 끝을 만지작거리는 손길이 느껴진다. 그 간지러운 감촉은 그의 팔을 타고 온몸으로 퍼져 나갔다. 가느다란 손가락이 아름다운 곡을 연주하듯 그의 머리카락과 이마를 두드렸다. 작게 웃는 서연의 목소리가 들리는 것 같았다.

눈을 뜨고 싶지 않았다. 이보다 더한 행복은 상상조차 할 수 없을 정도여서, 그는 두려웠다. 눈을 뜨면 서연은 사라지고, 어두컴컴한 방에 홀로 누워 있는 것일까 봐 겁이 났다. 그런 꿈을 꾼 것은 셀 수도 없을 정도였다.

"너 눈꺼풀이 떨리는데, 계속 자는 척할 거야?"

반듯한 미간을 찌푸리고 있는 모습이 저절로 상상되는 목소리였다. 그제야 강준은 마음의 준비를 하고 천천히 눈을 떴다. 여전히 온기가 느껴지는 햇살이 그의 얼굴을 쓰다듬고 있었고, 팔로 자그마한 머리를 받친 서연이 모로 누워 그를 내려다보고 있었다.

강준은 잠에서 깬 사람답지 않게 또렷한 눈으로 그녀를 바라보았다. 눈을 몇 번이고 감았다 떴지만 그녀는 사라지지 않았다. 매력적인 눈매를 살풋 찌푸리고는, 서연은 가볍게 그의 뺨을 퉁겼다. 그 손을 잡아, 강준은 손바닥에 조심스레 입술을 맞대며 눈을 감았다.

하루에도 몇 번씩 누군가에게 감사를 했다. 운동을 하다가도, 밥을 먹다가도, 일을 하다가도 그는 눈을 감고 감사했다. 처음에는 이런 믿을 수 없는 행운을, 기적 같은 일상을 선물해 준 누군가에게 감사했다. 세상의 모든 것들이 아름다웠고, 그를 향해 미소 짓고 있었다. 문득문득 가슴 가득 따뜻함이 차올라 숨을 쉬기 힘들 정도였다.

그러다 언젠가부터, 그 감사는 기도가 되었다. 부디 이 행복을 잃어버리지 않기를. 오늘이 내일이 되고, 그렇게 10년, 20년, 이 세상 떠나는 날까지 함께할 수 있기를.

빼앗아 갈 것이었다면 처음부터 주었으면 안 되는 일이었다. 차라리 모르고 살았다면 살았을 것이다. 감히 닿을 수 없이 멀리 있는 태양을 그저 동경하며 잿빛 가슴으로 살았을 것이다. 그러나 이제는 그럴 수 없었다. 그는 태양에 닿았고, 그녀의 품에서 무엇과도 비교할 수 없는 충실한 삶을 얻었다. 그런 그녀를 잃는다면, 그의 삶은 모든 빛을 잃고 암흑으로 추락할 것이다. 그것은 그에게 죽음과도 같았다.

부드러운 서연의 살갗에 입술을 묻고 있던 강준의 눈에서 간절한 기도의 눈물이 흘러내렸다. 살게 해주세요. 다른 어떤 걸 가져가도 좋으니, 이 손을 잡고 살 수 있게 해주세요. 이 생에서만큼은, 이 사람 곁에 있을 수 있게 해주세요.

"왜 울어."

가지런한 입술을 악물고 자신의 손에 매달린 채 조용히 울음을 삼키고 있는 그를 바라보며, 서연이 따뜻하게 말했다. 커다란 등이 떨리고 있었다. 한숨 같은 흐느낌이 새어 나왔다. 억눌린 눈물로 열이 오른 강준의 일그러진 뺨을 감싸며, 서연의 입술이 그의 눈꺼풀에 닿았다.

"울 거면 소리 내서 울어, 강준아. 내가 들어줄게."

작게 속삭이는 목소리가 거세게 흔들리는 그의 마음을 어루만져 주었다. 자신보다 훨씬 자그마한 서연의 품으로 파고들며, 강준은 그녀의 허리를 세게 끌어안았다. 머리칼을 쓰다듬어 주는 손길에 몸을 맡기며 그는 부드러운 서연의 가슴에 입을 맞췄다.

내게서 이 사람을 빼앗아 갈 거라면 차라리 죽게 해달라고, 그는 듣고 있을지 모를 누군가에게 빌었다. 어둠 속에서 날카롭게 뜬 눈에는 아직 눈물이 맺혀 있었다.

아득히 오래전의 일인 것처럼 희미한 기억의 늪에서 서서히 정신이 빠져나왔다. 강준이 가장 먼저 느낀 것은 어둠, 그리고 통증이었다. 천 조각으로 눈이 가려져 있었고, 어딘가 찢어지기라도 했는지 목덜미가 축축했다. 피비린내가 진동했고, 한쪽 귀가 먹먹했다.

천천히 손가락 끝을 움직여 보았다. 의자 뒤로 묶여진 손은 한동안 피가 통하지 않아서인지 제 손처럼 느껴지지가 않았다. 뒤틀린 어깨가 뻐근했다.

흙먼지 냄새와 남자 몇몇의 목소리가 다가오고 있었다. 강준은 귀를 세웠다.

"무슨 생각을 하신답니까? 치울 거면 빨리 치웠으면 좋겠는데요."

"심 검사가 뭘 해주느냐에 달렸지. 공소취소라도 약속하면 더 건드릴 필요는 없겠어."

"지금도 썩 멀쩡하지는 않으니까요."

킬킬거리며 웃는 소리가 들렸다. 바로 앞에 있었다. 담배 냄새가 짙게 느껴졌다.

"길게도 뻗어 있네. 깨워."

"예, 형님."

얼음장처럼 찬물이 예고 없이 끼얹어졌다. 강준이 탁한 기침을 뱉어냈다. 온몸의 세포가 아우성을 치고 있었다. 누군가 뺨을 거칠게 두들겼다.

"그러니까, 새끼야. 겁도 없이 어딜 들어와서 뭘 훔쳐 가고 지랄이냐, 살던 대로 얌전히 살 것이지. 엄밀히 말하면 그것도 절도죄예요. 쇠고랑 차야 한다니까?"

영길은 팔짱을 낀 채 강준을 바라보고 있었다. 그는 말이 없었다. 정신이 든 것은 확실하지만 눈이 보이지 않으니 저렇게 입조차 열지 않으면 무슨 생각을 하는지 알 수가 없다. 무지는 불안을 키우는 법이다. 희미하게 싹트는 불안을 잠재우기 위해 영길은 그의 눈을 보고 싶었지만, 제 얼굴을 드러낼 수는 없었다.

"태산그룹의 무남독녀 심서연. 참 대단한 여자를 물었네, 차강준."

비릿하게 내뱉은 말에도 답이 없다. 옆에서 험상궂은 표정을 하고 있던 동석이 강준의 정강이를 걷어찼다. 갑작스런 충격에 낮은 신음을 흘렸지만 강준은 이내 반듯하게 몸을 세워 앉았다. 더러워진 셔츠가 물에 젖어 몸에 달라붙어 있었다. 꽤 춥고 고통스럽고 불안할 것이 틀림없다.

그러나 이상하게도, 줄곧 어딘지 모를 불안함을 느끼고 있는 쪽은 바로 영길이었다. 그것은 위험을 감지하는 본능과도 같은 것이었다. 담배 끝을 씹어대며 그는 강준을 관찰했다.

경호학과를 다니고, 사설 경호회사에서 일을 했다고 해서 이런 침착함을 설명할 수는 없다. 상대는 고작 이십대 중반의 애송이다. 진짜 폭력에 노출된 경험이 얼마나 있겠느냔 말이다. 그것도 이렇게 자신을 노린 일방적인 폭력에.

사람들이 가장 안심하는 장소인 집에서, 어둠 속에 자신을 기다리고 있는 사람들과 마주쳤을 때도 강준은 그다지 놀라는 것 같지도 않았다. 눈이 가려진 채 이곳으로 끌려와서, 몸 좀 쓰는 젊은 남자라는 말에 흥분한 몇몇에게 무차별적인 폭행을 당하면서도 강준은 당연한 질문을 단 한 번도 하지 않았다.

'왜'. 나에게 왜 이러냐는 질문도, 무엇을 원하냐는 질문도 그는 하지 않았다. 그저 묵묵히 이를 악물고 견디고 있을 뿐이었다.

영길은 그런 강준의 태도가 자신을 불안하게 하고 있음을 알았다. 어쩌면 눈앞에 있는 애송이는 단순히 몸만 쓸 줄 아는 게 아니라, 머리도 제법 쓸 줄 아는 놈인지도 몰랐다. 자신이 모르는 무엇인가가 있을지도 모른다는 생각에, 그는 초조해졌다.

천천히 무릎을 굽히고 몸을 낮춘 영길이 강준의 머리채를 잡았다. 짧고 성긴 머리칼을 억세게 잡아당기자 강준의 몸이 힘겹게 딸려왔다. 의자가 바닥을 끄는 소리가 날카롭게 공기를 베었다.

"학교와 아르바이트밖에 모르던 대학생이 저지르기에는 조금 분야가 다른 일 같은데. 심서연의 입김인가? 기소하기에 증거가 부족하니까 쓸 만한 정보를 좀 빼내달라고 달콤하게 베갯머리에서 속삭이기라도 한 거야?"

처음으로 강준의 몸이 움직였다. 다부진 어깨가 흔들려 의자가 넘어질 듯 기울었다. 재빨리 의자를 붙잡은 영길이 매섭게 손바닥을 날렸다. 말라붙어 있던 귀의 상처에서 새로운 피가 흘러내렸다. 영길은 제 손에 묻은 핏자국을 강준의 바지에 슥 닦아내며 중얼거렸다.

"우리로서는 네가 있어줘서 참 다행이었지. 처음에는 심서연이를 데려다 놓고 겁 좀 줄까 했는데, 기회를 엿보는 사이에 약혼자가 가드를 붙였지 뭐야. 그렇잖아도, 그룹 회장 딸인데도 검사를 선택한 걸 보면 돈이 먹힐 것 같지는 않고, 이렇다 할 사생활도 없는 참 재미없는 인생을 살고 있어서 비집고 들어갈 틈을 찾기가 어려웠거든. 그런데 그 대단한 심서연을 아주 손쉽게 흔들 수 있는 약점이 있더군.”

똑, 하고 핏방울이 강준의 턱 끝에서 떨어졌다. 핏기가 사라지고 있는 입술을 굳게 깨문 강준을 바라보며 영길은 피투성이가 된 그의 귓가에 속삭였다.

“사랑하는 여자의 유일한 약점이 된 기분이 어떤가, 순수 청년.”

잠시나마 강준의 호흡이 거칠어졌다. 가볍게 웃는 얼굴로 그를 바라보며 영길은 강준의 어깨를 툭툭 두드렸다.

“사실 우리는 네 값어치를 잘 몰라. 심서연이 너를 포기할 수도 있지. 그럼 넌 네가 한 짓에 대한 대가를 치르면 되고, 혹시라도 심서연이 너를 포기하지 못한다면, 그건 정말이지 우리 모두에게 좋은 일이 될 거야.”

잘게 떨리는 강준의 가지런한 입술을 주의 깊게 관찰하며 영길이 말을 이었다.

“우리는 원하는 걸 얻고, 넌 네 사랑을 확인받을 수 있을 테니까 말이지. 잘 생각해 봐. 이 일로 심서연이 옷 벗고 검사 직 그만두면, 어디든 데리고 가서 살면 되잖아. 여비는 우리가 적잖게 챙겨 줄 수도 있거든. 뭐, 이 모든 게 너에 대한 심서연 검사님의 무한한 사랑이 있어야 가능한 일이겠지만. 그럴 가능성이 얼마나 될 거라고 생각하나?”

"……회장님을."

강준이 마침내 입을 열었다. 영길이 미간을 찌푸리고 늘어져 있던 귀를 쫑긋 세웠다. 버석거리는 입술을 움직인 강준이 잠시 숨을 삼키고는, 짧게 내뱉었다.

"회장님을 만나고 싶습니다."

영길은 낮게 코웃음을 쳤다. 그는 게임에 걸린 판돈이지, 움직이는 말이 아니다.

"거래는 심 검사와 하는 거야. 넌 그저 얌전히, 네 처분을 기다리면 돼."

"중국 절강성 철도공사의 입찰 건에 대한 F&C의 입장을 알고 있습니다."

목구멍을 거칠게 비집고 튀어나온 듯한 강준의 목소리는 무미건조했다. 초조함도, 불안감도 느낄 수 없었다. 낯선 단어들의 나열에 영길의 눈썹이 치켜 올라갔다. 강준의 입에서 들을 것이라 조금도 예상하지 않았던 말들이었다. 성은건설이 F&C와 공사 수주를 두고 경쟁하고 있다는 사실을 떠올린 영길의 얼굴이 일그러졌다.

"지금 무슨 소릴 하는 거냐, 차강준. 어?"

"심사위원회의 과반수는 이미 F&C 쪽으로 돌아섰습니다. 그 명단을 제가 알고 있다고 말하는 겁니다."

영길의 손이 강준의 멱살을 잡았다. 의자가 흔들렸다. 턱이 팽팽하게 들린 강준은 눈이 가려져 있어 표정을 볼 수는 없었지만 적어도 당황한 표정은 아닐 것이라는 확신이 들었다. 심리적인 우

위에 있어야 할 것이 마땅한 쪽은 자신이었음에도, 강준의 태도에 영길은 속이 뒤틀렸다. 그는 강준의 목덜미를 단단히 틀어쥐고 위협적으로 속삭였다.

"너 따위가 뭐라고 그런 걸 안다는 거야? 되는대로 주워섬겨 봐야 소용없어! 입 닥치고 가만히 있으란 말이다."

"H개발공사 안대우 감리관. 최근 성은에서 보낸 선물을 거절했을 겁니다. 확인해 보시고, 회장님에게 전하세요. 저와도 거래를 할 생각이 있다면, 이곳으로 직접 오시라고."

강준의 말간 뺨을 타고 흘러내리던 핏줄기는 어느새 굳어가고 있었다. 혈색이 사라진 피부와 흙먼지로 뒤덮인 옷가지, 곳곳에 남아 있는 폭행의 흔적들은 분명히 그가 약자임을 증명하고 있었다. 심지어 그는 앞을 볼 수 없는 상태였다. 그런데도 영길은 자신의 마음 한구석이 위축되고 있음을 느끼고 이를 악물었다.

처음 강준의 집에서 그를 봤을 때부터 흐릿하게 느껴졌던 불안은 이제 그 덩치를 키워 불길함을 끌어들이고 있었다. 무엇인가 잘못되었다. 오랜 시간 그와 함께해 온 본능이 그렇게 속삭였다.

폭력에 굴하지 않는 사람은 드물지만 아주 없는 것은 아니다. 그러나 의연하다 못해 이 상황을 기다렸다는 듯이 맞이하는 사람은 있을 수 없다. 그럴 수 있는 사람은 분명, 이 모든 것을 어떻게 끝내야 할지를 알고 있는 사람일 것이다.

어두운 밤바다를 항해하는 배의 키잡이는 영길이었다. 그는 바람의 방향이 바뀌었음을 막연히 깨달았지만, 큰 그림을 그려 자신이 달리 할 수 있는 일을 찾아낼 만큼 영리하지는 않았다.

*

"검사님, 식사 좀 하고 계속 하시죠. 이러다 저희도 굶어 죽겠습니다."

차명계좌 입출금 내역을 들여다보고 있던 수사관이 참다못해 입을 열었다. 깡마른 어깨를 구부정하게 숙인 채 서류를 뒤지고 있던 제원이 눈을 번쩍 들었다.

"몇 십니까?"

"세 시가 넘었어요."

항의조로 말하는 40대 수사관의 말에 제원은 흘러내린 안경을 추켜올렸다.

"네 시에 먹죠. 깔끔하게."

"아니, 아까 두 시 반에도 그런 소리 하셨잖아요."

"수사는 흐름이 중요한 겁니다. 저도 명의 대조 곧 있으면 끝나요. 일 보고 뒤 안 닦은 것처럼 찝찝한 기분으로 밥 먹으러 갈 수는 없지 않습니까? 밥 한 끼 좀 늦게 먹는다고 안 굶어 죽습니다. 하지만 흐름을 놓치면 범죄자를 놓칠 수가 있죠. 내 고혈을 빨아먹는 박쥐 같은 놈들 말입니다."

까칠하게 자란 수염을 벅벅 긁으며 단호하게 내뱉는 제원의 말에 서류 더미에 파묻혀 있던 사람들은 기가 질린 표정으로 입을 다물었다. 이럴 때는 사람들이 부르는 '개제원'이라는 별명이 딱이었다. 기이한 광채가 나는 듯한 눈을 부릅뜨고 한 바퀴 훑어본 제원은 다시 고개를 숙였다. 300건이 넘는 이체 내역에서 특이 사항을 찾으며 관련자와 명의 대조를 하고 있던 제원은 삐걱, 하고 열리는 문소리에 눈썹을 치켜 올렸다. 사무실로 들어선 사람은 서연이었다.

"여, 오늘은 쉰다더니."

"잠깐 할 말 있어요. 10분이면 돼요."

인사를 하려는 수사관들의 기척을 만류하며 서연이 나직하게 말했다. 밀랍처럼 하얗게 질린 얼굴색이 좋지 않았다. 제원은 비라도 맞은 듯 아직 젖어 있는 서연의 어깨와, 그녀의 손에 들린 서류봉투를 흘끔거리며 몸을 일으켰다. 서연은 텅 비어 있는 휴게실로 들어섰다.

"도대체 무슨 일이길래 몇 시간 만에 그렇게 죽을상을 하고 왔어?"

제원은 내친김에 담배에 불을 붙이며 중얼거렸다. 서연이 서류봉투를 내밀었다.

"선배밖에 믿을 사람이 없어요. 선배가 맡아주면 좋겠지만 성은건설 조사도 아직 안 끝났으니까. 적당한 사람 찾아서 넘겨주실래요? 무슨 일이 있어도 물고 안 놓을 사람으로."

"뭐길래 이런 식으로 사람 겁을 주……."

두툼한 봉투에서 꺼낸 노트를 휘리릭 넘겨보던 제원의 미간이 바짝 좁혀졌다. 날짜, 이름, 금액과 서명이 되어 있는 그것은 일종의 장부였다. 미심쩍은 눈으로 서연을 응시하며 제원은 봉투 안에 있는 서류들을 마저 꺼냈다. 서류에 날인되어 있는 회사 이름을 확인한 제원의 입에서 담배가 떨어졌다.

"태산그룹 기업어음 발행내역에 비밀 장부라. 내가 생각하는 그 스토린가?"

"단기 채권, 자산유동화기업어음 내역까지 다 뒤져보면 비자금 규모 나와요. 자료가 10년 전까지 거슬러 올라가니까 확인하는 데 시간은 좀 걸릴 거예요. 그러니까, 지치지 않고, 포기하지 않고 끝까지 물고 늘어질 사람이 필요해요."

"너는 이게 10분짜리냐? 몇 개월을 몸 바쳐 일해야 할지 견적도 안 나오는 폭탄을 던지면서, 뭐? 10분이면 돼요? 어쭙잖게 덤비기에 태산은 덩치가 너무 커. 벌써부터 삭신이 녹아나는 소리가 들리는데."

"그래도 욕심나죠?"

이미 서류에 적힌 숫자를 빠르게 훑고 있는 제원을 바라보며 서연이 힘없이 웃었다. 맛있는 뼈다귀를 보며 군침을 흘리는 광견의 눈빛과 다를 바 없었다. 제원이 기계적으로 고개를 끄덕였다.

"그럼 선배가 맡아줘요. 어차피 성은건설이랑 엮인 것도 많으니까, 인원 보충 요청해서 판 한 번 크게 벌려봐요. 잘하잖아, 그런 거."

"그런데 너."

바닥에 떨어진 담배를 주워 먼지를 털어내며 제원이 고개를 들었다. 안경 너머의 눈매가 날카로웠다.

"괜찮겠냐? 네 아버지 감옥 보내는 거."

제원은 잠시의 동요도 놓치지 않으려 주의 깊게 서연의 표정을 관찰했다. 그는 평생 믿어왔던 사람에게 배신당한 이후로 사람에 대한 신뢰를 잃었다. 혈연관계의 비리를 직접 고발하는 것은 쉬운 일이 아니다. 서연이 어떤 생각을 하고 있는지 알아야 했다.

고운 미간 아래 검은 눈동자가, 천천히 이지러졌다. 그녀는 웃고 있었다.

"믿어져요? 그게 내가 검사가 된 이유라고 한다면."

막 물었던 담배를 또다시 떨어뜨린 제원의 입이 기이하게 벌어졌다. 그럼 잘 부탁할게요, 하고 제원의 마른 어깨를 가볍게 두드린 서연이 몸을 돌렸다. 그 가녀린 뒷모습에 대고 제원이 물었다.

"내일은 올 거냐?"

문고리를 잡은 서연이 잠시 걸음을 멈췄다. 반쯤 고개를 돌린 달처럼 하얀 얼굴이 희미하게 웃는 것도 같았지만, 그녀는 끝내 대답 없이 방을 나섰다. 어깨가 축 늘어질 정도의 무게감을 주는 서류를 세게 움켜쥐며, 제원은 무거운 공기 속을 부유하는 먼지 사이에서 깊은 한숨을 내쉬었다.

펜트하우스에 계십니다, 라는 전화기 너머 비서의 친절한 답변에 서연은 액셀을 밟았다. 지금 상황에 도움을 청할 수 있는 사람이라면 한 명밖에 떠오르지 않았다. 전후 상황을 알고 있고, 어쩌면 성은을 회유할 수 있는 카드를 쥐고 있을지도 모를, 법적인 한계로부터 자유로운 사람.

서연은 인하가 있는 건물의 최고층으로 달려갔다. 30층에 있는 오피스형 펜트하우스 입구에는 경비가 서 있었지만 서연의 얼굴을 알아보고는 잠시 머뭇거리는 눈치였다.

"왜요. 안에서 다른 여자랑 내가 봐서는 안 될 짓이라도 하고 있어요?"

"저, 절대 그렇지 않습니다."

약혼녀의 가면을 쓰고 따져 묻는 서연의 서슬에 경비는 손을 내저었다.

"그저 아무도 들여보내지 말라고 하셔서."

"내가 그 '아무도'라고 생각하는 건 아니죠, 설마? 당신의 한마디가 우리 약혼에 어떤 영향을 미칠지, 궁금해요?"

"······들어가십시오."

키 카드를 통과시키자 전자음과 함께 열리는 문을 박차고 서연이 들어섰다. 100평에 달하는 널찍한 내부는 조용했지만, 멀리서 벽에 막힌 듯 웅웅거리는 목소리가 들렸다. 서연은 그 소리를 좇아 천천히 걸음을 옮겼다. 인하가 개인 서재로 쓰는 방이었다.

"그게 말이 되는 소리야? 아직도 못 찾았다니! 근방 20㎞ 이내에 있는 대형 창고를 찾는 게 뭐가 어렵다고! 신호는 거의 다 잡았다고 했잖아. GPS 추적기에서 아직 감지된 건 없나? 혹시 모르니까 수신기는 계속 켜둬. 아니, 영상은 들어오고 있어. 일단 폐건물이나 창고를 찾아. 지금 운영 중인 곳은 아닐 거야. 인적이 드문 곳이야. 시간이 많지 않아."

누군가와 통화를 하고 있는 인하의 목소리는 초조함을 품고 있었다. 무언가를 부탁할 상황은 아닌 것처럼 보였지만, 서연은 기댈 곳이 없었다. 작게 심호흡을 한 뒤 서연은 서재 안으로 들어섰다.

　방 안을 서성이던 인하는 그녀의 인기척에 무심코 고개를 돌리다 말고 그대로 돌처럼 굳어졌다. 귀에 꽂고 있던 블루투스를 빼내려던 그 자세 그대로 멈춘 그를 바라보며, 서연이 한 걸음 다가섰다. 인하가 자신을 쫓아내지 못하게 할 생각으로 그녀는 다급하게 말을 내뱉었다.

　"무슨 일이 있는 모양인데, 갑자기 찾아와서 미안해. 부탁할 사람이 오빠밖에 없어서……."

　〈거래는 심 검사와 하는 거야. 넌 그저 얌전히, 네 처분을 기다리면 돼.〉

　어디선가 남자의 목소리가 들렸다. 서연의 고개가 자연스레 소리를 따라 움직였다. 책상에 있는 노트북에서 흘러나오는 소리였다. 심 검사라는 호칭에 서연이 눈을 치켜떴다. 그리고 뒤이어 들리는 목소리에 그녀는 뒤통수를 세게 맞아 머릿속이 하얗게 탈색되는 듯한 느낌을 받았다.

　〈중국 절강성 철도공사의 입찰 건에 대한 F&C의 입장을 알고 있습니다.〉

　"서연아, 잠깐만. 내가 설명을 먼저……."

　늘 짓고 있던 여유로운 표정이 무너진 인하가 그녀를 잡으려 했지만 서연은 이미 노트북 쪽으로 다가간 후였다. 노트북 화면은 어떤 남자를 비추고 있었다. 몸을 낮추고 있는 남자는 처음 보는 얼굴이었다. 그는 화면 쪽으로 손을 뻗고 있었고, 서연은 그 손에 묻어 있는 핏자국을 보았다. 남자의 뒤에는 서성이는 다른 두 명의 남자가 있었고, 잿빛 이외에는 텅 비어 있는 그곳은 창고처럼 보였다.

〈지금 무슨 소릴 하는 거냐, 차강준. 어?〉

서연의 숨이 멈췄다. 차강준. 분명 그의 이름을 불렀다. 그리고 그에 대답하듯, 강준의 목소리가 들렸다.

〈심사위원회의 과반수는 이미 F&C 쪽으로 돌아섰습니다. 그 명단을 제가 알고 있다고 말하는 겁니다.〉

"이게…… 뭐야? 강준이 지금 어디 있는 거야? 뭘, 하고 있는 거야."

눈조차 깜빡일 수 없었다. 화면 아래쪽에 누군가의 무릎이 보였다. 검은 바지에는 말라붙어 가는 핏덩이가 묻어 있었다. 손가락이 떨려와 서연은 세게 주먹을 쥐었다. 분주하게 돌아가는 머리가 무언가를 열심히 설명하려 하고 있었다.

순간 화면이 거칠게 흔들리며 남자의 얼굴이 가까이 다가왔다. 분에 찬 얼굴을 하고 있는 남자가 이죽이며 외쳤다.

〈너 따위가 뭐라고 그런 걸 안다는 거야? 되는대로 주워섬겨 봐야 소용없어! 입 닥치고 가만히 있으란 말이다.〉

〈H개발공사 안대우 감리관. 최근 성은에서 보낸 선물을 거절했을 겁니다. 확인해 보시고, 회장님에게 전하세요. 저와도 거래를 하고 싶다면, 이곳으로 직접 오시라고.〉

강준의 목소리에 아연해지는 남자의 표정을 바라보던 서연이 천천히 고개를 돌렸다. 눈을 감은 채 이마를 짚고 있던 인하가 바싹 마른 입술을 손등으로 닦아냈다.

"곧 찾을 수 있어. GPS 추적기가 어디에 세게 부딪쳤는지 중간에 신호가 나가서. 거의 근처까지 다 갔어. 적어도 채 회장이 올 때까지는 아무 일 없을 거야. 그러니까……."

제 어깨를 향해 뻗는 인하의 팔을 쳐내는 서연의 손길이 매서웠다. 끝을 들여다볼 수 없을 만큼 깊은 눈동자로 인하를 바라보던 서연이 입을 열었다. 서늘한 목소리가 칼처럼 날을 세우고 있었다.

"최대한 짧게 설명해. 그리고 납득시켜 봐, 내가 무슨 짓이든 하기 전에."

긴장으로 얼굴을 굳힌 인하가 막막한 한숨을 삼켰다. 침착하게 할 말을 떠올리려 했지만 낯선 타인을 보는 것처럼 불신의 벽을 쌓은 서연의 냉엄한 눈동자를 앞에 두자 말문이 막혔다. 몇 번을 망설이던 인하는, 눈을 감은 채 책상에 몸을 기댔다. 지금 그가 할 설명이, 앞으로의 서연과의 관계를 규정할 것이라고 생각하자 육중한 부담감이 어깨를 짓눌렀다.

"차강준이 얼마 전에 전화를 했어. 널 미행하는 사람들이 있다면서. 알아보니 채 회장이 붙인 사람들이더군. 네가 가진 증거로 채희철을 집어넣는 것은 어렵지 않겠지만, 채 회장은 건재하겠지. 언제든 널 건드릴 수 있다는 뜻이고."

강준의 이름에 서연의 눈동자가 잘게 떨렸다. 인하는 노트북 화면을 흘끔거리며 말을 이었다.

"이건 모두 너를 위해서 한 일이야, 서연아. 채정문이 너를 건드리기 전에, 우리가 그를 막기 위해서. 그게 내가 차강준과 손을 잡고 이 일을 벌인 이유야."

서연은 말이 없었다. 직선적인 눈빛으로 재촉하는 서연에게 한숨을 내쉬며 인하는 혀를 찼다.

"차강준은 너에게 쉽게 접근할 수 없도록 주위를 차단하면, 채회장이 널 자극할 수 있는 다른 방법을 찾을 거라고 생각했어. 네 뒷조사를 조금만 한다면 쉽게 알아낼 수 있겠지. 가장 적당한 미끼가 누구인지 말이야. 힘없고, 눈에 띄지 않는 삶을 사는 약자. 건드리고 짓밟아도 크게 뒤탈이 있을 것 같지 않은, 그렇지만 그들에게 중요한 누군가에게는 절대적인 영향력을 행사할 수 있는 사람."

인하는 불안으로 커다랗게 부풀어 오르는 서연의 눈동자를 직시하며 쐐기를 박듯 말했다.

"차강준은 기꺼이 그 미끼가 되겠다고 했어. GPS 추적기와 카메라를 달고 다녔지. 언제 무슨 일이 있더라도 증거를 잡을 수 있도록 말이야. 그는 채정문을 수면 밖으로 끌어내 채희철과 같이 집어넣을 생각이야. 네 안전을 위해서, 성은을 아예 무너뜨리려고 하는 거지."

서연의 몸이 비틀거렸다. 인하가 잡아주려 했지만 그녀는 손을 들어 그의 손길을 가로막았다. 맑은 눈동자가 혼란으로 흐트러졌다. 서연은 숨 가쁘게 내뱉었다.

"말이 안 돼. 강준이는…… 강준이는 그런 일을 할 수 있는 사람이 아니야. 무슨 뜻인지 알잖아. 이런 식으로, 일을 이런 식으로 생각할 수 있는 종류의 사람이 아니라고. 그 애의 머릿속에 있는 건 이쪽과는 다른 세상이야. 평온하고 평범한 세상. 어떻게 이렇게까지, 이런 일에 발을 담글 수가 있지? 어떻게!"

"⋯⋯네게 준 성은건설의 자료."

망설이던 인하는 결국 체념하고 입을 열었다. 서연의 눈썹이 치솟았다.

"채희철에게서 그 자료를 가져온 게 바로 차강준이야. 그는 어떤 일을 할 수 있고 없고를 자신이 속한 세상에서 판단하지 않아, 서연아. 그가 모든 걸 판단하는 기준은 너야. 너를 지키기 위해서라면, 할 수 있는 모든 일을 하는 사람이지. 너도 알고 있잖아."

눈을 감은 서연의 입술 새로 금방이라도 무너질 것 같은 절망적인 한숨이 흘러나왔다. 인하는 자신이 솔직해야 한다는 것을 알고 있었다. 이 순간 조금이라도 감추는 것이 있다면, 그녀는 어쩌면 다시는 자신을 보지 않을 것이다.

"솔직히 욕심도 났어. 너를 지키고도 싶었지만, 동시에 성은을 아예 무너뜨릴 수 있는 좋은 기회라고 생각했지. 그래서 채정문을 끌어낼 수 있을 만한 정보를 차강준에게 준 거야. 지금까지는 계획대로야. 차강준이 있는 위치는 곧 찾을 수 있을 거고. 이런 상황에서 채정문이 찍힌 영상만 확보해도 상해에 협박으로 걸 수 있겠지만 몇 마디만 더 끌어내면 뇌물공여죄도 가능할 거야. 그러니까 조금만 차분하게 기다려 줘. 어차피 벌어진 일이잖아."

서연은 깊게 심호흡을 했다. 자꾸만 흐트러지려 하는 정신을 붙잡고 있기가 힘들었다. 이런 식으로, 제 몸은 조금도 돌보지 않고 위험 속에 뛰어든 강준의 마음에 숨이 막혔다. 평소와 다르지 않은 얼굴로 웃고 있었으면서. 아무 일도 없을 것처럼, 내일도 오늘과 같을 것처럼 곁에 있었으면서.

그래, 말을 할 수 없었겠지. 행여라도 알았다면 절대로 하게 두지 않았을 테니까.

아니, 내가 정말 그랬을까? 그 애의 눈이 오직 나를 향해 있는 것을 알고 있었으면서, 날 위해서 무엇이든 할 수 있는 아이라는 걸 알면서, 내가 은연중에 그 애의 등을 떠민 게 아닐까. 성은을 잡아넣을 수 없는 게 분해서, 차마 아버지를 단칼에 잘라내는 것을 망설이면서, 그 애에게 기대고 투정부리며 무언가 해주기를 바라지는 않았던가.

아니, 내게 도움이 되기 위해 무엇이든 할 것이라는 걸 알면서도 모른 척했던 것은 아니었나.

걱정과 불안으로 어두워진 눈을 들어, 서연은 노트북을 바라보았다. 화면은 반듯하게 정면을 비추고 있었다. 후, 하고 강준의 낮은 한숨 소리가 들릴 듯 말 듯 바람처럼 흩날렸다. 그 작은 숨소리에 얼음의 결정처럼 투명하게 맺히기 시작한 눈물을 억누르며, 서연의 입술이 움직였다. 낮게 잠긴 목소리가 흔들렸다.

"위치부터 알아내요. 채정문은 어떻게 되든 상관없으니까, 위치 확인하는 대로 강준이 내 앞에 데려오라구요."

"서연아."

"무슨 일이라도 생기면……."

서연의 창백한 뺨을 바라보던 인하는 그녀의 입술을 물끄러미 바라보았다. 새파랗게 핏기가 질린 입술을 깨물고 있던 서연은,

아무에게도 들리지 않기를 바라는 것처럼 작게 속삭였다.

"내가 날 용서할 자신이 없어."

부서져라 주먹을 쥐고 있는 작은 손이 옅게 떨렸다. 깊은 한숨을 삼키며 인하는 휴대폰을 들었다.

"채정문 회장 곧 이동하기 시작할 거야. 놓치지 말고 뒤를 밟아."

그를 따라가는 것이 빠를 수도, 이미 강준을 찾고 있는 쪽이 빠를 수도 있다. 인하는 유령처럼 서 있는 서연에게 의자를 권하려 했지만, 모니터를 바라보며 금방이라도 눈물을 터뜨릴 것처럼 위태롭게 서 있는 그녀의 표정에 조용히 입을 다물었다.

#16
봄이 오다

/

정신이 아득했다. 젖어 있던 몸이 마르면서 오한이 그를 덮쳤다. 어지간한 겨울에도 반팔 티셔츠 한 장으로 버티곤 했던 강준이었지만 지금의 오한은 그런 것과는 달랐다. 피부 바깥에서 느껴지는 것이 아니라 몸 안에서부터 번지고 있는 추위였다. 몸이 떨리는 것을 막기 위해 이를 악물었지만 소용없었다. 손과 발끝의 감각이 희미해지고 있었다. 엉망으로 얻어맞고 걷어차인 몸의 근육이 뻐근한 비명을 질러대고 있었다.

몇 시나 되었을까. 해는 아직 지지 않았다. 눈은 가려져 있었지만 감긴 눈꺼풀 너머로 환한 빛이 느껴졌다. 볼품없는 그의 살갗을 간질이는 따뜻함도 아직 남아 있었다.

빛과 온기, 그것만으로도 강준은 어렵지 않게 서연을 그려낼 수 있었다. 곁에 있어도, 눈으로 보고 있어도 그립다는 말을 그는 마음 깊이 이해했다. 바람에 흩날리던 머리카락, 그녀의 목덜미에서 나던 향기, 무언가 마음에 들지 않을 때 습관처럼 이마에 잡히는 주름과 입술을 깨무는 버릇. 그녀의 모든 것이 그립고 절실했다. 강준은 깊게 숨을 들이켰다.

화를 낼 것이다. 제멋대로 그가 저지르고 만 이 모든 일을 그냥 넘길 서연이 아니라는 걸, 강준은 잘 알고 있었다. 그래서 비겁하지만 그녀에게 알리지 못했다. 불처럼 화를 낼 그녀가 두려워서, 자신에게 실망할 서연을 볼 자신이 없어서.

하지만 후회는 하지 않았다. 그녀를 둘러싼 위험이 눈에 보이는데, 자신이 할 수 있는 일이 있다는 걸 아는데 가만히 있을 수는 없었다. 선을 넘었다는 자각은 있었지만, 또 한 번 선택의 기회가 온다고 해도 강준은 망설임 없이 지금과 같은 일을 했을 것이다. 설사 그 선택으로 그녀가 등을 돌린다 하더라도, 다시는 전처럼 그를 품어주지 않는다고 해도 그녀를 노리는 사람들에게서 떼어 놓을 수 있다면 그는 견딜 수 있었다.

기대 없이 감정을 접는 일에는 익숙해져 있으니까.

그럼에도, 강준은 끊임없이 뒤로 묶인 손을 쥐었다 펴는 것을 계속했다. 그는 작은 희망을 버리지 않았다. 시간이 조금 흐르면, 그래도 그녀가 용서를 해줄지도 모른다. 지금처럼 다정하게 웃어주지는 않더라도, 그래도, 가끔은 그를 찾아와 줄지도 모른다. 그렇게 멀리서라도, 그녀를 느끼며 어떻게든 살아갈 수 있지 않을까.

흠, 하고 강준의 입에서 자조적인 웃음이 흘러나왔다. 솔직해져라, 차강준. 아니, 이제는 그러지 못할 것이다. 자신의 감정과 온전히 같지는 않더라도, 서연은 그를 아끼고 사랑했다. 그를 바라보는 눈빛과 손길에서 강준은 그것을 느낄 수 있었다. 그것은 강준에게 마약과도 같았다. 그의 감정과 서연에 대한 갈증은 끝없이 계속 깊어질 뿐이었다. 더 이상 먼발치에서 그녀를 바라보기만 할 자신은 없다.

화를 낸다면 사과하자. 다시는 그러지 않겠다고 설득하자. 그녀의 동정심과 연민을 이용해서라도 곁에 있자. 강준은 가지런한 입술을 굳게 다물었다. 그녀가 말하지 않았던가. 하고 싶은 말을 하고, 하고 싶은 일을 하며 살라고.

강준은 무슨 짓을 해서라도 서연의 곁에 있자고 속삭이는 자신의 이기심을 똑바로 마주하고, 조용히 받아들였다.

누군가 비겁하다고, 치졸하다고 욕을 해도 좋다. 네까짓 게 감히, 하고 손가락질을 한다 해도 그게 무슨 의미가 있단 말인가. 그 무엇도 서연을 놓치고, 그녀에게서만 얻을 수 있는 빛과 온기가 사라져 버린 잿빛 세상에 홀로 남을 그의 미래보다 두렵진 않았다.

"보고 싶어요."

강준이 문득 속삭였다. 어쩐지 그녀가 대답을 할 것만 같은 기분이 들었다. 강준은 파랗게 질린 단단한 입술을 깨물고, 낮게 내뱉었다.

"보고 싶다, 심서연."

그 이름 석 자를 입 밖에 내는 것이 무엇이 그렇게 두려웠던가. 죽음이 그를 부르는 그 순간까지, 수도 없이 되뇌일 이름인 것을. 강준은 작게 웃음을 터뜨렸다.

"……사랑한다! 심서연!"

울컥이는 가슴을 참지 못하고 목이 터져라 강준은 외쳤다. 버럭 튀어나온 그의 외침에 당황한 듯 서둘러 다가오는 사람들의 발걸음 소리가 들렸다. 끝이 터진 강준의 입술이 시원스레 웃고 있었다. 오랫동안 단단하게 묶여져 있던 감정의 사슬이, 먼지처럼 부서져 찬란하게 흩어졌다.

"도착하셨다."

강준의 외침을 일종의 각오로 받아들인 영길이 미간을 찌푸렸다. 그는 강준에 대한 A4 네 장짜리 자료를 떠올렸다. 조금도 특이할 것이 없는 만만한 대학생이라는 자신의 판단이 뿌리까지 흔들리고 있었다.

그는 정문에게 명령을 받는 사람이었다. 늘 충실하게 복종하며 고개를 조아려 왔고, 그보다 더 높은 세상을 바라본 적은 없었다. 그런데 강준은 그의 어깨 너머에 있는, 감히 닿을 수 있을 거라 생각해 본 적도 없는 사람과 거래를 하려 하고 있다. 특이점이 없는 평범한 대학생은 분명히 아니었다.

"눈과 손은 풀어주시죠."

강준의 말에 영길이 대번에 인상을 찌푸렸다.

"입만 멀쩡하면 되는 거 아니……"

"채정문 회장님의 목소리를 모릅니다. 얼굴을 보지 않으면 그분인지 제가 확인할 수가 없으니까요."

강준의 목소리는 필요 이상으로 차분했다. 마치 자신이 어떻게 나올지 알고 있다는 듯 막힘없이 대답하는 통에 영길은 기가 찰 지경이었다.

"손까지 풀어줄 필요는 없……."

"저는 거래를 제안했습니다."

강준은 영길의 말을 가로막았다. 영길이 눈을 부라렸지만 아직 눈이 가려져 있는 강준에게는 아무 의미 없는 행동이었다.

"거래는 동등한 상태에서 이뤄지는 게 전제 조건입니다. 그게 안 된다면 저는 거래를 할 생각이 없습니다. 당신 말대로 검사님과의 거래 대상이 되든지, 제가 한 일에 대한 대가를 치르면 되겠지요."

정문이 뒤에서 걸어오고 있었다. 여기까지 발걸음하게 해놓고 강준이 입을 다물어 버리면 모든 책임의 화살은 자신에게 쏟아질 것이 뻔하다. 손버릇이 나쁜 정문을 떠올리며 영길은 이를 갈았다. 눈앞에 있는 것은 영악한 여우새끼였다. 일이 꼬이고 있었다.

"쓸데없는 짓 할 생각 집어치워. 너 혼자서는 여기 못 벗어나."

영길은 엄포를 놓으며 강준의 눈가리개를 세게 잡아 내렸다. 갑자기 쏟아진 빛에 눈이 부신지 미간을 찌푸리고 있던 강준이 천천히 눈꺼풀을 들어 올렸다. 손을 묶어둔 끈을 벗겨내자 가볍게 손목을 털어내는 강준을, 영길은 흘끗 바라보았다.

처음으로 햇빛 아래 마주하는 강준의 눈을 보는 순간 그는 자신이 내내 느껴왔던 불길함이 맞아떨어질 것임을 예감했다. 길게 뻗은 강준의 검은 눈은 맑고도 또렷했다. 분명한 목적이 있는 듯 생기로 반짝이는 눈이었다.

"객기 부릴 생각이었다면 여기까지 오지도 않았을 겁니다."

강준이 작게 내뱉었다. 그 말에 영길은 한 걸음 물러섰다. 뭐라도 해야겠다는 생각에 흠칫 뒤를 돌아보았지만 이미 정문이 옆에 서 있었다.

"칩인 줄 알았더니 주사위였나. F&C에 대해 뭘 알고 있다고?"

늦었다. 영길은 답답한 한숨을 내쉬었다. 강준은 마치 그물에 걸려든 물고기를 보는 듯한 눈을 하고 있었다.

"송인하 본부장 밑에서 일하고 있습니다. F&C는 이미 철도공사 심사를 담당하는 위원회 명단을 전부 입수했습니다. 과반수 이상이 성은건설이 아닌 F&C의 손을 들어줄 예정이구요."

정문은 대담한 눈을 하고 있는 어린 남자를 바라보며 웃고 말았다. 솜털이 보송보송할 것 같은 애송이다. 물론 그는 심서연의 남자였고, 그 배경만으로도 단순한 대학생으로 느껴지지는 않았지만 그래도 정문의 눈에는 그가 상대하기에는 턱없이 부족한 어린애일 뿐이었다.

정문이 손을 내밀었다. 머뭇거리던 영길이 그의 손에 골프채를 쥐어주었다. 위협적으로 눈앞에서 골프채를 휘둘러보았지만 강준은 움찔하는 기색조차 보이지 않았다. 과연, 폭력으로 다룰 수는 없다는 건가.

영길을 흘끗 바라본 정문이 허리를 조금 굽혀 강준과 눈높이를 맞췄다. 피로 얼룩진 얼굴은 창백했고, 숨기려 하고 있지만 손끝이 가늘게 떨리고 있다. 눈만은 형형하게 빛났지만, 그는 먼지투성이 옷에 감싸인 탄탄한 몸을 일으킬 힘조차 없어 보였다. 정문은 여유롭게 웃으며 말했다.

"내게 원하는 게 뭔가?"

강준은 턱을 조금 치켜들었다. 정문의 눈은 건택과 닮아 있었다. 사람을 물건으로 보는 듯한 무감하고 냉정한 시선. 강준이 입을 열었다.

"채희철 이사를 포기하세요. 심서연 검사에게 위협이 되는 어떤 행동도 하지 말란 말입니다."

하. 정문이 어이없다는 듯 실소를 흘렸다. 이 모든 것이 결국 어린애의 치기 어린 사랑놀음이었단 말인가. 그는 고개를 저으며 강준을 가만히 바라보았다.

"아들을 버리고 실리를 챙겨라. 30년은 이른 소리를 하는군."

"성공적인 거래를 하려면 상대방이 원하는 걸 제안하라고 배웠습니다."

강준은 망설임 없이 대답했다. 배짱만 두둑한 게 아니라 두뇌 회전도 빠르다. 정문은 늘어진 턱을 매만졌다. 둘을 모두 갖춘 사람을 찾기란 쉬운 일이 아니었다. 게다가 그는 이렇다 할 흔적도 남기지 않고 감쪽같이 희철의 기밀 서류를 빼내지 않았던가.

"덧붙여 성은에서 일을 하는 건 어떤가. 희철이 놈도 그렇게 되고 지금 회사 내부가 말이 아니야. 쓸만한 놈 채워 넣기도 쉽지 않고. 그렇게 하는 게 서로를 향한 신뢰를 더 돈독하게 해주지 않을까 싶네만. 물론 심서연 검사는 털끝 하나 건드리지 않겠네. 그렇게 되면 한 식구나 마찬가지니까 말이야."

강준은 망설이는 것처럼 보였다. 잠시 시선을 떨구고, 한숨을 집어삼켰다. 일련의 계산을 하는 듯 시간이 흘렀고, 정문은 느긋한 얼굴로 그를 응시했다.

희철을 무사히 빼낼 생각은 애초부터 없었다. 그것은 수익률이 형편없는 투자나 마찬가지였다. 일 처리 하나 제대로 못하는 못난 아들은 차라리 얌전히 어딘가에 틀어박혀 있는 쪽이 일에는 도움이 될 것이다.

"성은의 사람이 된 심사위원 명단을 알려주시죠."

생각을 끝냈는지 강준이 고개를 들었다. 변함없이 검은 눈이 반짝였다. 정문이 미간을 찌푸렸다.

"F&C 쪽에 드러내고 싶지 않습니다. 확실히 매수한 사람이 누군지 알려주시면 과반수를 넘길 만큼의 정보를 드리겠습니다."

지나치게 영리하다. 그래서 정문은 잠시 머뭇거렸다. 상대가 사오십대의 노련한 사업가라면 이해할 수 있었지만 눈앞에 있는 강준은 전혀 동떨어진 세계에서 살던 사람이었다. 송인하 밑에서 일을 한다 하더라도 그 잠깐의 시간 동안 제 안위를 지킬 계획까지 세울 수 있단 말인가?

강준은 정문의 눈빛이 흔들리는 것을 보았다. 의심이 싹틀 여유를 주면 안 된다. 그는 기민하게 입을 열었다.

"권영각 차관은 F&C 쪽입니다. 무기명 채권과 부동산 증여가 끝났고 그곳엔 이미 딸 부부가 이사 준비 중이죠."

정문의 눈이 커졌다. 그가 접촉을 시도했지만 거절한 사람이었다. 아예 그의 연락조차 받지 않았다. 강준이 주는 정보는 확실한 것처럼 보였다. 당신 차례라는 듯 가만히 올려다보는 그의 시선에 정문은 흠, 하고 혀를 찼다.

"경제학회장 전윤기. 내 고등학교 동창이지. 몇 년 전 아들이 해외에서 사고를 쳤거든. 확실한 우리 쪽이네."

강준은 한숨을 삼켰다. 안도감에 허리를 뻣뻣하게 세우고 있던 몸이 잠시 허물어졌다. 정문이 스스로 뇌물 공여를 자백한 것과 다름없다. 곧 인하 쪽 사람들이 들이닥칠 것이다. 다급한 마음에 강준의 목소리가 높아졌다.

"더 없습니까. 설마 한 사람은 아니겠죠."

"셋이지. 박제용 무역 관리 차……."

팔짱을 끼던 정문이 입을 다물었다. 고요하던 창고 바깥에서 자동차 엔진 소리가 들리는 것 같았다. 영길이 뒤에서 대기하던 사람들에게 눈짓했다. 밖으로 달려 나가는 그들을 잠시 바라보던 정문이 천천히 고개를 돌려 조용히 강준을 노려보았다.

"할 말이 있을 것 같군."

시선을 딴 채 입을 다물고 있는 강준에게서 무언가를 느낀 정문이 목소리를 낮췄다. 짧은 한숨이 새어 나왔다. 밖에서 들리는 소리가 소란스러워졌다. 정문의 표정이 급변했다.

"무슨 일인가, 대체."

영길이 강준의 멱살을 쥐었다. 몸이 들린 강준이 눈을 들었다.

"너 이 새끼, 무슨 수를 꾸민 거야."

우와아, 하고 시끄러운 소리에 영길이 이를 악물었다. 당황한 얼굴로 정문이 더듬거렸다.

"겨, 경찰인가?"

"일단 피하셔야겠습니다."

"차로 가지. 넌 상황 정리하고, 차강준 처리해."

예, 하고 대답하는 영길을 스쳐 지나 정문이 창고를 빠져나갔다. 강준의 짧은 머리를 움켜쥐고 잠시 고개를 돌렸던 영길은 뒷목에 날아온 주먹을 맞고 크게 휘청거리며 몇 발짝 물러섰다. 날카롭게 눈을 돌리자 머리를 가볍게 털고 있는 강준이 보였다. 금방이라도 쓰러질 것 같은 몰골임에도, 그는 단단하게 주먹을 말아 쥐고 있었다.

"여길 빠져나가도 넌 무사하지 못해. 심서연도 마찬가지다."

"말하지 않았습니까. 그냥 객기를 부릴 거였다면 오지 않았을 거라고. 지금이라도 채 회장을 쫓아가는 게 좋을 겁니다."

"쓸데없는 소리!"

영길이 매섭게 발을 날렸다. 가까스로 허리를 굽힌 강준의 몸이 흔들렸다. 현기증이 그를 덮쳤다. 생각보다 몸 상태가 좋지 않았다.

"할 수 있는 게 하나도 없을 텐데."

"설마요."

날렵하게 뻗은 강준의 다리가 영길의 허리를 파고들었다. 찌릿한 통증이 온몸으로 퍼져 나갔다. 흥분한 영길은 단숨에 강준의 머리를 노리고 주먹을 휘둘렀다. 말라붙은 핏자국이 한쪽 시야를 가리고 있었고, 강준은 순간 앞이 깜깜해져 아무것도 보지 못했다.

천천히 휘청거리며 무너지는 강준에게 다가가던 영길은 걸음을 멈췄다. 그를 향해 달려오는 여럿의 발소리가 들렸다. 우군인가, 적군인가. 뒤를 돌아보기 직전 날카롭게 그를 지나치는 여자의 목소리에, 영길은 눈을 감았다.

"강준아!"

서연은 바닥에 쓰러져 있는 강준을 끌어안았다. 한쪽 얼굴이 피투성이였다. 금방 상처가 터졌는지 머리를 감싼 제 손바닥에 선명하게 묻어나는 핏자국을 본 서연의 얼굴이 창백하게 질렸다.

"강준아. 강준아."

바닥에 주저앉은 채 무릎에 강준의 머리를 올렸다. 눈물이 터져 나왔다. 땀과 피로 젖은 머리카락을 조심스레 쓸어 넘기는 손이 심하게 떨렸다. 강준은 죽은 듯 눈을 감고 있었다.

"너 당장 눈 뜨지 않으면 절대 용서 안 해. 아니, 용서 못해. 제발 눈 좀 떠. 눈 좀 떠봐, 강준아."

어디가 얼마나 다쳤는지조차 알 수 없었다. 서연의 손이 정신없이 강준의 몸을 더듬었다. 울음이 뒤섞인 호흡이 거칠어졌다. 눈물이 자꾸만 앞을 가려 서연은 손등으로 눈을 비볐다. 붉은색이 시야를 물들였다.

스스로를 절대 용서하지 못할 것이다. 이대로 강준에게 무슨 일이라도 생기면, 죽을 때까지 서연은 자신을 용서하지 않을 것이다. 그녀는 이를 악문 채 중얼거렸다. 용서 안 해, 용서 못해, 절대로.

"……계속 그러면 무서워서 눈을 못 뜰 것 같은데……."

강준의 가슴에 얼굴을 묻고 낮게 흐느끼던 서연의 귓가로 지친 목소리가 흘러들어 왔다. 들썩이고 있는 서연의 어깨에 팔을 얹은 듯한 무게감이 느껴졌다. 서연은 재빨리 몸을 일으켰다. 힘겹게 눈을 반쯤 뜨고 있는 강준의 시선이 그녀를 따라 올라왔다.

"이게 뭐야…… 도대체 이게 뭐야, 이 멍청아!"

아이처럼 조금도 억누르지 못한 울음이 터져 나왔다. 볼품없이 온 얼굴을 적시며 울고 있는 서연의 뺨을 조심스레 쓰다듬으며, 강준이 속삭였다.

"미안해요, 걱정 끼쳐서."

"그걸 말이라고! 절대 가만 안 있을 거야. 너 어디 조금이라도 잘못되면……."

서연은 문득 강준이 떨리는 손으로 그의 셔츠 단추를 떼어내는 것을 보았다. 순간 벌어진 셔츠 사이로 탄탄한 근육을 물들이고 있는 시퍼런 멍 자국이 보여 서연의 눈에서 또다시 눈물이 새어 나왔다.

"작동은 잘됐던 거죠? 혹시나 부서질까 봐 최대한 끌어안고 맞았는데."

"……자랑이다. 아주 대단한 일 하셨어."

울고 있으면서도 비아냥대는 서연의 말에 강준이 웃음을 흘리다 말고 통증이 느껴지는지 미간을 찌푸렸다. 대기시켜 둔 구급차를 부르려 고개를 돌리던 서연은 제 손목을 잡는 강준의 손길을 느꼈다.

이 손을 잃어버리지 않게만 해준다면 무엇이든 하겠다고, 수백 번도 더 되뇌었다. 그의 손을 마주 잡으며, 서연은 천천히 눈을 감는 강준을 바라보았다.

"눈 뜰 때 옆에 있어줘요. 어디 가지 말고. 지금은 너무, 졸려서……."

"너무 오래 자면 안 돼. 나한테 할 이야기가 많잖아."

희미하게 고개를 끄덕이며 웃어 보이는 강준의 부르튼 입술에, 서연은 고개를 숙여 입을 맞췄다. 조금이라도 그가 안심할 수 있도록, 그녀의 간절한 온기가 전해지도록, 서연은 조심스레 강준을 감싼 채 오래오래 입을 맞추었다.

따뜻한 오후였다. 강준은 달그락거리는 소리에 무심코 눈을 떴다. 꿈을 꾸듯 몽롱한 기분이었다. 부엌에서 움직이고 있는 누군가의 뒷모습이 아른거렸다. 초점이 흐릿했지만 강준은 눈을 감아도 그녀의 존재를 느낄 수 있었다. 그녀와 어울리는 서늘하고 시원한 향기가 은은하게 불어왔다.

조용히 몸을 일으켰다. 호된 훈련이라도 받은 후의 몸처럼 근육 사이사이가 결렸지만 서연을 향하는 그의 걸음을 막기에는 역부족이었다. 무언가를 하고 있는지 서연은 싱크대 앞에 서서 바쁘게 손을 움직이고 있었다. 서연의 집중력은 무서울 정도로 주변과 자신을 분리시키곤 했다.

하나로 질끈 묶은 서연의 목덜미에 돋아난 솜털이 햇빛에 설탕처럼 반짝거렸다. 핥으면 달콤한 맛이 혀끝을 타고 퍼져 나갈 것이다. 강준은 천천히 그녀의 뒤를 감싸듯이 서서 허리를 굽혔다. 도마에서 서툰 손놀림으로 채소를 썰고 있던 서연은 등 뒤에 닿는 온기를 느꼈다. 싱크대를 넓게 붙잡고 있는 단단한 손가락이 보였다.

강준은 말이 없었다. 숨을 쉴 때마다 그녀의 등과 강준의 가슴이 닿았다 떨어졌다. 가뜩이나 칼질에 서툰 서연은 긴장을 한데다 뒤를 완전히 차단한 강준 때문에 행동이 여의치 않았다. 저리 가라고 팔꿈치로 찔러보았지만 꿈쩍도 하지 않는다. 그를 어린아이처럼 다룰 수 있는 시기는 지났다고 생각했지만 정작 제 뜻대로 따라주지 않으면 금세 미간을 세우고 마는 서연이었다.

기어코 한마디를 할 생각으로 서연은 몸을 돌렸다. 한 걸음 정도는 물러설 줄 알았지만 강준은 여전히 가만히 몸을 굽힌 채 그녀를 바라보고 있었다. 서로의 숨이 느껴질 정도로 가까운 거리에서 본 느릿하게 깜빡이는 그의 눈은 전과는 조금 달랐다. 여전히 그녀를 향한 변함없는 애정으로 감싸여 있었지만, 그것을 조금도 억누르지 않고 있었다. 자신이 여자임을 뼈저리게 느끼게 하는 눈빛. 안아주고 싶은 눈이 아니라 안기고 싶은 눈이었다.

강준의 손이 움직였다. 천천히 서연의 머리칼을 더듬으며 그녀의 뺨을 감쌌다. 감촉을 음미라도 하듯 느릿하게 움직이는 손길에 가슴이 조여들기 시작했지만, 서연은 자신을 속박하듯 조용히 그녀에게서 시선을 떼지 않는 강준을 올려다보았다. 목덜미와 어깨를 스친 강준의 손이 서연의 팔을 부드럽게 쓸고는, 이내 그녀의 손에 제 손가락을 얽었다. 사슬처럼 드세게 얽이는 손의 감촉에 짧은 통증이 맴돌았다.

놓지 않을 거예요.

꿈결처럼 먹먹한 목소리가 흘러나왔다. 강준은 서연이 제 말에 눈을 동그랗게 치켜뜨는 것을 보았다. 햇빛을 받아 반짝이는 속눈썹에 가려진 맑은 눈을 바라보고 있는 것만으로도, 늘 가슴 한구석에 단단히 세우고 있던 벽이 무너져 내리는 것 같았다.

그림처럼 고운 눈썹 사이의 미간을 찡그린 서연이 무어라 대답을 하려는 듯 입술을 삐딱하게 움직였지만, 강준은 그 대답을 들을 여유가 없었다.

피하지 못하도록 서연의 목덜미를 단단하게 붙잡고 입술을 붙였다. 당황한 듯 벌어진 입술 틈으로 거세게 파고들었다. 아랫배 깊은 곳에서부터 치솟아오르는 듯한 열망을 고스란히 표현하며 서연의 입안을 훑었다. 서로의 입술이 짓눌리고 비벼졌다. 서연은 체중을 실어 그녀를 잡아먹을 듯이 입술을 삼키고 있는 강준에게 밀려 상체가 뒤로 젖혀졌다. 싱크대를 잡고 몸이 넘어가지 않도록 버티는 것이 고작이었다.

하아, 하고 달궈진 숨이 새어 나왔다. 서연과 닿아 있는 피부가 불에 덴 듯 뜨거웠다. 부드러운 뺨에 제 코를 비비던 강준의 입술이 서연의 가느다란 목덜미에 닿았다. 여린 살을 빨아들이는 입술에 짜릿한 통증이 그 자리를 맴돌았다. 서연의 손이 자신을 통째로 집어삼킬 듯이 그녀를 감싸고 있는 강준의 어깨를 붙잡았다.

티셔츠가 손바닥 아래에서 구겨졌다.

너 아직 몸이, 하고 중얼거리는 서연의 목소리가 들리는 것도 같았다. 그러나 타는 듯한 갈증을 유일하게 채워줄 수 있는 서연의 몸에 닿아 있는 강준은 스스로를 멈출 수가 없었다. 손가락 끝에 자석처럼 달라붙는 서연의 부드러운 피부와 그녀의 향기, 예민한 입술로만 느낄 수 있는 가녀린 떨림이 그것을 불가능하게 만들었다.

날 거부하지 말아요. 검게 가라앉은 강준의 눈이 그렇게 당부하는 듯했다. 단단하게 굳은살이 박인 손바닥이 서연의 티셔츠를 천천히 들어 올렸다. 손가락이 거칠게 살결을 쓰다듬을 때마다 서연의 가슴이 들썩였다. 숨이 차올랐다. 잠시의 생각할 여유조차 주지 않고 몰아붙이는 강준의 눈빛이, 손이, 그녀를 무력하게 만들었다.

하반신을 바짝 붙여온 강준의 어깨에 매달리듯 손을 얹자 그녀의 마른 허리를 세게 끌어안은 강준의 입술이 서연의 귓바퀴를 따라 움직였다. 흥분으로 들뜬 숨결이 자극에 예민한 여린 살을 할퀴듯 스쳤다. 터질 듯한 심장의 두근거림이 제 것인지 남의 것인지 알 수가 없었다.

언제든 떠나가도, 잡지 않겠다고 생각했어요.

가쁜 숨을 억누르며 강준이 입을 열었다. 낮게 잠긴 목소리에 저절로 몸이 떨렸다. 강준은 대번에 눈썹을 치켜 올리는 서연의 눈꺼풀에 입을 맞췄다. 깊은 한숨이 새어 나왔다.

그게 가능할 줄 알았어. 어리석게도.

제 어깨에 고개를 기대며 허리를 끌어안는 서연의 손길에 강준
은 가만히 그녀의 목덜미에 얼굴을 파묻었다. 코끝에 부딪치는 살
결이 거친 흥분을 불러일으켰다.

이젠 안 돼요. 절대 못 놔.

삼키듯 중얼거린 강준의 손이 힘 있게 서연의 허리를 붙잡았다.
작은 신음을 내뱉는 그녀의 다리 사이를 파고드는 강준의 허벅지
에 단단한 근육이 솟았다. 팽팽해진 뺨을 스치며 흔들리는 서연의
입술에 그의 눈빛이 짙게 가라앉았다. 서연의 체중을 받치며 그녀
의 부드러운 가슴에 코를 부볐다. 진하게 피어오르는 살 냄새를
깊게 들이마시며 강준은 천천히 눈을 감았다.

"차강준은?"

"아직 자요."

"고집부리기는. 병원에서 좀 더 쉬어도 되는데."

"나라고 그렇게 말 안 했을 것 같아?"

"고집 센 건 꼭 널 닮았…… 이거 어디다 둬?"

인하는 날카롭게 자신을 일견하는 서연의 시선을 피하며 들고
온 큼지막한 과일 바구니를 괜히 흔들어 보였다. 강준의 니트를
입은 모양인지 어깨가 넓게 드러난 옷은 소매가 축 늘어져 있었
다. 문득 그녀를 바라보던 인하의 미간이 찌푸려졌다. 하얀 목덜
미에 선홍빛으로 물든 자국이 도장처럼 찍혀 있었다.

"……그래, 병원에서 더 쉴 필요 없겠네. 저놈이 젊긴 젊구나."

"헛소리할 거면 나가."

"경과보고 해주러 온 사람한테 말버릇 하고는. 넌 날 너무 쉽게 대해, 심서연."

"그럴 자격 있는 것 같은데. 이번 일로 F&C가 얻은 걸 생각하면 말이에요, 송인하 본부장님."

"어부지리지, 뭐."

인하는 짐짓 어깨를 으쓱해 보였지만 또렷하게 눈매를 가다듬은 서연에게는 통하지 않았다.

"어부지리는 계획하지 않았던 이득을 뜻하는 말이고, 오빠 아니잖아."

어흠, 하고 멋쩍게 헛기침을 한 인하가 주변을 둘러보았다. 거실, 이라고 부를 수 있는 공간 한 켠에 매트리스가 있었고, 죽은 듯 잠들어 있는 강준이 이불을 덮고 누워 있었다. 앉을 공간을 찾는 인하에게 식탁을 턱짓한 서연이 의자에 앉았다.

"심 회장님, 검찰 조사 시작한 거 알지?"

"개 선배…… 아니, 서제원 검사에게 들었어."

"시간은 좀 걸릴 것 같다고 하더라. 너 괜찮냐? 태산그룹 내에서도 너에 대한 소문 아주 흉흉해. 주주총회 때 나타나서 악담을 퍼붓고 갔다면서."

"그러게 내 말 믿고 주식을 팔았어야지. 사법기관의 말을 안 믿어, 사람들이."

"너 이제 민간인이잖아, 인마."

홍, 하고 코웃음을 친 서연이 물컵을 쥐었다.

"사표 아직 정식 수리 전이거든."

"돌아갈 생각도 없는 게, 말은."

"채 회장은 얼마나 들어가 있을 것 같아?"

"5년도 안 걸리지. 뭐, 그전에 성은은 공중분해되겠지만."

"헐값에 운송 사업만 떼어오기 좋은 기회네. F&C 몸집 좀 불어나겠는데?"

"당분간 공동 경영으로 가려고 한다. 철강 투자에 인수 합병까지, 욕심은 났지만 막상 맡고 보니 규모가 너무 커서 친구 도움 좀 받을까 하고. 그 녀석이 이번 일을 도와주기도 했으니."

인하는 서연이 눈썹을 삐죽 올리는 걸 보며 피식 웃었다.

"GPS 추적기 같은 걸 내가 어디서 구했겠냐. 내 머리에서 나온 계획 아니야. 나는 자금을 댔고, 계획은 그 녀석이랑 차강준이 짰지. 내일쯤 런던에서 돌아올 거야."

"뭐 하는 사람인데?"

"도우찬이라고, 다이너마이트지. 여기가."

관자놀이를 콕콕 찔러 보이며 인하가 느긋하게 의자에 등을 기댔다. 그가 어느 집 핏줄인지, 왜 런던으로 유배를 가 있었는지까지 서연에게 알릴 필요는 없을 것이다. 그런 그를 미심쩍은 눈으로 바라보던 서연이 식탁을 톡톡 두드렸다.

"검찰에서 동영상 보고 F&C는 참고인으로 소환 안 해? 그 부분은 숨아내고 보냈나?"

채 회장의 입에서 뇌물을 준 심사위원의 이름을 듣기 위해 강준은 F&C 쪽의 패를 먼저 읊었다. 검찰이 그 영상을 봤다면 F&C를 그냥 넘기지는 않았을 것이다.

그러나 인하는 여유로운 표정으로 웃어 보였다.

"성은이랑 경쟁 붙던 절강성 철도 공사 건은 버리는 카드였어. 알아보니 지반도 약하고, 공사 기간이 생각보다 훨씬 더 길어질 것 같더라고. 그냥 손 털고 나오려고 했는데 '어느' 분의 부탁을 받고 입찰가를 좀 올려준 것뿐이지. 우리는 그쪽 심사위원들에게 준 건 없어. 받은 거라면 몰라도."

눈썹을 들어 올리며 익살스러운 표정을 지어 보이는 인하를 흘겨보며, 서연이 차갑게 내뱉었다.

"검사 아니라고 이제 너무 드러낸다? 사표 정식 수리되기 전이라니까."

"그래서 말인데."

인하가 습관처럼 식탁 위에 놓여 있는 서연의 손을 덥석 잡았다. 이맛살을 찌푸리며 서슬 퍼렇게 노려보는 서연의 시선에 그는 입맛을 다시며 잡았던 손을 놓았다.

"너랑 차강준, 우리 회사로 들어오지 않을래? 사실은 우찬이 그 녀석이 강준이가 마음에 들었는지 데려가겠다고 하는 걸 겨우 말렸거든. 내가 쓸 거라고. 넌 법무팀에서 일하고, 차강준은 보안팀에서 일하는 거 어때. 내가 동급 최고 연봉은 보장한다."

"오빠 늘 유혹적인 제안을 하더라."

부드럽게 눈매를 누그러뜨리며 웃는 서연의 표정에 인하가 덩달아 미소 지었지만, 그 미소가 완성되기도 전에 서연은 코웃음을 치고 있었다.

"그리고 늘 거절당하지."

"……나 트라우마 생긴다, 너 때문에."

"당분간은 좀 쉴 거야."

절망적인 얼굴로 이마를 짚으며 의자에서 주르륵 몸을 미끄러뜨리는 인하의 엄살을 무심한 눈으로 바라보며 서연이 중얼거렸다. 슬쩍 고개를 돌리자 여전히 반듯한 자세로 잠에 빠져 있는 강준의 옆모습이 눈에 들어왔다.

"아직 차강준, 법원에 몇 번 드나들어야 할 거야."

"잘 알지. 담당 검사를 잘 아니까. 그 선배는 강준이가 뭘 했는지보다, 나랑 무슨 관계인지를 더 궁금해할걸."

고개를 기울인 채 편안한 얼굴로 가볍게 웃고 있는 서연의 옆모습을 바라보며, 인하는 얼굴에 배어버린 미소를 지었다. 이 순간조차 진심이 아닌, 습관처럼 짓고 마는 제 미소가 조금은 처량하게 느껴졌다.

그러나 동정과 연민은 패배자를 향한 것이다. 흠, 하고 자괴감을 털어내듯 옷을 탈탈 털어낸 인하가 몸을 일으켰다.

"그래도 내 제안은 유효해. 잊지 말고 필요하면 연락해."

"오빠."

의자에 걸어둔 코트를 집던 인하가 눈을 돌렸다. 따뜻한 봄의 간질거리는 햇살처럼 웃고 있는 서연이 말했다.

"고마워, 도와줘서."

아버지의 굴레에서 몸부림치던 어린 소녀의 얼굴이, 시원스레 웃고 있는 서연의 얼굴에 겹쳐졌다. 사랑하는 이에게 바라는 가장 큰 것은, 결국 그 사람의 웃는 얼굴이 아닐까. 인하는 낮게 혀를 차며 웃었다.

"공짜 아니야. 너무 감사하지 마라."

농담처럼 가볍게 내뱉은 인하가 문을 나섰다. 계단을 오르며 그는 모든 사람의 위에 서서 누구보다 화려하고 아름답게 살 수 있었던 삶을 뒤로하고 서연이 선택한 작은 집을 뒤돌아 보았다. 어떤 선택이건 그녀 자신이 만족할 수 있는 것이라면 그걸로 됐다.

씁쓸하지만 어딘지 가벼운 웃음을 지은 채 인하는 천천히 계단을 올랐다. 오후의 햇살 속에 꽃잎이 바람에 흩날리고 있었다. 봄이었다.

#17
해바라기, 만개하다

/

"서연이랑 같이 오는 게 나았을 텐데, 녀석. 고집은."

강준은 한결 따뜻해진 봄바람을 맞으며 부스스 머리를 털었다. 어느새 꽤 길어진 머리칼이 눈가를 찌르고 있었다. 근육이 당겨졌는지 왼쪽 귀에 찌르르한 통증이 일었지만 강준은 곁에 서서 자신의 표정을 살피는 수녀님을 의식해 조금도 내색하지 않았다.

"비밀로 좀 해주세요, 수녀님. 알리고 싶지 않아요. 대단한 일도 아니고."

깔깔한 목소리가 흘러나왔지만 강준의 표정은 가벼웠다. 습관적으로 성호를 긋고 한숨을 내쉬면서 고개를 설레설레 젓는 수녀님을 바라보며 강준은 입가를 끌어당겨 미소 지었다. 잊을 만하면 왼쪽 귀에서 날카로운 이명이 끊임없이 울린다.

평생을 그 이명과 잦은 통증, 만성적인 두통과 함께 살아야 한 다는 이야기를 들었지만 강준은 썩 개의치 않는 눈치였다. 자신의 아픔을 밖으로 드러내지 않는 것이 습관처럼 몸에 배인 아이임을 알기에 연옥은 덤덤한 얼굴로 한숨을 삼켰지만, 가슴은 묵직하게 가라앉았다.

"너 이럴 줄 알고 일부러 나랑 오자고 한 거지? 서연이한테 걱정 끼치기 싫어서."

찻길 쪽에 서서 걷는 그녀의 좁은 어깨를 감싸 안으로 당기고 선 강준은 멋쩍은 웃음을 짓고 있었다. 날카롭게 선이 드러난 뺨과 움푹 파인 눈가가 안쓰럽다. 자세한 이야기는 듣지 못했지만 여기저기 몸이 상해서 돌아온 강준에게 굳이 캐물을 생각은 들지 않았다. 함께 내려온 서연이 그의 곁에 있는 걸로 봐서 서연과 얽힌 일이었을 것이라 짐작할 따름이었다.

연옥의 품 안을 거쳐 간 아이들은 여럿이었지만, 강준은 그중 참 아픈 손가락이었다. 어릴 때부터 투정 한 번 부리지 않고 스스로를 통제하며 늘 올곧게 자라온 아이였다. 자라는 동안 말썽 한 번 피우지 않았고, 오히려 그녀가 의지할 수 있도록 든든하게 자리를 지키는 버팀목처럼 살았다.

나중에 커서 뭐가 되고 싶니, 하고 물었을 때 아이의 대답은 늘 한결같았다. 대통령도, 과학자도, 부자도 아니었다. 조금의 흠도 없는, 누가 봐도 부끄럽지 않은 사람이 되고 싶다고. 그거면 충분하다고. 누가 시킨 것도 아닌데 아이의 대답은 늘 그랬다.

그것은 성품, 외모, 능력 어느 하나 나무랄 데 없는 아이가 가슴

깊이 품은 작은 꿈이었고, 강준은 그 꿈을 향해 지금까지 달려왔다. 큰 욕심 부리지 않고 착실하게 살아온 그가 걷는 길의 끝에 누가 있는지는 모를 수가 없었다. 아이의 시선은 늘 서연의 뒤를 좇고 있었으니까.

연옥은 부드럽게 강준의 팔짱을 꼈다. 빙긋 웃어 보이는 강준의 옆구리를 톡톡 치며 그녀는 장난스럽게 물었다.

"서연이가 그렇게 좋니?"

"예?"

날카로운 눈매를 금세 허물어뜨리며 강준이 흠, 하고 헛기침을 내뱉었다. 겸연쩍은 표정으로 귀 끝을 긁적이는 그 모습에 연옥은 그의 등을 토닥였다.

"서연이도 같은 마음인 거지? 그 애가 사람에게 그렇게 살갑게 대하는 아이가 아닌데, 이번에 보니 많이 변했더구나. 아이들과 어울리는 것도 불편해하지 않는 눈치고, 밤낮으로 네 걱정을 입에 달고 있는 걸 보고 정말 놀랐다."

서연의 이야기만 나오면 귀를 붉히며 가뜩이나 적은 말수를 더 줄이는 강준을 흘끔 바라보는 연옥의 입가에 미소가 매달렸다.

서연은 가지 하나 없이 뻗은 나무 같았다. 어느 누구에도 의존하지 않고 홀로 꼿꼿이 선 채 겨울을 버티고 있는 나무. 그 나무가 유독 마음에 남았던 것은, 봄을 조금도 기다리지 않는 듯했기 때문이다. 봄을 겪어본 적이 없어 봄에 대한 희망을 가지고 있는 강준과는 달리, 그녀는 봄을 알면서도 겨울에 머물러 있는 느낌이었다. 아니, 알기에 더욱 겨울을 붙잡고 있는 듯했다.

파르라한 얼굴로 처음 천사원을 찾아왔던 어린 서연이 떠올랐다. 그 나이의 아이들이 보통은 겪지 않을 일을 겪고, 앞으로도 그럴 서연의 얼굴은 덤덤하고 의연했기에 더 마음을 아프게 했다. 언젠가는 그 아이도 행복해지기를. 누군가를 믿고 의지하는 기쁨을 배우고, 그렇게 정을 나누며 살아가게 되기를 연옥은 늘 기도했었다.

그리고 지금, 천사원에 강준과 함께 나타난 서연을 본 연옥은 모든 걱정을 내려놓을 수 있었다. 눈처럼 하얀 얼굴로 강준을 보며 웃는 서연의 눈가에는, 늘 가슴에 품고 있는 듯했던 아픔이나 걱정은 남아 있지 않았다. 마음의 짐을 벗은 듯 홀가분해진 서연의 말간 얼굴은 어린 소녀와 같았다.

"네가 있어서 정말 다행이다."

따뜻한 햇살을 맞으며 길을 걸어가던 연옥의 입에서 불쑥 튀어나온 소리에 강준이 귀를 기울였다. 옅은 이명이 그를 괴롭혔지만 어차피 평생을 함께해야 할 짐이라면 빨리 익숙해지는 편이 낫다. 몸을 조금 기울이는 강준의 팔짱을 가볍게 당기며 연옥은 천천히 걸음을 옮겼다.

"곁에 누군가를 두는 게 익숙하지 않은 아인데, 네 곁에서는 참 편안해 보이더라. 늘 강한 것 같아 보여도, 그동안 마음은 많이 외로웠을 거야. 사람 사는 거 별거 아니다. 허전한 마음 서로 채워주면서 곁을 지켜주는 거. 그거면 돼. 그렇지 않니?"

"저는……."

강준의 낮은 목소리가 도톰한 입술을 타고 흘러나왔다. 내뱉기 어려운 말처럼 잠시 머뭇거리던 강준이 나직하게 말했다.

"저는 제가 욕심이 참 없다고 생각했어요. 욕심을 이루려고 악다구니를 쓰는 것보다 차라리 버리는 게 쉬웠으니까요. 그런데 그 사람에 대해서는 자꾸 욕심이 나요. 처음에는 그저 뒤에서 바라만 보는 걸로 좋았어요. 아무런 목적이 없던 삶에 의지가 되어주었으니까요. 그 곧은 그림자만 좇으면서 살 수 있다면 그걸로 됐다고, 그렇게 생각했었는데……."

그 그림자를 밟고, 손이 스치고, 서연의 향기를 맡고, 그녀의 아름다운 눈에 담긴 자신의 모습을 보는 순간, 오랜 세월 억누르고 있던 욕망이 일순 터져 나왔다. 그토록 강렬한 열망이 자신의 안에 있었다고 생각조차 하지 못했을 만큼, 마음은 무섭게 부풀어 있었다. 더는 버리지도, 줄이지도 못할 마음이었다.

웃는 얼굴을 볼 수만 있다면, 아니, 힘들고 외로울 때 내가 곁에 있어줄 수 있다면. 지친 몸을 내게 기대게 할 수만 있다면. 그녀를 지킬 수 있다면.

강준은 낮게 웃으며 고개를 숙였다. 그녀를 자신의 품 안에 속박하고 싶은 이기심을 충분히 인정하겠다고 생각했으면서도, 때때로 스스로의 지독한 마음에 놀랄 때가 있다. 아무리 닿아 있어도 부족했다. 자신을 향해 미소 짓는 서연을 바라보면서도 불안할 때가 있었고, 잠시라도 다른 곳을 향하는 서연의 시선을 빼앗고 싶어서 늘 안달이 나 있었다.

인간의 욕심이란. 강준은 한숨을 삼키며 천천히 고개를 들었다. 곁에 있게만 해달라고 기도하던 소박한 소망은 간 곳 없고, 그녀를 감싸고 있는 공기까지 소유하고 싶은 독점욕이 강준의 마음을 채우고 있었다. 서연이 자신을 받아주면 받아줄수록, 그 마음은 커져만 갈 뿐이었다.

"이제 염치란 게 없어진 것 같아요, 수녀님."

쓴웃음을 짓는 강준을 올려다보는 연옥이 조용히 눈을 깜빡였다. 가지런한 입매를 깨물고 있던 강준은 혼잣말처럼 중얼거렸다.

"저 같은 사람이 그분 곁에 있는 게 어울리지 않는다고 생각하면서도, 자꾸만 그걸 외면하고 싶어져요. 나를 돌아보게 할 수만 있다면 뭘 잃어도 아깝지 않으니까. 혹시라도 언젠가, 내 곁을 떠난다고 한다면 당연히 놓아줘야 할 텐데, 이제 정말 그럴 자신이 없어요. 그렇게 살 자신이 없어요, 수녀님."

미련할 정도로 곧은 마음을 털어놓으며 눈부신 하늘을 올려다보던 강준이 미간을 좁혔다. 밝은 빛에 눈이 타버린다 해도 시선을 돌리고 싶지 않았다. 그에게 태양은 곧 서연이었다.

순간 짝, 하고 세차게 등을 후려치는 손길에 강준이 걸음을 멈췄다. 드물게도 인상을 험악하게 찌푸리고 있는 연옥이 그를 바라보고 있었다.

"이 못난 것아. 혹시라도 그런 말, 서연이에게는 하지 마라. 고작 이렇게 모자란 놈한테 마음 준 걸 알면 땅을 치고 후회할 테니까. 알았어?"

"……수녀님."

"그 애가 너한테 마음 주는 건 어디 쉬웠을 것 같으냐? 겨우 그 정도 각오로 덤빈 거야? 굳게 잠긴 그 애 마음 열어놓고 이게 무슨 약한 소리야, 차강준. 사내답지 못하게."

턱을 조금 당긴 강준의 입매가 수줍은 곡선을 그렸다. 마음을 나눴다 생각하면서도 자신이 그녀의 곁에 있을 자격이 있는지에 대한 불안은 꼬리표처럼 따라붙곤 했다. 매서운 눈으로 자신을 바라보는 연옥을 향해 강준은 작게 웃었다.

"고맙습니다. 그렇게 말씀해 주셔서."

"일단 애부터 하나 낳아. 선녀와 나무꾼 시절부터 고전 수법인 거 알지?"

"수녀님!"

연옥은 눈가가 화르륵 달아오르는 강준의 등을 툭툭 치며 웃음을 터뜨렸다. 인자한 얼굴에 고운 주름이 잡혔다. 참 예쁜 아이들이다. 자신을 위할 줄 모르는 삶을 살던 두 아이가 서로를 만나 곁을 주고, 스스로를 방치했던 만큼 서로를 아껴주게 된 모습은 갓 돋아나는 새순을 보는 것처럼 가슴이 설레고 예뻤다.

"아, 잠깐 저기 좀 다녀올게요."

강준이 손가락질을 하는 곳은 빵집이었다. 의아한 눈을 하는 연옥에게 목덜미를 긁적이며 강준이 중얼거렸다.

"생일이 지났는데…… 아무것도 해주지 못했거든요. 케이크라도 사오려고요."

"그래, 제일 큰 걸로 가져오렴."

예, 하고 허리를 숙인 강준이 빵집을 향해 달려갔다. 따뜻한 오후의 봄바람이 길어진 강준의 머리를 스치고 지나갔다. 훤칠하고 바른 그 뒷모습을 바라보며 미소 짓는 연옥의 입가에 볼우물이 깊게 파였다.

✳

"누님! 제가 맞았죠, 그렇죠?"

"아니야, 내가 맞았어. 누나, 맞죠?"

풀이 돋아나 파릇파릇해지는 바깥에 놓인 평상에 앉아 나른하게 기지개를 켜던 서연은 짧게 한숨을 내쉬었다. 밤톨 같은 아이들의 머리가 옹기종기 그녀 곁에 모여 있었다. 들고 있는 종이들을 훑어본 서연의 미간이 바짝 좁혀들었다.

"아얏!"

자그마한 머리를 한 번씩 쥐어 박힌 아이들이 울상을 지었지만 햇살을 등지고 앉은 서연에게서 풍기는 강렬한 오오라에 감히 대들 수 있는 사람은 없었다. 세상에서 제일 무서운 사람은 원장 수녀님이라고 생각했던 아이들은 자신들이 세상을 얼마나 쉽게 생각했는지를 서연을 통해 배우고 있었다.

"다 틀렸어, 다! 구구단도 외웠는데 왜 곱셈을 못하는 거지? 이게 어려워? 세상이 그렇게 만만한 줄 알아?"

"누, 누님, 고정하시고……."

"고정 같은 소리 한다. 똑똑히 잘 들어. 몰라서 틀리는 건 이해해. 그런데 실컷 가르쳐 줄 때 딴 짓 해놓고 같은 문제 또 틀리는 건 내가 아무리 아량이 넓어도 이해 못해주지. 가서 두 바퀴 돌고 와."

으허허, 하고 무너지는 아이들의 소리가 들렸지만 이번에도 반항은 없었다. 서연의 서늘한 눈매에 날이 돋아난 걸 본 아이들은 너나 할 것 없이 달리기 시작했다. 봄바람 사이를 마구 달리는 아이들은 뭐가 좋은지 금세 웃어대기 시작했다. 평상에 다리를 쭉 펴고 앉은 서연은 고개를 설레설레 저었다.

"강준이 같은 애들이면 둘도, 셋도 끼고 가르치겠는데, 아, 도저히 못하겠다. 답답한데 대체 언제 오는 거야."

구시렁거리며 서연이 휴대폰을 막 꺼내 줄 무렵 우르르 달리던 아이들이 방향을 틀었다. 형, 하고 반갑게 외치는 소리에 서연이 고개를 돌렸다. 장을 봤는지 두 손 가득 커다란 봉투를 들고 걸어오는 강준이 단박에 눈에 띤다. 서연은 천천히 몸을 일으켰다. 아이들에게 웃어주던 강준이 금세 눈을 돌려 그녀를 찾아냈다.

"검사 결과는 어때? 어디 안 좋은 데 있거나 그러지 않아?"

"아주 건강해요. 뭐 하고 계셨어요?"

평상에 짐을 올려놓은 강준이 서연의 곁에 섰다. 새하얀 면 티셔츠를 입고 그의 커다란 후드를 걸친 서연은 영락없이 대학생 같아 그의 마음을 더욱 두근거리게 했다. 햇빛을 받아 말갛게 빛나는 그 얼굴이 눈이 부셔 강준은 낮게 눈을 내리깐 채 웃고 말았다.

서연이 그의 옷자락을 잡고 다가서자 따뜻하고 달콤한 향기에 반응한 심장이 쿵쿵, 뛰기 시작했다. 돌아오는 내내 귓가에 맴돌던 이명도 연기처럼 사라져 무의식중에 움츠리고 있던 강준의 어깨가 편안하게 늘어졌다.

"큰일 났어. 애들 중에 머리로 대학 갈 애들은 없는 것 같아. 인성이는 좀 어때? 공부 좀 하니?"

"반에서 3등 안에는 들어요."

"그나마 다행이네. 일단 걔는 고시를 보게 하자. 공부가 안 되는 애들은 운동이라도 시켜야겠어. 민수, 빨리빨리 안 뛰어? 다 보고 있다!"

버럭 외치는 서연의 목소리에 슬금슬금 뛰며 수다를 떨던 아이들이 다시 달리기 시작했다. 날카로운 눈으로 아이들을 보던 서연이 흘끗 고개를 돌렸다. 그녀의 옆모습을 보며 웃고 있던 강준이 눈썹을 올렸다.

"진짜 아무 이상 없대? 확실해? 내가 같이 갔어야 하는 건데."

의심이 가시지 않은 서연의 눈빛에 흠, 하고 숨을 내뱉은 강준은 허리를 굽혀 그녀의 등과 무릎 뒤에 손을 끼워 넣었다. 훌쩍, 공중에 몸이 들리는 느낌에 서연이 작게 비명을 내질렀다. 그녀를 가볍게 품에 안은 강준의 또렷한 눈매가 매력적으로 휘어져 있었다.

"들고 두 바퀴 정도 돌아볼까요?"

"야, 야. 이건 아니지. 내려놔, 일단. 얼른!"

"제 말을 못 믿으시잖아요."

"아니, 믿어. 믿는다니까? 애들이 다 보잖아! 차강준!"

어깨를 슬쩍 꼬집는 서연의 손길에 강준이 웃음을 터뜨렸다. 새까만 머리카락이 보기 좋게 흔들렸다. 품 안에서 꼼짝도 못하고 뺨이 발긋하게 달아오른 서연이 사랑스러웠다. 이대로 안고 멀리 가 버리고 싶을 만큼, 혼자서 그녀를 독차지하고 싶을 만큼 그렇게.

"공주님 안기다! 형이 누님을 공주님처럼 안았어!"

"얼레리꼴레리! 결혼한데요~ 결혼한데요!"

"야, 그런 거 아냐! 서연 누님은 나중에 나랑 결혼할 거란 말이야!"

멀리서 벌떼처럼 몰려오며 소리를 질러대는 아이들을 강준의 너른 어깨 너머로 본 서연이 미간을 찌푸렸다. 고개를 낮춰 그녀의 이마에 스치듯 입을 맞춘 강준이 속삭였다.

"저 모르게 한경이랑 결혼 약속 하셨어요?"

간지러운 감촉에 눈을 치켜뜬 서연이 헛웃음을 흘렸다. 가까이서 자신을 내려다보는 강준의 눈빛이 다정했다. 갸름해진 뺨을 쿡쿡 찌르며 서연이 퉁명스레 내뱉었다.

"무슨 말도 안 되는 소리야?"

"어딜 봐도 제가 나은데. 한경이보다 60㎝는 더 크고, 힘도 이렇게나 세고."

"너보다 열 살 넘게 어리잖아. 어떻게 클지 두고 봐야지."

눈을 찡긋거리며 내뱉은 서연의 말에 강준의 입가에 어이없는 웃음이 맺혔다. 짐짓 미간을 좁힌 강준이 목소리를 낮췄다.

"이런 말은 안 하려고 했는데요. 한경이 저번 시험에서 25등했어요."

"전교에서?"

"반에서요."

"……정원이 몇 명인데?"

"25명이요."

서연은 한숨을 들이켜며 근처까지 다가와 강준을 향해 우우, 괴성을 내뱉고 있는 어린아이를 내려다보았다. 고개를 설레설레 내저으며 그녀는 강준의 어깨를 가볍게 두드렸다.

"이제 내려놔. 무겁잖아."

"조금만 더요."

강준은 고개만 숙이면 그녀의 머리카락이 스치는 지금의 위치가 좋았다. 넓은 어깨에 안겨 있는 서연의 가느다란 몸도, 자신의 체향과 뒤섞인 그녀의 옷 냄새도. 봄볕에 말린 빨래처럼 상쾌한 기분으로 머릿속이 가득 차 아직은 그녀를 놓고 싶지 않았다.

"고집부리지 말고. 병원에서 이상 없다 했다고 무리하면 안 돼."

"보여주고 싶어서요."

뭘, 하고 눈을 동그랗게 뜨는 서연에게 부드럽게 웃어 보이며 강준이 말했다.

"나만 할 수 있는 거잖아요. 이렇게 안고 있는 거."

"……너 왜 애들이랑 같은 수준으로 유치해지고 그래?"

"머리가 다 안 나았나……."

천연덕스럽게 중얼거리며 모른 척하는 강준의 표정에 서연은 웃음을 터뜨리고 말았다. 뒤에서 아우성을 치는 아이들의 소리도 이 순간만큼은 듣기 좋은 음악처럼 들렸다. 마음에 먼지 한 톨도 남아 있지 않은 기분이었다. 서연은 강준의 잘 다듬어진 뺨을 감싸고 충동적으로 짧게 입을 맞췄다. 강준의 눈이 크게 부풀어 올랐다.

"나도 몰랐는데, 나 유치한 거 좋아하나 봐."

"노력할게요."

"됐어. 지금이 딱 좋아. 이제 정말 내려놔. 좀 걷자."

깃털처럼 가볍게 서연을 내려놓자마자 뽀뽀했다며 손가락질을 하고 방방 뛰는 아이들이 주위를 둘러쌌다. 곱절은 커진 듯한 소

리였지만 서연은 스읍, 하고 숨을 들이켜는 것으로 손쉽게 정적을
이끌어냈다.

"니들 중에 누나 이렇게 안아서 들 수 있는 사람 있어?"

꿀 먹은 벙어리처럼 아이들이 모두 입을 다물었다. 눈만 떼구루
루 굴리며 불만스러운 얼굴을 하고 있는 아이들의 머리를 쓰다듬
으며 서연이 인심 쓴다는 듯 어깨를 추켜올렸다.

"나중에 니들이 형만큼 커서 날 훌쩍 안아 들 수 있는 날이 오
면, 까짓 거 해준다, 뽀뽀."

우와, 하고 입을 벌리는 아이부터 정말요? 하고 순진하게 되묻
는 아이들의 반응은 깨끗한 물처럼 순수했다. 서연이 손가락을 들
었다.

"자고로 법 집행기관의 말은 믿는 게 남는 거야. 얼른 크기나
해. 그러려면 운동을 좀 더 해야겠지?"

흐이익, 하고 뒤로 물러서며 아이들이 기겁했다. 서연은 평상에
놓인 장바구니를 가리켰다.

"달리기는 됐으니까 이것들이나 가서 날라. 그래야 맛있게 요
리해서 저녁에 먹지."

"네!"

우렁차게 대답하며 일사불란하게 짐을 나눠 드는 아이들을 바
라보던 서연이 손을 내밀었다. 당연한 듯 그 손을 감싸 쥔 강준이
느긋하게 걸음을 옮겼다. 따뜻한 바람과 맑은 하늘, 걷기 좋은 날
씨였다.

"요리는 제가 할게요."

"나 이제 칼질 좀 하거든? 얌전히 해준 거 먹어."

"저는 괜찮은데 애들이……."

"애들이, 뭐?"

곱게 뻗은 눈썹을 치켜 올리며 묻는 서연의 말에 강준은 큼, 하고 목을 가다듬으며 고개를 저었다.

"과식할까 봐요."

"많이 먹어야 빨리 크지."

그러니까요, 하고 대답하고 싶은 걸 애써 참으며 강준은 흘끗 서연을 내려다보았다. 기분이 좋은지 깍지 낀 손을 흔들며 걷고 있는 서연이 참 작아 보였다.

"내일은 서울 올라가자. 집 정리도 해야 하고, 검찰청도 들어가 봐야 할 것 같아."

"집 정리요?"

"응, 내 집이 얌전히 남아 있을 것 같지 않거든. 아버지 명의라."

연일 뉴스에 보도되는 주요 기사 중 하나는 태산의 비자금 건이 었다. 검찰 조사를 받고 있는 건택의 얼굴을 심심치 않게 TV에서 볼 수 있었다. 그럴 때마다 강준의 시선은 습관처럼 서연을 향했 다. 그녀는 보지도, 듣지도 않는 듯했지만 평소보다 차갑게 굳어 지는 서연의 기분을, 강준은 알 수 있었다.

누가 뭐라고 해도, 어쨌든 건택은 서연의 피를 나눈 하나뿐인 가족이었다. 유일한 혈육을 제 손으로 감옥에 보낸 서연에 대한 소문은 종종 재산을 탐내서 아버지를 끌어내린 희대의 악녀로 변 질되기도 했다.

그러나 강준이 신경 쓰는 것은 사정을 모르는 다른 사람들의 눈이 아니었다. 그래도 가족이었던 사람을 끊어낸 서연의 마음을 상상하는 것만으로도, 그는 가슴이 꽉 조여드는 것 같았다.

"그럼 어디로 옮기시는데요?"

"그거야 당연히 네 집이지."

"네?"

강준의 언성이 높아졌다. 뭐, 그런 걸 묻느냐는 듯 서연이 어깨를 으쓱였다.

"혹시나 해서 미리 말하는 건데, 나 빈털터리야. 저축한 것도 얼마 없고, 검사는 그만뒀고. 집도 절도 없는 내가 기댈 데가 너밖에 더 있어? 왜, 싫어?"

"거, 거긴 너무 좁잖아요. 편히 계실 만한 곳이 아니에요. 다른 곳을 알아보는 게……."

"싫단 얘기네, 지금. 나랑 같이 사는 거."

"그럴 리가……!"

미간을 찌푸리며 짐짓 실망스러운 표정을 하는 서연의 앞을 가로막고 선 강준의 표정이 다급했다. 평범한 연인처럼 대범하게 굴 때는 언제고 또 이렇게 안절부절이야, 싶어 서연이 콧잔등을 찡그렸다.

"일단은 그럼 거기 계세요. 제가 천사원에서 왔다 갔다 할게요."

강준은 심장이 내려앉는 기분이었다. 한 번씩 자신의 집에서 서연이 자고 갈 때면, 천국과 지옥을 오가는 기분이었다. 곁에 있다가 사라진 그녀의 빈자리는 새벽 내내 잠자리를 뒤척이게 할 정도로 강준의 마음을 허전하게 했다. 그러나 섣불리 붙잡기 위해 손을 내밀 수가 없어서, 그는 밤의 어둠처럼 깊어지는 한숨만 삼키며 억지로 눈을 감곤 했다.

함께 산다는 것. 그의 생활의 영역 속으로 서연이 들어온다는 것은 머리가 아찔할 정도로 달콤한 유혹이었다. 정해진 시간에 늘 그녀를 볼 수 있다는 것. 어디를 가든지 결국 돌아올 곳이 자신의 곁이라는 것. 그것은 선악과와도 같았다. 한 번 맛을 보면 다시는 그 전으로 돌아가지 못할 것이다.

"차강준."

들뜬 감정이 불안감에 휩싸였다. 저도 모르게 서연의 손을 더욱 세게 쥐던 강준은 자신을 부르는 서연의 목소리에 천천히 시선을 들었다. 미간을 좁히고 있는 서늘한 얼굴의 서연이 그를 바라보고 있었다.

"너 이런 반응은 반칙이야. 사람이 기껏 마음을 놓고 기대니까 뒷걸음질을 쳐? 나랑 장난해?"

"……제 마음 아시잖아요, 그런 게 아니라는 거."

"몰라. 말로 해도 꼬이는 마음을 듣지도 않았는데 어떻게 알아, 내가. 이제 와서 도망치려고 해도 한참 늦었어, 너. 어디 못 가."

투정부리듯 목소리를 내던 서연은 바람결에 흩날리는 머리카락을 신경질적으로 쓸어 넘겼다. 그런 서연의 손목을 조심스레 잡은 강준이 그녀의 눈을 조용히 들여다보았다. 심통을 부리며 눈을 마주치지 않고 있던 서연은 강준의 침묵에 어쩔 수 없이 삐딱한 시선을 들었다. 검게 일렁이는 눈은 벅차게 치솟는 감정으로 떨리고 있었다.

"함께 밥을 먹고, 같은 걸 보고 이야기하고, 같이 하루를 보내는 그런 일상을 함께한다는 거. 저한테 얼마나 큰 의미인지 아세요? 마음을 나눌 수 있는 가족 같은 사람, 그게…… 당신한테 저여도 정말 괜찮은 거예요?"

강준이 품고 있는 불안이 기다란 손끝으로 전해져 왔다. 감정 표현에 익숙하지 않은 자신을 누구보다 잘 알고 있는 서연은, 이렇게까지 강준이 자신없어하는 데는 자신의 탓이 크다는 걸 뼈저리게 느끼고 있었다. 그녀는 사랑을 표현하는 방법을 조금 더 배울 필요가 있었다. 갈 길이 아주 멀구나, 멀어. 서연은 혀를 차며 불어오는 바람을 한 움큼 머금었다.

"몇이 좋아?"

긴장감을 품고 있던 강준의 눈이 느릿하게 부풀었다. 속이는 것도, 숨기는 것도 없는 정직한 눈은 퍽 아름다웠다. 오직 그녀 하나에게만 집중되어 있는 시선을 독차지하고 싶은 마음은 오래전부터 서연의 마음을 켜켜이 채우고 있었다. 가진 게 아무것도 없으면 어떤가. 처음부터 변함없이 그녀가 쥐고 있던 것은 든든하게 그녀의 뒤를 지켜주던 이 커다란 손 하나였음을.

"난 딱 너 닮은 아들 하나면 좋을 것 같은데. 뭐, 널 많이 닮았다면 둘도 생각해 볼 법하지만, 그게 내 맘대로 되는 게 아니잖아?"

떨리는 입술로 최대한 아무렇지 않게 내뱉은 서연이 흘끗 강준을 바라보았다. 아, 입이 벌어졌다. 커다랗게 뜨인 눈은 인형처럼 깜빡일 줄을 몰랐다. 목을 큼큼, 가다듬은 서연은 머쓱한 기분에 강준의 손을 가볍게 흔들었다.

"그런데 둘 낳으려면 돈 많이 벌어야 돼. 요즘 애들한테 드는 돈이 그렇게 많다잖아. 뭐 그래도, 난 변호사 하고, 너도 일하고 그러면 분유 값은 문제 없겠……."

"지금 뭐라고…… 하셨어요?"

잔물결처럼 떨리는 강준의 목소리가 힘겹게 흘러나왔다. 무거운 장막을 겨우 젖힌 듯한 목소리였다. 깊게 심호흡을 한 서연이 강준의 앞에 똑바로 섰다. 눈가가 발긋해진 강준이 온몸을 굳힌 채 그녀를 뚫어져라 바라보고 있었다.

"너랑 결혼하고 싶어. 가족 같은 사람이 아니라, 진짜 가족이 되고 싶다고."

서연의 목소리는 꼭 바람 같았다. 그의 목덜미를 간질이고 있는 따뜻한 봄바람. 스쳐 지나가면 사라져 버릴, 손에 잡히지 않을 것 같은 작은 목소리에 강준은 숨조차 제대로 내쉬지 못했다.

그녀는 자신이 한 말의 의미를 온전히 알까. 그게 나에게 어떤 의미인지를 알까. 그 한마디로 지금껏 내가 겪었던 모든 불행들이 색을 달리했음을 알까. 이토록 가슴 벅찬 감정을 대체 뭐라고 표현할 수 있단 말인가.

서연은 그대로 조각상처럼 굳어버린 강준의 표정을 살피며 괜히 손을 꼼지락거렸다. 나른하게 풀어진 바람이 나뭇잎과 풀잎을 스치는 소리가 부드럽게 주변을 맴돌았다. 등을 데우는 따뜻한 햇살은 여전했지만, 강준의 침묵이 길어질수록 서연은 점점 불안해지고 있었다.

"어, 뭐, 물론 네가 아직 거기까지 생각을 안 했을 수도 있지만, 그러니까 일단 내 생각은 그렇다는 걸 말하고 싶……."

서연은 갑작스레 당겨지는 몸에 말을 끝맺지 못했다. 어깨와 허리를 단단하게 감싼 강준의 팔이 그녀의 몸을 거칠게 옥죄었다. 제 어깨에 고개를 떨군 강준은 그녀를 통째로 들이마시려는 것처럼 가느다란 목덜미에 코를 묻고 깊게 숨을 쉬고 있었다. 숨소리가 살결을 스칠 때마다 서연의 심장이 작게 두근거렸다.

"자, 잠깐. 나 진짜로 숨이 막히는……."

강준에게 안긴 가슴이 세게 압박되는 느낌에 서연은 제대로 숨을 내뱉지 못하고 얼굴이 빨갛게 달아올랐다. 허리가 으스러질 것 같다. 가끔 제 힘을 모르고 자신을 무지막지하게 끌어안을 때가 있었지만 지금처럼 정말로 숨통이 조이는 느낌은 처음이었다. 당황한 건 알겠지만 그렇다고 이런 식으로 내 입을 막으려는 건 좀, 하고 웅얼거리며 몸부림을 치던 서연은 이내 어깨에 내려앉은 따뜻한 느낌에 움직임을 멈췄다.

그녀의 어깨에 얼굴을 묻고 있는 강준의 입에서 낮은 오열이 터져 나왔다. 깊게 억눌려 있는 그것은 아이의 서툰 울부짖음 같기도, 어린 짐승의 아픈 통곡 같기도 했다. 커다란 산처럼 높이 뻗은 강준의 어깨가 가늘게 떨리고 있었다. 자신의 작은 어깨에 무너지듯 쏟아져 내리는 강준의 눈물에 담긴 열기에, 서연은 한숨을 삼키며 그의 널따란 등을 감싸 안았다. 온몸을 기대며 숨을 죽여 우는 강준을 부드럽게 토닥이며 서연이 중얼거렸다.

"내가 다 들어준다니까. 소리 내서 울래도."

사랑해요, 하는 말이 울음 사이사이 들리는 것 같았다. 몇 번이고 녹음기처럼 되뇌는 눈물 섞인 그 말에 서연의 눈가가 젖어들었다. 아이처럼 매달리는 강준의 뜨거운 가슴에 뺨을 기댄 서연이 입술을 올려 아름답게 웃었다. 뺨이 얼얼할 정도로 높은 강준의 체온에 기댄 채 그녀는 조용히 눈을 감았다.

"행복하게 살자, 우리. 그럴 수 있을 거야."

무슨 일이 생겨도, 이 손을 놓지 않으리라. 더는 제 뒤를 바라보며 쫓아오게 두지 않을 것이다. 나란히 서서 같은 곳을 바라보며, 그렇게 살아갈 것이다. 다른 사람들처럼 싸우기도, 화를 내기도 하면서 그렇게, 늘 서로의 곁을 지키며 살아갈 것이다.

"이 이상 더 행복할 순 없어요. ……당신이 곁에 있으니까."

강준은 다짐처럼 내뱉으며 조금 더 힘을 주어 서연을 단단하게 끌어안았다. 넓게 탁 트인 풀밭에 내리쬐는 햇살이 축복처럼 쏟아졌다. 조금의 틈도 없이 서로를 껴안고 있는 두 사람을 감싸는 바람은 더할 나위 없이 포근했다. 봄볕을 듬뿍 받은 해바라기는 여름이 오면 만개할 것이다. 눈이 부신 줄도 모르고 태양만을 향해 있는 그 아름다운 꽃은, 그렇게 피어나 벌판을 가득 물들일 것이다.

/

epilogue

/

여자아이의 울음소리가 울려 퍼졌다. 경혜는 손을 씻다 말고 아이들이 모여 있는 방으로 서둘러 달려갔다. 다섯 살 아이들이 있는 국화반에서 나는 울음 소리였다.

"진영아, 왜 그래. 무슨 일 있니?"

"현오가 괴롭혔어요."

"현오가 나쁜 말 했어요."

얼굴이 새빨개지도록 울고 있는 진영의 곁에 서 있던 아이들이 웅얼거렸다. 현오는 반에서 가장 덩치가 큰 남자아이였다. 행동과 성미가 거친 편이라 종종 문제를 일으키곤 했다. 부모님이 썩 사이가 좋지 않아 은근히 영향이 있나 보다 생각하던 경혜는 한숨을 내쉬며 얼른 진영의 어깨를 토닥거렸다.

"어쩌다 그랬어? 현오는 어디 갔고?"

"밖에 나갔어요."

"서준이랑 같이 나갔어요."

아이들이 종알대며 주변을 서성인다. 아이들의 입에서 나온 이름에 경혜는 문밖을 바라보았다. 말썽을 부려서가 아니라, 서준은 그 나이대 아이들과는 다른 분위기를 풍겨서 눈에 띄는 아이였다. 소박하지만 깔끔한 옷차림에 어린아이답지 않게 몸가짐이 단정하고 의젓했다.

물론 서준이 어린이집 선생님들의 관심을 한 몸에 받고 있는 것은 아이들 중 가장 영리하고 유달리 선이 고운 얼굴 때문만은 아니었다. 어머니나 할머니가 데리러 오는 게 일반적인 다른 아이들과 달리 항상 서준을 데리러 오는 것은 그의 아버지였다.

봉급도 적고 일도 힘들어 어린이집을 그만두려던 이곳 선생님들의 발목을 잡고 있는 것은 다름 아닌 서준의 아버지였다. 늘 깔끔한 검은 정장 차림으로 나타나는 그는 꽤 젊은 편이었다. 경호일을 한다고 들어서 그런지 인사를 하는 작은 움직임에서도 절도가 보였다. 처음에는 사정이 있어 혼자 아이를 키우는 게 아닐까, 하며 은근히 그를 탐내는 사람들도 있었지만 서준의 입을 통해 들은 '엄마'의 존재에 다들 한숨을 내쉬고 말았다.

유부남이면 어때. 눈으로 보는 게 죄는 아니잖아, 하며 매일 그가 올 시간이 되면 괜히 거울을 들여다보는 선생님들이었다. 그는 '소담 어린이집'의 아이돌 같은 존재였다. 그래서 서준에게 더 신경이 쓰이는 것은 사실이었다.

"현오가 왜 그런 건데? 아무 이유도 없이 그러지는 않았을 거 아냐. 진영아, 울지 말고 말을 해봐."

"어, 어제가 엄마 생일이었는데…… 선물 못 줘서, 뭐 주지 말하고 있는데……."

홀쩍이던 진영이 다시 울음을 터뜨렸다. 주변을 둘러싼 아이들이 한마디씩 보탰다.

"현오가 갑자기 화냈어요."

"진영이 스케치북 찢었어요!"

"그래서 서준이가 데리고 나갔어요."

현오 부모님의 다툼이 제법 심하다고 들었다. 현오를 데리러 오는 할머니가 매번 한숨처럼 하는 말이었다. 경혜는 아이들을 달래며 몸을 일으켰다. 애들이 어쩌고 있나, 싶어 밖으로 나가려는데 마침 방으로 걸어 들어오는 서준을 발견하고 그녀는 손을 흔들었다.

"서준…… 어머……."

가까이 다가온 서준의 얼굴을 본 경혜가 창백하게 질렸다. 복숭아처럼 발긋하고 통통한 볼에 생채기가 나 핏방울이 맺혀 있다. 경혜는 재빨리 서준의 앞에 무릎을 꿇고 아이의 턱을 들어 올렸다. 정작 서준은 차분한 표정이었다.

"이, 이게 어떻게 된 거야? 현오랑 싸웠니?"

"아니에요. 벽에 긁혔어요."

누가 봐도 손톱자국인데 이걸 어떡하나, 안절부절못하던 경혜가 구급함을 향해 달려갔다. 그사이 서준은 덤덤한 얼굴로 걸어

들어가고 있었다. 아이들이 몰려들었다.

"야, 너 피나!"

"괜찮아."

가볍게 팔을 휘저은 서준이 울상을 짓고 있는 진영의 옆에 앉았다. 눈물 맺힌 동그란 눈으로 진영은 서준을 바라보았다. 왕자님처럼 고운 얼굴에 난 상처를 보자 다시 눈물이 솟았다.

"울지 마, 내가 선물 줄게."

"선물?"

"응, 엄마 선물."

진영은 눈물을 닦아내며 코를 훌쩍였다. 서준은 제 앞에 놓여 있는 스케치북에 크레파스를 쥔 채 무언가를 그리고 있었다. 아무 일도 없었다는 듯한 그 태연하고 듬직한 표정에 어느새 진영은 고개를 숙인 채 서준이 그리는 그림을 바라보고 있었다.

서준이 그리는 것은 케이크였다. 분홍색 동그라미가 모여서 레이스를 두른 예쁜 케이크가 되었다. 초록색 크레파스로 초를 그려 넣고 빨간색과 노란색으로 촛불을 그리자 아이들의 입에서 탄성이 터져 나왔다.

"케이크다, 케이크!"

"자, 색깔은 네가 칠해. 그리고 엄마 드려."

"나도, 나도!"

"나도 칠해줄게!"

아이들이 너도나도 몰려들어 크레파스를 쥐었다. 진영은 금세 눈물을 잊고 크레파스를 쥐었다. 밴드를 들고 왔던 경혜가 한숨

섞인 웃음을 흘렸다.

"이것 좀 붙이자, 서준아."

곧 있으면 아빠가 데리러 오실 텐데 하필 이 타이밍에 다칠 게
뭐람. 곤란한 얼굴로 밴드를 붙여주자 서준이 새카만 눈동자를 빼
꼼히 들었다.

"상처 많이 났어요?"

"응, 조금 긁혔어. 곧 아버지 오실 텐데 어떡하니."

"괜찮아요, 이 정도는."

"그런데 현오는 왜 안 들어와? 같이 있던 거 아니었어?"

서준이 눈을 깜빡였다. 잘 닦여 윤이 나는 구슬 같은 눈동자를
떼구루루 굴린 서준이 고개를 저었다.

"좀 이따 올 거예요."

"그래? 진짜 싸운 건 아니지?"

건성으로 고개를 끄덕인 서준이 크레파스를 쥐었다. 경혜는 흠,
하고 한숨을 내쉬며 문밖을 내다보았다. 해가 뉘엿뉘엿 지고 있었
다.

"네, 어머니. 오늘 간식도 아주 잘 먹었어요. 그렇지, 윤희야?"

선생님 네 명이 우르르 모여들어 아이들을 배웅했다. 그녀들의
시선은 아이돌을 찾아 헤매고 있었지만 아직 나타나지 않았다. 발
돋움을 해서 밖을 내다보던 경혜가 낯선 얼굴을 발견하고 눈을 가
늘게 떴다.

"어머, 저 사람 누구야? 우리 애기들 어머님은 아니지?"

"그냥 지나가는 사람 아니야?"

"아닌데. 이쪽을 보면서 오잖아. 경혜 씨, 아는 얼굴이야?"

"아뇨, 저도 처음 보는……."

"엄마!"

문 근처로 걸어오던 서준의 입에서 커다란 목소리가 터져 나갔다. 엄마? 서준이네 엄마? 네 사람의 시선이 바쁘게 교차했다. 그럼 그 아빠랑 결혼한 여자라는 거잖아? 어떤 여잔지 진짜 궁금했는데 드디어 오늘 보는구나. 뭐, 좀 생기긴 했다? ……좀?

"아, 왜 하필 엄마가……."

속닥거리던 네 명의 입이 동시에 멈췄다. 서준이답지 않게 낙심한 듯한 목소리를 내뱉었기 때문에 경혜가 의아한 눈으로 고개를 숙였다. 서준은 제 볼을 쥔 채 발을 동동 구르고 있었다.

"서준아, 왜 그래? 혹시…… 엄마 성격이 불같으시니? 막 화내시고, 그래?"

"현오 갔어요?"

"아니, 아직. 저기 있는데, 할머니가 늦으시네."

경혜는 서준의 행동에 불안함을 느끼고 멀리서 다가오는 서준의 엄마를 흘끔거렸다. 무슨 일을 하는 사람인지 듣지는 못했지만 깔끔한 정장 차림은 제법 능력 있는 커리어우먼을 연상시켰다. 흐트러짐 없는 걸음걸이만으로도 딱 떨어지는 성격이 연상된다. 무엇보다 그녀는 보는 사람을 은근히 주눅 들게 하는 분위기를 품고 있는 날카로운 인상의 미인이었다.

"안녕하세요."

눈을 마주치며 차분하게 흘러나온 목소리는 예상대로 빈틈없는 성격처럼 느껴진다. 저도 모르게 아, 예, 하고 고개를 꾸벅 숙인 경혜는 괜히 민망해져 목덜미를 긁적였다. 이런 캐릭터는 학부모로 좀 부담스럽다. 다소 창백한 얼굴의 그녀가 아들에게 손을 내밀었다.

"차서준, 이리 와."

"어, 엄마. 저 오늘 다쳤어요."

주춤거리며 엄마의 손을 잡은 서준이 작은 목소리로 말했다. 그림처럼 고아한 눈썹을 슬쩍 치켜 올리는 표정에 경혜가 마른침을 삼켰다. 아이들끼리의 싸움은 늘 어려운 과제였다.

"저, 서준이 어머님. 그게 어떻게 된 거냐면요……."

"여기 살짝 긁혔어요. 그런데 괜찮아요."

서준이 재빨리 얼굴에 붙어 있는 밴드를 가리켰다. 아이의 얼굴을 훑어본 그녀가 고개를 들었다. 날카롭게 치뜬 서늘한 눈매에 왠지 모를 위압감을 느낀 경혜가 몸을 경직시켰다.

"선생님?"

"아, 네! 제, 제가 서준이 담당하고 있습니다. 김경혜라고 합니다."

"인사가 늦었어요. 서준이 엄마, 심서연입니다."

고개를 숙이는 태도마저 고고하다. 경혜는 자신과는 다른 세계에서 살아온 것이 몸에 배어 있는 듯한 그녀의 태도에 어쩔 수 없는 자격지심을 느꼈다. 고급 소재의 옷에 가방 때문만이 아니라, 거만하지는 않지만 누구 앞에서든 당당하게 살아온 사람의 분위기를 그녀는 갖고 있었다. 보나마나 좋은 집에서 고생 없이 자라 공부깨나 한 느낌이네. 괜히 심술이 솟아 속으로 꿍얼거리며 경혜는 양손을 모은 채 얌전히 서 있었다.

"늘 아버님이 오셔서, 이렇게 처음 뵙네요. 많이 바쁘시다고 하시던데."

"오늘은 그 애가…… 아니, 그이가 더 바빠서요. 어디 봐. 많이 긁혔어?"

아들의 뺨을 부드럽게 매만진 서연의 손이 밴드를 슬쩍 들었다. 엄마를 보고 선 서준의 눈이 크게 흔들렸다. 아빠를 꼭 닮은 그 순수한 눈동자를 흘끗 바라본 서연이 굽혔던 몸을 바로 세웠다.

"애들이 싸우면서 크는 거야 당연한 일이죠. 다른 아이는, 다치지 않았나요?"

"네, 네? 아, 저, 그게…… 다치지는 않았구요. 크게 소리 내서 싸우지도 않았어요."

"이유가 뭐야?"

얼핏 차갑게 들리는 말투지만 그녀의 눈 저편에는 따뜻한 애정이 깔려 있었다. 저도 모르게 사정 설명을 하려고 경혜가 입을 열었지만 서연이 가볍게 손을 내저었다. 그녀의 서늘한 눈매는 살짝 긴장한 듯 입술을 물고 있는 아들에게 고정되어 있었다.

"차서준, 이유가 뭐야."

서준은 서연의 손을 꼭 쥔 채 머뭇거리며 입을 열었다.

"……여자애가 울어서요."

아이의 대답에 저도 모르게 숨죽이고 있던 경혜의 눈이 동그랗게 커졌다. 서준의 말은 아직 끝난 것이 아니었다.

"아빠가 항상, 여자를 울게 하면 안 된다고. 늘 지켜주는 거라고, 그렇게 말하…… 말씀하셨는데……."

흠, 하고 서연이 낮은 숨을 삼켰다. 경혜의 긴장된 눈이 그녀를 향했다. 짧게 혀를 찬 서연의 손이 서준의 머리카락을 쓰다듬고 있었다.

"네 아빠가 그런 건 좋아하는 여자한테만 하는 거라고는 말 안 하든?"

서준이 고개를 도리도리 저었다. 서연은 맑은 눈으로 자신을 올려다보는 아들의 귀를 가볍게 꼬집었다.

"그렇다고 아무 싸움에나 휘말리면 엄마 화낼 거야."

"아얏. 다시는 안 그럴게요!"

자그마한 얼굴을 찡그리며 매달리는 서준을 품에 안은 서연이 경혜를 향해 눈짓했다. 경혜는 엄마 앞에서는 어리광도 부리는 영락없는 아이 얼굴이 된 서준을 바라보며 웃고 있다가 얼른 어깨를 반듯하게 세웠다.

"잘 봐주셔서 고맙습니다. 가볼게요."

"아, 예. 저, 정말 죄송해요. 제가 잠깐 손 좀 씻고 있는 사이에 아이들이……."

"민·형사 소송 걸리지 않을 한도 내에서라면 상관없어요. 재판이라면 좀 지겨워서."

선이 우아한 입술을 올려 가볍게 미소 짓는 서연의 얼굴을 넋 놓고 보던 경혜가 되물었다.

"재판이요?"

"엄마, 오늘 이겼어요?"

"공판은 내일이거든, 아들. 그러니까 들어가면 볶음밥으로 참아주라."

"볶음밥은 아빠가 잘 하는데……."

"아빠 오늘 바쁘다니까. 밤늦게나 들어오실 거야."

어깨가 축 늘어지는 아이의 등을 감싸며 서연이 몸을 돌렸다. 얼떨결에 허리를 굽히며 안녕히 가세요, 하고 인사한 경혜는 반듯하게 걸어가는 두 사람의 뒷모습을 바라보며 팔짱을 꼈다. 끼어들지 못하고 주변에서 얼쩡거리던 다른 선생님들이 달려들었다.

"뭐 하는 사람이야? 법조계인 것 같지?"

"딱 보면 몰라? 변호사잖아. 뱃지 달았던데."

"저 얼굴에 변호사까지 해? 거기다 남편은 그렇고? 와, 진짜 인생 맛깔나게 산다."

"남편이랑 사이좋을까?"

서준의 아빠에 대한 관심이 가장 지대한 누군가의 시무룩한 말투에 경혜가 그녀의 등짝을 내려쳤다.

"꿈깨라. 오늘은 치킨에 맥주나 먹어야겠네요."

"나도, 나도."

"부럽다, 저런 인생……."

한마디씩 덧붙이며 어린이집으로 들어가는 사람들의 등을 밀며 경혜는 고개를 돌려 멀어지는 두 모자를 바라보았다. 서준의 아이답지 않은 분위기와 논리적인 말투가 어디서 왔는지, 그녀는 새삼 집안 환경의 중요성을 뼈저리게 느꼈다.

✳

"때리지는 않았어?"

서연은 턱을 괸 채 서툰 숟가락질로 볶음밥을 떠먹고 있는 서준을 바라보며 물었다. 눈을 깜빡인 서준이 도리질을 쳤다.

"그럼 어떻게 했는데?"

"엄마한테 배운 대로."

"뭐라고?"

"한 번만 더 진영이 괴롭히면 경찰에 신고해서 콩밥 먹여줄 거라고."

다섯 살짜리에게는 어울리지 않는 말을 기계처럼 외우고 있는 아들을 멋쩍게 바라보며 서연은 으흠, 하고 목을 가다듬었다. 서준의 입맛에 맞춰 간이 싱겁게 된 볶음밥을 한입 먹으며 서연은 턱 끝을 긁적였다.

"그랬더니 뭐래?"

"울었어요."

"그건 네가 좀 심했다."

"그렇지만 현오는 항상 애들을 괴롭혀. 나도 엄마처럼 한 거예요."

"엄마처럼?"

열심히 입을 오물거리던 서준이 반짝이는 눈으로 활짝 웃어 보였다.

"정의의 사도!"

"……누가 그런 유치한 말을……."

"아빠가 그랬대요!"

일러바치듯 혀를 날름 내민 서준이 숟가락을 흔들며 웃었다. 내가 애를 둘을 키우나, 싶어 아연해진 표정을 짓던 서연의 입가에도 웃음이 흘러나왔다. 세상에서 제일 예쁜 엄마의 웃음에 신이 났는지 서준의 표정이 밝아졌다.

"오늘 아빠가 책 읽어주는 날인데."

"엄마가 읽어줄게. 다 먹었으면 가서 치카치카해."

치카, 라는 단어에 입술을 뾰로통하게 모으는 아이의 볼을 가볍게 꼬집은 서연은 자기도 모르는 사이 꽃처럼 웃고 있었다.

*

"B팀 동문에서 대기해 주세요. 지금 나갑니다."

악다구니를 쓰는 여자들의 환호성의 한가운데 서 있는 강준은 미간을 좁혔다. 영화제에서 배우 권정의 개인 경호를 맡은 그는 물밀 듯이 밀려드는 팬들을 한참 가로막는 중이었다. 들어올 때도 힘들었지만 수상까지 한 덕에 나가는 길은 한결 더 버거웠다. 결혼까지 했는데도 팬들의 사랑은 여전히 뜨거웠다. 덕분에 경호팀만 죽어나는 중이었다.

요령 있게 빠져나온 강준은 지친 얼굴을 하고 있는 정을 먼저 태운 뒤 차에 올라탔다. 사방이 조용해지자 그제야 강준은 단단하게 굳어 있던 어깨의 긴장을 조금 풀었다. 이럴 땐 한쪽 귀가 조금 먹먹하다는 게 차라리 고마울 지경이었다.

"시간도 늦었는데 차 팀장은 먼저 가요. 이제 스케줄도 다 끝났고, 굳이 같이 안 가도 괜찮잖아."

시트에 느긋하게 등을 기댄 권정이 낮게 말했다. 고개를 슬쩍 저은 강준은 흘끗 옆을 바라보며 물었다.

"댁으로 가십니까?"

"당연하죠, 눈이 빠지게 기다리고 있는 사람이 있는데."

주머니에서 휴대폰을 꺼낸 정이 강준의 눈앞에 대고 가볍게 흔들었다. 예쁘게 웃고 있는 여자와 이제 갓 돌이 지난 아이의 사진이었다. 그러고 보니 오래된 소꿉친구와 결혼을 했다고 들었다. 발표를 하던 날 방송계가 꽤 떠들썩했던 기억이 났다.

"예쁘네요, 딸입니까?"

"티나요? 우리 하진이랑 딱 닮았어요. 이름은 세령이에요, 권세령."

방금까지 시트에 녹아들 것처럼 늘어져 있던 허리를 반듯하게 세운 정의 갸름한 눈이 살아났다. 예쁩니다, 하고 고개를 끄덕이는 강준의 입매에도 짧게 미소가 스쳤다. 정이 커다란 손으로 휴대폰을 돌리며 강준의 팔을 툭툭 쳤다.

"차 팀장도 가족사진 있죠? 아들이 몇 살이라고 했더라?"

"다섯 살입니다."

흠, 하고 괜히 목을 가다듬은 강준이 멋쩍은 손길로 휴대폰을 꺼냈다. 인상을 찡그리고 있는 잘생긴 아이의 양쪽 귀를 잡아당기며 웃고 있는 서연의 사진이 배경화면이었다. 정은 사진을 보자마자 웃음을 터뜨렸다.

"아빠 닮아서 잘생겼네. 눈매는 엄마도 좀 닮은 것 같고. 미인이시네요."

보통 이런 말이 나오면 손사래를 치는 것이 평범한 반응일 것이다. 그러나 강준은 예, 하고 반듯한 입매로 웃으며 고개를 끄덕여 정은 또 한 번 소리 내어 웃고 말았다.

"결혼한 지 꽤 됐으면서, 아직도 그렇게 좋습니까? 경호팀에서는 차 팀장, 호랑이처럼 군기 잡는다고 말들이 많던데, 아내 분한테도 그래요?"

"……잠든 얼굴을 보기만 해도, 좋습니다."

앞좌석을 손으로 짚은 채 강준은 바닥 언저리를 바라보며 중얼거렸다. 여전히 그녀가 곁에 있는 순간순간이 소중하다. 손끝으로 빠져나가는 모래처럼, 시간이 흐르는 것이 안타까울 따름이다. 늦게 왔다고 뾰로통한 표정으로 등짝부터 내려칠 서연을 떠올리는 강준의 날 선 눈매가 부드럽게 허물어졌다.

그런 표정 보니까 하진이가 보고 싶네, 하고 중얼거린 정이 휴대폰 단축번호를 눌렀다. 받자마자 나 녹음 중이야, 하고 낭랑한 여자의 목소리가 울려 퍼져 강준이 언뜻 고개를 들었다. 정이 미간을 좁히고 있었다.

"상까지 탔는데 기껏 할 말이 그것뿐이야?"

퉁명스레 내뱉던 그의 입가에 금세 미소가 매달렸다. 보고 싶다, 빨리 와라, 하고 여자의 목소리가 울린 탓일 것이다.

"나중에 시간 되면 식사라도 같이하죠. 아들, 딸 데리고. 좋은 친구가 될 것 같은데요?"

배우답게 선이 또렷한 얼굴로 정이 말했다. 어쩔 수 없이 늘 사람들의 시선에 노출된 삶을 사는 배우였기에 믿음을 나눌 수 있는 사람을 찾기는 쉽지 않았다. 작년에 있었던 스토커 사건 이후로 경호를 맡기게 된 눈앞의 젊은 팀장은 자신보다는 나이가 어렸지만 이쪽 계통에서는 알아주는 실력자였고, 무엇보다 그는 사람의 신뢰를 얻어낼 줄 아는 사람이었다.

"좋습니다, 저도. 언제든지요."

강준이 반듯하게 웃었다. 모르긴 몰라도 자신을 쫓아다니는 팬들 중에 강준을 보러 모이는 사람들 수도 적지 않을 것이다. 길게 기지개를 켜며 눈웃음을 짓던 정은 드르륵, 울리는 강준의 휴대폰을 흘끗 바라보았다.

"받아도 괜찮아요. 아내분 아닌가?"

"……아니지만, 받는 게 좋을 것 같군요."

짙게 뻗은 눈썹을 찌푸린 강준이 통화버튼을 눌렀다. 낯익은 목소리가 흘러나왔다.

〈차강준 흥신소. 의뢰할 일이 좀 있는데, 시간 되나?〉

"제가 좀 바쁩니다."

〈이제 튕기기까지 해? 내가 꼭 서연이와 네가 자리 잡기까지 얼마나 큰 도움을 줬는지 입 아프게 굳이 설명을 해야 할…….〉

"끊습니다."

〈지난번 같은 일 아니야! 우리 내부 조사에 관련된 일인데, 부탁 좀 하지, 동생. 아무래도 전략기획팀에 경쟁사가 사람을 심어둔 것 같아서 말이야.〉

인하의 목소리가 간절해졌지만 강준의 덤덤한 표정에는 변함이 없었다.

"지난번 일 때문에 서연 씨한테 멱살까지 잡혀놓고도 또 저를 찾는 겁니까?"

〈이번에는 너 몸 상할 일 절대 없다니까. 부탁 좀 하자. 내가 지금 천 리 길 떨어져 있는 아프리카에서도 이렇게 간절하게 전화를 하잖아.〉

"상의는 해보죠."

〈상의하지 말고 그냥 지금 결정하…….〉

"끊습니다. 아직 업무 중이라서요."

이 냉정한 놈, 하고 버럭 소리를 지르는 인하의 목소리를 끝까지 듣지 않고 강준은 종료버튼을 눌렀다. F&C 보안팀에서 일했던 2년간 누구보다 자신들을 신경 써줬던 인하를 알기에 어지간하면 그의 말도 안 되는 부탁을 들어주곤 했지만, 지난번에는 정도가 좀 심했다. 덕분에 다시는 F&C와 엮이지 말라는 서연의 엄포를 들은 강준이었다.

"차 팀장 찾는 곳이 많네요."

통화 내용이 신경 쓰였는지 눈을 감고 있는 줄 알았던 정이 입을 열었다. 강준은 가볍게 고개를 저었다.

"장난처럼 가끔 전화하는 형입니다. 저는 지금 하는 일이 좋습니다."

"다음 주 중으로 하죠, 식사."

단정한 입매를 당겨 길게 웃어 보이는 정의 말에 강준이 짧게 턱을 당겼다. 강준 역시 정이 마음에 들었다. 사람을 예의 바르게 대하면서도 은근한 거리를 두는 게 습관처럼 몸에 밴 그의 눈빛은, 가끔 자신과 닮은 구석이 있는 것처럼 느껴졌다. 어둡고 긴 터널을 거쳐 살아온 듯한 흔치 않은 무게가 있었다.

집을 향해 달려가는 차 안에서 두 남자는 부드럽게 웃으며 각자의 가족을 떠올렸다. 언제든 돌아가면 자신들을 기다리고 있을 가족, 그 따뜻한 온기를 그리는 두 사람의 표정에 은은한 미소가 번졌다.

*

생각보다 더 시간이 늦었다. 아마 잠들었을지도 모르겠다는 생각이 들어 강준은 벨을 누르지 않았다. 조심스레 현관문을 열고 들어서자마자 강준의 눈은 흐릿한 불빛이 새어 나오는 서준의 방으로 향했다.

반쯤 열린 문을 열고 들어선 강준의 가슴 한구석이 벅차올랐다. 듬성듬성 쌓여 있던 모래가 스르륵 무너져 내리는 것처럼 조용한 가슴의 울림에 강준은 무거운 한숨을 삼킬 뿐이었다. 침대에 잠든 서준을 감싸듯이 누워 함께 잠들어 있는 서연을 보는 그의 눈가가 발긋하게 물들었다. 그녀는 한 손엔 책을 쥔 채 잠들어 있었다.

매일 얼굴을 마주하고 있어도 믿어지지 않는 삶이었다. 서연이 임신 소식을 알려줬을 때도 얼마나 울었던가. 눈이 퉁퉁 붓도록 아이처럼 엉엉 울던 그를 진정시키느라 서연이 진땀깨나 뺐더랬다. 서준이 태어났을 때는, 서연과 서준의 이름도 채 부르지 못하고 울었다. 덕분에 그는 서연에게 울보라는 별명으로 한동안 불려야 했다.

이렇게 사랑스러운 존재들이 있을까. 바라볼 때마다 강준은 생각했다. 나는 너와 결혼한 네 아내고, 우리는 부부고, 앞으로도 계속 이렇게 살아갈 거니까 제발 나란 존재에 대해서 좀 익숙해지라고 매일같이 퉁을 주는 서연이었지만, 그는 그럴 수 없었다. 그래지지가 않았다. 어떻게 그럴 수가 있단 말인가.

서연은 그에게 아깝고 아까워 자주 꾸지도 못했던 꿈속의 삶을 준 사람이었다. 자신의 가족이 되어주고, 가족을 만들어준 사람. 그의 삶의 모든 의미가 되어준 사람. 잠들어 있는 모든 순간이 새로웠고, 자신을 향해 웃는 모든 순간이 찬란했다. 볼 때마다 가슴이 벅찬 것은 당연했다.

조용히 다가간 강준은 침대 맡에 무릎을 꿇고 서연의 손을 조심스레 잡았다. 습관처럼 부드러운 손등에 입을 맞추며 그는 눈을 감았다.

오늘도 제 곁에 있음에 감사합니다.

내일도 오늘 같기를.

"음…… 왔어?"

졸음이 잔뜩 뭉친 눈가를 찌푸리며 서연이 몸을 뒤척였다. 잠들어 있는 서준을 확인한 서연이 몸을 일으키려 하자 강준이 그녀의 어깨를 잡았다. 왜, 하고 반밖에 뜨지 못한 눈으로 자신을 향하는 서연의 이마에 짧게 입을 맞춘 강준이 재빨리 그녀의 몸을 안아 들었다. 탄탄한 그의 팔에 걸려 있는 서연의 다리가 달랑거렸다.

"너 이거 습관이야? 이렇게 안는 게 좋아?"

"어떻게 안아도 다 좋아요. 지금은 당신 피곤해 보여서."

응, 하고 서연은 강준의 가슴에 얼굴을 묻으며 목에 팔을 둘렀다. 당연한 듯 기대오는 서연의 체온이 울렁거리는 그의 가슴을 따뜻하게 데워주었다. 발소리를 죽여 안방으로 향한 강준이 느릿하게 침대에 서연을 내려놓았다. 여전히 자신의 목에 손을 두른 채 눈을 뜨려 애쓰는 서연을 내려다보며, 강준은 그녀의 뺨을 손등으로 부드럽게 쓸었다.

"내일 공판 몇 시예요?"

"세 시……. 저녁은 먹었어?"

"응."

"차강준, 거짓말 많이 늘었네."

삐딱하게 눈꼬리를 접으며 내뱉는 서연의 말에 대답하듯 낮게 웃은 강준의 입술이 그녀의 이마 선을 훑었다. 부드러운 머릿결과 따뜻한 살갗이 그의 입술에 닿았다. 눈을 감은 채 제 얼굴선을 입술로 그리며 기도하듯 입을 맞추고 있는 강준의 머리카락을 쓸어주며, 서연이 꿈결처럼 웅얼거렸다.

"오늘 어린이집에서 서준이가 싸웠어. 다른 애가 여자애를 괴롭혀서 그랬대."

"나쁜 이유는 아니네요."

눈꺼풀과 콧잔등에 내려앉는 입술이 간지러워 서연이 미간을 찌푸렸다. 귓가를 간질이는 강준의 목소리가 자장가처럼 달콤했다.

"그렇다고 아무 일에나 나서는 게 꼭 좋은 건 아니지. 그런 건 딱 아빠를 닮았단 말이야."

"나서지 말라고 가르칠까요?"

낮게 잠긴 강준의 목소리에 서연의 손가락이 그의 뺨을 매만졌다. 아이에게 하는 것처럼 입술을 가볍게 부딪치는 강준의 움직임에 서연이 짧게 소리 내어 웃었다. 턱을 조금 치켜들자 기다렸다는 듯 강준의 입술이 깊게 겹쳐졌다. 끼익, 하고 두 사람의 체중에 눌린 침대 스프링이 작게 소리를 냈다.

음, 하고 어중간한 신음을 흘린 서연이 미간을 좁혔다. 몇 번이고 입술을 핥으며 혀를 빨아 당기는 강준은 쉽게 물러설 생각이 없어 보였다. 베개 맡에 흐트러진 머리카락 사이로 파고든 강준의 단단한 손이 그녀의 목덜미를 애무하듯 쓸어내렸다. 금세 거칠어진 숨소리가 강준의 입술로 단단히 틀어 막힌 서연의 입 밖으로 가까스로 새어 나왔다.

힘이 들어가 근육이 바짝 솟은 강준의 어깨를 붙잡자 그제야 입술을 놓아준 강준이 그녀의 목덜미를 파고들었다. 곧게 뻗은 콧날을 비벼대는 감촉에 목을 움츠리는 서연에게, 강준은 작게 속삭였다.

"오늘…… 안 되겠죠?"

"나 내일 공판에서 기절하는 꼴 보고 싶지?"

흠, 하고 낮게 웃음을 뱉어내는 강준의 팔을 잡으며 서연이 눈을 떴다. 변함없이 열에 들뜬 눈으로 그녀를 내려다보는 강준의 눈매가 보기 좋게 휘어져 있었다. 그 든든한 팔을 잡아당기며 서연이 웅얼거렸다.

"너도 누워. 많이 피곤하지?"

"하나도 안 피곤해요."

서연의 손에 순순히 이끌린 강준이 그녀의 곁에 몸을 세우고 누웠다. 자연스레 뻗은 손이 서연의 배를 감싸 안았다. 그 손에 제 손을 겹친 서연은 등 뒤로 느껴지는 강준의 체온에 온몸이 나른하게 풀어지는 것을 느꼈다. 그가 있어야 느낄 수 있는 포근함이었다.

"아까 인하 형한테 전화 왔는데."

"무시해. 아예 수신 거부를 해버려. 혹시라도 또 엮이기만 해봐."

잠에 반쯤 빠져든 듯한 목소리임에도 가차 없이 내뱉는 서연의 반응에 강준의 입술이 은은한 미소를 그렸다. 뒤척이며 그녀를 좀 더 당겨 안자 서연이 그의 손을 토닥였다. 강준의 눈꺼풀이 느릿하게 내려앉았다. 서연의 숨소리가 조금 더 크게 들렸다.

"주말에 어디 놀러 갈까? 요즘 날씨도 좋은데."

"꽃구경 가요. 보고 싶어 했잖아."

"작년에는 일 때문에 못 갔으니까. 서준이도 좋아하는데……."

"이맘때쯤 불꽃놀이도 하죠? 알아볼게요."

"김밥도…… 싸면 좋겠다. 그치?"

"내가 쌀게요. 당신은 채소를 너무 적게 넣어."

햄이 많이 들어가야 맛있단 말이야, 하고 웅얼거리던 소리가 잦아들었다. 금세 잠에 빠져든 듯 색색거리며 숨소리를 내뱉는 서연의 얼굴이 닫힌 눈꺼풀에 사진처럼 그려져 강준은 조용히 그녀의 목덜미에 입을 맞췄다.

"이렇게 있어줘서 고마워요."

강준의 나직한 목소리가 공기를 타고 흩어졌다. 꿈결에도 응, 하고 대답하듯 말을 내뱉는 서연의 손을 부드럽게 감싸 쥐는 강준의 표정에 평온함이 흘렀다.

아직도 이렇게 당신이 내 곁에 있는 게 꿈처럼 느껴질 때가 있어요. 꿈이라면 영영 깨고 싶지 않고, 꿈이 아니라면 이 순간이 계속되기만을 바랄 뿐이에요. 내일도 오늘처럼, 10년 후도 오늘 같기를.

내가 걸을 길을 비춰줘서 고마워요. 따라잡을 때까지 기다려 줘서 고마워요. 어깨를 나란히 하고 곁에 설 수 있게 해줘서 고마워요. 당신을 지킬 수 있게 해줘서 고마워요.

그리고……

나를 사랑해 줘서 고마워요. 고맙습니다.

매일같이 되새기는 말을 가슴으로 중얼거리며, 강준은 천천히 그를 기다리는 꿈속으로 빠져들었다. 화창한 날씨에 치맛단이 찰랑이는 원피스를 입고 앞장서서 걸어가던 서연이 뒤를 돌아 손짓하고 있었다. 부드러운 색으로 물든 꽃잎이 눈처럼 흩날린다.

와아, 하고 외치며 서준이 그녀를 향해 달려간다. 넘어질 것처럼 휘청이는 아이의 손을 잡느라 몸을 굽힌 서연의 고운 얼굴에 따뜻한 미소가 번져 있었다. 자신을 향해 손짓하고 있는 가족에게, 강준은 서두름이 없는 느릿한 걸음을 옮겼다.

영원히 깨지 않을 꿈. 그것이 그의 현실이고, 앞으로 펼쳐질 아름다운 미래였다.

〈fin〉

안녕하세요, 우지혜(하니뽀)입니다. 네 번째 책을 출간하게 되다니, 정말 감개무량합니다. 사실 이 글은 출간을 할 수 있을지에 대한 확신이 없었답니다. 완결도 썩 자신이 없었고요. 그래서 F&C며 성은건설이며 복잡한 내용을 생각하느라 머리를 쥐어뜯으면서 내가 도대체 왜! 하고 괴성을 질러대며 썼다는 후일담이 있습니다! 하하.

심서연이라는 주인공은 참 강한 사람입니다. 제가 성격이 강한 여자 주인공을 쓴다는 이야기를 종종 들었지만, 그중에서도 서연은 스펙부터 화려한데다가―따지고 보면 재벌 2세에 무려 현직 검사였으니까요!―아주 가차 없고 단호한 성격이니까요. 누군가의 태양이 될 정도니까, 그 뒷모습이 참 곧고 멋있을 거라는 상상을 하며 썼습니다.

강준이 이야기를 안 할 수가 없겠죠! 후기니까 할 수 있는 말이지만, 사실 중반까지 제가 생각했던 결말은 강준이가 살아 돌아오지 못하는 내용이었답니다. 쿨럭. 그러나 쓰다 보니 이 녀석이 너무 귀엽기도 하고, 연재 당시의 독자님들이 격렬한 항쟁을 불사하셔서(무시무시한 협박이 쏟아졌죠!) 이런 '해피'한 결말이 되었답니다. 저도 만족스럽고요.

강준이를 살려주면 다음 작품의 주인공을 죽여도 된다는 허락을 받았으니, 곰곰이 생각 좀 해보겠습니다. 흐흐흐. 노, 농담이에요. 아마도……?

읽어주시고 응원해 주시는 모든 독자님들께 감사 인사드립니다. 때로는 답답하게 느껴지는 현실에서 한발 떨어져 잠시의 여유를 만끽할 수 있게 해드릴 수 있었다면 더 바랄 게 없겠습니다. 이제는 유쾌한 이야기도 쓸 때가 되었는데…… 쉽게 떠오르질 않네요. 다음 글도 분위기가 마냥 밝지만은 않을 것 같아서 걱정이지만, 저는 최선을 다해서 쓰도록 하겠습니다. 기다려 주시는 분들이 계실 거라는 착각 같은 희망을 품고서요.

글은 쓸수록 어려운 것 같습니다. 그래도 더 설레는 글을 가지고 돌아오도록 노력할게요. 고맙습니다.

—우지혜 올림.

초코
쉐이크

차해성 장편 소설

들려? 너를 좋아한다는 내 심장 소리가.
닿았으면 좋겠어. 가슴속에서 메아리치는 이 말이.
좋아해.
너를 너무 좋아해, 시준아.
내일은 너에게 말할 수 있기를.

Chungeoram romance novel

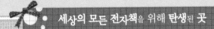

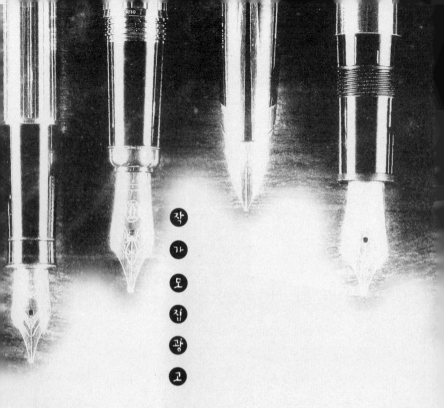

作
家
모
집
광
고

도서출판 청어람의 문은 항상 열려 있습니다.
실력있는 작가 분들의 많은 관심 부탁드립니다.

TEL:032-656-4452 • FAX:032-656-4453
http://www.chungeoram.com
e-mail:chungeorambook@daum.net